Judith Kuckart

Kaiserstraße

Judith Kuckart

Kaiserstraße

Roman DuMont

Erste Auflage 2006

Ausstattung und Umschlag: Groothuis, Lohfert, Consorten (Hamburg)
Gesetzt aus der Dante
Gedruckt auf säurefreiem und chlorfrei gebleichtem Papier
Druck und Verarbeitung: Clausen & Bosse, Leck
Printed in Germany

ISBN 10: 3-8321-7956-9
ISBN 13: 978-3-8321-7956-4

Ein Roman ist ein Spiegel,
der sich auf einer großen Straße fortbewegt.

Stendhal

Die ersten Mieter waren Ende 1955 eingezogen. Unter ihnen eine junge, alleinstehende Frau mit Hund. Sie war zweiundzwanzig, als sie einzog, und vierundzwanzig, als ihre Leiche aus dem Haus getragen wurde. Einen Spätherbsttag lang hatte sie Möbel hinaufbringen lassen. Die Einrichtung wurde von den Vorstellungen eines Mannes mit viel Geld bestimmt. Er mietete das Appartement, richtete es ein, für sie, die keinen besonderen Geschmack hatte, aber extravagante Einfälle. Der Wohnung sollte man ansehen, wie teuer die Einrichtung war, wünschte sie sich. Nein, sagte er und ließ das Möbelhaus machen.

Die Kunden der jungen Frau fühlten sich von der neuen Wohnung verstanden, sie fühlten sich verstanden vom sachlichen Geschirr und von der Bambuswand hinter der Couch, von den farbigen Stoffen, Grünpflanzen und der Essnische aus ungestrichenem Holz bis hin zu den drei großen Stehlampen, die Inseln aus warmem Licht in den kühlen Raum warfen und ihn zu einem Ort flüchtiger Gewissheit machten, zu einem festen, hellen Boden unter den Füßen. Auch die blaue Couch gehörte dazu, auf der die junge Frau am ersten November 1957 erwürgt aufgefunden wurde, die Unterschenkel lagen im rechten Winkel auf der Sitzfläche, der Rumpf auf dem Teppich davor. Der Rock war hoch- und ein Pantoffel vom Fuß gerutscht. Eine Leiche mit aufgedunsenem Gesicht in Stufenstellung, eine Position, die der Arzt bei Rückenschmerzen empfiehlt. Aber die Liebe? Aber der Tod? Als sie noch lebte, hatte die junge Frau ein bleiches Gesicht und schielte ein wenig. Sie hatte das Gesicht, das man von ihr verlangte, und einen unbeschwerten

Umgang mit Gefühlen, als könne sogar die Trostlosigkeit, egal welcher Begegnung, sie befriedigen.

Auf ihre Frisur hatte sie immer besser Acht gegeben als auf ihre Seele.

Neunzehnhundertsiebenundfünfzig

Die Straßenbahn quälte sich hörbar die leichte Steigung hinauf und hielt vor dem Haus. Es war kurz nach halb sieben am Abend. Die Dachwohnung lag im fünften Stock, und Leo Böwe hörte durch das geschlossene Schlafzimmerfenster, wie die sieben Türen der Bahn sich öffneten, stillhielten und wieder schlossen. Die Bahn fuhr weiter, Richtung Friedhof, Richtung Tankstelle, Richtung Stadtgrenze, dann in die nächste, größere Stadt, Wuppertal. Leo Böwe zog seinen abgenutzten Rucksack aus der Ecke des Kleiderschranks hervor und warf ihn auf das neue Ehebett. Aluminiumgeschirr und eine Wasserflasche schlugen aneinander. Die Tagesdecke gab unter dem Gewicht nach. Über die Kuhle im Plumeau würde Liz sich ärgern.

Als Liz nach der Trauung mit Böwe aus der Kirche getreten war, fiel Regen. Die Trauzeugen warfen Geld und Bonbons. Mädchen mit Pagenkopf und Jungen mit ausrasiertem Nacken stießen sich die Ellenbogen in die Seiten, während sie sich bückten, und das Paar lachte. Er lachte auf den regennassen Boden, und sie in sein abwesendes Gesicht hinein. Er sah klug aus, sie glücklich. Die Hochzeitsgesellschaft in ihrem Rücken schaute ernst und bleich und leer, als sei dieser Moment kein gemeinsamer zwischen ihnen und dem Paar. Leo zwanzig, Liz neunzehn. Auf der nassen Straße raffte sie ihr Brautkleid seitlich und hatte so auf dem Weg zum geliehenen Auto ein großes S im Körper, ein unsichtbares Gewicht auf der rechten Hüfte. Leo trug seinen Zylinder in der Hand. Kurz vor dem Leihauto hakte er bei Liz unter. Jemand machte noch ein Foto. Es war der erste Mai 1956. Auf dem Foto waren das geliehene Auto schwarz, die Nelken dunkelgrau, und der Regen hatte seine eigene Farbe, die man nur in der Bewegung sehen konnte.

Böwe setzte sich auf das Bett, neben den Militärrucksack mit den zwei geschlossenen Gürtelschnallen. In dem Moment ging die Schlafzimmertür auf.

Sie hatte einen kleinen Koffer in der Hand.

Wo hast du den her?

Gekauft, sagte sie, setzte sich auf den hellblauen Wäschepuff, hob den Koffer auf ihren Schoß, öffnete den Reißverschluss, holte zwei Bierflaschen und den Rest vom Einkauf heraus.

Was ist denn das?

Das hier? Käse, sagte Liz.

Und das Köfferchen?

Pfeffer und Salz, sagte sie.

Bitte?

So heißt das Muster.

Sie fuhr mit der Hand über den schwarz und weiß gesprenkelten Stoff, hielt inne, stierte vor sich hin und stand dann doch auf. Sie biss das Preisschild mit den Zähnen ab und fing an zu packen: drei Tage, zwei Nächte, kein Pullover, aber Unterhemd und Jackett. Sie hielt dabei den Kopf geneigt, und er sah die wunderbare Linie ihres Halses und das auf Kinnlänge stumpf abgeschnittene blauschwarze Haar.

Ist das echt, hatte er sie gefragt, als sie sich das erste Mal begegnet waren.

Nee, ist die Karnevalsperücke meiner Tante, hatte Liz gesagt. Das war in der Tanzstunde vor ein paar Jahren. Sie machte gern Sprüche. Er mochte sie dafür. Sie waren dann Komplizen und nicht von hier.

Es war keine glanzvolle Hochzeit gewesen. Ein hässlicher Trauzeuge hatte einen großen schwarzen Schirm über das Paar gehalten, als sie aus der Kirche kamen, obwohl der Regen fein und fröhlich gewesen war, und später hatte der gleiche Trauzeuge Akkordeon in der engen Wohnung von Liz' Eltern gespielt, kaum, dass sie zur Tür hereinkamen. Eine Wohnung, eng wie eine Fischbüchse und voller Menschen, in den zerknitterten, aber hart aufgebügelten Sonntagskleidern armer Leute.

Quetschkommode, hatte Liz abfällig gesagt, obwohl die Akkordeonmusik allen Spaß machte.

Das Viertel, in dem sie aufgewachsen war, lag nah am Wald und weit weg von jeder Schule und noch weiter weg vom Bahnhof. Die Häuser waren bunt gestrichen, um über ihre Hässlichkeit hinwegzutäuschen. Papageienviertel, sagten die Leute aus dem besseren Teil der Stadt. Liz' Leben im Papageienviertel war ihr, wenn sie sich morgens in einer Emailleschüssel mit kaltem Wasser auf dem Flur wusch, vorgekommen wie etwas, das vorbei ist, bevor es anfängt. Selbst für die Hochzeit hatten sie sich keine Pracht ausleihen können. Braten, Soße, Kartoffeln und Gemüse lagen vorgekocht unter dicken Plumeaus im Bett der Eltern. Zum Tanzen war es in der Wohnung zu eng. Man schunkelte. Man schloss abends gegen zehn alle Fenster, und im Zimmer explodierte die Hitze. Man schunkelte noch immer und sang: Wir kommen alle, alle in den Himmel, bis Leo und Liz endlich im Nachbarzimmer zu Bett gingen. Es war Liz' Mädchenzimmer, wo sie sich bis gestern noch mit der jüngeren Schwester die Klappcouch geteilt hatte. Liz und Leo hörten die Gäste auf der anderen Seite der Tür reden, hörten sie nach jedem lauten Lachen zu ihnen hinüberlauschen. Dann schunkelten sie drüben weiter und sangen: Der schönste Platz ist immer, immer an der Theke, sangen sie und zogen daraus nach einem weiteren

Schnaps messerscharf den Schluss: Ja, an der Theke, da ist der schönste Platz! Leo flüsterte Liz zu, dass diese Gäste dumm seien und dass Dummheit für Dumme offensichtlich unterhaltsam sei. Liz verstand den Satz nicht. So fing es an. So hatte es angefangen. Unter der Tür fiel ein schmaler Streifen Licht hindurch. Leo erinnerte sich, dass er so ein Licht als Kind beruhigend gefunden hatte. Jetzt gar nicht mehr. Jetzt störte ihn das Zeichen der Anwesenheit anderer. Es roch nach Zigaretten. Wie aus der Hölle riecht es, flüsterte Liz. Sie waren beide noch Jungfrau. Er sagte zu ihr, lass uns noch warten, jetzt, wo wir schon so lange gewartet haben. So waren sie aneinander, ja sehr aneinander gedrückt eingeschlafen, sie auf dem Bauch, die Füße entenhaft ausgedreht. Er lag auf der Seite, eine Hand auf ihrem Hintern, eine zwischen seinen Beinen. Auf dem kleinen Tischchen, wo Liz und die Schwester früher Schularbeiten gemacht hatten, lag ein Obstmesser. An das Obstmesser dachte er noch oft, danach.

Eine dreieckige Zeltplane, eine eingerollte graue Militärdecke, die nach feuchter Wolle roch, auch wenn sie trocken war, eine Alufeldflasche, Alugeschirr, Löffel und Gabel, alles einklappbar, ein dünnes, rotes Handtuch, Unterhose, Socken, Windbluse, eine Tafel Blockschokolade und ein Rest Quäkerspeise aus amerikanischen Beständen. Liz schlief, Leo nicht. Es war fünf Uhr in der Frühe, und er erinnerte sich an den Inhalt seines alten Rucksacks. Früher war Böwe Pfadfinder gewesen. Morgen würde sein Sonderauftrag in Frankfurt beginnen. Das neue Pfeffer-und-Salz-Köfferchen stand bereits gepackt am Fußende vom Ehebett. Was in dem Rucksack war, das hatte nicht mehr hinein gepasst. Das von früher, das ging nicht mehr.

Was machst du da, fragte Liz misstrauisch. Sie war wach geworden und drehte ihm ihr Gesicht zu. Was machst du, was wühlst du so herum?

Ich erinnere mich, sagte Böwe.

So'n Quatsch, sagte sie. Er suchte ihre Hand unter der Bettdecke.

Kannst du dich besser erinnern, wenn du dich bewegst? fragte Liz, während sie ihm auswich.

Ja. Er fand ihre Hand und hielt sie fest, während er im Dunkeln in das Weiße ihrer Augen sah. Ein heller Fleck am Anfang eines Traums.

So'n Quatsch, sagte sie wieder, schlaf weiter. Sie zog ihre Hand aus seiner und legte sie ihm über die Augen.

Sie nannten ihn den kleinen Böwe, auch wenn er eins siebenundachtzig groß war. Gewisse Blicke von Männern machten ihn unsicher wie ein gewisses Lächeln bei Frauen auch. Vier Monate vor dem Abitur hatte er das Gymnasium mit einem ausgezeichneten Zeugnis verlassen, obwohl er sich während des Unterrichts, da hinten in seiner letzten Bank, meistens zu schade dafür gewesen war, die Hand aus dem Gesicht zu nehmen und in die Luft zu strecken, wenn er etwas wusste. An einem Märzmorgen hatte er sich sein Zeugnis im Sekretariat abgeholt, während in allen Klassenzimmern der Unterricht lief. Das war vor drei Jahren. Er hatte die Stimmen der Lehrer durch die Türen hindurch gehört, als er, zwei Stufen auf einmal nehmend, die Treppe hinunterrannte, den Geruch von alten Äpfeln und Putzmitteln in der Nase, den er seit neun Jahren kannte, wie die Nägel im Flur auch, die im bröckelnden Putz noch immer die Kleiderhaken ersetzten. Er rechnete seinen Notendurchschnitt aus: eins Komma vier. Sogar in Sport und Zeichnen hatte er eine Eins. Mit der Hand hatte der Direktor unter das Zeugnis geschrieben, Böwe sei intelligent, außerordentlich sportlich, loyal, begeisterungsfähig, aber unruhig.

Warum gehen Sie ausgerechnet jetzt? Haben Sie nur noch Ihren Fußball im Kopf?

Böwe schüttelte den Kopf

Sie sind ein guter Fußballer, Böwe. Wollen Sie vielleicht versuchen, hochklassig zu spielen? Es würde zu Ihnen passen, Böwe. Fußball kommt von innen heraus. Viel Bauch, viel Gefühl, viel Leidenschaft. Rahn! Walter! Wollen Sie nicht spielen wie die? Und dann noch mit Abitur?

Böwe schüttelte den Kopf.

Also, welche Gründe gibt es dann?

Böwe sah aus dem Fenster. Seine Klasse spielte unten auf dem Sportplatz im roten Sand Fußball. Er sah Schorsch Szymanski rennen, einen Verband am Knie, unter dem sicher nichts anderes als ein gesundes Knie war. Szymanski rempelte, spuckte, rempelte weiter, und der Sportlehrer, bei dem sie auch Französisch hatten, ließ die Trillerpfeife unbenutzt vor dem Bauch baumeln. Wie letzte Woche. Letzte Woche war Böwe noch mitgerannt, hatte sich angeboten, nach jeder Chance Ausschau gehalten, trotz der Erkältung. Szymanski hatte gerempelt mit der Regelmäßigkeit einer Kuckucksuhr. Dann ein schöner weiter Pass auf Böwe, Böwe schießt, der Ball wird abgewehrt, aber rollt ihm wieder entgegen. Zwei Gegenspieler, einer ist Szymanski, stürzen sich mit ihm auf den Ball. Böwe muss den Ball nehmen, wie er kommt, erwischt ihn weder direkt mit der Spitze noch voll mit dem Spann, aber fetzt ihn, so gut es geht, mit gestrecktem Bein in die linke Torecke, während sein rechter Arm ausschlägt und Szymanski in den Bauch trifft. Ein Pfiff, der Lehrer will das Tor nicht anerkennen, zeigt auf Szymanski am Boden, der so tut, als bekomme er gerade ein Kind.

Weil ich ihn am Hemd gezupft habe, Herr Lehrer, fragt Böwe da ruhig. Herr Lehrer, Sie bescheißen uns. Böwe, sagt da der Lehrer,

Sie haben hier gar nichts zu melden. Wer hier arm ist und ein Stipendium für das Schulgeld kriegt, hat gar nichts zu melden, gar nichts, Böwe, verstanden? Böwe hebt die Hand und sieht in dem Moment seine Mutter in der Fabrik am Fließband stehen, im blauen Nylonkittel, wie sie die Ränder von Babywannen aus Plastik glättet. Er hält mit der Ohrfeige auf halbem Weg inne, leitet die Bewegung um, nimmt die Hand als Blende vor die Augen und tut so, als störe ihn nur die Sonne. Er kneift den Mund dabei zusammen, dann kurz den Hintern und geht. Hey Boss, ruft der Torwart seiner Mannschaft noch hinter ihm her, hey Boss, was ist?

Böwe ging sich anziehen, dann nach Hause, setzte mit der Hand, die hatte schlagen wollen, ein Schreiben auf an das Ministerium für Schule und Erziehung und tippte es vorn im Lebensmittelladen fehlerfrei mit zwei Fingern ab. Er legte es der Mutter am frühen Abend hinten in der Ladenwohnung, die sie gemietet hatten, vor. Sie hatte geweint und dann unterschrieben.

Böwe, ich habe Sie nach dem Grund gefragt, sagte der Direktor.

Herzensgründe, sagte Böwe und hatte das Gesicht, das er in zwanzig Jahren einmal haben würde, wenn er mit der Wahrheit log.

Ein Mädchen also?, hatte der Direktor gesagt.

Ja, ein Mädchen. Jedes intime Geheimnis war ihm als Vorwand recht, und es gibt Sekunden, da lernt einer, was ein anderer in Jahren nicht lernt.

Da kann ich Ihnen nur einen Rat geben. Hängen Sie Ihre Hose nur da auf, wo Sie auch Ihren Hut aufhängen würden, hatte der Direktor gesagt.

Böwe wurde Waschmaschinenvertreter.

Am Tag, nachdem Böwe die Schule verlassen hatte, stellte er sich bei Fritz und Franz Locke als Lehrling vor. Lockes Waschmaschinen- und metallverarbeitende Fabrik. Schnell hatte er die Regeln gelernt, die ein Waschmaschinenvertreter brauchte, um über die Türschwelle zu kommen.

1. Verkauf ist eine persönliche Beziehung zwischen zwei Menschen.

2. Mit Humor kommt man am weitesten.

3. Was man zu verschenken vorgibt, verwandelt sich in Gewinn.

4. Die Anliegen des Kunden haben immer Vorrang: Wichtiger ist es, sein Wohlwollen zu gewinnen, als den Verkauf abzuschließen.

5. Für einen Misserfolg mag es Gründe geben, aber keine Entschuldigungen.

6. Jeder Kunde muss seine Neins loswerden, bevor er ja sagen kann. Also: Alle Fragen, auf die er mit Nein antworten kann, zuerst stellen, damit er die Neins los wird, um dann das wirkungsvollste Wörtchen des Verkaufs dagegen zu setzen: Warum.

7. Wer schnell überlegt, kann befehlen. Wer zögert, muss gehorchen.

8. Der Verkauf beginnt, wenn der Käufer nein sagt.

Böwe entwickelte sich im Kielwasser eines älteren Vertreters, der ihn anlernte, rasch zu einer Art geheimem Verführer, sobald er vor fremden Türen stand. Er lernte im richtigen Moment des Verkaufsgesprächs zu fragen: Sind Sie verheiratet? Haben Sie Kinder? Sind Sie eigentlich aus dem Badischen? Ja, ja, Ihr Tonfall hat so etwas Südliches. Meistens saß er da schon am Küchentisch einer einsamen Hausfrau, trank ein Glas Wasser oder einen Kaffee, lobte irgendwelche trockenen Kekse und schob mit dem Satz die Packung beiseite, um Platz für seine Prospekte zu haben. Verkauf, begriff er schnell, war eine Bindung zwischen zwei Menschen, von denen der eine, der Verkäufer, die Ideen haben musste, von denen der andere, der Käufer, glaubte, es seien seine.

Es war ein sonniger, klarer Oktobertag, der Himmel wie gefegt, wie an einem nördlichen Meer. Böwe war noch nie am Meer gewesen.

Mein kleiner Böwe, rief Franz Locke vom Schreibtisch aus, mein kleiner Böwe, ich habe eine Aufgabe für Sie, die ich nur Ihnen zutraue. Sie sind mein Mann! Böwe lächelte und las wieder einmal den eingerahmten Spruch hinterm Schreibtisch des Chefs:

Es gilt den Wohlstand moralisch zu bewältigen.

Fehlte da nicht irgendwo ein Komma?

Fritz und Franz Locke waren Zwillinge und ziemlich klein gewachsen. In einen Krieg hätten sie nur übereinander gestellt ziehen dürfen. Nach dem letzten Krieg aber hatten sie es allen anderen gezeigt. Beide fuhren sie einen großen Mercedes, weil sie auch Mercedes-Benz belieferten. Fritz fuhr einen weißen, Franz einen rauchblauen, und die Ledersitze in beiden Wagen waren grau. Franz war der Misstrauischere von beiden und Böwes Chef im Verkauf. Fritz, für den Einkauf zuständig, war entspannter und hatte die schönere Frau. Die Stadt hatte fünf Waschmaschinenfabriken, aber nur ein Gymnasium. Böwe hatte sich vor zwei Jahren die kleinste, aber exklusivste Fabrik ausgesucht. Adolf Hitler war vor einem Jahr amtlich für tot erklärt worden, und Böwe wählte im September dieses Jahres Adenauer. Denn Adenauer hatte im September '57 die letzten Kriegsgefangenen aus Russland frei bekommen. Da hatten ihn viele gewählt. Böwes Chefs auch.

Mein kleiner Böwe, ein Sonderauftrag!, sagte Franz Locke. Ich sage nur: Corelli & Co. Wir müssen deren Pleite für uns nutzen. Sie werden das für uns tun.

Franz Locke musterte ihn. Ein Auge war gerührt, eins böse. Die

Schreibtischbeine hatten vier Löwentatzen, die ihre Holzkrallen in den Teppich gruben. Unter dem Tisch standen die Füße des Chefs zwischen den Tatzen eng beieinander, zwei winzige Füße in blank geputzten schwarzen Männerschuhen. Das sah Böwe, als dem Chef ein Bleistift hinunterfiel, er sich danach bückte und länger als nötig auf dem Boden herumkroch. Am liebsten wäre Leo Böwe, zweiundzwanzig, kaufmännischer Lehrling, sportlich, aber mit Untergewicht, für immer unter dem Schreibtisch seines Chefs sitzen geblieben. So war das bei ihm. Vor der Situation zu viel Angst, in der Situation zu unerschrocken.

Das Gespräch dauerte über eine Stunde, und Böwe schlug nicht einmal die Beine übereinander. Er dachte an die afrikanische Maske daheim an der Bambuswand, wenn ihm die Fragen zu kompliziert wurden, und verschanzte sich hinter deren Zügen.

Es sei eine große Herausforderung und ein Abenteuer, sagte der Chef, und eine delikate Angelegenheit. Er solle in Kürze immer donnerstags für die Firma Locke nach Frankfurt fahren. Er und sein Bruder Fritz hätten die Vertreter der Konkursfirma Corelli & Co für den eigenen Verkauf im Rhein-Main-Gebiet übernommen, und Böwe solle dieser Hand voll Männer immer freitags in einem eigens dafür angemieteten Büro die beachtliche Provision von 25 Prozent je abgeschlossenem Kaufvertrag ausbezahlen. Er werde mit dem Zug und viel Bargeld nach Frankfurt reisen, bis samstags dort bleiben, im Hotel am Berg untergebracht sein und von ihm, Franz, oder seinem Bruder Fritz mit dem Auto abgeholt werden. Und wegen des vielen Bargelds brauche Böwe sich keine Sorgen zu machen. Er habe doch sicher noch einen Brustbeutel von früher, als er mit seinen Pfadfindern auf Tour gegangen sei.

Das Büro liegt übrigens in der Nähe der Kaiserstraße, falls Ihnen das etwas sagt.

Es sagte Böwe nichts, aber er nickte und gab noch immer vor, die Maske zu sein. Dahinter begann er zu träumen. Er war seit über einem Jahr verheiratet, aber noch nie in Frankfurt gewesen.

Es war Mittagszeit. Böwe trödelte auf dem grünen Linoleum zwischen den Büros herum. Am Ende des Gangs war ein Fenster, und hinter dem Fenster lag der LKW-Parkplatz, dann kam das Fabriktor, dann die Straße, und jenseits der Straße zeichnete sich ein ziegelroter Eisenbahnviadukt gegen ein Blau ab, das man an einem Tag wie heute wirklich Himmel nennen konnte. Böwe lehnte kurz die Stirn gegen die Scheibe. Von hier aus gesehen schien es da draußen warm zu sein. Altweibersommer.

Er ging die Treppe hinunter zum Ausgang des Bürotrakts und kam parterre am Tor der Maschinenhalle vorbei. In gleichmäßigen Abständen wurde auf der anderen Seite des Tors Metall aus Metall geschnitten, um einmal Waschmaschine zu sein. Das tat in den Ohren weh wie ein Schrei. Er ging zur Pforte, um Mahlzeit! zu rufen, oder Bin-gleich-wieder-da! Der Stuhl des Pförtners war leer, aber das Radio spielte den Kriminaltango vom vergangenen Jahr. Hazy Osterwald. Böwe lächelte und ging weiter. Er hatte ein nettes, scharfes Gesicht und breite Schultern, die beim Gehen ganz ruhig blieben, während er hinaus auf den LKW-Parkplatz ging, in eine Oktobersonne, die längst nicht mehr wärmte.

Er hatte nicht einmal einen Koffer, um nach Frankfurt zu fahren.

Du hast heute Nacht geschrien im Traum, sagte Liz, als sie sich unter der Tür im Nachthemd von ihm verabschiedete.

Wovon er geträumt hatte? Er schaute auf ihr rosa Nylonnachthemd, und in dem Moment glitt der Traum an dem Stoff ab. Es war kalt im Hausflur. Er küsste sie auf die Nase, nahm sein Pfeffer-und-

Salz-Köfferchen und fuhr mit der Straßenbahn ins Büro. Mittags aß er aus einem Henkelmann Grünkohl mit Mettwurst, arbeitete bis zum frühen Nachmittag weiter, holte gegen zwei Uhr seine 20 000 Mark bei Franz Locke im Büro ab, schob die Scheine unter dessen Augen ehrfürchtig in den Brustbeutel, nahm sein Köfferchen und ging. Der Weg zum Bahnhof führte am Rand der Stadt an den Gleisen entlang. Die Sonne stand ziemlich tief im Westen und blendete ihn. Frankfurt aber lag im Süden. Da unten in Frankfurt, sagte Liz immer ängstlich, seitdem sie von dem Sonderauftrag wusste, so als läge Frankfurt in Richtung Hölle. Auch Böwe erwartete, dass Frankfurt da unten tatsächlich der finsterste Süden war.

***

Bis Wuppertal fuhr er mit dem Nahverkehr zweiter Klasse. Die Fahrkarte löste er am Bahnhof bei dem Kerl, den er schon als Kind nicht hatte leiden können. Sommers wie winters trug der den gleichen Pullover und trank seinen Kaffee aus einer ungespülten Tasse, die schmutzig wie ein Klo war, bevor er nebenbei den nächsten Kunden am Schalter bediente. Was war das nur für einer, den man so lange und eigentlich gar nicht kannte? Im Ort sagte man, er schreibe nach Feierabend Gedichte darüber, dass der Himmel längst abgeschafft sei. Sicher war er Kommunist, denn er trug nie weiße Hemden, auch sonntags nicht.

In Wuppertal-Elberfeld stieg Böwe um in den Fernzug nach Köln und in Köln in den nach Frankfurt. In den Fernzügen saßen andere Männer als im Nahverkehr. Männer mit dünnen Aktenmappen, dünnen Krawatten, glänzenden Anzügen und abstehenden Fledermausohren. Böwes Gesicht war oval und noch unentschieden. Hinter den Augen wartete eine erste Melancholie darauf, richtig Melancholie zu werden. Aber wenn er aus dem Zugfenster sah, verbündete sich das, was da draußen war, mit dem, was in ihm war. Er war glücklich in diesem schnellen Zug, der durch kleine Städte ohne Halt fuhr. Hatte er wirklich im Traum geschrien, in der Nacht?

In Köln setzte Böwe sich mit seinem neuen Köfferchen in den Speisewagen, um dort bis Frankfurt zu bleiben. Er strich mit beiden Händen über die purpur- und dunkelgrau gestreiften samtigen Sitze. Kaum einer der weiß gedeckten Tische war besetzt. Nur an dem Tisch, der am weitesten von ihm entfernt war, saß ein Mann in Hosenträgern, der viel älter war als er, und rauchte Zigarre. Böwe las die Speisekarte genau. Hähnchenbrust mit Reis, Linsensuppe mit und ohne Würstchen, Käse- oder Aufschnittplatte mit Gurkengarnitur. Er bestellte die Käseplatte und einen Wein.

Guten Abend, sagte die Frau. Draußen war es noch hell.

Sie war in Koblenz eingestiegen.

Er hatte sie bereits auf dem Bahnsteig gesehen, mit einem Gesichtchen, das in seine Hand gepasst hätte und das vielleicht älter war als seines, vielleicht aber auch nicht. Es war sehr blass, aber anders blass als das von Liz. Leo Böwe wünschte sich in dem Moment etwas und vergaß es gleich wieder.

Guten Abend.

Sie setzte sich an seinen Tisch, nachdem sie leise gefragt hatte, ob er auch nicht rauche. Sie trug einen flauschigen schwarzen Pullover und schob die Ärmel über sehr weiße Unterarme bis zu den Ellenbogen hinauf. Erst dann zog sie die Handschuhe aus. Sie trug eine Elfenbeinkette eng um den Hals und strich das Haar zurück, das blond war, aber mit einem Ton von Asche darin. Seine Schwägerin war auch blond, aber eigelb-blond. Sie war Schuhverkäuferin und überhaupt eine dumme Person. Wenn eine Frau allein reiste wie diese hier, war sie sicherlich eine intelligente Frau.

Ich hätte gern ein Glas Wein. Südwein, sagte sie zum Kellner.

Neben ihnen glitzerte der Rhein, als Böwe aus dem Fenster schaute. Spätherbst. Zwischen den Häusern rechts der Bahnstrecke sah man wenige Menschen. Sie liefen schräg, weil es windig war. Die Frau warf die Haare noch einmal zurück, und erst jetzt sah er, sie trug Ohrringe, orangerot wie die Winker am Auto, wenn man abbiegt. Sie legte eine braune Kameratasche auf den weiß gedeckten Tisch und bestellte eine Ovomaltine.

Zum Wein?, fragte Böwe.

Ich trinke Ovomaltine, sagte sie, damit ich groß ...

... und nicht nervös werde, vervollständigte Böwe den Spruch aus der Werbung. Ein Schafslächeln, das sich dabei in sein Gesicht schlich, wischte er eilig mit der Hand weg. Er musste sich rasieren, merkte er, während er aus Verlegenheit sein Gesicht weiter rieb. Ein letztes Sonnenlicht fiel auf die zwei Weingläser und auf den Ehering an Böwes Hand.

Morgen war Allerheiligen.

Leo Böwe wurde am 10. Mai 1935 geboren, um Mitternacht, vier Monate und zwei Tage nach Elvis Presley, und zwei Jahre nach der Bücherverbrennung. Er las wenig. Aber ein Buch war seine Bibel. Eigentlich hatte er es nur wegen des Titels aus dem Regal irgendeiner Buchhandlung geholt: »Die geheimen Verführer«. Als er es aufschlug, begriff er sofort, dass es nichts mit Sex zu tun hatte. Als er es zurückstellen wollte, hatte er bereits zu lesen begonnen und war weiter lesend zur Kasse gegangen. Bei dem Buch ging er in den Wochen darauf in die Lehre. Abends, während das Radio für Liz spielte, saß Böwe neben ihr auf der Couch, mit angezogenen Knien, seine Nase spitz wie der Schnabel eines neugierigen Vogels, und begriff, warum Frauen mit Vorliebe Artikel in roter Verpackung kaufen, warum Männer Zigaretten rauchen, warum eine Frau nur selten das Kleid kauft, das ihrem Geschmack entspricht, warum die Herrenbekleidung femininer und die Angst vor Banken größer wird, ja, warum man diese oder jene politische Partei wählt und warum sich die Menschen neuerdings die Zähne vor dem Frühstück putzen.

Manchmal las er Liz daraus vor. Sie gähnte. Ihr Gelangweiltsein hatte sie ihm langweilig gemacht. Aber die zwei Reihen hübscher, kleiner, weißer Zähne, die sie beim Gähnen wie geheime Perlen zeigte, hatten ihn wieder versöhnt.

Bis wohin fahren Sie?, fragte die Frau mit dem Gesichtchen.

Bis Frankfurt.

Beruflich?

Ja.

Was machen Sie beruflich?

Was ich beruflich mache, wiederholte Böwe und holte Luft, ich reise viel, im Moment wenigstens, sagte er.

Ich auch, sagte die Frau ihm gegenüber und sah aus dem Fenster dabei.

Böwe war noch nie in Paris oder London oder Amerika gewesen. Er war noch nie irgendwo gewesen, wo man eine andere Sprache sprach. Nur einmal in Holland, mit Liz. Aber da hatte er die Menschen gut verstanden, die Sprache war wie Plattdeutsch daheim gewesen. Liz war auf zu hohen weißen Riemchenschuhen durch die Klosteranlagen am Hafen und dann auf Nylonstrümpfen über den Strand von Scheveningen gelaufen, die Schuhe wie eine Handtasche unter dem Arm. Böwe hatte nicht einmal Schuhe oder Anzugjacke ausgezogen, trotz der Hitze. Er hatte immer woanders hingeschaut als Liz, um nicht mit ihr streiten zu müssen. Ja, seine Liz hatte nach zwei Tagen bereits Heimweh und er an ihrer Seite Fernweh bekommen. Denn Liz sah die Welt grundsätzlich anders als er. Sie sah gar nicht erst richtig hin. Zum ersten Mal hatte er da gedacht, dass jeder von ihnen ein so kleines Leben führte, so klein, dass ein anderer kaum Platz darin fand. Auf der Strandpromenade dann hatten sich zwei Tauben gepaart, und er und Liz hatten beide wieder woanders hingeschaut.

Ja? Die Frau schob aufmunternd die Hände über die weiße Tischdecke an ihrem Weinglas vorbei in seine Richtung. Sie reisen auch, das ist aber ulkig.

Sie hatte ulkig gesagt, und das Wort passte gar nicht zu ihr. Das passte nur zu billigen Personen.

Was machen Sie denn?

Sein Gesicht zog sich merkwürdig in die Breite. Ich bin Schriftsteller, hörte er sich am Ende eines unsicheren Lächelns sagen, aber so langsam, dass er es noch mitten im Satz hätte verhindern können. Das war keine Lüge, würde er sich später trösten. Das war eine Erfindung, und erfinden war nicht lügen. Danach schaute er angestrengt aus dem Fenster, denn er fürchtete, sie könnte gleich nach seinem Namen fragen, und ihm würde außer Goethe, Edzard Schaper und Heinrich Böll nichts einfallen.

Schriftsteller, sagte die Frau so langsam, wie er gelächelt hatte. Schriftsteller? Sind Sie dafür nicht zu jung?

Der Punkt ist der, sagte er und stockte. Er dachte an sein Lieblingsbuch, »Die geheimen Verführer«. Für den Griff ins Unbewusste, sagte er, braucht man erst einmal Know-how und nicht unbedingt Erfahrung.

Know-how? Sie sprechen Englisch?, sagte die Frau. Böwe wurde rot und merkte, wie er nickte.

Sie waren in England?

Er nickte.

Das ist aber ulkig, ich auch, sagte die Frau.

Schon wieder dieses alberne Wort!

Wann waren Sie denn dort, wenn ich fragen darf, sagte er rasch, bevor sie weiterfragen konnte.

Ich war drei, als meine Eltern und ich nach England gingen.

Böwe starrte auf ihr Haar, und das Wort, das er gesucht hatte, fiel ihm ein. Baltisch blond, dachte er, sie ist baltisch blond, und erst als er das Wort baltisch gefunden hatte, glaubte er zu verstehen, was sie mit England meinte.

Dann sind wir ja ungefähr gleich alt?, sagte er verlegen, um nichts über die Sache mit England sagen zu müssen. Für einen Augenblick glaubte er in ihrem Gesicht ein Entsetzen zu sehen. Bisher hatten sie sich verstanden, weil sie nichts voneinander wussten. Jetzt war es anders.

Ja, sagte sie, das sind wir. Und sonst?

Es dauerte eine Zeit, bis sie einander wieder ansehen und weitersprechen konnten. Von seinem Platz im Speisewagen aus betrachtet, schien im Himmel bereits Schnee zu hängen. Er roch ihr Parfum, und solange er nicht hinsah, glaubte er, ihren Geruch in der Nase, sie sehe jemandem ähnlich. Trotzdem hatte sie so etwas Fremdes.

Als die ersten Häuser von Frankfurt auftauchten, berührten sich ihre Füße unter dem Tisch. Er zuckte als Erster zurück, als hätten sie sich aus Versehen geküsst, und fragte, wie sie denn heiße. Da hatte sie schon nach ihrer Kamera gegriffen und in sein Gesicht hinein abgedrückt.

Wie heißen Sie?, fragte er noch mal.

Und Sie?

Leo.

Leo Tolstoi? Sie lachte, er nicht.

Und, darf ich?

Was?

Ihnen das Foto schicken?

Wohin?

Nach Hause vielleicht?

Böwe wurde wieder rot, als er Nein sagte.

Sie stand auf, zog den Mantel an und ging zur Tür, obwohl der Zug noch nicht in den Bahnhof eingefahren war. Sie stand in dem zugigen Teil zwischen den Waggons, noch gut sichtbar, aber schon weit weg. Die Diagonale zwischen ihnen sagte, dass etwas falsch war. Großstadtfrauen. Er schaute auf den leeren Platz gegenüber. Der Ort, an dem sie sich aufgehalten hatte, blieb ohne sie zurück. Die Tischdecke verwelkte.

Großstadtfrauen. Lou war auch so eine gewesen, sie kam aus Berlin. Leo Böwe wohnte mit seiner Mutter damals unten im Haus im Hinterzimmer des Lebensmittelgeschäfts. Das war kurz nach dem Krieg. Wenn er seine Schulaufgaben machte, konnte Böwe Lou im Laden auf den Steinkacheln mit ihren Sandaletten herumklappern hören und sich vorstellen, wie sie in ihrem weißen Kittel durch den Laden streifte, von der Obsttheke zur Fleischtheke, weiter zur Käsetheke und dabei den Bleistift mit der Zunge befeuchtete, bevor sie die nächste Summe auf den Rechnungsblock schrieb. Manchmal saß sie auch an der Kasse und zerzauste den kleinen Jungen, die mit Einkaufszetteln kamen, das Haar. Aber die waren alle jünger als er. Nach der Arbeit ging Lou in ihre Mansarde hinauf, barfuß, auch wenn es kalt draußen war. Die Schuhe in den Händen, schlug sie die Absätze rhythmisch gegeneinander und summte etwas, das das Haus für einen Moment zu einem anderen Haus machte.

Berlin ist meine Heimat, Berlin!, sagte Lou.

Sie war achtundzwanzig, Böwe sechzehn. An einem Sonntagnachmittag stand er mit Sparschwein vor ihrer Mansardentür, um sie zu fragen, ob sie ihn nicht erlösen könnte von seinen ungefähren Träumen.

Ich will dein Sparschwein nicht, sagte Lou. Sie zündete sich eine Zigarette an. Komm rein, Kleiner.

Wir haben hier auch mal gewohnt, hier oben, sagte er.

Na, weit bist du dann ja noch nicht gekommen.

Und Sie, waren Sie schon mal am Meer?

Und du, schon mal in Berlin gewesen, Kleiner?

Lou hatte ein blaues Sofa, und ihre Fingernägel hatten die gleiche Farbe wie ihre Bluse. Sie roch nach Birke, wenn sie die Arme hob. Ihre Achseln waren rasiert. So etwas hatte Böwe noch nie gesehen. Er setzte sein schiefes Lächeln auf, und Lou schaute kurz interessierter. Er fuhr mit der Hand über sein Kinn, als müsse er sich endlich mal rasieren, und ging an das kleine Fenster, das auf den Hof führte. Er sah hinunter auf die Mülltonnen und auf die schwarze BMW des Hausbesitzers.

Hier, sagte er, habe ich mit zwei mal gesessen und die Beine hinausbaumeln lassen.

Ja, sagte Lou, wir wissen nicht immer, was wir tun.

Ich hätte hinausfallen und tot sein können, sagte Leo, meine Mutter musste sich von hinten anschleichen und mich packen, bevor ich sie bemerkte. Lou lächelte leer, und Leo Böwe zweifelte plötzlich daran, dass er ein ungewöhnlicher Mensch sei mit ungewöhnlichen Phantasien, und dass er deshalb auch ungewöhnliche Bedürfnisse haben dürfe.

Ich geh dann mal wieder, sagte er. Sie gab ihm die Hand.

Und Tschö!

Wiedersehen, sagte er.

Er legte sich im Hinterzimmer des Ladens auf den Boden und betrachtete den deutlichen Weg im Linoleum von der Tür zur Anrichte. Ein Trampelpfad, denn alle aus dem Laden bedienten sich in der Mittagspause beim Geschirr und Besteck seiner Mutter. Auch Lou. Sie spülte als Einzige nachher nicht ab. Mit dem Kopf neben dem Trampelpfad dachte Böwe an Eingeweide und nahm sich vor, Lou eines Tages zu bestrafen. Wie, das war ihm in dem Moment nicht ganz klar. Tage später ging er in den Laden, ohne einen Einkaufszettel seiner Mutter. Lange suchte er in der Umgebung der Kasse herum, hinter der Lou saß. Dann kaufte er sich einen Kamm und schob ihn vor Lous Augen sehr langsam in seine Gesäßtasche. Lou strahlte ihn dabei an.

Na, kleiner Böwe?, sagte sie.

Eigentlich hatte da alles angefangen.

***

Vier Wochen später hatte Böwe sich an Frankfurt gewöhnt. Er lief mit Brustbeutel unter dem gerippten Unterhemd durch den Bahnhof, mit dem Unterhemd unterm Nylonhemd, mit dem Nylonhemd unter dem Schlips, er lief mit seinem dunkelblauen Schlips und Windsorknoten, den er sonst nur sonntags trug, und über all den dünnen Schichten spannte sich sein Anzug. Der Anzug war neu, und ein Geruch nach Kunstfaser stieg Böwe bei jeder Bewegung in die Nase. Aber die Schuhsohlen waren aus Leder. Seine eigelb-blonde Schwägerin arbeitete in einem Schuhgeschäft, das bedeutete: Einkaufspreis. So musste er nicht auf Kreppsohlen, also auf Radiergummi, wie er immer sagte, in die Welt hinaus. Die Welt? Mann! Böwe lief geschäftig durch den Hauptausgang des Frankfurter Bahnhofs, Richtung Kaiserstraße. Hier stieß die Kaiserstraße senkrecht auf den Bahnhof. Da, wo er herkam, gab es auch eine Kaiserstraße, aber die verlief parallel zu den vier Gleisen eines Kleinstadtbahnhofs. Parallelen, das waren zwei Geraden, die sich erst im Unendlichen berührten, wusste Böwe aus dem Mathematikunterricht.

Er wartete auf die Straßenbahn Nummer 17, die zum Hotel am Berg fuhr. Alle Nummern kamen, nur die 17 nicht, und Böwe beschloss, erst einmal in sein Büro zu gehen, die Kaiserstraße hoch, bis zur Zeil. Danach war es nur noch ein kleines Stück bis zum Hotel.

Männer sprangen leise aus den Bahnen neben ihm, wie man nur in einer Großstadt aus der Bahn springt, gaben den Zeitungsverkäufern auf der Verkehrsinsel im Vorbeilaufen abgezähltes Geld, schoben sich Rundschau, Neue Presse, Allgemeine unter den Arm und holten manchmal mit wenigen Schritten eine Frau ein, die mit ihrem Einkaufsnetz schon vorausgelaufen war, in dünnen Strümpfen, so dünn, als seien die Beine nackt. Irgendwo in der Nähe setzte sich vielleicht gerade jetzt eine baltisch blonde Frau auf ein Hotelbett und zog ihre Strümpfe aus, wobei sie sich auf den Rücken legte, die Beine in die Luft streckte und eine Weile so liegen blieb, zerschlagen nach einer ihrer vielen Zugfahrten, dachte Böwe.

Es war bereits dunkel. Die gebogenen Lichtmasten in der Kaiserstraße hatten Jugendstilornamente, aber keine Leuchten mehr. Schwarz standen sie vor einem dunkelgrauen Himmel. Böwes Köfferchen war nicht schwer. Er ging vorbei an einem zerbombten

Wohnhaus, kein Haus, ein Knochen. Er ging am nächsten Haus vorbei, an dessen Restwänden aufstrebende Firmen auf sich aufmerksam machten, ging vorbei an einer Reihe neuer, aber schon klappriger Pavillons, und an jener Bierstube, die von acht Uhr früh bis Mitternacht warme Küche anbot.

Gegen eine fensterlose Mauer hatte ein Künstler seine strichdünnen Menschen aus buntem Metall geworfen, ein Haufen Mikadostäbchen, die Böwe an das Wandmosaik der katholischen Volksschule zu Hause denken ließen, an dem Liz und er jeden Sonntag vorbeikamen auf ihrem Weg zum Friedhof. Ein Reigen gesichtsloser Kinder umtanzte auf dem Mosaik einen ebenso gesichtslosen Mann, der ein Lineal in der Hand aufrecht hielt. Was machten Liz und er eigentlich jeden Sonntag auf dem Friedhof? Das Mosaik war für Böwe der Inbegriff seiner Sonntagnachmittage geworden, blass und leer und immer ein bisschen verregnet. Sonntags trug Böwe einen Raum aus Angst in sich. Natürlich hätte Liz das nicht verstanden, wenn er mit ihr darüber geredet hätte. Er würde seine Angst nie in ihr wecken können.

Böwe lief schnell die Kaiserstraße hinauf. Plötzlich ging ein Fremder dicht neben ihm, aber Böwe wurde deswegen nicht noch schneller. Er machte nur größere Schritte.

Brauchen Sie eine Schreibmaschine?

Eine was? Böwe blieb nicht stehen. Eine sehr junge Frau ging eilig an ihnen vorbei, mit einem Käppchen am Hinterkopf, das sie mit ziemlich vielen Nadeln festgemacht haben musste.

Eine Olivetti, sagte der Fremde, ich kann Ihnen günstig eine verkaufen. Sie kennen doch die Olivetti, die neue?

Böwe blieb nun doch stehen und musterte den Fremden. Der zog die Hände aus den Manteltaschen. Solche Hände hatte Böwes Chef auch. Es war viel Fleisch an ihnen, kleine, bleiche, fast silbrige

Hände, mit denen man höchstens Kuchen aussuchen oder Hamster streicheln konnte. Aber diesen Schatten des Fremden, diesen Schatten auf dem Asphalt, hatte er den nicht schon mal gesehen? Im Kino vielleicht?

Böwe schüttelte den Kopf. Der Fremde ließ enttäuscht, aber freundlich die Schultern fallen.

Und die Nitribitt?, fragte der Fremde. Sein Ton war sachlich und nachdenklich.

Nein, sagte Böwe, ich will auch keine Nitribitt kaufen, und überhaupt, die Marke kenne ich gar nicht.

Es roch nach Autoabgasen in dem Moment, und der Fremde hatte sich eine Zigarette angezündet, die nach Nelke duftete. Mein Gott, ja, was er alles noch nicht kannte, dachte Böwe. Er strich sich über das Hemd, fühlte den Beutel und hätte jetzt gern ein Bier gehabt. Es war plötzlich so kalt, kälter als Oktober oder November, und die Kälte war nicht von hier. Es war eine dortige Kälte. Da griff der Fremde nach ihm und hielt ihn am Ärmel fest.

Nitribitt, wiederholte er.

Nitribitt, sagte Böwe. Ist die ... ist die auch neu?

Neu nicht, sagte der Fremde, aber tot.

Es war der 31. Oktober 1957, kurz nach sieben. Es war Böwes viertes Wochenende mit Sonderauftrag in Frankfurt.

Ja dann, einen schönen Abend noch, sagte er abrupt, weil ihn der Tod einer Schreibmaschine nicht interessierte.

Ja dann, sagte der Mann, schade, und blieb noch einen Moment stehen. Er nickte sorgenvoll, aber seine Augen blieben ausdruckslos wie schwarze Knöpfe, in denen es Böwe schon nicht mehr gab.

Böwe wechselte die Straßenseite und wusste selbst nicht, warum. Der Gehsteig kam ihm leer vor, als sei es bereits Stunden später und tiefe Nacht. Der Wind blies kalt.

Sein Pfeffer-und-Salz-Köfferchen setzte Böwe bei der Tür ab. Das Büro war überheizt. Ohne Licht zu machen, öffnete er das Fenster gegenüber dem Schreibtisch und sah hinaus. Draußen schickten Autos Lichtbänder über die Straße, und an der Haltestelle der Linie 12, die Allerheiligen hieß, steckten zwei Männer die Köpfe zusammen und gaben einander Feuer.

Allerheiligen, war das nicht morgen? Trotzdem würden morgen die Vertreter kommen und ihre wöchentliche Auszahlung abholen. Allerheiligen war kein Feiertag in Frankfurt.

Böwe warf seinen Mantel zielsicher vom Fenster aus auf einen Stuhl bei der Tür, obwohl er das hier noch nie getan hatte, und setzte sich eine Weile hin, in die kalte Luft. Er machte noch immer kein Licht.

Die Kommunistische Partei Deutschlands war im Jahr zuvor verboten worden, und Böwes Chefs Fritz und Franz hatten das Büro mit Mobiliar und Gummibaum übernommen für besondere Geschäfte, zu denen auch Böwes Sonderauftrag gehörte. Sie hatten die Räume nicht gestrichen, nur die Bilder von Marx und Engels heruntergenommen und über die weißen Schatten an der Wand ihre eigenen Porträts gehängt. Ihre identischen Gesichter in den identischen Rahmen blickten lächelnd über Böwes Schreibtisch hinweg.

Warum haben Sie denn den Chef doppelt aufgehängt?, hatte letzte Woche der Hausmeister gefragt, und Böwe hatte köstlich, köstlich gerufen und dem Mann am frühen Freitagmorgen einen Asbach uralt spendiert, ohne mit dem Lachen aufzuhören. Die Büroeingangstür aus Holz hatten Fritz und Franz Locke gegen eine elegante Milchglasscheibe ausgetauscht. Über die neue Glastür warf sich kühn ein moderner Schriftzug: »LOCKE automatik«. Darunter die Grafik, ins Glas geschliffen, zeigte die Choreographie zwischen einem menschenleeren, aber aktiven Herrenschlafanzug, welcher einem ebenfalls leeren, doch anmutigen Damennegligé in den Nacken griff. Der Anzug ohne Kopf warf das Negligé ohne Kopf in den LOCKE-Toplader. Der Entwurf war von Böwe. Ein Künstler, unser kleiner Böwe, hatten die Zwillinge gesagt, ihn für diese moderne Kopflosigkeit gelobt und Liz dafür einen Präsentkorb mit Sekt geschickt.

Hatte er wirklich geschrien, heute Nacht?

Wenig Licht fiel von der Straße in den Raum. Böwe rückte die grüne Schreibtischunterlage zurecht und spitzte Bleistifte an. Er dachte, dass er sich eines Tages vielleicht gern an diese Zeit erinnern und sie seine Frankfurter Zeit nennen würde. Dabei fühlte er sich plötzlich so sehnsüchtig, als sei die Zeit bereits vorbei.

Hinter der Milchglastür erschien die dunkle Silhouette eines Mannes mit Hut.

Warum sitzen Sie denn im Dunkeln, mein kleiner Böwe?

Das Deckenlicht flammte auf, und Nobis ließ seine Hand einen Augenblick am Schalter.

Nobis verkauft seine fünfzehn Waschmaschinen in fünf Tagen, hatte Franz Locke zu Böwe gesagt, oft doppelt so viel wie die Kollegen. Nobis war weder sympathisch noch unsympathisch, aber er weckte sofort Interesse.

Er verkaufte, wie die anderen, an der Haustür an Frauen, die schon die ersten Spuren des Alters im Gesicht hatten und sich selbst dafür verachteten. Nobis war einer, bei dessen Anblick sie davon träumten, die Nacht woanders zu verbringen, in einem Hotel mit dunkel getäfelten Wänden, schweren Teppichen, dickem Gästebuch, um danach, in diesem wunderbaren Danach im BH am Fenster zu stehen, rauchend, sodass das Gesicht wieder warm aufleuchtete wie früher. Aber ihre Hände waren längst ruiniert. So kauften sie Waschmaschinen, von Nobis. Er war Teil des Traums, und dafür bezahlten die Frauen gern, fast immer in Raten zu 20 oder 30 Mark im Monat, eine Summe, so gering, dass die hohe Verzinsung nicht auffiel. Manche zahlten auch gern für die Hoffnung, in den zwei oder drei Jahren des Abzahlens Nobis noch einmal wiederzusehen, mit dem sie an irgendeinem Nachmittag in irgendeiner Küche durch den Kaufvertrag eine fast zärtliche Beziehung eingegangen waren, auch wenn am Abend der Mann den Kaufvertrag mit unterschreiben musste. Locke akzeptierte keine Unterschrift von Ehefrauen. Ehefrauen verdienten nicht das Geld. Nobis verdiente 2000 Mark in der Woche, manchmal wenigstens, und Böwe 583,23 Mark im Monat. Er mochte Nobis, doch er fragte sich bei dessen Anblick, für wen der Mann eigentlich lebte.

Böwe ging zum Fenster, um es bis auf einen Spalt wieder zu schließen. Gegenüber, über der Toreinfahrt Nummer 54, hing in einer Wohnküche eine hässliche Lampe von der Decke.

Was ist, kleiner Böwe? Nobis war hinter ihn getreten und schlug ihm auf die Schulter.

Traurig? Liebeskummer? Lassen Sie sich sagen, kleiner Böwe, sagte Nobis so, als hätten sie schon eine Weile miteinander gesprochen, die Liebe ist eine rein körperliche Angelegenheit, eigentlich eine Art Hygiene. Sex finden Sie überall. Denken Sie dabei nicht sofort an Liebe. Stellen Sie sich vor, Sie gehen mit einem Mädchen ein, zwei Monate und stellen dann fest, es war Zufall, dass es gerade die war. Denn gerade die war es nicht. Die andere, ihre Freundin vielleicht, gefällt Ihnen mittlerweile viel besser. Was machen Sie dann?

Ich bin verheiratet, sagte Böwe und drehte das Gesicht weg. Es war das Gesicht des Mannes mit dem Lineal, das größte in der Mitte des Wandmosaiks. Ein Gesicht wie ein Brot.

Über der Toreinfahrt 54 hatte sich das erleuchtete Fenster geöffnet.

So was, sagte Nobis.

Was?

Verheiratet?

Ja, verheiratet, sagte Böwe. Ein und ein halbes Jahr, und davor sind wir fast fünf Jahre miteinander gegangen.

O Gott, sagte Nobis, fünf Jahre, was das für Werbungskosten sind.

Aus dem Fenster über der Nummer 54 beugte sich eine ältere Frau und hob einen dicken Dackel neben sich auf das Fensterbrett. In dem Moment klingelte das schwarze Telefon auf dem Schreibtisch. Böwe ging hin. Kontrollanruf. Es war sein Chef Franz, und Nobis machte Zeichen, dass er nicht mit ihm sprechen wolle, sondern legte behutsam seine Kaufverträge neben das Telefon, um dann zur Tür zu schleichen. Dabei drehte er sich noch einmal um, schlug den Mantelkragen hoch und grinste Böwe an. Kurz verharrte sein mächtiger Körper in der Tür und füllte den ganzen Rahmen aus. Dicht beim Gummibaum stand eine staksige Stehlampe. Die knipste Nobis auch noch an, bevor er die Tür schloss. Dann blieb Böwe allein im Licht zurück, lachte angestrengt ins Telefon und setzte sich gerade hin, wie ein Hund.

Danach rief er Liz an.

Wir stricken gerade, sagte sie, außer Atem.

Es gab im ganzen Haus nur ein Telefon, und das hing vier Stockwerke tiefer, unten im Lebensmittelgeschäft.

Liz und ihre Mutter saßen und strickten oft, wenn Böwe am späten Nachmittag von der Arbeit kam. Sie hatten sich nicht viel zu sagen, und Böwe fürchtete, wenn er die beiden Frauen so sah, dass auch er eines Tages anfangen würde zu stricken, Seite an Seite mit seiner strickenden Frau.

Und was machen wir jetzt Schönes?, rief er schon vom Flur aus und starrte noch immer im Mantel auf den Rest süßen Stuten, den seine Schwiegermutter immer zum Wochenende mitbrachte, seitdem Liz und er verheiratet waren.

Seine Schwiegermutter stand bei der Frage sofort auf und nahm ihrer Tochter den Teller weg. Liz strickte weiter, obwohl Leo an den Tisch kam und sie auf den Mund küsste. Was hatten sie sich vorgestellt, als sie heiraten wollten? Nichts. Und erträumt? Gar nichts. Die Hochzeit war das Endziel gewesen. Dass nach der Hochzeit eine Ehe kam, damit hatten sie nicht gerechnet. Als am Tag danach die Reste vom Fest weggeräumt, die weißen Tischdecken in der Waschküche eingeweicht, Akkordeon und geliehenes Geschirr zurückgebracht und die Fenster zur Straße und zum Hof zum Lüften geöffnet worden waren, wurde das Licht in dem Zimmer, in dem sie saßen, langsam grau. Liz und Leo Böwe saßen schweigend nebeneinander, ohne Trost in einer Berührung zu suchen. Ein kalter Ofen konnte nicht kälter sein. Später fanden sie ein Mittel, um mit dem grauen Licht umzugehen. Sie machten sich eine Kanne Kaffee und tranken sie Tasse um Tasse leer.

Lass uns ins Kino gehen, heute Abend!, sagte Böwe zu Liz, während seine Schwiegermutter bereits ihren hässlichen Hut aufsetzte und ihre Gummiüberschuhe anzog. Leo zwinkerte Liz zu.

Es war fünf Uhr nachmittags. Sie hatte kleine Brüste, die fast so hoch saßen, wie der BH es wollte, einen flachen Bauch und ziemlich kräftige Beine, die sie nicht rasierte. Sie trug nie Bikini, sie ging nie ins Schwimmbad, sie konnte nicht schwimmen. Ihre Mutter fand Schwimmen unmoralisch. Liz war sehr hübsch, wenn auch auf eine provinzielle Art. Selbst wenn sie sich modisch kleidete, mit Handschuhen, Hut, Stola, schwarzem Samttäschchen und Perlenband, verlor sie nicht diesen kindlichen, bäurischen Blick, in dem die Welt still stand, egal, ob sie gerade gut oder schlecht war. Er hatte sich dieses Mädchen ausgesucht.

Komm her, mein Mädchen, sagte er und ging auf das Sofa zu, kurz fiel sein Blick auf das Bild darüber. Ein Kunstdruck, »Rote Pferde«. Und kurz darauf liebten sie sich auf dem Boden, ein wenig ungeschickt wie immer, und sie mit geschlossenen Augen. Dass sie mit ihm auf der Teppichbrücke gelandet war, nahm er als Beweis dafür, ein richtiger Verführer zu sein.

Ich möchte nicht, dass du jedes Wochenende wegfährst, sagte sie, als er noch auf ihr lag. Er küsste sie. Ihr Mund schmeckte nach Mandeln. Mit den Fingerspitzen strich sie über die Teppichbrücke.

Warum?

Wenn du zu viel reist, sagte sie, wirst du bald nichts mehr fühlen.

Er schaute sie an. Der Satz war nicht rätselhaft gemeint. Ganz sicher nicht. Er war ihr nur verrutscht und kam deswegen mit Bedeutung daher.

An jenem Abend fuhren sie mit der Straßenbahn über die Stadtgrenze hinaus ins Kino nach Wuppertal. Die Straßenbahn durchquerte ein Industriegebiet und kam vorbei an einer neuen Tankstelle, hell erleuchtet und mit einer schwungvollen Ellipse als Dach. Kein Dach, ein Keks, sagte Liz. Sie zog ein dünnes Kopftuch aus ihrer Handtasche und setzte es umständlich auf. Ihre Hand lag kalt in seiner, als sie über die Straße zum Kino liefen. Und als sie zwei Stunden später vom Kino ins Restaurant gegenüber liefen, war die Hand endlich warm.

An einem Fenstertisch küsste sich ein Paar. Leo hielt Liz die Tür auf, und es roch nach Freitag.

Das ist ein Fischrestaurant, flüsterte Liz nervös. Sie aß nie Fisch.

Böwe traute sich nicht, wieder zu gehen. Energisch zerrte er seine Frau aus dem Mantel und setzte sie mit einem Tisch Abstand zu dem Paar am Fenster, das eben noch seine Zärtlichkeiten zur nächtlichen Straße hin ausgestellt hatte. Jetzt stritten sie, und Böwe erinnerte sich, dass der Mann vorhin beim Küssen schon die Augen offen gehabt hatte. Er hatte leer an dem blonden Pagenkopf der Frau vorbeigeschaut. Er hatte von einer anderen Frau geträumt, sicher, und jetzt stritten sie über den Film, den sie gerade gesehen hatten. Die Frau sagte: langweilig. Der Mann sagte: anspruchsvoll.

Böwe sah Liz an. Die sah auf ein Aquarium, in dem dicke Fische ihre letzten Runden schwammen. Sie drehte an ihrem Ehering, bis sie mit lauter Stimme wie ein Hahn den Kellner fragte, ob es auch Gerichte ohne Fisch gebe.

Beilagen?

Vielleicht mit Spiegelei?, schlug Böwe vor.

Der Kellner verschwand Richtung Küche, und sein Jackett warf beleidigte Falten auf dem Rücken.

Liz griff über den Tisch. Sie sah verliebt aus, und Böwe dachte: Kein Mensch kann sich für einen anderen Menschen ein Leben lang interessieren, oder?

Ich weiß, dass du meine Mutter nicht magst, sagte die Frau zwei Tische weiter.

Der Kellner brachte eine Forelle für Böwe und ein halbes Hähnchen für Liz, Salzkartoffeln für beide und eine Schale mit Wasser und Zitronenscheibe, die er vor Liz hinstellte. Liz sah die Schale beunruhigt an, bevor sie ihre Serviette auf dem Schoß auseinander faltete. Dann sah sie das Hähnchen an.

Komisches Spiegelei, sagte sie.

Mit mir nicht, sagte die Frau zwei Tische weiter, mit mir nicht!

Na, ich hatte eigentlich nichts zu trinken bestellt, sagte Liz in dem Moment und hob die Schale mit Wasser und Zitronenscheibe an den Mund. Sie trank sie aus, bevor Böwe es verhindern konnte.

Bah, lauwarm, sagte sie. Wie Spülwasser.

Das Paar zwei Tische weiter lachte und versöhnte sich noch einmal für diesen Abend.

Was ist denn?, hatte Liz gefragt.

Nachdem Nobis gegangen war und Böwe mit Liz telefoniert hatte, nahm er ein Taxi vom Büro zum Hotel am Berg. Es schien bereits in tiefem Schlaf zu liegen, wie im Winter ein abgeschiedenes Dorf im Schnee. Vom Schriftzug waren nur die Umrisse sichtbar, hohl und ohne Licht. Eine leichte, aber kalte Luft mit dem Geschmack von Eiskristallen und eine merkwürdige Stille umgaben ihn. Nicht das geringste Lebenszeichen eines anderen Gastes deutete an, dass er nicht allein war auf der Welt. Niemand war an der Rezeption. Sein Schlüssel lag mit einem Zettel bereit. Er ging hinauf in den zweiten Stock.

Für Herrn Böwe / Zimmer 23 / Rimini.

Die Woche zuvor hatte er im Chambre Bleue gewohnt. Es hatte ihm gut gefallen. Alles himmelblau und gold, und der fusselige Bettvorleger hatte ihn durch die Schuhsohlen aufwärts bis in die Nase gekitzelt. Am besten aber war das afrikanische Zimmer. Das hatten sie ihm beim ersten Besuch gegeben. Neger in echten Baströckchen umtanzten die Badewanne. Alles mein Mann gemacht, mein Mann selig, hatte Frau Ohm, die Besitzerin, ihm erklärt. Ihr Mann war österreichischer Kunstmaler und viel moderner als Hitler gewesen, hatte Frau Ohm gesagt. Sie führte die Geschäfte allein und bändigte den einzigen Sohn, das Öhmchen, das unerträglichen Fußgeruch bekam, sobald es sich aufregte. Das Öhmchen mit dem frühkindlichen Gehirnschaden war mit siebenundzwanzig Jahren immer noch so unschuldig wie mit sieben. Er streckte jedem, den er das erste Mal sah, eine dicke rosa Zunge heraus und sammelte Gasmasken, seit es Ärger mit Kuba gab. Seit Moskau, laut Neuer Presse, ständig irgendwelche Türen zuschlug, schlug auch Öhmchen im Haus alle Türen. Er hütete unter seinem Bett Fahrradfähnchen für die Schulklasse, die neulich geschlossen aus der DDR geflohen war, und lieben wollte er auch. Aber keines dieser flüchtigen Schulmädchen aus Dresden, sondern Petra Schürmann, die Miss World vom vorletzten Jahr wollte Öhmchen lieben, und tat das sicher auch jede Nacht in seinem Klappbett und sehr allein.

Kurz vor Mitternacht spielte jemand unten im Haus leise Klavier. Böwe wachte auf, er lag angezogen auf seinem Bett. Von den Wänden griffen gemalte Palmen nach ihm. Rimini eben. Er schob seine nackten Füße in die Schuhe und ging, ein letztes Brot von daheim in der Hand, hinunter. Am Klavier saß der Portier, zwischen Frühstücksraum und Wintergarten, und berührte die Tasten, als meide er den Ton. Böwe setzte sich an einen Tisch bei der Wintergartentür, der schon fürs Frühstück eingedeckt war. Der Portier hatte den grünen Filzschoner für die Tasten sorgfältig wie einen Schal um den Hals gelegt und trat in die Pedale mit einem Gesicht wie bei einem Wiederbelebungsversuch. Er spielte Operettenmelodien. Zigeunerbaron, Land des Lächelns. My fair Lady. Er spielte frei und ohne Noten.

Das ist doch mal was, sagte er ohne zu unterbrechen. Das ist Kultur, wissen Sie, was Kultur ist?

Ich weiß schon, sagte Böwe, aber ich habe noch nie darüber nachgedacht.

Kultur, sagte der Portier, ist die Art, wie wir miteinander umgehen, und er schlug sich selbst mit dem linken Fuß den Takt beim Spielen. Jenseits der großen Fenster lag das Gärtchen im Dunkeln, und jenseits der Backsteinmauer war im angrenzenden Fabrikgebäude nur ein Fenster noch erleuchtet. Ein Mann hockte reglos an einem Schreibtisch und blätterte sehr langsam Seite um Seite eines Papiers um, das größer war als Schreibmaschinenpapier.

Der sitzt immer da, auch sonntags, sagte der Portier, stand vom Klavier auf und setzte sich zu Böwe. Den Deckel des Klaviers ließ er offen stehen. Böwe schaute ihn an, und dann, mit dem gleichen Blick, die Möbel und die großzügigen Fenster des Hotelwintergartens. Es hatte draußen zu regnen begonnen. Ob es zu Hause auch regnete? Immer, wenn er nicht zu Hause war, liebte er Liz mehr, als wenn er bei ihr war, und er mochte besonders die Vorstellung, dass es da, wo Liz jetzt war, ebenfalls regnete. So waren sie doch beisammen. Er würde Liz überreden, das Esszimmer, wenn sie einmal eines haben sollten, genauso einzurichten wie dieses hier. Weiße, hohe Stühle, Stil Mademoiselle mit sieben schmalen weißen Streben als Rückenlehne. Sie würden auf den Stühlen sitzen und schmale Butterstreifen in Rosettenform essen, wie man das hier sicher auch tat. Sie würden vornehm und trotzdem zu Hause sein.

So ein Zuhause will ich auch, sagte Böwe und zeigte auf den Wintergarten. So ein Zuhause und vier Kinder. Ich habe das übrigens schon geträumt.

Was?, fragte der Portier.

Das mit den vier Kindern, sagte Böwe, und dass ich mit allen vieren Rad fahre.

Warum gehen Sie nicht auf Ihr Zimmer und schlafen noch ein paar Stündchen, fragte der Portier und legte die Hand auf den Tisch. Böwe hatte das Gefühl, er lege sie ihm auf den Kopf.

Das sind Zeiten, sagte der Portier, finden Sie nicht? Die Halbstarken beherrschen jede Kirmes. Sie schlagen Kinos zu Kleinholz, wenn ihnen der Film nicht passt. Sie sind die größte Gefahr für den Staat, seitdem wir keine KPD mehr haben. Unsere Deutschen reagieren auf das Verbot wie ein dickes, träges Tier, während die Franzosen sofort auf die Straße gegangen wären. Überhaupt, Frankreich, sage ich Ihnen, da gibt es Clubs, und bei uns gibt es nur Keller, in denen deutsche Schlagzeuger vergeblich den amerikanischen Rhythmus kopieren und dabei wie die Schlosser auf ihre Pötte kloppen. In Frankreich werden die schönsten Mädchen mit sechzehn schwanger, bei uns wird jede hässliche Gans abends um neun weggesperrt und erst zum Schulabschlussball aufgeputzt wieder rausgelassen. Dann hat sie schon dieses alberne Gesicht, mit dem sie später betrogene Ehefrau wird. Ich weiß nicht, was aus uns Deutschen werden soll. Vor gut zwei Wochen, Sie erinnern sich, da piepte doch dieser erste russische Satellit Sputnik um die Erde, und alle, die über dreißig sind, fürchten sich seitdem vor dem Sieg des Sozialismus. Nur unser Adenauer steht hinter seinem Gartenzaun und sagt über die Köpfe seiner Rosen hinweg: Hoch ist nicht flach. Sie erinnern sich an sein versteinertes Indianergesicht dabei?

Böwe nickte und fragte, wie heißen Sie eigentlich?

Jimmy.

Sind Sie Amerikaner?

Nein.

Warum dann der Name?

Weil ich mich mit meinem amerikanischen Namen vor den Amerikanern verstecke.

Und was machen Sie hier?

Hier mache ich alles.

***

Der Vertreter Sommer ereiferte sich vor Böwes Schreibtisch und spuckte auf die ausliegenden Prospekte dabei. Es war Freitag, der erste November.

Kaufen Sie Turbo-Crystal, rief er, kaufen Sie unsere E 54 K, die kleinste und feinste der Locke-Waschautomaten! Werfen Sie Ihre blöde AEG Billie weg oder schenken Sie die Ihrer Schwiegermutter und kaufen Sie, meine Damen, kaufen Sie unsere Kleine, E 54 K, kaufen Sie die, und Ihre Wäsche wird in vier Minuten sauber und in vier Wochen ruiniert sein. Sommer grinste Böwe an.

Egal!, sagte er mit einem Verschwörerlächeln. Fragen Sie nicht erst Ihren Mann, meine Damen. Seien Sie mutig. Wenn Sie Nein sagen, geht es erst richtig los. Denn dann bin ich dran, dann lernen Sie mich kennen. Der Verkauf beginnt, wenn der Käufer Nein sagt! Übrigens, Sommer mein Name, falls Sie sich nicht an mich erinnern, sagte er, schon leiser, und ließ sich auf den Stuhl Böwe gegenüber fallen. Sommer mein Name, der einzige Sommer, von dem Sie nicht enttäuscht sein werden.

Dann sah er Böwe direkt in die Augen.

So mache ich das jeden Tag, sagte er, können Sie sich das vorstellen, Herr Böwe, jeden Tag.

Sommer klemmte seine Fußgelenke um die Chrombeine und starrte vor sich hin. Er hatte seinen Mantel anbehalten. Sommer sei ein Angeber, er gebe an, was ihm fehle, hatte Nobis einmal über den Kollegen gesagt.

Ich geh dann mal, sagte Sommer, blieb aber sitzen.

Böwe schob die Prospekte neben der Addiermaschine zu einem Stapel zusammen: Locke-Waschmaschinen und deren Geschichte, von der ersten Bewegermaschine mit Holzdrehkreuz über den

Automaten Ilse – nach der Frau von Franz benannt – bis zu den neuen Edelstahlmaschinen Diamant und Diplomat sowie dem Star unter den Vollautomaten: Eingriff. Eingriff, hatte Nobis damals gesagt, gewagter Name, aber schönes Design. Eingriff hatte einen Schalter für alles, Wasserzulauf, Schleuderzeit, Temperatur. Der Schalter konnte kindersicher im Design verschwinden. Irgendwie eine Spielerei, aber auch Locke glaubte zu wissen, was Frauen wünschten. Frauen kauften ein Versprechen, nicht das Produkt. Gleich würden auch die anderen Vertreter kommen, mit flacher Hand gegen die elegante Glastür patschen, statt die Klinke zu benutzen, und die Abschlüsse der letzten Woche vielleicht mit einem vorbereiteten, aber knappen Witz für Böwe abliefern und gleich wieder gehen. Dann würden die beiden Rechercheure der Firma Locke kommen, gesetzter als die Vertreter und mit den besorgten Gesichtern alter Hunde. Sie nahmen die Verträge zur Überprüfung mit bis zum Abend, und beide trugen sie den gleichen, grauen Regenmantel.

Böwe sah Sommer an. Keiner redete so viel wie er.

Böwe war etwas zerstreut. Er schaltete das Transistorradio ein, das auf der Kammablage am Spiegel stand, und stellte eine Tüte mit Mohnbrötchen auf die Prospekte. Vor ein paar Minuten war er an Allerheiligen bei der Haltestelle Allerheiligen ausgestiegen. Es war der erste November. Die Frau aus der Nummer 54 kam ihm mit Dackel auf der Straße entgegen. Er grüßte, sie nicht. Sie schaute nur zurück, aber wie, während der Dackel am Gullydeckel herumschnüffelte, ein Ohr zurückgeklappt. Wegen des Büros hielt sie Böwe vielleicht für einen Kommunisten. Kommunisten grüßte man nicht. Aber Kommunisten kennen das stolze Alleinsein auf der Welt, dachte Böwe. Kommunisten fühlen sich sicher ähnlich wie jene Männer im Radio, die bis zum Morgengrauen zwischen lauter verwaisten Studios ihre Sendungen machen und in den kalten, weiten Sternenhimmel über der Sendeanstalt schicken. Für einen Moment wollte Böwe Kommunist oder wenigstens aktiver Radiomann sein, vergaß es aber gleich wieder, als er die Treppe zum Büro hinaufgelaufen war.

Draußen vor den Fenstern des Büros wurde es plötzlich so dunkel, dass man hätte meinen können, es sei bereits später Nachmittag. Im Radio sang Peter Kraus »Hula Baby«, während ein plötzlicher Hagel gegen die Scheiben prasselte und von den Fensterbänken sprang. Böwe machte drei Schritte zum Fenster. Im Haus gegenüber ging das Licht an, und die Frau aus Nummer 54 öffnete am Tisch eine Dose Hundefutter. Sie schlug dafür die Tischdecke an einer Ecke ein Stück zurück. Böwe starrte auf die fast schwarzen Bäume auf dem Gehsteig, an deren blattlosen Zweigen der Wind rüttelte, und da war wieder die Angst von früher, wenn er sonntags als Junge am Fenster gestanden hatte und das Zimmer hinter ihm schon dunkel und eigentlich nicht mehr sein Zimmer war, sondern ein Schacht mit Rost und Öl an den Wänden. Eine Schwarzdrossel überquerte jetzt zu Fuß die Straße. Sie hätte auch fliegen können. Böwe legte die Hand gegen die Scheibe, als könne er so genauer sehen.

Du stehst zu oft am Fenster, hörte er Liz sagen.

Als er sich umdrehte, war Sommer gegangen.

Böwe verließ auch über Mittag sein Büro nicht. Alle Vertreter waren da gewesen, und Böwe rechnete an den Verträgen herum, während die beiden Rechercheure mit den gut sechzig neuen Anschriften unterwegs waren und Stichproben machten. Böwe aß zwischendurch die Mohnbrötchen und trank ein Glas Milch. Über ihm brannten fünf Neonröhren, wie ein Propeller unter der Decke angeordnet. Er legte den Kopf in die Armbeuge und nickte neben den Verträgen ein. Als das Telefon ging, wachte er auf. Einer der Rechercheure meldete, diese Anschriften in Hanau, das seien Friedhofsanschriften. Regen prasselte auf die Telefonzelle, in der der Rechercheur stand. Einer von Ihren Leuten, sagte er, hat die Namen für seine Aufträge von Grabsteinen abgeschrieben.

Sind Sie noch auf dem Friedhof, fragte Böwe, um Zeit zu gewinnen. Er tastete nach dem Brustbeutel mit dem Bargeld.

Sommer heißt der Vertreter, sagte der Rechercheur, schmeißen Sie ihn raus. Er legte auf.

Noch immer lief das Transistorradio auf der Kammablage und sagte in dem Moment, es werde in Kürze ein Werkstattgespräch geben zwischen Heinrich Böll und irgendeinem jungen deutschen Schriftsteller, der noch jünger war. Dann war es beim letzten Ton des Zeitzeichens 18 Uhr.

Hessischer Rundfunk, die Nachrichten, sagte eine Frauenstimme aus dem Lautsprecher. Böwe wollte lauter drehen, aber die Tür ging auf, und Sommer kam herein.

Vermutlich ermordet, sagte die Frauenstimme im Radio. Sommer blieb in der Tür stehen. Er kam als Erster, um sein Geld abzuholen.

Ihr Körper wies Verwesungsspuren auf, als man sie fand, sagte die Frauenstimme im Radio, sie muss drei Tage tot im Wohnzimmer ihres Appartements gelegen haben. Offensichtlich hat ein Kampf stattgefunden.

Während Böwe langsam die Hand hob, um das Radio auszuschalten, hielt der Vertreter Sommer den Kopf plötzlich schief, strahlte und machte eine präzise Geste. Kopf ab!

Die Nitribitt, sagte er.

Böwe verstand nicht.

Sie ist tot, haben Sie nicht zugehört? Er zeigte auf das Radio.

Nein, sagte Böwe und fuhr mit zwei Gedanken gleichzeitig gegen eine dunkle Wand.

Böwe legte die Faust auf die Seite vom Telefonbuch. Sie stand als Mannequin darin. Sobald Sommer gegangen war, ohne Geld, aber mit einem Gesprächstermin bei den Brüdern Locke, wählte er die Nummer Frankfurt 22 68 30.

Ja bitte?

Als eine Frauenstimme fragte, wer da sei, legte Böwe auf. Sicher war sie eine Polizistin, mit dem weißen Telefonhörer der Toten in der Hand, der bis eben vielleicht noch blutig war. Hatten sie das nicht auch im Radio gesagt? Die Tote sei am Hinterkopf verletzt, denn offensichtlich habe ein Kampf stattgefunden, Blut klebe am Telefonhörer und auch auf den Polstern und Teppichen? Blutspuren, so groß wie Untertassen. Woher wusste er das, wenn nicht aus dem Radio? Gestern hatte er den Namen Nitribitt noch für den einer Schreibmaschine gehalten. Und der Mann, der ihn auf der Kaiserstraße angesprochen hatte, war er der Mörder? Und seine kleinen, weichen Hände, mit denen man Kuchen aussuchen und Hamster streicheln konnte, die sollten den schmalen Hals einer Frau zugedrückt haben, und er, Böwe, war jetzt mitschuldig. Er war einfach weitergegangen, als er von ihrem Tod gehört hatte.

Auf dem Stadtplan sah Böwe nach, wo die Straße lag, zog seinen Mantel an und schaltete das Licht im Büro aus. Hinter den Scheiben war eben noch der fahle Tag eines Frankfurter Herbstes gewesen. Ein richtiger nebelgrauer Totentag. Auf den Steinstufen im Treppenhaus hörte er seine Schritte deutlicher als sonst. War er deshalb erleichtert, als er unten die vier Vertreter warten sah und sie noch einen Platz im Auto frei hatten, weil Sommer ausfiel? An jenem Abend des ersten November 1957 fuhren die Vertreter ohne Sommer nach Baden-Baden. Sie nahmen stattdessen den kleinen Böwe mit, der sie soeben alle bar ausbezahlt hatte. Keiner von ihnen war mit weniger als 2000 Mark von Böwes Schreibtisch aufgestanden. Es war eine gute Woche für alle gewesen, und Nobis hatte diese Spritztour nach Baden-Baden angeregt. Kleinen Abstecher, fast nach Frankreich, hatte er gesagt, und in Baden-Baden sind die Frauen schöner als in Frankfurt. Keiner von den Vertretern fragte bei den Aussichten noch nach Sommer, und keiner schien sich Gedanken darüber zu machen, ob Sommer jetzt noch gern leben oder was er sonst heute Abend machen würde. Sie hatten das Geld, sie redeten von Frauen. Man kann nicht mit allen Frauen schlafen, mein kleiner Böwe, hatte Nobis letzte Woche leise zu ihm gesagt, aber man kann es versuchen. Böwe nahm das Angebot für die Spritztour gern an. Er war allein, und noch ein Grund arbeitete im Dunkeln. Der hatte ein sehr kleines Gesicht.

Als er auf den Rücksitz kroch, warf Leugas ihm den neuen Playboy auf den Schoß.

Sollten Sie auch mal lesen, sagte er, wegen der interessanten Interviews.

In Baden-Baden war Böwe schon mal gewesen, als Kind. Sie hatten hinauf in die Bäume gehört, damals, nicht in den Krieg. Der Hochstand – und auf seiner letzten, oberen Sprosse ihre zwei Füße in roten Sandalen. Schneewittchen. Ihr ebenholzfarbenes Haar und darin die Läuse, bei ihr zuerst, und später bekamen sie beide Prügel dafür. Oder das Stanniolpapier, das aus den Bäuchen der Flugzeuge kam, bevor die Bombardierung begann, über Gaggenau, über der Herdfabrik, die längst Waffenfabrik war, getarnt zwischen harmlosem Holunder, harmlosem Haselstrauch und argloser Erle. Aber warum warfen die hier Flugblätter ab? Wir wollen euch verschonen, wir wollen hier mal wohnen, hatten die Franzosen darauf geschrieben. Oder das Dach, auf dem sie als Kinder standen, während alle anderen im Keller waren. Sie beide, den Kopf im Nacken, wenn die Flieger kamen und nur Stille aufblitzte, sie beide allein auf der Welt, auf einem schwebenden Tablett, irgendwo im Kosmos aufgehängt, und nur die Schrift Herdfabrik am Horizont, Umrisse von Buchstaben, hohl, ohne Licht. Lange hatte Leo damals das Mädchen gegen den gemauerten Kamin auf dem Dach gepresst und sie geküsst. Was tun mit der Zunge? Er war überfordert mit diesem leidenschaftlichen Zusammenpassen. Er war spatzenhaft verliebt gewesen. Hallo, hatte sie gesagt, wenn sie seinen Namen meinte. Liebe Mama, weine nicht, ich weine auch nicht, schrieb er damals nach Hause. Ihr Sohn, geehrte Frau Böwe, schrieb eine Woche später seine Lehrerin an die gleiche Adresse, bekommt nur trocken Brot ohne Butter mit gelbem Rübenaufstrich als Pausenbrot in alte Zeitungen gewickelt. Er hat ein scheußliches Furunkel im Nacken von der schlechten Ernährung. Sie können sich jederzeit an mich wenden. Drei Tage später kam Böwes Mutter, um nach ihm zu schauen. Sie blieb zwei Wochen.

Leo?

Schweigen.

Leo! Sie hatte die Hand wie zum Schlag gehoben, seine Mutter, sie aber gleich wieder sinken gelassen.

Also gut, zwei Wochen noch, solange die Lebensmittelkarten reichen.

Auf der Hinfahrt, am Rhein entlang, hatte er geweint. Sommer '44. Kinderlandverschleppung, hatten die anderen Kinder im Zug gesagt. An jenem Abend im August war es eine der letzten Lokomotiven gewesen, die bis in die Mitte der fremden Stadt hinein durften. Vierzig Jungen aus dem Ruhrgebiet stiegen aus und stellten sich am Zug auf. Es wurde bereits dunkel und war noch sehr heiß. Eine Schwester ging mit einem Topf und einer Kelle an den Kindern entlang und schöpfte Wasser in die hohlen Hände. Die Jungen tranken, bekamen noch mehr Hunger und verschränkten die Arme vor dem Bauch, spätestens wenn jemand von den Erwachsenen sie ansah. Ein Mann, das blonde, schüttere Haar straff aus der hohen Stirn gekämmt, schritt in Schaftstiefeln die Reihe zweimal ab und tippte dann wortlos Leo auf die Schulter. Leo schaute frech zurück, nahm seinen kleinen Pappkoffer und folgte. Wenn er später an jenen Tag dachte, so war er damals schon halb Wetter und halb Erinnerung gewesen. Der Mann war Besitzer der Großgärtnerei am Rand von Baden-Baden und sah so aus, wie Leo selber einmal aussehen wollte, wenn er groß sein würde. Groß wie sein Vater, dessen Gesicht sich immer gleich ausradierte, wenn er es sich vorstellen wollte, und der nur den Geruch von getrocknetem Tabak im Backofen zurückgelassen hatte, bevor er in den Krieg ging. Der Großgärtner war der wichtigste SS-Mann am Ort. Er hatte vier Kinder, das fünfte auf dem Gästebett ließen sie hungern. Der Großgärtner war ein Zorngärtner. Leo ging ihm aus dem Weg. Gegenüber im Haus wohnte ein Mädchen, Schneewittchen, dunkelbraunes Haar und helle Augen wie ein Schneehund. Ihre Fingernägel, die sie manchmal in Böwes Arm grub, wenn die Spiele nach Anbruch der Dunkelheit zu aufregend wurden, hatten Trauerränder, und den Geruch aus ihren Haaren konnte er nie vergessen. Nuss und Pferd. Sie spielten auf der Treppe zum Flachdach, in der Luke. Das Loch zum Himmel stand sperrangelweit offen. Bei Regen stellten sie die Luke schräg und spielten darunter noch schöner. Bei Regen hatten sie beide einen anderen Rhythmus. Sie waren gleich alt, aber eigentlich war er schon älter als sie. Ihre Arme, wenn sie dünn und nackt auf dem Tisch lagen, gehörten noch Papa und Mama. Er baute ihr eine Höhle. Sie wohnten ganze Tage darin. Sie trafen eine Vereinbarung, Schneewittchen und er, die galt fürs Leben. Sie würden sich immer schreiben, auf kariertem Papier, sie würden keinen anderen im Leben heiraten, bevor sie sich nicht noch einmal begegnet waren. Und das würde eines Tages so zufällig wie sicher passieren. So wahr die Tannen schwarz gefiedert waren, der Himmel schmutzig weiß und sie beide Schulter an Schulter unter dem Hochstand standen, auf jenem einzigen Foto, das es von ihnen gab, er fröhlich oder albern, das sah man an seiner Kopfhaltung, und das Mädchen schon damals wie verschluckt in der Tiefe der Zeit, aber in roten Sandalen. Hallo? Von der Liebe hatten sie nicht mehr verlangt, als dass sie nie aufhören würde.

Wieder der linksrheinische Güterzug, in dem er geweint hatte, als er allein hinfuhr nach Baden-Baden, und in dem er noch schlimmer weinte, als er zurückfuhr, mit der Mutter gegenüber. Wie alt seine Mutter ihm damals vorgekommen war in dem Seitenlicht am Mittag, das durch das schmutzige Zugfenster fiel. Ein Stück Fenster zwischen all den Leuten, dahinter bläulich schlafende Felder und später der Rhein mit seiner flachen, glitzernden Weite, dann fliehende Bäume und auch dann und wann ein Haus, das länger blieb als die anderen, zurückweichenden Gebäude. Es war seine erste wehmütige Zugfahrt gewesen, zwischen auf- und absteigenden Linien von Telefondrähten und Schornsteinen, die erst auftauchten, als der Zug nicht mehr am Rhein entlangfuhr, Schornsteine, die auftauchten und ebenfalls länger verharrten, wie eine schwere, alles beherrschende Sorge, bis sie dann doch mit einer langsamen Drehung im Nichts verschwanden.

Du bist verliebt, Leo?

Schweigen.

Leo?

Sie fuhren 4. Klasse, und als der Zug bei Bingen einmal heftig bremste, hatte Leo mit dem Stoß endlich genickt und zu weinen begonnen. Grund war ein weißer, dünner Körper, der die Arme hob und unerreichbar blieb. Sie war weg. Das war das Ende seiner Kindheit. Alles, was jetzt noch kommen und sich Liebe nennen sollte, würde ihm wie ein Nachspiel vorkommen. Grund war, dass er am liebsten unter der schräg gestellten Dachluke auf einer engen Treppe Richtung Himmel sitzen geblieben wäre, mit ihr. Sein Leben lang.

Er weinte durch bis Köln.

Leo Böwe saß zwischen Begale und Heiland auf der Rückbank. Begale hatte eine Frau, die immer braun war und dazu weiße Kleidung und hohe Absätze trug, obwohl sie größer war als er. Die anderen sagten, Begales Frau fahre oft mit, wenn er seine Touren mache. Sie bleibe im Auto und sonne sich in dem Stück freien Himmel, den das Wagendach über dem Beifahrersitz für sie ausschnitt. Heiland hatte zu Hause ein großes Lampengeschäft, das seine Eltern führten, und eine irische Verlobte, die im Kloster erzogen worden war und die er sehr liebte. Leugas und Nobis hatten niemanden und nichts zu Hause und eigentlich gar kein Zuhause. Es war Nobis' neuer Wagen, den aber Leugas fuhr, mit 150 km/h Richtung Süden. Seine Hände lagen in weißen Lederhandschuhen auf dem Lenkrad, so weiß, dass sie wie abgeschnitten vom Rest des Körpers aussahen.

Die Vertreter machten oft am Freitag diesen Ausflug, wegen der Spielbank, der zwei Nachtclubs, der Bars und des Foyers, jenem Offizierscasino der französischen Besatzer, wo es Champagner gab statt Henkell trocken und Frauen mit schönen Beinen und Haaren.

James Dean verunglückte letztes Jahr mit seinem Porsche 550 Spyder, sagte Leugas kurz hinter dem Frankfurter Flughafen und fuhr schneller danach.

Nein, vorletztes Jahr, sagte Nobis auf dem Beifahrersitz, und ein paar Tage vorher hat er Reklame gemacht: Fahrt vorsichtig, hat er gesagt und sich an seinen Porsche gelehnt. Fahrt vorsichtig, vielleicht bin ich es, dem ihr damit eines Tages das Leben rettet.

Und dabei hat er gestottert, sagte Leugas.

Soll ja eh gestottert haben, sagte Begale auf der Rückbank neben Böwe.

Ja, sagte Heiland links von Böwe, und schwul soll er auch gewesen sein.

Schwul sein ist schlimmer als Kommunist sein, sagte Böwe schnell, um auch etwas zu sagen, das Haltung hatte, wo er schon so in den Rücksitz gedrückt saß. Alle lachten, und Leugas kreischte: Brav, kleiner Böwe, brav, wer sagt das denn? Die Chefs, nur weil sie das Büro von den Kommunisten gemietet haben?

Böwe sah die beiden Glatzen von Leugas und Nobis vor sich, und als Leugas noch mehr Gas gab, kam Böwe die Straße unerträglich schmal vor.

Sie gingen ins Eiscafé Capri, fünf Glencheckanzüge, eine Bande von Klinkenputzern, die in der fremden, kleinen Stadt einen Mafia-Auftritt machten. Böwe nahm die Karte. Toast Hawaii, Spaghetti Napolitana, Rotwein oder Südwein und zehn Vorschläge für Eisbecher. Er entschied sich für einen Erdbeerbecher à la Gina Lollobrigida. Draußen flackerte erst jetzt die Neonschrift Capri in Rosa auf, obwohl es längst dunkel war. Eine Blumenbalustrade teilte den Raum. Keine der Pflanzen blühte, bis auf eine Amaryllis am Rand eines beleuchteten Zimmerspringbrunnens. Die Vertreter saßen zu schwer im zierlichen Schoß der Stühle. Nur Böwe nicht, der saß vorsichtig am Rand. Die Lehnen waren halb vanille-, halb erdbeerfarben, aus Plastik und mit schmaler Taille kurz über der Sitzfläche. Böwe sah statt der vier Stühle vier Mädchen in abwaschbaren, sehr kurzen Pastellkleidern, die ihre glänzenden Beine leicht spreizten. Er wechselte den Eislöffel von der rechten in die linke Hand und fing auf der Papierserviette an zu zeichnen, spontan und aus dem Handgelenk. Immer wenn es schwierig wurde, zeichnete er. Außerdem hatte er zu Hause geübt.

Was'n das, fragte Leugas und zündete sich eine Zigarette an.

Eine Waschmaschine, ihr Innenleben mit allen Röhren, Scheiben, Verzahnungen, sagte Böwe. Die Maschine, die er zeichnete, war aus den Fugen und arbeitete mit leerer Betriebsamkeit in alle Richtungen. Sie konkurrierte mit sich selbst, in Rot und Schwarz. Böwe wechselte in rasendem Tempo die beiden Stifte beim Zeichnen und ließ um die entfesselte Maschine herum eine Sintflut aufsteigen, die am Getriebe hochstieg und in deren Wellen ein schwarzer Hund mit roter, heraushängender Zunge neben einem schwarzen Damenpumps ertrank. Dann zog Böwe mit Hilfe der Speisekarte einen rechteckigen Rahmen um die Zeichnung und malte die Zahl sieben und vier Herzen in die Ecken. Alle Teile, schrieb er auf die Rückseite, alle Teile, die mit Lauge oder Feuchtigkeit in Berührung kommen, sind aus *hochwertigem* Edelstahl. Rostfrei! Bei LOCKE automatik tropft das Kondenswasser, das sich ja immer an den Deckeln bildet, nicht auf Ihren Fußboden, sondern stets nur in den Waschbottich zurück.

Böwe schob den Text zu Nobis hinüber.

Was'n das, fragte Leugas wieder.

Eine Spielkarte aus 17 und 4, sagte Böwe, und jetzt eines von 21 schlagenden Argumenten, warum man eine LOCKE automatik und nur eine LOCKE automatik kaufen sollte. Lassen Sie uns so ein Kartenspiel als Werbemittel einsetzen, meine Herren, sagte er. Wir können es an alle Einzelhändler und an jeder Tür verschenken.

Sehr zeitfühlig, sagte Begale.

Böwe verstand ihn nicht, aber sagte tapfer: Damit schalten wir die Konkurrenz aus.

Sie sind schon klug, kleiner Böwe, sagte Nobis trocken.

Ja, ich wollte eigentlich auch Lehrer werden, sagte Böwe und wurde rot.

Und warum sind Sie das nicht geworden?

Sie haben mich nicht genommen.

Warum nicht?

Ich konnte kein Instrument spielen.

O je, sagte Leugas, das kann ich auch nicht. Er griff über den Tisch nach dem Papier, nahm Böwes Stift und setzte mit zusammengekniffenen Augen ein Komma hinter Kondenswasser.

Übrigens, sagte Leugas, hat von euch sie eigentlich jemand gekannt?

Wen?, fragte Heiland.

Die Nitribitt, sagte Leugas.

Ich, sagte Nobis und steckte die Zeichnung von Böwe ein. Unter dem Tisch roch es plötzlich nach Fichte, denn Heiland hatte einen seiner Schuhe ausgezogen.

Böwe hatte sich im Restaurant-Casino der französischen Besatzer zunächst unwohl gefühlt, weil fast alle um ihn herum Französisch sprachen. Nobis kannte alle, trank kaum etwas und hielt jeden aus, vor allem die Damen. Zwischendurch verschwand er für eine gute Stunde, und als er wiederkam, sagte er scharf, er wolle so bald wie möglich zurückfahren. Er bat Leugas um eine Zigarette und zündete sie mit zittrigen Händen an. Die anderen Vertreter wechselten Blicke. Das sah Böwe von der Tanzfläche aus, wo er ein bleiches französisches Mädchen unhöflich weit von sich hielt, weil es nach altem Kleiderschrank roch.

Elsass, ich bin aus dem Elsass, sagte sie schüchtern, als sie ein zweites Mal zu *In the Mood* auf die Tanzfläche gingen. Sie arbeitete am Tresen, und Böwe legte seine Hand sehr weit unten auf ihren Rücken, damit niemand sah, wie unerfahren diese Hand war. Leo Böwe hatte seit der Tanzstunde mit keiner anderen Frau getanzt als mit Liz, und er tanzte auf alles Foxtrott.

Liz war daran gewöhnt. Liz! Ein Mysterium, flüsterte Liz manchmal mitten in der Nacht, bevor er auf seine Hälfte des Bettes zurückrollte. Es gab etwas zwischen Liz und ihm, das er sich allein nicht zugetraut hätte. Es gab etwas zwischen Männern und Frauen, dachte er, das sie für immer aneinander band oder für immer voneinander trennte. Liz und ihn würde es für immer aneinander binden, entschied er und brachte das Mädchen an seinen Platz hinter dem Tresen zurück. Von seinem Barhocker aus bespritzte Leugas die beiden mit Champagner.

Willst du wissen, wie sie war, die Nitribitt?, fragte Nobis in dem Moment. Aber Leugas hörte gar nicht richtig hin.

Draußen war es so kalt wie dunkel, als die fünf Männer wieder zum Auto gingen. Der kleine Platz vor dem Restaurant war mit Gaslaternen erleuchtet. Gegenüber im Hotel brannte in nur wenigen Zimmern Licht, aber unten im Speisesaal hatte man offensichtlich zu tanzen begonnen.

Nobis fuhr jetzt, und Böwe saß auf seinem alten Platz zwischen Begale und Heiland. Als sie hinter Karlsruhe waren und keiner im Wagen sprach, fiel Böwes Kopf, angefüllt mit dem Brummen des Motors, auf die Schulter von Begale, der sich ein wenig verkrampfte und dann still hielt.

Als Nobis Böwe als Letzten vor dem Hotel am Berg aussteigen ließ, drehte er das Beifahrerfenster herunter und winkte Böwe noch einmal zu sich heran.

Ich muss Sie mal was fragen, kleiner Böwe.

Ich Sie auch, sagte Böwe und steckte seinen Kopf, der ihm plötzlich sehr dick vorkam, durch das offene Fenster und war erstaunt, wie gut Nobis noch roch nach diesem Abend. Er war ja zwischendurch einmal verschwunden gewesen. Ob er da heimlich geduscht hatte? Böwe schwankte leicht und stütze sich mit dem rechten Knie am Kotflügel ab.

Also, Sie zuerst, Böwe, reden Sie nur.

Wie war sie denn?, fragte Böwe etwas zu laut.

Wer?

Die Nitribitt, sagte Böwe und zitterte leicht.

Ach die! Nobis lehnte sich zurück, ließ aber den Motor laufen. Sie hatte so einen Gang, von der Hüfte aus. Sie zog auf sieben Arten eine Schnute, und dann erst einen Mann an der Bar näher zu sich heran. Dann legte sie den Autoschlüssel neben die Handtasche und bestellte Huhn mit Meerrettich.

Und dann?, fragte Böwe.

Wenn sie gegessen hatte, nahm sie einen mit.

Und dann?, fragte Böwe.

Wir sind in mein Hotel gegangen, sagte Nobis leise, und sie ist, wie vereinbart, blond, schlank und sachlich gewesen. Sie hatte genug Verstand, um nicht zu viel zu reden. Sie hörte zu. Das reichte, denn sie war sehr schön gewachsen, aus zahlreichen kleinen und großen Halbkugeln zusammengesetzt. Alles an ihr war rund, auch Augen und Mund, aber alles mit Kontur. Sie hat keine Phantasien gehabt, sagte Nobis, aber vielleicht gerade deswegen welche geweckt.

Und wie?, fragte Böwe.

Sie hat gezaubert, sagte Nobis.

Böwe sah Morgennebel, ungefähre Landschaften aus Feldern und verschleierten Wäldern, und erst als Nobis ihn noch einmal ansprach, merkte er, dass er in Frankfurt am Rand einer Straße zwischen Nacht und Morgen stand und der Nebel eine Sehstörung vom Saufen war.

Er lächelte breit ins Wagenfenster hinein.

Ihnen hat unser Ausflug also Spaß gemacht, mein kleiner Böwe?

Böwe nickte.

Sehr, und Ihnen kann ich es ja sagen, das war genau richtig heute, ich bin da nämlich schon mal gewesen, als Kind.

Als Kind, wie nett, sagte Nobis, aber jetzt sind Sie ein großer Junge, mein kleiner Böwe, und halten mal den Kopf ruhig und hören verschärft zu. Er fasste aus dem Fenster nach der Knopfleiste von Böwes Mantel und zog ihn zu sich herein, bis Böwe mit Ellenbogen und Unterarmen auf dem Sitz lag.

Montag brauche ich wahrscheinlich einen Hunderter Vorschuss. Ich brauche den Vorschuss für Sprit, damit ich rausfahren kann. Lässt sich das machen?

Haben Sie Ihr ganzes Geld ausgegeben in Baden-Baden?

Ja, sagte Nobis.

Wofür denn?, fragte Böwe. Nobis löste die Handbremse und legte den Gang ein.

Da schlug der erste Vogel an.

Als Böwe in seinem Hotelbett lag, unter gemalten Palmen, fing er an zu träumen.

Er stolpert über eine Brötchentüte. Sie steht vor der Tür eines modernen Appartements, und während sie in Zeitlupe umfällt, öffnet sich, ebenfalls langsamer als in Wirklichkeit, jene Tür und sie beide, er und ein zweiter Mann, treten zwei Schritte zurück, was aber nur ein Anlauf ist, um danach umso nachdrücklicher einzutreten. Der andere, sieht Böwe mit einem Blick nach rechts, hat den Kopf von Nobis auf den grauen, irgendwie ausgefransten Schultern eines Menschen, der aussieht, als sei er schon einmal tot gewesen. Im Türspalt kommt ein Gesicht zum Vorschein, vom langen Morgenschlaf noch gedunsen. Guten Tag, entschuldigen Sie bitte die Störung, sagt der graue Mund in Nobis' Gesicht. In dem Moment fällt eine zweite Brötchentüte um. Böwe bückt sich, sieht die Fußmatte aus Sisal. Er hebt den Kopf, und die Frau auf der anderen Seite der Schwelle schaut längst schon zu ihm hinunter. Sie ist jung, aber ihr Gesicht fällt ihm in dieser Haltung schwer entgegen. Sie trägt einen graublauen Herrenschlafanzug, in dem sie sicher bis zum Mittag allein bleiben wollte. Wir, hört Böwe sich auf Knien vor der Frau sagen, wir kommen von der Firma Locke und würden Ihnen gern unser Angebot exklusiver Waschmaschinen der jüngsten Generation vorstellen. Ein Pudel klettert aus seinem Korb im Flur und trippelt, mit dem Püschel am Hintern den ausgefransten Nobis wie einen alten Bekannten grüßend, an der Frau vorbei auf Böwe zu. Er schnüffelt an den Schuhen, und Böwe denkt an Fichten. Nobis versucht nun der Frau mit seiner verkaufsbewährten Stimme in den Bauch zu greifen. Gnädige Frau, sagt er. Nein, ich brauche keine Waschmaschine, sagt die Frau und schaut ihrem Hund verächtlich auf den Hintern. Nobis weiß, der Verkauf beginnt, wenn der Käufer nein sagt.

Nein, wiederholt er mit einschmeichelnder Stimme. Warum nicht?

Ich habe eine.

Sie kreuzt die Beine und lehnt sich an den Türpfosten. Sie stellt aus, dass sie schön ist und etwas wert ist, obwohl sie nicht einmal schmale Fesseln hat. Sie zündet sich, weiter in den Türrahmen gelehnt, eine Zigarette an, die Utensilien hat sie aus der Schlafanzugtasche geholt, sie schiebt das Kinn vor, die Augen halb geschlossen, die Lippen halb geöffnet, und ihr Gesicht, weich und trotzig und von blonden Locken, reglos wie Stahlwolle, eingerahmt, ist plötzlich kein Morgengesicht mehr, sondern ein routiniertes Abendgesicht, das immer kurz vor Mitternacht die gleiche Bar aufsucht und dort ein Zuhause hat im Stehen. Sie raucht im Pyjama und sieht jetzt aus wie ein Eisbecher, so etwas hat Böwe noch nie gesehen. Sie führt die Zigarette zum Mund, und die Hand scheint größer zu sein als das Gesicht. Eine Person, die nicht schön ist, sondern nur so tut.

Nein, sagt sie jetzt noch mal, mit einer gewissen Häme.

Darf ich mal sehen?, sagt Nobis und wechselt seine Aktentasche von links nach rechts, das sieht wie zwei Schritte nach vorn aus, und tatsächlich erwidert die Frau im Türrahmen die offensive Geste und tritt zwei Schritte zurück, in den dunklen Flur hinein.

Bitte, wenn Sie mir nicht glauben.

Halbe Drehung, und sie geht vor ihnen her. Die Haare am Hinterkopf sind so hart, dass man sich an ihnen schneiden kann. Aber Nobis gewinnt Zentimeter um Zentimeter Land, obwohl sie nur über einen kurzen Flurläufer gehen. Böwe folgt. Zweite Tür rechts ist das Bad, davor die Küche. Auf dem kalten Herd steht ein kleiner Topf Reis, halb leer, und auf der Anrichte daneben liegt eine Peitsche. Böwe hört Nobis' Stimme aus dem Bad. Was ist denn das für ein altes Schätzchen!, ruft er. Eine AEG, mein Gott, dass es die noch gibt. Nobis weiß: Der Verkauf beginnt, wenn der Käufer nein sagt, und: Mit Humor kommt man da am weitesten. Nobis ist ein Verführer, wie er im Buch steht. Böwe schaut sich verstohlen in der Wohnung um. Eingerichtet ist sie, wie ein Mann mit viel Geld ein Appartement für eine Frau einrichtet, die keine Ahnung hat.

Ich glaube, Sie verschwenden Ihre Zeit, sagt die Frau jetzt.

Haben Sie die Maschine noch von Ihrer Mutter?, fragt Nobis, mit warmer Stimme bemüht, eine persönliche Beziehung entstehen zu lassen.

Ich habe keine Mutter.

Tot?, fragt Nobis.

Weiß ich nicht, sagt die Frau.

Sie zieht hörbar am Duschvorhang, und in der Küche versucht der Pudel, seinen Kopf auf Böwes Schuh zu legen. Für einen Moment ist Nobis still und setzt dann das wirkungsvollste Wort des Verkaufs ein.

Warum?

Die Frau schweigt.

Wollen Sie es mir nicht sagen?

Nein.

Sind Sie verärgert?

Nein.

Sollen wir ein anderes Mal wiederkommen?

Nein, sagt die Frau, und Böwe lächelt in der Küche, den Kopf des Hundes wie einen weichen Lappen auf dem Schuh. Eins zu Null. Es hat geklappt. Der Kunde muss erst einmal eine Anzahl von Neins loswerden, ehe er ja sagen kann.

Nein, ich möchte, dass Sie gar nicht wieder kommen, sagt die Frau da.

Doch Nobis gibt nicht auf. Für einen Misserfolg mag es viele Gründe geben, aber Entschuldigungen gibt es keine. Böwe hört die

Verschlüsse von Nobis' Aktentasche klicken. Um ihm beizustehen, greift er nach einem extremen Mittel, dem Pudel. Er denkt: Gewusst wann! Jetzt komm ich! Scheinbares Widerstreben des Käufers kann einen Anreiz zum Kauf bedeuten. Wer schnell überlegt, kann befehlen. Wer zögert, muss gehorchen. Und Böwe tritt unter die Badezimmertür, den Pudel zärtlich in der Armbeuge. Lächle, sagt sich Böwe. Er krault den Pudel. Setz dich mit Wärme ein, sagt sich Böwe. Aber es fällt ihm schwer, denn sie scheint seine Strategie zu kennen und selbst anzuwenden. Es gibt etwas Einstudiertes in ihrem Gesicht, das er von Starfotos kennt. Nobis, noch mit im Bild, aber an dessen Rand, franst immer weiter aus und droht, ihn mit dieser Frau allein zu lassen. Sie hebt die kleine, himmelwärts gerichtete Nase höher, diese Nase, die nicht in ihr ovales, schmales Gesicht passt, und während sie schon zu einer Haarbürste greift und damit vorsichtig über die harte Frisur auf ihrem Kopf fährt und sich vielleicht an Zeiten erinnert, in denen sie ihr Haar noch kämmen konnte, sagt sie: Ich bin Waise, und legt die Bürste weg.

Ich auch, sagt Nobis, der jetzt zum Äußersten greift, aber schon verliert. Rosemarie Nitribitt schaut nur Leo Böwe in die Augen, und alles ist wieder möglich. Verkaufen ist eine Verbindung zwischen zwei Menschen, von denen der eine, der Verkäufer, die Ideen haben muss, von denen der andere, der Käufer, glaubt, es seien seine. Kurz vorm Verschwinden, aber diskret legt Nobis den neuen Locke-Katalog auf die alte Waschmaschine und stellt dafür behutsam eine Dose Taft-Haarspray beiseite.

Schauen Sie, sagt er schnell. Die Frau zögert, zögert zu lange, und muss gehorchen. Schon schaut sie die Locke Diamant an, und da sie offensichtlich eine Person ist, die will, dass man bei allem sieht, was es gekostet hat, bleibt ihr Blick an dem Wort Diamant haften. Nobis zählt die Vorteile auf, blättert weiter, zeigt auch das Nachfolgemodell Eingriff. Die Frau lacht, Nobis lacht mit dem Mund und sieht mit den Augen Böwe streng an, bis auch der lacht.

Eingriff, sagt sie, Sie sind mir ja einer. Und in dem Moment fällt Böwe zum ersten Mal die Doppeldeutigkeit auf. Er denkt an die Peitsche in der Küche, dabei fängt die Szene bereits an zu flimmern, wird unscharf, das Licht tut wie Wasser, und nicht nur Nobis franst wieder mehr aus, alles franst aus, und bevor das alles im Dunkeln verschwindet, sagt Nobis im Abgang, aber mit Echo: Es gibt keine Schwerkraft, mein kleiner Böwe, die Welt zieht einen runter.

Es war Samstag, kurz nach zehn, als Böwe aufwachte. Er erschien als letzter Gast zum Frühstück. Er nahm die Zeitung vom Klavier, der Deckel stand offen, aber die Tasten waren mit dem grünen Schal abgedeckt. Er setzte sich an das große Wintergartenfenster. Hinter der Scheibe lag das Gärtchen, in dem einige Holztische mit angelehnten Stühlen standen, auf wintergrauer Erde, die wie eine drohende Glatze durch den flachen, kraftlosen Rasen schimmerte. Mitten in einem runden Beet stand eine weibliche Gipsfigur auf halber Spitze und setzte an den Brüsten Moos an, und aus der Fabrik hinter dem Gärtchen starrten zweiunddreißig tote Fenster herüber. Böwe starrte zurück, eine bereits zerlesene Allgemeine auf dem Schoß mit einer Meldung auf der ersten Seite. Callgirl tot. Nitribitt. Kannte er alles schon. Hatte er alles schon geträumt, und im Flur hörte er bereits die Stimmen von Fritz und Franz Locke, die ihn mit nach Hause nehmen wollten.

Christliche Gesellschaftsordnung und sozialer Katholizismus im Sinne des päpstlichen Rundschreibens Quadragesimo anno 1931, Böwe, verstehen Sie?

Franz Locke hatte sich wieder zu Böwe umgedreht. Kennen Sie den Brief?

Böwe hockte auf dem Rücksitz. Die Beine hatte er schräg gestellt, weil sein Chef es nicht für nötig hielt, mit dem Beifahrersitz vorzurücken. Am Seitenfenster rechts von Böwe hingen zwei sehr kleine, in Frankfurt maßgeschneiderte neue Anzüge für Fritz und Franz, sorgfältig in weißes Seidenpapier eingeschlagen. Gern wäre Böwe mit dem Zug zurückgefahren, statt sich von seinen Chefs Fritz und Franz im Hotel am Berg abholen zu lassen und vier lange Stunden zusammengeklappt auf dem Rücksitz eines rauchblauen oder weißen Mercedes zu hocken, während die beiden Zwillinge sehr aufrecht vorn saßen und Witze machten, manchmal. Endlich von zu Hause weg, waren sie in Wochenendstimmung und wie ausgewechselt, waren gesprächig und großzügig und frivol, so frivol, dass Böwe sich vorstellte, wie sie benutzte Damenstrümpfe zum Dessert fraßen. Waren sie nicht frivol, wurden sie mürrisch und langweilig, so wie heute. In der Kurve der Autobahnauffahrt legten sie sich schräg, im gleichen Winkel, und sprachen dabei weiter über ihre geschichtliche Verantwortung als christliche Unternehmer, ohne sich einmal nach ihrem Angestellten Böwe auf dem Rücksitz umzudrehen. Sie schworen, dass sie mit ihrem geschärften christlichen Gewissen funktionale Macht nie zu personaler Macht entarten lassen würden, weil sie es verstünden, wirtschaftlichen Fortschritt moralisch zu bewältigen, denn ihr unternehmerisches Gewinnstreben sei geadelt vom Willen zum Dienst, ihr Beruf sei eine Gnade, sie seien christliche Patriarchen, ihre Aufgabe von hohem sozialem und sittlichem Rang, ja, und sie seien entschiedene Gegner des schrankenlosen Wettbewerbs. Solange sie lebten, werde es keine Arbeitslosigkeit mehr geben, sagten sie, und Fritz Locke suchte endlich die Augen von Böwe im Innenspiegel.

Böwe nickte und sah dann weg. Er hockte schweigend auf der Rückbank. Seine Chefs rochen bis zu ihm herüber aus den Haaren nach Brisk. Er zog die Beine an und legte die Arme um die Knie, ohne mit den Schuhen den Sitz zu berühren. Er fühlte alles auf einmal, aber alles nur halb.

Dann kam die Abfahrt nach Hause, auf der aber nicht »nach Hause« stand. Auf den Straßen der kleinen Stadt fuhren noch weniger Autos als an Wochentagen, und wenige Menschen liefen unter dem Wetter hindurch, meistens mit einem Tablett Kuchen auf der Hand. Böwe wusste nicht, ob er sich auf den Rest des Samstags zu Hause freute. Ein Junge mit einem Kamm in der Gesäßtasche sprang unvorsichtig vor den schönen Mercedes, und Fritz bremste scharf. Franz auch, aber ins Leere. Die Hände, die der Junge entschuldigend hob, sahen rot und verfroren aus. Er trug keine echte, sondern eine von diesen Flatterjeans deutscher Marke, die am Hintern viel zu weit war. Böwe hatte noch nie Jeans getragen.

Alles in Ordnung?, fragte Fritz, ohne sich umzudrehen. Er saß auf einem Kissen, das ihn hinter dem Lenkrad größer machte.

Was haben Sie denn gestern Abend gemacht, kleiner Böwe?

Ich war in Baden-Baden.

Interessant, sagte Franz und blätterte in seinem Terminkalender herum. Was haben Sie denn da gemacht?

Ich bin da schon mal gewesen, sagte Böwe. Als Kind.

Als Böwe an der Straßenbahnhaltestelle vor dem Haus ausstieg, stand Liz oben am Fenster und winkte. Von der Straße aus betrachtet sah sie unscharf aus, und als er sie im schweren Licht der Diele küsste, roch sie nach Essen. Der Tag darauf war wieder ein Sonntag. Sie gingen zum Friedhof, vorbei an dem Mann mit dem leeren Gesicht auf der Wand des Schulhauses, und Böwe fasste einen Entschluss.

***

Zu hoch, sagte Liz zwei Wochen später und starrte am bröckelnden Stuck der Zimmerdecke entlang, zu hoch für meinen Geschmack.

Böwe stand neben ihr auf dem kalten Steinboden des Wintergartens, tippte mit dem Fingernagel gegen dünnes farbiges Nachkriegsglas und zählte dabei die Fenster der benachbarten Fabrik. Den Hof der Waschmaschinen- und Metallfabrik, eine von fünf in der Stadt, trennte vom Hof der Sternenbergvilla eine hohe Betonmauer. Auf der Hausseite drückte sich ein alter Birnbaum gegen die Mauer, sieben Schritte weiter ein dünner Apfelbaum. Fabrik und Villa hatten einmal zusammengehört, vor langer Zeit, und Böwes würden ab jetzt in einer geliehenen Pracht wohnen und weit genug vom Friedhof entfernt. Leo Böwe würde für den hinteren Teil der Wohnung die Einrichtung vom Hotel am Berg übernehmen. Vor allem die weißen Stühle und das Klavier. Das Kind würde einmal darauf spielen. Dieses Kind würde einmal glücklicher sein als sie. Liz war schwanger.

Böwe zog den Grundriss der Wohnung aus der Tasche.

Eine preiswerte Altbauwohnung, parterre, heruntergekommen, düster, aber großzügige 120 qm ohne Heizung. Ein geräumiges Bad ohne Wanne, ein Kinderzimmer, in dem drei Mülltonnen wohnten, und der Wintergarten, muffig wie eine arme Dorfkirche. Der Flur war zwölf Meter lang. Böwe zeichnete auf dem Grundriss die Möbel ein.

Hier ist es ja nachts so dunkel wie unter der Erde, sagte Liz, als sie die Schiebetür zwischen Wohn- und Essraum öffnete.

Die ehemalige Fabrikantenvilla lag im Osten der Stadt. Wo früher eine einzige Familie, die Sternenbergs, gewohnt hatten, lebten jetzt fünf Mietparteien. Liz wäre lieber in die neuen Häuser im Westen gezogen, die Zimmer klein wie Fischdosen, die Wände dünn, die Nachbarn zum Mithören nah. Trotzdem, die neuen Häuser waren verlässlicher. In den alten Häusern erinnerte man sich vielleicht an das Falsche, in den neuen behielt man die Übersicht über sich selbst und seine Zeit. Stunde Null, ab da wollte Liz rechnen, und Häuser wie diese Villa hier, ob nun Gründerzeit oder Jugendstil – ach, was wusste sie davon – Häuser wie dieses gehörten vernagelt und dann abgerissen.

Ich gehöre nicht hierher, wiederholte sie, als sie wenige Minuten später auf dem schwarz-weiß gekachelten Küchenboden standen und den Kopf in die Speisekammer steckten. Sechzehn leere Regale, und in einem Korb lag ein Dutzend verschrumpelter Birnen. Böwe stand neben ihr und sah sie bereits in langer, grüner Schürze, wie sie den Hof hinterm Haus so lange bearbeitete, bis er ein Garten geworden war, ein Gärtchen wie das vom Hotel am Berg.

Liz hatte Rückenschmerzen und setzte sich auf einen alten Blumenhocker.

Ich möchte hier nicht bleiben, sagte sie, wir passen nicht hierher. Der Hocker brach unter dem Gewicht ihres Wunsches zusammen. Böwe lachte und half ihr aufzustehen. Sie sah ihn dabei an, als sähe sie ihn zum ersten Mal.

Hilfe, sagte sie leise, ich gehöre nicht hierher. In der Stimme war ein Schmerz aus der Kindheit, den Böwe überhörte.

Böwe war noch nie umgezogen, hatte immer unten im Haus mit dem Lebensmittelgeschäft gewohnt. Anfangs mit seinen Eltern in der Mansarde, dann sechs Jahre im Krieg mit seiner Mutter allein in der Wohnung hinter dem Laden. Dann war der Vater zurückgekommen. Immer noch ein langer Kerl, aber dünner als vor dem

Krieg. Verschlossener, und um sein Herz gekrümmt. Unter dem Arm hatte er einen halbblinden Hund namens Fifi getragen. Der Vater hatte immer seltener das grüne Netz über den ausgeklappten Küchentisch gespannt, den Tischtennisschläger in der Hand gedreht und den Sohn gewinnen lassen. Sogar der Ehering wurde ihm bald zu weit. Er starb fünf Jahre lang. Böwes zogen wieder nach oben, in die Mansarde, und hörten dem Vater jede Nacht beim langsamen Sterben zu. Die Mutter von ihrer Betthälfte, und Leo von seinem Feldbett am Fuß des Ehebetts aus. Fifi trippelte schlaflos auf dem Linoleum herum, wie ein Käfer. Der Vater starb, und sie zogen wieder nach unten, hinter den Laden. Fifi zog mit. Fifi, mit Betonung auf der letzten Silbe, weil es ein französischer Hund war, zerbiss in seinem Hundekummer die zwei einzigen Sofakissen aus Brokat, hockte auf der leeren Betthälfte, saß eine Kuhle in die eine Hälfte der Tagesdecke, die seit dem Tod von Vater Böwe nicht mehr zurückgeschlagen wurde. Die Kuhle markierte den Schoß des Toten, und Fifi besetzte den Platz für jemanden, für den Vater Böwe noch nicht tot war. In die Mansarde zog Lou aus Berlin ein. Sie interessierte sich sehr für Männer, und auch Leos Mutter begann sich für Männer mit Motorrad zu interessieren. Ein Jahr verging. Schnee lag auf dem Grab, und als die Sonne im März das dünne Tuch wegzog, schlug Leos Mutter an einem Samstagnachmittag die Tagesdecke von beiden Betthälften zurück. Sie schloss das Fenster zum Hof und zog die Vorhänge vor. Leo, 16, stand verwirrt und einsam unter der Teppichstange herum und tat so, als rauche er. Dann ging er ins Kino. Fifi alterte schnell und fing an zu stinken, vor allem aus dem Maul. Kurz vor dem Tod des Hundes fiel dann das Foto aus der Gesäßtasche einer alten Drillichhose von Vater Böwe, die zur Kleidersammlung gegeben werden sollte. Fifis Verwandtschaft mit einer Frau in Frankreich stand damit fest. Fifi in der Armbeuge einer jungen Frau und zwischen Fifi und Frau nur der lange Ärmel einer weißen Bluse. Fifi war überführt. Er war der Agent einer verbotenen Liebe gewesen. Er starb, vollständig erblindet, doch erst zwei Jahre nach seiner Enttarnung, an einem Karfreitag. Sie begruben ihn unten im Hof bei den Mülltonnen. Die Mutter trug eine weiße Bluse zur Beerdigung und stellte einen Topf mit Primeln auf die festgetretene Erde. Was kann denn der Hund dafür, sagte sie. Drei Jahre später war auch sie auf dem Rücksitz eines Motorrads ums Leben gekommen. Da war Böwe zwanzig, hatte rasch geheiratet und die alte Wohnung seiner Mutter hinter dem Laden verlassen und war mit Liz wieder nach oben gezogen, in die Mansarde, die noch nach Lou roch.

Böwe faltete den Grundriss der neuen Wohnung zusammen. Er hatte alle Möbel eingezeichnet. Zwei Cocktailsessel waren darunter und eine rot lackierte Hausbar auf vier Rädern, die er aus dem Schaufenster eines Möbelgeschäfts kopiert hatte und für die neue Wohnung bei Polsterer und Schreiner in Auftrag geben wollte. Plötzlich stand Liz dicht hinter ihm, im Wintergarten. Sie drückte die Hüften gegen seinen Hintern und tat so, als hätte sie schon einen dicken Bauch. Was ist mit dir, was denkst du denn?, fragte Böwe.

Stell dir vor, es hört auf, sagte sie und sah in den Hof. Könnte es nicht sein, dass es das jetzt war, mit dem Glück?

Böwe, gewöhnt an ihre schrägen Sätze, sah ebenfalls in den Hof.

Der Birnbaum im Garten war in der Dämmerung nur ein Schatten seiner selbst. Böwe trat hinter sie und küsste sie in den Nacken. Liz zuckte die Schulter und sagte: Egal, alle leben so.

Wenige Abende später liebten sie sich auf den Zeitungen, die der Anstreicher ausgelegt hatte, und im zwölf Meter langen Flur lagen bereits verpackte Teppichrollen wie ein Stapel Baumstämme aus Plastik.

Drei Tage vor Weihnachten zogen sie ein. Kaiserstraße 29. An Sylvester tanzten Böwes bereits mit Gästen hinter vorgezogenen Gardinen. Als Böwe einmal hinaus auf die Straße ging, um für die Freunde Zigaretten zu holen, blieb er eine Weile vor den eigenen Fenstern stehen. Im Schattenriss wackelte ein Dutzend jugendlicher Silhouetten mit Schultern und Hintern. Auf dem Parkplatz gegenüber dem Haus stand ein Auto, das einer der Gäste gebraucht von der Gemeindeschwester gekauft hatte. Eine BMW-Isetta. Ein Maria-Hilf-Untersatz mit Rosenkranzantrieb, hatte Böwe über das Auto gesagt. Die Vorderräder standen weiter auseinander als die Hinterräder, zwei Sitze nur, aber eine Heizung und ein Faltdach aus einer Art Segeltuch, das man bei gutem Wetter öffnen konnte. Das Auto stand unter einer dünnen Schicht Schnee, und jemand hatte in den Schnee auf der Windschutzscheibe eine große Zahl geschrieben: 1958. Ein vierblättriges Kleeblatt beugte sich über die Ziffern.

Dann war Frühling. Im Mai kam Liz ins Krankenhaus. Böwe fuhr sie morgens mit dem Auto seines Schwagers hin, und als Liz beim Einsteigen kurz das Gesicht hob, um den Himmel zu mustern, der schwer auf die Stadt hinunter hing, stand die Angst darin, es könnte sich irgendetwas verändern. Sie hatte Ende des siebten Monats Wehen bekommen. Es war ein Donnerstag, und Böwe fuhr nach Frankfurt. Am Abend sah er sich im Bahnhofskino den Film »Das Mädchen Rosemarie« an. Jemand atmete Nelkenduft in seinen Nacken. Natürlich gab es irgendwo in dieser Stadt einen Mann, der kleine, bleiche, fast silbrige Hände hatte, dessen Zigaretten nach Nelken rochen und dessen Schatten Böwe nicht einfach überspringen konnte. Natürlich ging dieser Mann manchmal auch ins Kino.

Böwe wechselte auf der Hälfte des Films den Platz und schämte sich für die Idee, jemand wolle ihn töten, wenige Monate, nachdem Rosemarie Nitribitt getötet worden war.

Die Frankfurter Zeit würde bald vorbei sein. Sie dauerte nur noch. Am Ende des Jahres sollte Böwes Sonderauftrag für die Firma Locke zu Ende gehen. Die Vertreter Nobis, Leugas, Begale und Heiland würden aus der Konkursmasse der Firma Corelli & Co in die Firma Locke übernommen werden.

Liz Böwe kam nach einer Woche aus dem Krankenhaus zurück, ohne Bauch und ohne Kind. Sie stand Nachmittage am Fenster zum Hof, wischte sich mit einer traurigen Hand über die Augen und verschwand dann im Dunkel der Küche, um einen aufgewärmten Kartoffelpuffer zu essen und dazu ein Glas Leitungswasser zu trinken.

Im Juli 1960, als durch die geöffneten Fenster der durchdringende grüne Duft von gemähtem Gras drang, kam für Liz und Leo Böwe ein Kind zur Welt.

Jule.

Neunzehnhundertsiebenundsechzig

Nicht so schnell, sagte Eva König, und den Kopf höher! Nicht die Stirn so vorweg wie eine Ziege! Nimm das Kinn hoch und wackle nicht so mit dem Hintern, du bist doch erst sechs!

Jule warf die Zöpfe nach hinten und ging noch einmal los. Ihre heruntergetretenen Hausschuhe schlappten gegen die bloßen Fersen. Rechts, links, rechts, links, ein italienischer Rhythmus, in dem Frauen mit schönen Hüften über Plätze in Rom gingen. Das hatte sie im Fernsehen gesehen, in Schwarz-Weiß.

Der Flur in Böwes Wohnung, Kaiserstraße 29, war lang. Jule trug einen Schneebesen vor sich her. Auf der Höhe der Badezimmertür drosselte sie das Tempo und roch an der Stelle, wo die Drähte sich kreuzten. Morgen würden das echte Blumen sein. Rittersporn und Schleierkraut, ein Strauß, der zu einem Mann passte, der aussah, als würde er solche Sträuße gleich fressen. Eva König stand am Kopf des Flurs. Sie hatte ein Kopfkissen als Bauch unter ihren Rockbund geschoben, die Haare mit Wasser männlich nach hinten gekämmt und drückte das Kinn gegen den Hals.

Und, mein Kind?, sagte sie mit fetter Stimme, die zum fetten Kinn passte. Was hast du mir zu sagen?

Eva König übte mit Jule für den Besuch eines Gastes aus der hohen Politik, der morgen zu einer Wahlveranstaltung kommen sollte. Jules Strauß war als Begrüßung geplant.

Herzlich willkommen in unserer Stadt, sehr geehrter Herr Ministerpräsident. Jule hob den Schneebesen vor das Gesicht und machte einen Knicks.

Mach einen richtigen Knicks, sagte Eva König, nicht so einen

Kratzfuß, und steck die Nase nicht in die Blumen, sondern mach eine deutliche Geste.

So wie im Ballett?

Ungefähr, ja so ungefähr, sagte Eva König, und jetzt das Ganze noch mal.

Auch wie im Ballett, sagte Jule, da muss ich auch immer das Gleiche machen.

Aber das Immergleiche kann auch das Schönste sein, sagte Eva König leise.

Jule verstand sie nicht, aber nickte und ging zurück an den Anfang des Flurs. Sie kratzte sich am Kopf dabei. Die Zöpfe reichten bis zur Taille, und seit drei Wochen hatte niemand ihre Haare gewaschen.

Am Abend spielten sie die Szene Leo Böwe im Flur noch einmal vor. Böwe fand Eva König überzeugend komisch und Jule kokett. Er machte den Entengang seiner Tochter nach.

Manno!, sagte Jule und schlug mit dem Schneebesen gegen den Pfosten der Klotür, mach das doch selber, wenn du alles besser kannst. Er sah seine Tochter an. Der Kragen ihrer weißen Bluse hatte einen schmutzigen Rand. Liz lag im Krankenhaus, und er hatte zugenommen in den letzten zehn Jahren. Sein Kopf saß näher an den Schultern. Ja, er hatte zugenommen. Wovon? Wohl von allem.

Die Jalousien vor den beiden Krankenhausfenstern waren halb heruntergelassen und warfen Muster von Schatten und Licht auf die weiße Bettwäsche. Liz saß aufrecht, an zwei aufgeschüttelte Kissen gelehnt. Sie setzte ihre Sonnenbrille auf und schaute das Titelgesicht der Illustrierten an. *Soraya: Die Verstoßene,* stand quer über den Pelzmantel geschrieben. Soraya war ein Schneewittchen, mit diesen breiten, schwarzen Augenbrauen und Lippen, die vielleicht zu üppig glänzten. Sie war eine Ikone. Sie trug riesige Hüte, so lag ihr Gesicht halb im Schatten, ihr Lächeln an dessen Saum. Die obere Zahnreihe stand ein wenig vor und wurde von der Unterlippe anmutig zurückgedrängt. Das gab dem Gesicht eine Eigenschaft, etwas Ungeplantes.

Sie hat auch grüne Augen, sagte Liz zu der jungen Nonne, die den Ständer für den Tropf zur Tür rollte.

Sie ist ja auch halb Deutsche, sagte die Nonne.

Liz schaute sie durch ihre Schmetterlingssonnenbrille herausfordernd an.

Und, fällt Ihnen nichts auf?

Die Jalousien, fragte die Nonne, soll ich die hochziehen? Sie ging zum Fenster. Liz hörte das vertraute Rattern. Sie schloss die Augen. Mit diesem Geräusch fingen die Wintermorgen zu früh an und die Sommerabende gingen zu abrupt zu Ende.

Schauen Sie mal, sagte die Nonne, schauen Sie mal, wie schön die Sonne heute ist.

Fällt Ihnen sonst nichts auf?, fragte Liz, aufrecht im Bett sitzend.

Die Nonne schob den Tropf ein Stück näher zur Tür.

Nein.

Er hat sich von ihr getrennt, weil sie keine Kinder bekam, sagte Liz. Jawohl, der Schah von Persien hat sich von Soraya getrennt, deswegen.

Das ist eigentlich nicht erlaubt, sagte die Nonne.

Ja, sagte Liz, ist es wirklich nicht. Sie fasste sich ins Haar. Sie glaubte nicht mehr, dass Leo in fremden Städten immer nur neben hässlichen Aktenschränken saß und sich am Ende des Tages die Hände in einem Waschbecken aus abgeschlagener Emaille wusch, dann das Handtuch nur an den Ecken benutzte und dabei Heimweh hatte nach den frischen Handtüchern daheim. Sie glaubte nicht mehr, dass er jeden Abend um windige Ecken zurück in seine Pension und dann die schmale Treppe hinauf bis unters Dach in sein Einzelzimmer lief, um gleich die Tür hinter sich abzuschließen, wegen der Mörder und der Mädchen auf dem Gang, und der Welt überhaupt. Wegen ihr hatte Böwe vier Monate vor dem Abitur die Schule verlassen. Genau erinnerte sie sich daran nicht mehr, denn sie hatte ihm nie geglaubt, dass es ihretwegen war. Da war noch etwas anderes, über das er nicht sprach, wenigstens nicht mit ihr. Sie beharrte nicht darauf. Sie beharrte nie auf etwas. Sie konnte sich nicht verhärten, um besser zu wissen, was sie tun sollte. Aber egal, Böwes Schulabgang damals hatte wie Liebe ausgesehen, vor den Eltern, den Freundinnen, der kleinen Schwester, der Chefin im Porzellangeschäft und überhaupt. Überhaupt war wichtig, wie etwas aussah, und wenn etwas nach außen gut aussah, dann hielt man darin still.

Sie ist eine sehr schöne Frau, diese Kaiserin, sagte die Nonne.

Sie ist sehr diszipliniert und traurig und einsam, sagte Liz.

Traurig kann man leben, sagte die Nonne.

Ein Essenswagen rollte draußen auf dem Krankenhausflur heran, und die Töpfe klapperten wie Schrottteile.

Aber fällt Ihnen denn gar nichts auf?

Nein, Frau Böwe, sagte die Nonne, nein, mir fällt nichts auf.

Liz riss sich die Sonnenbrille vom Gesicht und starrte sie an.

Soraya!

Ja, sagte die Nonne, jetzt, wo Sie es sagen.

Ich sehe ihr ähnlich, oder?, fragte Liz. Dann wurde sie rot.

Als die Nonne gegangen war, öffnete Liz ihre Nachttischschublade. Niveadose, Haarspray, Kölnisch Wasser, Schlaftabletten, Lippenstift, drei weiße, gebügelte Taschentücher, eine Packung Beruhigungsmittel, weil sie schlecht schlief, und ein Brief von Böwe, halb im Kuvert, halb draußen.

Böwe hatte letzte Woche von einer seiner Handlungsreisen geschrieben. Er sei glücklich, mit ihr verheiratet zu sein. Sie habe sich schon gut angepasst und gebe sich Mühe, ihm in allem zu gefallen. Er werde ihr von seiner Reise bei Gelegenheit erzählen. Sie solle die kleine Jule grüßen. Sei fest umarmt von deinem Leo, alles andere holen wir nach, und vergiss nicht, Lotto einzuzahlen.

Liz hatte den Brief mit ins Krankenhaus genommen, weil sie ihn wieder und wieder lesen und so schließlich für einen Liebesbrief halten wollte. Sie schloss die Schublade, hielt sich aber einen Moment lang am Griff fest.

Wie sollte man leben?

Nachmittags fing es an zu regnen. Jule und Eva König unter einem schwarzen Herrenschirm drängten sich mit Hunderten von anderen Menschen hinter der Absperrung. Über Lautsprecher wurden Schlager von Freddy Quinn und Heino eingespielt, und obwohl die Stimmung unter dem Auflauf der Schirme so erwartungsvoll wie fröhlich war, fingen nervöse Wahlhelfer an, die Technik der Rednertribüne ins benachbarte Kino zu schleppen. Dann schalteten sie die Musik im Freien ab. Der Platz leerte sich. Die eine Hälfte der Schirme ging mit ins Kino, die andere nach Hause. An den Bäumen, die um den Platz standen, weichten Wahlplakate im Regenschauer auf. Mehr Menschlichkeit. Der Spruch bekam Eselsohren, und die Gesichter der Kandidaten verrutschten unter dem Regen zu Grimassen.

Jule hatte einen Strauß lachsfarbener Nelken in der Hand, ohne Rittersporn, aber mit Schleierkraut. Eva König und sie standen als Letzte im Freien, um auf den Ministerpräsidenten zu warten, der bereits eine halbe Stunde Verspätung hatte. Jules weiße Strumpfhose war bis in die Kniekehlen hinauf mit Pfützenwasser bespritzt.

Lass uns reingehen, sagte Eva König und zeigte auf die Drehtür des Kinos, wo bei Einbruch der Dunkelheit die schönen Männer aus Italien mit den brennenden Augen immer standen, redeten, rauchten, ohne in den Film zu sehen. Sie standen da, um die Mädchen auf der Straße anzusehen. Jule hob ihren Rock und zog die Strumpfhose hoch. Der Kopf einer Nelke brach dabei ab.

Das macht man nicht, sagte Eva König.

Aber wenn sie doch rutscht.

Macht man trotzdem nicht, in der Öffentlichkeit, sagte Eva König.

Öffentlichkeit, was'n das?, fragte Jule.

Eva König legte Jule eine Hand in den Nacken und schob sie an den Schaukästen mit Kinowerbung vorbei. Da, sagte Jule und zeigte auf ein Plakat. Eine junge, dunkelhaarige Frau, die sehr modern aussah, lehnte lässig im kurzen Unterrock an einem Türpfosten. Im Hintergrund waren das Fußende eines Doppelbettes und die nackten Füße eines Mannes zu sehen.

Was steht da?

Zur Sache, Schätzchen, sagte Eva König.

Jule drehte sich um. Der abgebrochene Kopf der Nelke lag auf dem Gehsteig vor dem Kino.

Der Kinosaal war nur matt erleuchtet. Eva König nahm Jule den Strauß aus der Hand und half ihr, auf einen Klappsitz zu klettern, der mit rotem Samt bespannt war. Jule sah Leo Böwe vorn auf der Bühne stehen und gegen das Mikrofon klopfen. Sie winkte. Von hier aus gesehen war Leo Böwe da vorn ein längliches, dunkles Rechteck mit einem länglichen, rosafarbenen, aber viel kleineren

Rechteck darüber, das hin und her wackelte und in dem ein dunkler Strich sich bewegte. Das musste der Mund sein. Es roch nach nasser Wolle, und die Zuschauer waren jetzt, so ohne Schirme, unruhig und schlecht gelaunt. Ein Fräulein mit Bauchladen fing an, Eis zu verkaufen. Böwe klopfte wieder gegen das Mikrofon, dann gab er auf, zuckte mit den Schultern, griff hilflos an den Knoten seiner Krawatte, als hätte er einen Kloß im Hals, und trat trotzdem an den Rand der Bühne vor. Er sagte etwas. Im Saal wurde es kaum leiser.

Jetzt redet er, sagte Jule auf ihrem Klappstuhl und krallte eine kleine nervöse Hand in Eva Königs Schulterpolster.

Böwe hatte seit der Frankfurter Zeit seine Position bei Fritz und Franz Locke stetig verbessert und den gesamten Verkauf übernommen, dazu Kundendienst, Versand und Werbung. Verglichen mit früher verdiente er das Dreifache. Prospekte für die Werbung entwarf er selbst, er bevorzugte beim Zeichnen die Kontrastfarben Schwarz und Gelb, was auch die Farbe des Sofas zu Hause und die Vereinsfarben von Borussia Dortmund waren. Aber Böwe stand lieber in der Nordkurve auf Schalke, und auch auf dem Sofa zu Hause saß er nur noch selten. Er war noch immer Waschmaschinenvertreter, aber im größeren Stil.

Als Kindermann, Vorsitzender der Christlich Demokratischen Partei, Böwe, den kleinen Kolpingsohn und ehemaligen Pfarrjugendführer, ansprach und ihm den Listenplatz elf für die Wahl in den Stadtrat anbot, sagte Böwe zu. Die Aufstellung der Parteikandidaten sollte Spiegel der wählenden Bevölkerung sein. Auf einen Katholiken, der für die CDU in den Rat sollte, musste ein Evangelischer folgen, auf einen Handwerker ein Arbeiter und auf den Arbeiter ein Beamter. Platz elf auf der Liste der CDU sollte mit einem besetzt werden, der jung und katholisch und aus der freien Wirtschaft war, von einem wie Böwe eben.

Jule war gerade geboren. Der Sonderauftrag in Frankfurt war beendet. Zu Hause wurde es enger, und Liz war gereizt. Die politische Aufgabe war eine Auszeichnung und lieferte gleichzeitig einen guten Grund, abends das Haus zu verlassen. Böwe zog in den Stadtrat ein. Zwei Jahre lang sagte er montags an dem langen grünen Tisch im ersten Stock des Rathauses unter dem schweren Licht des Kronleuchters kein Wort. Er hörte zu. Sie müssen schon mal was sagen, sagte Kindermann. In der Woche drauf hielt Böwe seine erste Rede. Er stand gegen Ende der Sitzung auf und ging aus Vertreterangewohnheit erst zwei Schritte zurück, bevor er zu sprechen anfing. Er wollte verkaufen, und seinen Stuhl stieß er fast dabei um, aber die Stichworte hatte er fest in der Hand.

Erstens, sagte Böwe, die Genossen bezeichnen unser Wasserschloss Martfeld als »Schauerburg« und wollen es abreißen. Ist denn im Krieg nicht schon genug zerstört worden? Brauchen wir, so kurze Zeit später, eine zweite Zerstörung in diesem Land? In unserer Stadt? Zweitens, die Genossen wollen die Altstadt mit den »krummen Buden« abreißen, wie sie unsere Fachwerkhäuser aus dem 17. Jahrhundert nennen. Sie wollen am liebsten im Herzen der Altstadt anfangen, wo einmal die Synagoge stand. Meine Dame, meine Herren, kommt Ihnen das nicht bekannt vor? Haben wir alle das nicht schon einmal bereut?

Leo Böwe sah die einzige Frau am grünen Tisch an, die in den Rat der Stadt gewählt worden war. Sie war Ende fünfzig und nickte. Die Männer saßen wie ausgestopft. Dieser Böwe konnte die Wirklichkeit so sagen, dass seine Zuhörer sich dankbar den schlichten, aber farbigen Formulierungen anschließen konnten. Und drittens, sagte er, was werden unsere Enkel einmal sagen, wenn wir ihnen eine Stadt hinterlassen, in der sie auch bei schönstem Sonnenschein nicht gerne leben. Die einzige Frau am Tisch nickte wieder.

Aber Sie haben doch noch gar keine Enkel, sagte der Stadtkämmerer.

Aber eine Tochter, sagte Böwe streng. Zu streng, denn in dem Moment war ihm aufgefallen, Enkel interessierten ihn theoretisch und politisch sehr, aber seine Tochter interessierte ihn, persönlich, weniger.

Plötzlich wurde es unruhig am Saaleingang des Kinos. Eva König hob Jule hektisch vom Klappsitz, als ein dicker Mann mit schwarzen, öligen Haaren neben ihnen stehen blieb und sich eine Zigarette anzündete. Jule erkannte ihn.

Da, sagte sie, das ist er. Sie fegte mit flachen Händen, rechts, links, ihre Zöpfe auf den Rücken und riss Eva König den Strauß aus der Hand.

Herzlich willkommen, brüllte sie, herzlich willkommen in unserer kleinen Stadt, Herr Ministerpräsident, und sie stieß im Gedränge fast mit der Nase an den dicken Männerbauch, den ein schwarzer Zweireiher nur schlecht verbarg. Der dicke Mann schien sie nicht gesehen zu haben.

Hallo?, sagte sie schon leiser. Sie schaute unsicher Eva König an, die flach wie eine Briefmarke neben dem dicken Mann stand und deutlich den Namen Böwe wiederholte.

Wer ist denn der junge Fuchselhuber, der da vorn so krächzt?, hatte der dicke Mann gefragt.

Und wenn die Sowjets kommen, rief Böwe in dem Moment gegen den Lärm im Saal an.

Hört, hört, sagte der dicke Mann und rollte schwer das »r« dabei, da hat aber einer aufgepasst.

Christliche Verantwortung und Wille zum Dienen, rief Böwe heiser, denn er hatte lange Minuten ohne Mikrofon geredet, um die Menschen im Saal zu halten. Der dicke Mann ging nach vorn, Jule mit dem Strauß gleich hinterher, obwohl Eva König sie bei einem der Zöpfe festzuhalten versuchte. Jule riss sich los. Die Menge teilte sich für den dicken Mann und für Jule. Als sie auf der Hälfte des Saals waren, hatten sich alle Gesichter ihnen zugewendet, und es war plötzlich ganz still. Niemand mehr sah Böwe an, der noch immer vorn auf der Bühne stand und mitten in einem Satz über die Sowjets, die Berliner Mauer und den Kommunismus seine Rede abbrach, sich durch die Haare fuhr und dann als Erster frenetisch anfing zu klatschen. Der Saal stand auf. In den stürmischen Applaus hinein ging Jule ganz mit nach vorn. Sie trug den Strauß am gestreckten Arm vor sich her und achtete auf ihren Gang dabei.

Das ist doch die kleine Böwe, hörte sie jemanden am Rand sagen, was will die denn mit dem Strauß?

Dann stand der Ministerpräsident vorn, und Jule stellte sich neben ihn. Keiner der Ordner holte sie weg, und Leo Böwe, der längst sportlich von der Bühne gesprungen war, hatte seine Tochter in der Aufregung übersehen. Der dicke Mann verneigte sich, Jule machte ihren Knicks. Dann fing er an zu reden, und Jule lächelte dazu. Wieder rutschte ihre Strumpfhose, aber, schon klar, die konnte sie jetzt nicht hochziehen. Wegen der Öffentlichkeit. Im Kino funktionierte die Anlage für Mikrofon und Lautsprecher immer noch nicht. So sprach der Ministerpräsident sparsame drei Minuten lang, bis er in der vierten so ärgerlich wurde, dass er murmelte, er brauche jetzt unbedingt einen Piccolo. Er beugte sich zu Jule.

Und du, mein Kind, was willst du?

Jule hielt ihm den Strauß hin.

Da, Herr Bundeskanzler, sagte sie, herzlich willkommen hier bei uns!

Der dicke Mann lachte dröhnend. Er roch nach Brathähnchen dabei, und als er sie in dem Moment für die Fotografen auf den Arm nehmen wollte, bemerkten sie beide, Jule und er, zu spät, dass sie eigentlich zu groß dafür war.

***

Wir werden es noch mal versuchen, hatte Liz nach der ersten Fehlgeburt gesagt.

Gut zwei Jahre später drückte sich Böwe, endlich Vater, mit seinem kurzen Schatten die Hauswände entlang, weil es ein sehr heißer Juli war. Er war auf dem Weg ins Krankenhaus und kaufte am Kiosk eine Illustrierte, um an Liz' Bett etwas zum Blättern zu haben. Titelgeschichte war die Pohlmann-Story. Diesem Pohlmann, Handelsvertreter aus Frankfurt am Main und homosexueller Pudelabholer des Callgirls Rosemarie Nitribitt, war der Prozess gemacht worden. Er wurde am 13. Juli 1960 überraschend freigesprochen. Es gab keine Revision, keine neuen Ermittlungen. Der Mörder blieb unentdeckt, die Akte ruhte. Am Tag des Freispruchs wurde Jule Böwe geboren, mit vielen, langen, dunklen Haaren und geballten Fäusten.

Böwe sah seine kleine Familie an und legte die Illustrierte weg. Das Baby lag auf Liz' Bauch. Es hatte ein schmales, ernstes Gesicht. Die Nonne, die hereinkam und das Heftpflaster mit dem Namen Juliane Böwe auf dem kleinen Handgelenk fester drückte, bevor sie das Kind hochhob, sah aus, als hätte sie auch gern so ein Baby gehabt. Böwe rollte seine Illustrierte zusammen.

Eine Woche später kam Liz mit dem Baby nach Hause.

Da drüben wird geraucht, sagte sie, als sie im Hof standen. Auf der anderen Seite der hohen Betonmauer machten die Arbeiterinnen der Fabrik gerade Mittagspause.

Egal, wir stellen sie trotzdem hier hin, sagte Böwe und schob den Kinderwagen in den Schatten des Birnbaums. In den Baum hängte er einen schwarzen Herrenschirm.

Jule lag im Wagen unter dem Birnbaum und betrachtete die Unterseite der Blätter, deren hellere Bäuche.

Im ersten Jahr, in dem Böwes eine richtige Familie waren, wurde John F. Kennedy zum Präsidenten gewählt und Elvis Presley kam nicht nach Dresden. Das zweite Jahr mit Jule verging wie das erste für die Böwes. Nur die Mauer wurde quer durch Deutschland gebaut, kam aber nicht an ihrer Kaiserstraße 29 vorbei. Im dritten Jahr stand die kleine Böwe unter dem Birnbaum und zog sich die Hosen herunter, wenn sie länger nicht beachtet wurde. John F. Kennedy wurde in Dallas erschossen, und Jule hörte ihre Mutter zum ersten Mal aufjaulen, wie einen Hund, den man getreten hat. Als Jule vier war, bauten die Väter aus dem Haus endlich einen Sandkasten unter dem Birnbaum. Leo Böwe holte wieder den schwarzen Herrenschirm aus dem Keller und hängte ihn in die unteren Äste. Böwe trug nie kurzärmelige oder farbige Hemden, dafür immer einen dezenten Schlips, dunkle Socken und geschlossene schwarze Schuhe, sogar im Hochsommer. So stand er neben dem Sandkasten, freundlich, korrekt und mit einem überraschend frechen Lächeln über dem weißen Hemd. Der Schirm im Baum gefiel ihm. Er erinnerte ihn an eine Luke zum Dach, an ein Mädchen, das ihn Hallo nannte, und an einen Regen vor langer Zeit.

Du fährst zu oft nach Baden-Baden!, sagte Liz im gleichen Jahr. Jule lief an den Schleiflackschränken entlang und besabberte verliebt einen hässlichen Teddy. Liz nahm ihr Kind auf den Arm.

Wir fahren mit, sagte Liz, und Jule schrie. Es war Gründonnerstag. Liz hatte mit einer Hand einen zweiten, größeren Koffer vom Kleiderschrank gewuchtet und den Deckel geöffnet. Jule warf ihren Teddy hinein.

Siehst du?, sagte Liz zu Leo Böwe.

Was soll ich sehen? Böwe sah hilfesuchend sein Pfeffer-und-Salz-Köfferchen an. Der Anteil Weiß im Muster war mittlerweile grau geworden. Fast alles war anders geworden, seitdem er reiste. Er saß in den Fernzügen mit den rostroten Schnauzen und den roten Plüschpolstern der ersten Klasse. Die Schneisen, die sie in die Ferne schnitten, wirkten sich auf seine Nerven aus, und es gab vielleicht so etwas wie ein verkehrsbedingtes Außer-sich-Sein. Anfangs hatte Liz oft eine Bahnsteigkarte gekauft, um ihn bis zum Zug zu begleiten. Eine Pappkarte, die auf den ersten Blick wie eine Karte zum Mitfahren aussah. Nur der Strich am Rand war in einer anderen Farbe. Liz hatte sich eine Eintrittskarte für den Abschied gekauft. Sie hatte mit dem Taschentuch gewinkt und danach gedankenlos auf der Waage bei den Schließfächern ihr Gewicht geprüft.

In Ordnung, sagte Böwe zu Liz, obwohl er wusste, dass er ihr keine Albernheiten durchgehen lassen durfte, sonst würde sein Leben unerträglich. Er ging in die Küche und telefonierte. Liz hörte ihn verlegen lachen und packte immer weiter. Reisebügeleisen, Tauchsieder, sieben Paar Schuhe, Lockenwickler, Bettjacke und drei Bücher, obwohl sie nie las. In den Waschbeutel mit dem Rosenmuster warf sie aus vier Metern Abstand eine Rolle unangebrochenes Schlafmittel, aus Angst, in diesen fremden Betten, in denen Leo immer schlief, nicht schlafen zu können. Sie traf. Gut!, und sie stieß einen Pfiff aus.

Jule lachte, und Leo lachte noch immer am Telefon.

In Baden-Baden regnete es die ganze Zeit. Im Pensionszimmer

roch die Bettwäsche nach Rauch, und in beiden Koffern war für dieses Wetter die falsche Garderobe. Liz zog bereits am ersten Nachmittag einen alten durchsichtigen Regenmantel über ihr lachsfarbenes Kostüm. Die Leute auf der Straße schauten hinter ihr her. Sie war verzweifelt und merkte nicht, dass die Leute schauten, weil sie hübsch war. Hübsch, wie Ausländerinnen hübsch sind.

Ich sehe unmöglich aus.

Du siehst wie eine Blume aus, sagte Böwe, wie eine Nelke.

Und dazu auch noch 'ne welke, sagte Liz. In dem Moment mochte Böwe sie. Gab es tatsächlich etwas, das Männer und Frauen aneinander band, bis dass der Tod sie schied? Liz tat alles für ihn, aber sie tat ihm nichts an. Sie lag im Bett auf dem Rücken und sagte vier Mal die Woche, ich bin müde, und drei Mal die Woche sagte sie es nicht.

Leo zeigte Liz das Eiscafé Capri. Die Besitzerin sagte: Auch wieder mal da, Herr Böwe?, und gab ihm die Hand. Er zeigte Liz den Jockey Club und das französische Offizierscasino, und als das Barmädchen in einem schwarzen Serviererinnenkleid aus dem Seitenausgang kam, drehte er sich schnell weg. Das Mädchen ging dicht an ihnen vorbei, schwitzte ein wenig und sah sich Liz und das Kind genau an. Leo hätte sie blind am Geruch erkannt. Liz sah ihn an und sagte laut: Ich frage mich, wie manche Frauen ihren eigenen Geruch aushalten können. Einen Augenblick starrten sie einander an, jeder von seiner Seite des Lebens aus, und es dauerte, bis sie weitersprechen konnten. Es war einer dieser seltsamen, zerdehnten Augenblicke, vier, fünf Herzschläge zu lang und schon dem Ende der Liebe ähnlich.

Die Pension in Baden-Baden hatte kein Kinderbett. Liz und Leo versuchten, Jule auf einer kleinen Matratze im Bad und bei angelehnter Tür schlafen zu lassen.

Liz lag auf dem Rücken, strich über ihr gestärktes Nachthemd und war noch nicht müde. Beim ersten Geräusch, das versuchte, keins zu sein, tappte Jule herüber, riss einen Blumenhocker mit, an dem sie sich festhalten wollte, und schaffte es trotzdem danach auf allen vieren, durch den unendlich weiten Raum zwischen ihrer Matratze und dem Ehebett zu finden. Sie kroch durch eine schwarze Einsamkeit, bis sie sich schließlich an Liz' Betthälfte hochzog, sich an deren Rücken legte und beruhigende, sanfte Geräusche machte, als sei sie noch ein Baby oder ein kleiner Hund, der Milch schlabbert.

Warum fährst du noch immer so oft nach Baden-Baden?, fragte Liz, als Jule fünf wurde. Sie bekam nicht zum ersten Mal keine Antwort. Immer war es etwas anderes, warum Böwe nicht sprach. Diesmal hatte er den Mund voll. Er aß dicken Reis mit Zimt. Den aß er gern, obwohl er dabei jedes Mal an den Reis im Magen der ermordeten Rosemarie Nitribitt denken musste. Jule wurde sechs.

Böwe fuhr weiter nach Baden-Baden und bekam weiter von dem französischen Barmädchen aus dem Restaurant Karten, für Konzerte oder Miss-Wahlen im Kurhaus. Sie tat das gern, nur um untergehakt mit ihm spazieren zu dürfen. Er schenkte ihr ein teures Parfum.

Ich habe Hildegard Knef gesehen, sagte Böwe zu Liz am Telefon.

Wo?

Hier in Frankfurt. Bin mit Begale und Nobis in Frankfurt, habe ich dir doch gesagt, oder?

Böwe stand in der Telefonzelle beim Eiscafé Capri. Vor der Glastür spannte das Barmädchen den Schirm auf und lächelte ihn dabei an. Sie hatte einen Körper wie diese halben Kinder, die früher mit dreizehn als Dienstmädchen vom Land in die Stadt geschickt worden waren. Sie lächelte noch immer. Er lächelte zurück, und der

Kuss zum Abschied in die Sprechmuschel hatte beiden Frauen gegolten.

***

Schneller, schneller, rief Jule, wir kommen zu spät zur dritten Folge. Immer donnerstags war Lesestunde für Kinder in der Bibliothek. Sie zerrte an Böwes Hand.

Schneller, die dritte Folge!

Sie riss sich los, hob die Hände und umfasste in der Luft eine Stange, die nicht da war. Sie schob die Stange vor sich her.

Kinderwagen, sagte sie.

Aha, sagte Böwe. Er war daran gewöhnt, dass dieses Kind zwar seins, aber für ihn nicht zu verstehen war. Bei der Post angekommen, stellte Jule den Kinderwagen unter dem Briefkasten ab.

Aha, sagte Böwe.

Sie holte ein Stück Fleischwurst aus ihrer Manteltasche.

Und was ist das?

Fleischwurst vom letzten Donnerstag, für Roy, der sitzt nämlich in dem Wagen, siehst du nicht?

Roy, was für ein Name, sagte Böwe.

Roy ist mein Hund.

Aber du hast doch gar keinen Hund.

Eben, sagte Jule, deswegen habe ich Roy, und der wartet hier auf mich. Sie warf die Zöpfe nach hinten und ging in die Post.

War ja ein toller Auftritt von Ihrer Tochter im Kino gestern, sagte die Frau mit der Hasenscharte an Schalter drei. Das harte, blasse Licht der Röhren im Raum brannte den hellen Sommertag herunter.

Jule mochte den Geschmack auf der Rückseite der Briefmarken.

Sie mochte, wie Benzin roch, Nagellackentferner, Imi, Uhu. Sie mochte den Atem ihrer Mutter. Böwe und Jule frankierten Einladungsbriefe. Ludwig Leugas / Königswinter, Hans und Ruth Begale / Ennepetal, Gerhard Heiland und Frau / Düsseldorf, Addi Nobis / Frankfurt. Es waren Einladungen für den dritten Advent. Diesmal aber rechtzeitig losschicken, hatten Fritz und Franz Locke gesagt. Die Weihnachtsfeier für die Vertreter sollte wie in jedem Jahr bei Böwes privat stattfinden. Unterschreiben Sie schon mal, hatte Böwe letzte Woche gesagt, und Fritz und Franz hatten schwungvoll und mit dem gleichen Federhalter unterschrieben. Die Briefe bekamen den Stempel vom ersten Juni 1967.

Draußen warf Böwe die Einladungen in den Kasten, und Jule parkte ihren Puppenwagen um, beugte sich hinunter in eine dickere Schicht Luft und hielt Roy noch einmal die vergammelte Wurst hin.

Als er nicht wollte, aß sie sie selbst auf.

Da ist meine Nina, sagte Jule, zeigte auf den Eingang der Bibliothek und ließ ihren Vater stehen. Sie waren zur Vorlesestunde verabredet, Jule und Nina. Dritte Folge, Die kleine Hexe. Böwe sah ein lachendes Mädchen auf ein anderes lachendes Mädchen zulaufen, beide albern und beide breitbeinig wie Enten.

Darf ich auch mit ins Ballett?, hatte Jule vor kurzem gefragt und dazu vor den Augen ihrer Mutter einen langsamen Handstand gemacht, zwischen zwei Fahrrädern, die im Hausflur standen. Das hatte Eva König gesehen. Also ich an Ihrer Stelle, Frau Böwe, ich würde das Kind im Ballett anmelden, hatte sie auf halber Treppe zu Liz gesagt, und kurz darauf drang Kammermusik aus dem ersten Stock hinunter in Böwes Küche, wo Liz im Fettdunst ihrer frischen Reibekuchen gestanden und plötzlich auch gefunden hatte, mit Ballett könne man etwas Anmut zwischen sich und seine Herkunft schieben.

Jule drehte sich auf der Treppe zur Bibliothek noch einmal um und stellte die Fersen gegeneinander. Nina stellte sich genauso daneben. Sie nahmen sich bei der Hand. Dann pumpten sie mit den Knien auf und ab und streckten die Hintern raus.

Das ist ein Plié, das können wir schon, rief Jule.

Aha, sieht aber nicht sehr begabt aus, sagte Böwe. Die beiden Mädchen verschwanden in dem Gebäude. Böwe drehte sich um und ging ins Krankenhaus. In dieser Stadt ging man immer die gleichen Wege.

Liz und Leo Böwe hatten nie AFN gehört, Liz war nie an einem Flughafen oder in einer Bar gewesen, hatte nie bei schräg einfallender Abendsonne allein in einer großen Stadt auf einer Mauer gesessen und einen großen Fluss betrachtet, um in der Abenddämmerung ihr Herz auf ein Schiff zu setzen, wenn es unter der Brücke einladend langsamer fuhr. Fuhr sie einmal mehr als fünfzig Kilometer mit dem Zug, wollte sie immer gleich wieder nach Hause. Denn alles, was fern war, war für sie leer und ohne Versprechen. Für Leo nicht, aber darüber wurde nicht gesprochen. Liz hatte sich auch noch nie in einem Schallplattenladen auf einen Barhocker gesetzt und sich im Telefonhörer Platten vorspielen lassen. Sie hatte noch nie ein Foto gemacht oder sich an ein fremdes Auto gelehnt, wenn man eins von ihr machen wollte. Manchmal langweilten Leo und Liz Böwe sich, hätten es aber nie so genannt. Sie las keine Zeitung und hörte nicht zu, wenn er ihr eine Meldung vorlas. Liz' einziges Interesse am Vietnamkrieg war eine Hollywoodschönheit mit großem Mund, die den GIs in Südvietnam Mut machte und ein gestricktes Minikleid dabei trug. Liz strickte genau so ein dunkelblaues Kleid für sich und Jule. Nur der Saum wurde länger. War Böwe verheiratet mit einer Strickliesel? Und was war er? Ein Knäuel unerfüllter Wünsche, das langsam hart wurde?

Böwe bog an einer Imbissbude ab und in die Straße zum Krankenhaus ein. Eine Katze strich um eine der Akazien am Bordstein. In der Eifel, dachte Böwe, werden die jungen Katzen an einen Baum gefesselt und dann erschossen. Liz' Mutter kam aus der Eifel.

War schon Besuch da?

Als Böwe das Krankenzimmer betrat, ließ Liz wie ertappt den Griff der Schublade los. Sie hatte wieder seinen letzten Brief gelesen, wie gestern und vorgestern auch. Böwe roch ihren Atem, als er sich über sie beugte. Der Atem von Liz, wenn sie verzweifelt war.

Das Kind war am Dienstag geboren und gleich danach gestorben. Es wäre ihr zweites Kind gewesen, und eigentlich hätten sie sogar schon vier gehabt. Böwe zog einen Stuhl näher und legte seine Hand auf die Bettdecke, aber dahin, wo sie flach war. Er starrte auf das Glas Wasser auf dem Nachttisch. Liz würde sich eben zusammenreißen müssen, denn das Unglück würde nach wenigen Tagen oder Wochen oder nach einem Jahr seine Schärfe verlieren. Sie war Porzellanverkäuferin gewesen, also würde sie einen Hauch des Unglücks an die Gegenstände ihrer Umgebung abgeben können. Sie würde sich allmählich neu einrichten, das Holz dunkler wählen und noch mehr Kitsch auf die Fensterbank stellen, und eines Tages würde sie sich in ihrer Wohnung nicht mehr unvermittelt umdrehen wollen. Ja, bloß nicht umdrehen, denn dann würde sie plötzlich in den eigenen vier Wänden einer fremden bedrohlichen Welt gegenüberstehen. So war das. Dem größten Schmerz im Leben würde auch Liz allein gegenüberstehen.

Hallo, sagte Liz, ich bin hier. Sie legte ihre Hand auf seine Hand.

Böwe fing an zu erzählen, von dem Regen gestern und vom Besuch des Ministerpräsidenten. Liz Böwe war im März dreißig geworden. Im vergangenen Sommer hatte sie im gnadenlosen Licht einer Umkleidekabine ein paar graue Haare entdeckt und zum ersten Mal in ihrem Leben ein rotes Kleid gekauft. Siehst du, sagte Leo an dem Abend und lachte.

Siehst du.

Was?

Da haben sie auch dir so ein Gefühl verkauft.

Sie verstand nicht und fragte wie immer nicht nach. Aber ihre Stirn fühlte sich ganz fest und hart an. Die Stirn einer Ziege. Ende Oktober wurde sie wieder schwanger, und das rote Kleid war nicht ganz unschuldig daran.

Böwe sah seine Frau im Bett an. Sie war hübsch, selbst in diesem Zustand. Es wäre schön, wenn sie bald wieder nach Hause käme. Es war auch schön, allein zu sein. Aber wenn er ehrlich war, jagte das Alleinsein ihm eine unerklärliche Angst ein.

Die Tür links neben ihrem Bett hatte eine matte Glasscheibe mit feinen Rillen. Die Scheibe verzerrte alles, was draußen lautlos vorbeiging.

Da, sagte Liz.

Eine Schwangere schob ihren Bauch vorbei.

Liz drehte das Gesicht zur Wand und schloss die Augen.

Mädchen, sagte Böwe. Weinst du?

Schon vorbei, sagte sie.

Aber Liz weinte, und Böwe erzählte weiter von Jule und dann von diesem Roy, der nichts damit zu tun hatte, dass sie weinte. Er erzählte von Roy und hatte wie nichts damit zu tun, dass Liz weinte. Dann nahm er ihre Hand und küsste die Innenfläche, wie in den

Zeiten, in denen er noch nicht so viel gelogen hatte. Sie hörte zu weinen auf.

Apropos Hund, sagte Liz, vergiss nicht, den Vogel für Jule abzuholen. Rudi II ist schon bestellt.

Wieso bestellt? Böwe kreuzte bei der Frage die Arme vor der Brust. Die Haltung hatte sich schon auf einem Klassenfoto von 1945 bewährt, als er, letzte Reihe Mitte, im Alter von zehn die Arme wie ein Erwachsener gekreuzt und hart an der Kamera vorbei in die Zukunft geschaut hatte. Nur Hitler und Stalin und zwei oder drei große Theaterintendanten, so hatte er später in Illustrierten gesehen, hatten auch auf ihren Klassenfotos so dagestanden. Hinten, Mitte und sehr zentral, wie alle, denen nichts einfiel, wenn man sie nach Niederlagen fragte. Nur zu Hause war es mit dieser Haltung nicht so einfach.

Es kommt mir kein zweiter Vogel mehr ins Haus.

Aber es ist doch ein echter Nymphensittich, sagte Liz, er wird eines Tages reden können wie unser Rudi I.

Genau deswegen kommt der mir nicht ins Haus, sagte Böwe. So ein Vogel quatscht einfach zu viel.

Nein, nicht, sagte Liz, als die junge Nonne zum Zug der Jalousie griff, es ist doch noch Tag.

Böwe war hinausgegangen. Liz hörte die Vögel im frühen Abend, sie hörte den Kies knirschen, wenn ein Auto auf dem Parkplatz beim Eingang anhielt.

Am Samstag vor zwei Wochen war sie zum letzten Mal auf der Straße gewesen. Sie hatte ihren dicken Bauch die Kaiserstraße entlang zum Bahnhof geschoben, um Böwe vom Zug abzuholen. Dann die Szene, die sich ihr eingebrannt hatte: Eine Gruppe von jungen Männern vor dem Bahnhofseingang ist um ein Fahrrad gruppiert wie um ein schweres Motorrad. Sie warten auf niemanden, oder nur auf jemanden, über den sie Bemerkungen machen können. Einer auf dem Gepäckträger, einer, der an der Klingel fummelt, einer, der den Lenker hält, und der kleinste, mit auffällig blondem Haar, lehnt mit dem linken Unterarm auf dem Sattel und redet. Der Hübscheste steht im Hintergrund und sieht in Liz' Richtung und pumpt mit der Fahrradpumpe Luft in die Luft. Die Straße hinter ihr ist leer. Vor ihr auf Gleis drei fährt der Fernzug von Basel nach Dortmund durch. Da treffen sich ihre Blicke. Er ist vielleicht fünf oder sechs Jahre jünger als sie, müßiger, aufsässiger. Sie war nie auf diese Art jung, hat nie geraucht und wünscht sich plötzlich, sie könne mit einer Zigarette rübergehen und sagen: Haben Sie mal Feuer? Er würde sich die Pumpe zwischen die Oberschenkel klemmen, in den engen Hosentaschen suchen, sie anlächeln, sich halb zärtlich und halbstark zu ihr beugen, mit brennendem Streichholz, und ihren Blick über die Flamme hinweg festhalten. Ihr würde heiß werden bei der ganzen Geschichte. Ja, diese ganze Geschichte würde dem Anfang einer plötzlichen Liebe ähnlich sein.

Für wen haste denn den Fußball mitgebracht?, fragte in dem Moment der junge Mann, der sich auf den Fahrradsattel stütze und zeigte auf ihren Bauch. Die anderen lachten, auch der Hübsche, und als endlich Böwe mit seinem Pfeffer-und-Salz-Köfferchen aus dem Bahnhofseingang herausspurtete und sie ihm breitbeinig, mit ausgedrehten Füßen entgegenlief, da hatte es angefangen, dass langsam die Luft aus dem Ball gewichen war.

Die Nonne verließ das Zimmer, ohne die Jalousie heruntergelassen zu haben. Vom geöffneten Fenster her kam ein warmer Wind. Liz legte sich hin, drehte das weiße Gesicht zur weißen Wand, schüttelte den Kopf auf dem Kissen und hörte ihre Haare dabei, so als kippe jemand da unten beim Parkplatz eine Ladung Kies auf den Kies.

Ja, sagte sich Liz, und welche Farbe hatte eigentlich das Kleid, mit dem ich in die Schule kam? In welcher Märzwoche kommen die Italiener vom Eiscafé Venezia wieder zurück in unsere Stadt? Haben die ein Grab hier bei uns auf dem Friedhof? Was kommt heute Abend im Radio? Wo habe ich meinen ersten Amaretto getrunken? Warum kenne ich viele Wörter nicht und weiß bei noch mehr Wörtern nicht, wie man sie schreibt? Zupfe ich meine Augenbrauen zu schmal? Warum bin ich am Wochenende so oft allein? Wann schließt die öffentliche Toilette am Altmarkt? Was habe ich von Leos Gesicht ablesen können, als der Arzt sagte, das Kind sei tot? War Leo überhaupt dabei? Wollte ich überhaupt Kinder? Und er?

In ihrem Kopf stellte Liz sich kurze Fragen und gab ausführliche Antworten, ohne eigentliche Verbindung zur ursprünglichen Frage. Sie hatte Angst. Dann tut man so etwas, wenn man Angst hat, dachte sie.

Auf dem Krankenhausflur sprach immer noch der Chefarzt mit Böwe. Sie einigten sich, gaben einander die Hand, und Böwe betrat die Telefonzelle neben der Krankenhauspforte. Er rief den Bestatter Schweiger an.

Morgen?, fragte Schweiger, ich schau mal nach. Und während er hörbar in irgendwelchen Papieren blätterte, fragte er, ob Böwe der Stadtverordnete Leo Böwe sei, der in der Villa Sternenberg wohne.

Ja, sagte Böwe.

Ja, dann geht's morgen am Freitag, sagte Schweiger. Geht klar.

***

Barmen, Basel, Bronx nannte Leo Böwe die drei Etagen der Villa Sternenberg und wunderte sich, dass es nicht schon längst Krieg gegeben hatte. Böwes wohnten parterre im biederen Barmen, im ersten Stock lebte die Familie von Dr. König mit viel Stil und einem Dienstmädchen in Basel, und unter dem Dach drei Familien mit jeweils zwei Kindern in der Bronx. Zwölf Menschen wuschen sich an einem einzigen Waschbecken hinter dem einzigen Klo. Bei Einbruch der Dunkelheit war die Bronx gewöhnlich vom grisseligen Blau dreier Fernseher beleuchtet. Bei Königs war das anders. Bei Königs war alles anders. Licht dort war mehr als Licht, war eine Stimmung von Menschen, die sich selber ergänzen konnten mit Büchern und Musik. Wie zu Zeiten von Sternenbergs, stellte Böwe sich vor.

Die Villa und Fabrik hatten vor dem Krieg der Familie Sternenberg gehört. Die Frauen waren vor langer Zeit nach England gegangen und hatten in der Eile sogar ihr Cabrio zurückgelassen, ein kleines, weißes Auto mit braunen Ledersitzen. Vater und Sohn Sternenberg hatten im Erkerzimmer der ersten Etage, wo jetzt Eva König Englisch-Aufsätze korrigierte, auf den gepackten Koffern gesessen und sich gegenseitig in den Mund geschossen. Das Cabrio hatte noch lange vor der Tür gestanden, und die schönen Rosen kletterten noch immer gelb, gelb, gelb in einer Ecke des Gartens Sternenberg über die Betonmauer auf die Fabrikseite hinüber. Eva König hatte sich an jenem Dezembermorgen vor zehn Jahren gefreut, als Böwes, die noch jung, aber offensichtlich anständig waren, parterre einzogen. Sie sah ihnen zu, bis auch das letzte Möbelstück, ein Sofa mit schwarz-gelbem Bezug und schmalen, gespreizten Beinen, in die Villa getragen war, obwohl die Kälte ihr in den Ausschnitt vom Nachthemd griff. Sie hatte nur ihre Bettjacke übergeworfen. Jule war damals als Kinderseele noch hinter der Musik hergelaufen.

Die unterm Dach freuten sich weniger über den Zuzug von Böwes. So waren sie eben, diese Hilfs-Dreher, diese Bandweber, diese kettenrauchenden Kommunisten aus der Tanksäulenfabrik mit all ihren blassen Kindern. Jule durfte eigentlich nur mit Bärbel spielen, weil Bärbels kleiner Bruder Ralf bei jeder Aufregung Nasenbluten bekam, was Liz für Sensibilität hielt, und weil Bärbel brav an jedem Freitag in den Akkordeonunterricht ging, was Liz für höhere Begabung hielt, vor allem weil Bärbel sich dafür eine große blaue Schleife ins Haar band, mit der sie noch blasser, also für Liz noch begabter aussah. Die Kinder der Kommunisten, Heinzi und Rainer, und die beiden schüchternen Mädchen vom Bandwirker waren Proleten und stellten ihre Fahrräder mit den roten Fähnchen unten im Marmorentrée ab. Das bedeutete Klassenkampf. Die Mutter von Heinzi und Rainer hatte über zwanzig Jahre ihre Wohnküche nicht mehr verlassen, weil sie keine Haare auf dem Kopf und kein Geld für eine Perücke hatte. Sie rauchte Kette wie ihr Mann und las Heftchen. Ihre Söhne Heinzi und Rainer auch. Sie trank, sie schlief über allem ein, und ab und zu schrieb sie einen Einkaufszettel. Obwohl Liz Jule verbot, in die Bronx zu gehen, schlich Jule immer sonntagabends nach oben, klingelte zwei Mal oder drei Mal, je nachdem, zu wem sie wollte, aß mit den Kommunisten Kuchen, der nach Chemie und Nikotin schmeckte, und sah sich bei Bärbels Eltern Bonanza an. Böwe wusste das. Liz nicht. Jules regelmäßiger Sonntagsausflug in die Bronx war die einzige Heimlichkeit, die Vater und Tochter miteinander verband.

***

Papa, sagte Jule, hat Mama das neue Kind vergiftet?

Wie kommst du denn darauf?

Jule schwieg.

Papa?, sagte sie, als er den Motor anließ.

Ja?

Ist es nachts so dunkel wie unter der Erde?

Der Satz kam ihm bekannt vor. Eine große Hand fuhr kurz über einen kleinen Kopf. Jule saß auf dem Beifahrersitz, Nina hinten. Es war Freitag.

Ich weiß es nicht, sagte Böwe.

Ehrlich?

Ehrlich, sagte er, ich weiß es einfach nicht, Jule.

Glaubst du immer, was du sagst?

Er trat im Leerlauf die Kupplung, wie einer, der traurig geht.

Ja, sagte er.

Böwe war zweiunddreißig. Sie hatten noch mehr Kinder gewollt. Vier insgesamt. Er hatte von den vier Kindern sogar geträumt. Es war einer seiner echten Träume gewesen. Denn in seinen echten Träumen, wie er es nannte, kamen keine Frauen vor.

Papa?, sagte Jule.

Sie saß vorn, auf dem Beifahrersitz, aufrecht und stolz wie ein Hund.

Ja, hier, sagte Böwe.

Bei den zwei ersten Schwangerschaften hatte Liz Contergan genommen, weil sie nicht schlafen konnte. Auch bei Jule? Er erinnerte sich nicht mehr richtig. Warum konnte er Sachen besser erklären als sich an sie erinnern? Erinnerte er sich einfach nicht gern? Schon möglich. Erinnerungen waren für ihn Bilder, die man nicht fröhlich herumreichte, sondern in einem verschlossenen Zimmer mit dem Gesicht zur Wand stellte. Böwe löste die Handbremse, wendete mitten auf der Straße, und Jule lachte, weil er absichtlich ein komisches Gesicht dabei machte.

Vor der Gaststätte Tackenberg öffnete Böwe von innen die Beifahrertür. Im hinteren Saal war die Ballettschule.

Raus alle beide, sagte er, aber dalli-dalli.

Beide Mädchen liefen über die Straße und schleuderten ihre Turnbeutel am langen Arm durch die Luft, während sie auf die Gaststätte Tackenberg zuliefen.

Böwe sah ihnen nach. Der Himmel war an diesem späten Nachmittag zunehmend blau, ein weiches Hellblau. Auch die Luft war weich, die heftigen Regengüsse der letzten Nacht hatten sie gereinigt. Vor einer Viertelstunde hatte er sein Auto an der Straßenbahnhaltestelle geparkt. Er war hinübergegangen zum Flachbungalow, der zu der Tankstelle mit dem Keksdach gehörte. Eine junge Frau schob mit weißen Handschuhen den Dieselstutzen in den Tank eines Lasters. Ninas Mutter war nicht schlank, sie war hager. Sie war nicht schüchtern, sie war verschlossen. Sie trug ihre karierte Bluse wie ein Männerhemd und nahm Böwe gar nicht wahr. Ninas Vater wuchtete in der Werkstatt Räder aus. Nina war das Mädchen von der Tankstelle. Das ist da wie in Amerika, sagte Jule, wenn sie von Nina kam, mit einem Ausdruck im Gesicht, als käme sie aus einer Pferdeschlachterei, als hätte sie zu lange in die schimmernden Ölflecken auf dem Boden der Autowerkstatt gestarrt und Tierblut darin gesehen. Jule hatte Nina seit zwei Jahren als Freundin, und Böwes hatten seit drei Jahren ein Auto. Böwe hatte in den Garten, der zum Bungalow gehörte, geschaut. Passte alles ganz gut zusammen. Die Tankstelle, der Flachbungalow und dahinter dieses große Stück Bauland, das bisher keiner haben wollte und auf dem nur zwei hohe Bäume standen, allein an den Wipfeln belaubt. Bei Sturm schleuderten sie sicher ihre Kronen wie Blumensträuße.

Böwe ging um den Bungalow herum und sah die Mädchen sitzen, in einem noch sonnenhellen Zimmer auf einem gelben Sofa.

Beide hatten eine dieser scheußlichen, mageren Puppen mit Plastikbrüsten in der Hand. Barbiepuppen waren Zauberstäbe, die von kleinen Mädchen beschwörend in die Zukunft gehalten wurden, das hatte Böwe begriffen. So eine bewegliche Taille, so glattes Haar, so eine porenlose Haut und so lange, schmale Beine will ich auch, sagten sie dabei.

Das Fenster war offen.

Der Vietnamkrieg wird nach Aussagen von ..., sagte das Radio auf der Fensterbank in dem Moment.

... die US-Armee hat über Nordvietnam mehr Bomben abgeworfen als im gesamten Zweiten Weltkrieg, sagte das Radio, und der Vietkong soll nach Informationen des ...

Die Mädchen hörten zu. Vietkong war ein magisches Wort.

Die roten Khmer, sagte das Radio, und die Mädchen sahen sich an. Dieses Wort war noch magischer.

Rote Khmer, was ist denn das?, fragte Jule.

Rote Khmer, sagte Nina und konnte nicht mehr auf dem Sofa sitzen, sondern kletterte auf den Tisch, ich glaube, das ist so was wie ...

... ohne Gewähr, sagte das Radio,

Rote Khmer ohne Gewehr, sagte Jule, was ist denn das für ein Krieg da unten?

Liegt Vietnam unten?, fragte Nina.

Jule nickte, ganz weit unten.

Können ja meine Mutter fragen, wo das liegt, sagte Nina.

Die weiß das doch auch nicht, sagte Jule, die doch nicht.

Ninas Mutter gab den Kindern Cola und Pommes, immer, wenn sie wollten. Sie hatte Angst vor den Menschen, die sie nicht kannte, wenn sie zum Tanken kamen, sie hatte Angst vor den Menschen, die sie kannte, weil sie immer wieder kamen. Ihre Tochter war ihr sehr ähnlich. Beide waren sie selten freundlich. Beide waren so mager, dass man dachte, ihr Herz sei auch so.

Der amerikanische Senator Fulbright warnt die amerikanische Regierung vor ..., sagte das Radio.

Hey, Vollbreit, sagte Jule zu Nina. Beide schleuderten plötzlich ihre Barbiepuppen an den Haaren durch die Luft. Die Puppen trugen Häkelbikinis. Jule und Nina legten sie Bauch an Bauch übereinander und beobachteten sie stumm. Wie Insektenforscher.

Jetzt schlaft schön, sagte Jule. Ihre Puppe lag oben.

Eigentlich müsste es jetzt ruckeln, sagte Nina. Jule nickte.

Vielleicht fehlt noch was, sagte sie und drückte ihrer Puppe auf den Rücken.

Du bist meine beste Freundin, sagte eine quäkende Stimme aus dem Plastikleib.

Vielleicht will Barbie keine Freundin, sondern einen Mann, einen echten Mann, sagte Nina.

Sie sah zum Fenster. Da stand Böwe. Er klopfte gegen das Glas seiner Armbanduhr. Ohne sich noch einmal umzudrehen, war er zu seinem Auto gegangen und hatte den Motor angelassen, um im Leerlauf auf die beiden Mädchen zu warten.

Da, noch so 'ne Maus, sagte ein Mann mit dem Gesicht über dem Bierglas. Der vordere Raum der Gaststätte Tackenberg war um diese Zeit noch fast leer.

Noch so 'ne Minimaus, sagte ein anderer Mann und blies den Rauch seiner Zigarre zur verrauchten Luft in der Kneipe dazu. Und-Kopf-und-Kopf-und-Kopf, hörte Jule die Befehle der Ballettlehrerin durch die geschlossene Tür zum Hinterzimmer, das vier Tage in der Woche ein Ballettsaal war. Es gab keine Stangen an den Wänden. Die Mädchen hielten sich an der oberen Leiste der Holzverkleidung fest. Der Holzboden war imprägniert mit verschüttetem Bier, die gestapelten Stühle streckten ihre schmutzigen Beine in die Luft, und die Mädchen spießten ihre Straßenkleider dort auf. Plié, Ronde des jambes par terre, Tendus, Dévelopées und Arabesques, rechtes Bein im Wechsel mit linkem Bein und all die Kindermüh' fanden in der dumpfen, braunen Schläfrigkeit trinkender Erwachsener statt.

Und-Kopf-Kopf-Kopf, rief die Ballettlehrerin. Du, du, nur du allein, spielte das verstimmte Klavier eine Operettenmelodie. Nina und Jule drückten die Klinke und sahen durch den Spalt. Ein Dutzend Mädchen, älter als sie, drehte über die Diagonale. Die beiden letzten klammerten sich an einen Kleiderbügel dabei, um die eigene Achse nicht zu verlieren.

Kopf muss immer schneller sein als Körper, Mädchen, immer schneller mit Kopf als mit Körper, und das sich merken, fürs Leben, zack-zack-zack, rief die Ballettlehrerin. Sonst alle schwindelig und alle fallen um wie Fliegen! Die Ballettlehrerin hatte eine große Brust, einen ungarischen Akzent und blondes Haar mit dunklem Scheitelansatz. Für eine Tänzerin war sie zu dick. Ihre Oberschenkel rieben beim Adagio hörbar aneinander, wenn sie die Kombination vormachte.

He, Tanzmaus, sagte der Mann über dem Bierglas, was macht ihr denn eigentlich da drinnen? Jule drehte sich um und warf ihren Turnbeutel über die Schulter. In dem Dämmerlicht der Kneipe sahen ihre Augenbrauen und Wimpern plötzlich dunkler aus als sonst, wie geschminkt. Nina stellte sich dicht neben sie und nahm den Turnbeutel vor den Bauch.

Na, was macht ihr denn da drinnen?, echote der mit der Zigarre und starrte nur Jule an.

Den Tanz der Schmetterlinge und der Doofen, sagte Jule und starrte zurück. Ein Blick länger als drei Sekunden war ein Kontakt.

Jule hatte schon oft in ihrem Leben bis drei gezählt. Der Mann schaute als Erster weg.

Meine erste Beerdigung war auch ein Neugeborenes, wissen Sie?, sagte Schweiger.

Es ist ein Junge, sagte Böwe, als könnte seine traurige Antwort das Traurige erklären.

Schweiger hielt eine weiße Kiste in seinem Arm, sechzig Zentimeter lang, matt weiß gestrichen. Sie gingen den Abhang zu den Einzelgräbern hinunter. Schweiger wurde nicht älter, nur seine Nase wurde immer länger. Böwe schaute über Schweigers Kopf hinweg zur Friedhofsmauer. Da drüben die Vögel kamen ihm im Gegenlicht vollzählig vor. Er fuhr mit den Händen in die Taschen seines schwarzen Anzugs und holte eine zerknüllte Kinokarte heraus.

Alle da, sagte Böwe. Er meinte die Vögel.

Schweiger nickte. Er beerdigte alle Katholiken am Ort und war gewöhnt an Äußerungen, die Menschen im Kummer machten. Früher war Schweiger nur Schreiner gewesen, dann hatte er sich auf Särge spezialisiert. Wie viel Haar dieser Mensch noch hatte, und kaum grau! Böwe ging jetzt hinter Schweiger her und glättete die Kinokarte, ohne hinzuschauen.

Es war keine Pflicht, ein Neugeborenes zu beerdigen. Es war nur ein ganz kleines Kind gewesen. Herzfehler, hatten zwei Ärzte diagnostiziert. Sie müssen sich nicht darum kümmern, es ist ja keine sechs Pfund schwer, unter sechs Pfund, das ist ja noch gar kein richtiges Kind, wir machen das schon, Herr Böwe.

Die Probleme hatten wieder Anfang des achten Monats angefangen. Liz hatte hohen Blutdruck und frühzeitige Wehen. Dann kam das Kind, nur wenig zu früh, und starb einfach nach einer Stunde. Einfach so. Es habe an ihrer Brust noch einmal geseufzt, behauptet

Liz, es habe sogar getrunken, behauptete sie in der Stunde danach, und habe dann einfach aufgehört zu atmen. Sie hatte es zuerst nicht verstanden, hatte die Hände von dem kleinen Körper genommen, als sei er plötzlich giftig, und hatte zu schreien begonnen. Es war wie jetzt früher Abend, und weil das Essen, Senfei und Spinat, ausgeteilt wurde, kam nicht sogleich jemand. Eine pickelige Hilfsschwester stieß schließlich, in beiden Händen ein Tablett, die Tür auf und blieb stehen, als sei nur noch der Schrei im Raum, kein Mensch. Liz hatte aber längst aufgehört zu schreien. Das tote Bündel auf ihrem Bauch fing an, sich in ihren Leib hineinzufressen.

Wenn ein Kind stirbt, sagte Liz am Abend zu Leo, wenn ein Kind stirbt, ab dem Tag fängt man selber an zu sterben. Man will es nicht, aber es ist so.

Wer hat dir denn den Unsinn erzählt?

Sie hatte mit den Schultern gezuckt und das Gesicht zur Wand gedreht.

Adenauer ist ja nun auch schon fast sechs Wochen tot, sagte Böwe und merkte, wie Schweigers Schritt langsamer wurde. Schweiger hatte auf das Wort Adenauer reagiert und ihn bestimmt auch gewählt. Alle Katholiken wählten Adenauer. Schweigers Schritt wurde noch langsamer.

Soll ich mal tragen?, fragte Böwe.

Er hatte gegen seinen Willen gefragt und erst dann an die fünf Pfund in der weißen Kiste gedacht, an den Kopf mit den offenen Augen, deren Farbe er sich mit Absicht nicht gemerkt hatte, um nicht sagen zu müssen: Sie sind grün, wie die von Liz, oder sie sind braun, wie meine. Er sah seine abgestoßenen Schuhspitzen an, während er weiterging.

Nein, alles in Ordnung, sagte Schweiger.

Sie hatten schließlich noch die Tochter und einen Plattenspieler,

Typ Schneewittchensarg, Marke Braun, gebraucht aber formschön, auf dem die Tochter mittlerweile ihre Märchen abspielte. Radio und Plattenspieler waren in dem Gerät kombiniert, und alles aus naturbleichem Ahornholz, streng rechteckig und mit einer grünen Skala und sichtbarem Plattenteller unter dem Plexiglasdeckel.

Böwe ging nun neben Schweiger und drehte die Kinokarte um. *Zur Sache, Schätzchen,* stand da. Den Film hatte er sich allein angesehen, wie *Die Sünderin* vor Jahren auch. Er teilte seine Kinobesuche ebenso wenig mit Liz wie sein Abendweh. Sein lächerliches Abendweh, wie sie es immer nannte. Böwe suchte den Horizont jenseits der Friedhofsmauer ab, sah dahin, wohin die Vögel mit ihren Schwanzspitzen zeigten, auf Häuserblocks einer Sozialbausiedlung, die blauer gestrichen waren als der Himmel. Und über dem Himmel hohe Sonne, klare Luft.

Wo ist denn Ihre Tochter?, fragte Schweiger.

Ballettstunde, sagte Böwe.

Nettes Mädchen, sagte Schweiger.

Ja, sagte Böwe.

Schweiger bog in ein Gräberfeld ein. Nach wenigen Schritten setzte er die weiße Kiste zwischen zwei schmalen Einzelgräbern ab, und Böwe glaubte, dabei ein Geräusch aus ihrem Inneren zu hören.

Das war mein Magen, sagte Schweiger. Er fegte mit der Hand den Kies um das Erdloch, das bereits gegraben worden war, beiseite und hob kopfschüttelnd die kleine Grube im Grab um einige Zentimeter tiefer aus. Ein Grab im Grab.

Mann, Mann, Mann, sagte er dabei und fing an zu schwitzen. Aber seine Haare blieben unverändert. Das ist gar kein Haar, das ist kein Mann, dachte Böwe, das ist nur eine Frisur, und darunter verschwitzte Würde. Egal, er war froh, in dem Moment nicht allein zu sein.

Sie senkten zu zweit die weiße Kiste in das Loch und wischten sich die Hände ab, obwohl sie nur Holz berührt hatten.

Hier hat mein Vater siebzehn Jahre lang allein verbracht, sagte Böwe und zeigte auf die schwere braune und leere Erde.

Lasset uns beten, sagte Schweiger.

Was denn jetzt, fragte Böwe.

Ich würde sagen, sagte Schweiger, drei Vaterunser und ...

Eins reicht, sagte Böwe.

Freitagabends hörte Böwe in der Küche die Spätnachrichten im Radio und schmierte sich ein Käsebrot dazu. In Berlin war es anlässlich des Schahbesuchs in den Abendstunden zu Krawallen vor der deutschen Oper gekommen. In der Oper hatte der Schah mit seiner zweiten Frau Farah Diba und in Begleitung des amtierenden Oberbürgermeisters die Zauberflöte gehört. Vor der Oper hatten sich linke Studenten mit Schahanhängern geprügelt. Nach ersten Angaben gab es einen Toten.

Als Kind hatte Böwe immer gedacht, die im Radio müssten mit dem Beginn ihrer Sendungen warten, bis bei ihm zu Hause der Apparat eingeschaltet war. Er hatte gedacht, das Oberkommando der Wehrmacht gebe seine Sondermeldungen über militärische Erfolge zu Land, zur See und in der Luft erst bekannt, wenn er, Leo, die Verabredung mit dem Lautsprecher einhielt. Kam er nicht rechtzeitig nach Hause, musste sogar der Führer stumm, nervös und verzweifelt an seiner Nagelhaut kauen, hinter einem Stück Stoff in der Mitte des Kastens warten, auf ihn, den kleinen Böwe. Keiner der Erwachsenen hatte Böwe damals widersprochen. Sie hatten lächelnd die Operettenmelodien lauter gedreht.

Böwe aß das nächste Brot. Jule war längst im Bett. Er hörte die Wettervorhersage für Samstag, den 3. Juni, dann den Anfang einer

Sportsendung mit Musik. Er sah auf seine Kritzeleien neben dem Telefon, lauter verknotete, weibliche Wesen, die unter seinem Kugelschreiber im Gespräch wie zufällig entstanden. Dann sah er auf den leeren Vogelkäfig, mit Spiegel und einem Kollegen aus Plastik darin, den Wellensittich Rudi I geküsst und den er gehackt hatte. Im April war der Vogel Böwes zugeflogen und Mitte Mai schon gestorben. Rudi I musste sich bei seinem Leben im Freien erkältet haben. Sein Käfig stand seit drei Wochen leer, und Böwes hatten ihn erst mal neben dem Telefon stehen lassen.

Jule fehlte der Rudi. Böwe fehlte eine Frau.

***

Eine Katze überquerte die Kaiserstraße im Regen. Danach war die Straße wieder leer, und der Samstag klappte rechts und links die Bürgersteige hoch. Die Katze kam in den Hausflur, schlich an den Fahrrädern von Heinzi und Rainer vorbei und zuckte kurz zurück, als Jule aus der Parterrewohnung kam. Die Katze schlich in den ersten Stock. Jule schlich hinterher. Bei ihr knarrte die Holztreppe, bei der Katze nicht. Die Etagentür von Königs war angelehnt. Die Katze wand sich durch den Spalt, ohne ihn zu verändern. Jule drückte sich hinterher. Danach war der Spalt ein Mädchen breit. Die Katze inspizierte die Wohnung und wackelte mit dem Hintern dabei. Jule, hinterher, wackelte ebenfalls mit dem Hintern.

Unten auf der Straße stieg Böwe in sein Auto. Wenn Liz mit mir ist, will ich sie nicht, dachte er, als er den Schlüssel ins Schloss steckte, aber wenn sie nicht da ist, will ich sie.

Also will ich sie nicht, sagte er zu sich, als er den Motor anließ und rückwärts setzte.

Das Dienstmädchen von Königs kam mit ihrem weißen Stoffbeutel aus dem Keller zurück, wo sie Eingemachtes geholt hatte. Sie ging mit ihrem Beutel ins Esszimmer, um die Kompottschalen zu holen. Sie sah die Katze. Die Katze sah sie, und in dem Moment ging zwei Türen weiter im Erkerzimmer von Eva König eine Tanzmusik an, so laut wie aus einem Festzelt. Die Katze sprang vor Schreck in die Glasvitrine, ins Meißner Porzellan, mitten in den Stapel kostbarer Tassen hinein. Helene schrie auf, während zwei Tassen bei dem Sprung zu Bruch gingen. Eine dritte zerschlug Helene, als sie nach der Katze schlug. Darauf fiel, wie ein Echo, aus dem vierten Stock des Rathauses gegenüber der große Geranienkasten vom Hausmeister auf den Parkplatz. Er traf genau das hellere Rechteck auf dem Asphalt, wo eben noch Böwes Auto im Regen gestanden hatte. Böwe war bereits um die Ecke gefahren, und niemand im ersten Stock der Sternenbergvilla hörte den Aufprall.

So ein Tag, murmelte Helene.

Wunderbar, rief Eva König aus ihrem Erkerzimmer, wunderbar! Und dafür braucht man gar keinen Mann!

Böwe bog mit seinem Auto in die Bahnhofstraße ein und fuhr Richtung Eiscafé. Auf der Mauer saß eine Gruppe junger Menschen. Böwe fuhr langsamer. Die Mauer gegenüber dem Eiscafé Venezia hieß Das Mäuerchen, und die Motorradfahrer aus den umliegenden Kleinstädten hatten hier in den fünfziger Jahren öffentlich ihre Bräute gegen den Stein gedrückt und geküsst. Böwe fuhr noch langsamer. Er wollte Liz aus dem Venezia ein Eis mit ins Krankenhaus bringen, fand aber keinen Parkplatz. Er musterte die Leute auf dem Mäuerchen. Die Rocker gab es nicht mehr, fiel Böwe zum ersten Mal auf. Hatte er da etwas nicht mitgekriegt? Andere saßen da, die wie er mit Wachsblumendekoration in Metzgereien groß geworden waren. Sie waren einmal Jungen mit dünnen Beinen und großen Ohren gewesen, wie er. Sie hatten wie er in der Adventszeit für Kinder in Afrika gesammelt und das Geld beim Pastor auf der Wachstuchdecke vorgezählt, einer Wachstuchdecke, auf der immer ein Glas Milch stand, als gäbe es in Deutschland nichts anderes zu trinken als Milch. Trotzdem waren sie anders als er. Die da drüben schauten sicher Beatclub. Böwe hatte von der Sendung nur einmal einen Ausschnitt gesehen. Es gab bei den jungen Mädchen keine toupierten Hinterköpfe mehr, stellte er da überrascht fest. Eine neue Mode hatte ihnen die Haare schnittlauchglatt gestrichen. Sie sahen mit ihren Mittelscheitelfrisuren wie Nachteulen aus. In sie hätte er sich nicht verlieben können, so wie er auch die Politiker, die jetzt amtierten, nicht gern wählen mochte. Unter Platanen in Bonn hatte Kiesinger im vergangenen Sommer links von Brandt an einem runden Tisch gesessen, für die Kamera wenigstens. Die große Koalition beriet auf einer Wiese! Böwe war gegen diese Wald-und-Wiesen-Beratungen gewesen. Man konnte doch nicht ernsthaft Politik machen, während um die geputzten Schuhe herum das Wiesenschaumkraut stäubte. Aber an Kiesinger und Brandt hatte er seit längerem schon seine Zweifel gehabt. Brand arbeitete zu wenig beim Rauchen, und Kiesinger lächelte zu uneindeutig, sobald er den rauchenden Brandt sah. Beide Politiker schienen Böwe grundsätzlich zu faul und für einen richtigen Streit zu feige zu sein. Da war er ganz einer Meinung mit der jungen Journalistin Ulrike Meinhof, für die der deutsche Bundestag schon längst keine ernst zu nehmende Anstalt mehr war. Stimmt, fand Böwe und zitierte die Meinhof deswegen immer häufiger.

Diese Meinhof, hatte Liz eines Tages zu Böwe gesagt, die ist ein Jahr älter als du. Wusstest du das?

Warum?

Sie kommt mir viel jünger vor.

Als er durch die Windschutzscheibe seines Autos in eine milchige Sonne blinzelte, die sich endlich gegen den Regen durchgesetzt hatte, entdeckte er, dass beim Mäuerchen ein Parkplatz frei geworden war. Ein himmelblauer 2CV fuhr weg, aber Böwe fuhr nicht hin. Liz würde heute ohne Eis auskommen müssen. Ohne Schokolade und Zitrone. Böwe legte die Brust kurz auf das Lenkrad und fuhr dann schnell weiter. Ja, er war zweiunddreißig.

Wunderbar, dafür braucht man gar keinen Mann! Eva König hatte den Teppich vor dem Fernseher zurückgeklappt, den Rock im Bund ein paar Mal umgekrempelt und die Schuhe ausgezogen. Jule stand in der Tür des Erkerzimmers.

Die Tanzmusik war so laut, dass das weiße Porzellanpferdchen auf dem Fernseher rhythmisch mitzitterte. Eva starrte in Nylons auf den Bildschirm und wackelte mit Brust und Bauch, aber am meisten mit dem Kopf, und hatte die Brille dafür abgenommen. Neben ihr wackelte Helene. Beide sahen sie aus, als rieben sie ihre Rücken an einer unsichtbaren Mauer. Jule starrte auf die schwingenden Körpermitten der beiden Frauen. Helenes kreiste heftiger, dafür hob Eva das rechte Bein höher, wenn sie das Gewicht nach links verlagerte und mit den Fingern rhythmisch Richtung Boden schnippte. Beide Frauen starrten verzückt auf den Bildschirm.

Let's twist again, rief ein Mann in einem zu engen Anzug aus irgendeinem Fernsehstudio ihnen zu. Let's twist again.

Das Dielenholz, wo sonst Teppich lag, war dunkler als der Rest des Bodens. Dort standen die beiden Frauen in Startposition. Helene fing auf Befehl des Fernsehers als Erste an, mit den Knien zu schlottern. Eva rief ihr etwas zu. Was?, rief Helene zurück, und schlotterte weiter mit den Knien. Jetzt waren auch ihre Schultern infiziert und schlotterten mit. Wunderbar ohne Mann, hast du gehört?, rief Eva König. In dem Moment sahen sie Jule in der Tür stehen, und Eva wurde rot. Helene nicht. Helene, Mitte fünfzig, aber klein wie fünfzehn, zeigte auf den Fernseher und sagte: Genau so. Los, mach mit, genau so. Auf dem Bildschirm hüpfte der Mann jetzt ohne Jackett auf eine Frau zu, die die Haare getürmt trug wie Farah Diba. Das Paar im Fernsehen tanzte wie Helene und Eva, nur rieben sie sich nicht an einer unsichtbaren Wand, sondern sichtbar aneinander. Den Unterschied sah Jule sofort. Das ist Twist, sagte Helene. Twist, sagte Jule, hüpfte einmal in die Luft, blieb einen Moment oben, tat so, als würde sie in der Luft laufen und fing noch in der Landung wieder mit dem Hintern an zu wackeln.

Nicht wie eine Ente, sagte Helene, nicht einfach nur wackeln, sondern so.

Helene zitterte delikat in den Hüften.

Gut, dass du gekommen bist, sagte Eva. Sie nahm ein Bandmaß vom Schreibtisch. Das eine Ende gab sie Helene, das andere hielt sie selber. Sie spannten das Maß, einen halben Meter über dem Boden. Dann zeigte Eva auf den Fernseher.

Das können wir nämlich nicht, das haben wir letzte Woche schon gemerkt, sagte sie, aber das gehört unbedingt dazu. Jule sah, der Mann ging in die Rückbeuge und mit den Knien vorneweg unter einem Stock her, den die Frau mit der Turmfrisur hielt. Die lächelte dabei, wie Frauen lächeln, wenn ihr Hund öffentlich sein Geschäft macht, und der Mann lächelte, als ginge er zwischen den gespreizten Beinen der Frau hindurch. Jule lächelte ebenfalls und sagte: Ruhig noch tiefer mit dem Ding.

Sie zog ihre Kniestrümpfe hoch, ging ins Hohlkreuz, wackelte dabei vorschriftsmäßig und sehr afrikanisch mit den Schultern und stolzierte in perfekter Rückbeuge, den Rücken parallel zu den Dielen, unter dem Bandmaß hindurch. Ihre Zöpfe fegten den Boden dabei.

Du solltest wirklich Tänzerin werden, sagte Eva.

Oder Akrobatin im Zirkus, sagte Helene, ging hinaus und kam gleich wieder zurück, mit drei hohen Limonadengläsern, in jedem ein Strohhalm und oben auf dem Strohhalm eine aufgespießte Kirsche.

Chin-Chin, sagte Eva und stieß mit Jule an.

Chin-Chin und Zirkus-Zirkus, sagte Jule und stellte die Füße in den weißen Strümpfen übereinander.

Wie geht es deiner Mutter?, fragte Eva.

Ja, deine arme Mutter, sagte Helene.

Ja, sagte Jule unverbindlich. Sie nahm den Strohhalm aus dem Glas, zog die Kirsche mit den Zähnen ab und tat so, als würde sie rauchen. Die Fußsohlen ihrer weißen Strümpfe hatten die dunkelrote Lackfarbe der Dielen angenommen.

Sie lag auf der linken Seite, die Augen geschlossen, die Lippen fast schwarz vom Blau des Kugelschreibers, aber geöffnet. Böwe sah seine Zeichnung neben dem Telefon an, als er kurz vor acht nach Hause kam. Sie lag auf dem weißen Blatt für Notizen wie in ein Laken geschmiegt. Der linke Arm war lang ausgestreckt, die rechte Hand berührte den linken Ellenbogen, dazwischen die Brüste. Es schien ihr nichts zu fehlen, außer, dass sie vielleicht fror. Nur eine Kritzelei? Oder ein Wunsch? Wünsche, hatte Böwe irgendwo gelesen, waren potentielle Handlungen.

Jule stand bettfertig in der Küchentür. Sie hatte auf Anweisung von Helene gebadet und den gestreiften Frotteemantel angezogen. Die weißen Streifen waren längst nicht mehr weiß. Jule warf die Zöpfe zurück.

Du kannst ja auch mit hoch zu Königs kommen, sagte sie, Tagesschau gucken.

Ein Mann, das Gesicht aus lackiertem Holz, ging in Begleitung einer schönen, aber ebenfalls hölzernen Frau mit Turmfrisur auf ein modernes Gebäude in Berlin zu. Davor warteten viele Menschen, die meisten mit dunklen Haaren. Das Paar da in der Tagesschau war ein Traumpaar. Jule hätte es gern in ihrer Barbiesammlung gehabt. Die schöne Frau trug lange weiße Handschuhe, die ihre schneeweißen kaiserlichen Oberarme bloß ließen. Wäre ihr Gesicht nicht so streng und ihr Hals nicht so eisern gewesen, Jule hätte gern ihr nacktes Fleisch berührt, bis es knisterte. Dann wechselte das Bild. Ein anderer Teil des Gebäudes in Berlin, und davor eine Menschenmenge, die nicht winkte, sondern die Fäuste hob und die Münder aufriss. Diese Menschen waren alle jung. Nicht so jung wie Jule, aber auch nicht so alt wie Leo Böwe. Sie schrien, und das Traumpaar sah sich an. Vielleicht war das die Liebe? Vielleicht war das die große Liebe, aber aus Holz.

Da, schrie Leo Böwe in dem Moment, da, der alte Kindermann! Scheiße, jetzt liegt der auf dem Boden.

Das ist mein Fernseher, sagte Herr Dr. König, deshalb wird hier nicht geschrien, vor allem nicht Scheiße.

Böwe war aufgesprungen und versuchte unter seinem Finger das Bild des weißhaarigen Mannes, der von vielen Beinen umgeben war, festzuhalten. Wieder wechselte das Bild. Wo gerade noch der weißhaarige Mann, mit den Füßen wie ein Käfer in der Absperrung verhakt, gelegen hatte, lag nun ein anderer Mann unter Böwes Finger. Ein Mann mit einem schmalen Bärtchen auf der Oberlippe. Er lag vor dem Auspuff eines VW Käfers mit dem Kennzeichen B–WM ... Die Zahl verdeckte der Kopf eines Mädchens, das den

Kopf des jungen Mannes stützte. Sie schaute genau ins Zimmer von Eva König hinein. Sie schaute Jule an und verzog den Mund nur, um etwas nicht zu sagen.

Benno Ohnesorg, sagte der Nachrichtensprecher.

Da, schrie Jule, da, sprang auf und legte ihren Finger zwei Zentimeter über den ihres Vaters auf den Bildschirm. Vater und Tochter hielten wie Blinde ihre Finger tastend ins Geschehen.

Da, schrie Jule, da ist Mandel. Das Mädchen auf dem Bildschirm hielt den Kopf des sterbenden Studenten.

Hallo Mandel, sagte Jule.

Mandel?, sagte Eva König.

Ohnesorge, sagte Böwe, Benno Ohnesorge, davon habe ich gestern Nacht im Radio schon gehört. Ohnesorge, kennt man den?

Sie haben einen erschossen, sagte Eva König.

Den Studenten da?, fragte Dr. König.

Ja.

Wer denn?

Die Polizei, habt ihr doch gesehen.

Kann nicht sein, sagte Dr. König, die deutsche Polizei schießt nicht auf deutsche Studenten. Seine Frau nickte. Ihr Korbsessel knarrte ein wenig dabei. In dem Moment hatte Jule das Gefühl, unter ihrem Finger flüstere eine Stimme dünn: Ich bin's, ich kann schon zehn Liegestütze und über eine kopfhohe Mauer springen, kann hundert Meter viel schneller laufen als im letzten Jahr und kann dabei ins Schwarze treffen, drei Magazine in zehn Sekunden, mein Mund schmeckt nach Pernod dabei, und übrigens: Ich kann all diese Dinge nicht mehr lächelnd sagen, entschuldige bitte, falls du mich nicht erkannt hast, hier spricht Mandel.

Komm da weg, sagte Böwe und zog Jule zurück auf das Sofa. Helene verließ das Zimmer und kam mit einem Lappen wieder.

Und nun weitere Nachrichten, sagte der Nachrichtensprecher. Helene wischte ihm die Spuren von Jule und Leo Böwes Fingern aus dem Gesicht. In dem Moment kreuzte Jule wohl zum ersten Mal in ihrem Leben die Beine übereinander und schlug ihrem Vater aufs Knie:

Papi, wenn ich groß bin, erschieß ich dich auch.

***

Ich muss Ihnen mal was vorlesen und Sie dann um Ihre Meinung bitten, sagte der alte Kindermann am Sonntagvormittag am Telefon.

Ich habe Sie gestern im Fernsehen gesehen, sagte Böwe und zog seine Schlafanzughose hoch.

So schnell kann das gehen, sagte der alte Kindermann und räusperte sich. Ich habe über den Vorfall ein Protokoll geschrieben, und bevor ich es weiterleite, wüsste ich gern Ihre Meinung.

Als Böwe in der Nacht aufgewacht war, tickte der Wecker ziemlich laut neben seinem Ohr und zeigte vier Uhr und fünf Minuten. Er streckte einen großen, bleichen Fuß, Schuhgröße 47, hinüber in die andere Hälfte des Bettes, wo keine Liz war, und lächelte in das Dunkel hinein. Liz lächelte aus einem fernen Nachmittag zurück, an dem Böwe das Verdeck einer geliehenen Isetta zurückgeklappt hatte und mit ihr über Land gefahren war, an Feldern entlang, die schon reif im Korn standen.

Über welchen Vorfall wollen Sie mit mir sprechen, Herr Kindermann? Böwes Stimme am Telefon klang belegt, sein Gesicht war unrasiert. Er musste die Fußnägel schneiden, sah er, als ihm der Kugelschreiber am Telefon runterfiel.

Mensch, Böwe, sagte der alte Kindermann, schlafen Sie etwa noch? Wo ist denn Ihre Frau?

Sie hatten damals vor einem Ausflugslokal angehalten. Hier, hier, hatte Liz gerufen und sich rasch auf einen Tisch gestürzt, der frei wurde. Von einer überfüllten Gaststätte am Hang hatte sie ins Tal geblickt und Schornsteine gezählt. Ein Stück Schwarzwälder Kirschtorte, ein Kännchen Kaffee! Für mich auch, hatte Liz gesagt. Die Paare an den anderen Tischen hatten kaum miteinander gesprochen, und Böwe war froh, mit Liz zu sein und nicht mit so einer Frau mit Sommerhut und lichtdurchlässiger Krempe, über dreißig, die alle anderen am Tisch mit ihrer Langeweile ansteckte, aber Böwe mit einer Sinalco zuprostete, als keiner es sah. Ihre Arme waren sehr rund. Er erinnerte sich eigentlich nur an die Arme, ein weiches, weißes Fell, das gewackelt hatte, als sie das Glas hob.

Böwe raspelte mit dem Kuli am leeren Käfig von Rudi I neben dem Telefon entlang. Er sah auf die zwei leer gelöffelten Sonntagseier und einen Rest Erdbeermarmelade auf Jules Teller. Damit war bis eben noch eine Puppe gefüttert worden, die ohnehin zu dick war. Dann war Jule in ihrem schmuddeligen Frotteemantel verschwunden. Böwes Blick fiel auf die Telefonkritzelei von gestern, bei der eine Frau herausgekommen war.

Böwe, Menschenskind, rief Kindermann, wo sind Sie denn bloß mit Ihren Gedanken?

Ganz Ohr, sagte Böwe und räusperte sich.

Und was halten Sie von der Sache?, fragte Kindermann.

Auf der Rückfahrt, die Abendsonne im Rücken, waren Liz und er damals an der Mündung eines Feldwegs ausgestiegen. Foto!, hatte er gerufen und abgedrückt. Das Foto hatten sie heute noch. Landstraße mit Liz. Im Hintergrund ein Verkehrsschild, weißes Dreieck, roter Rand, mit schwarzem, fettem Z gezeichnet. Achtung, kurvenreiche Straße. Liz war vor dem Schild ins Hohlkreuz gegangen und hatte die Brust herausgestreckt, die unter dem engen, dünnen Rippenpulli gleich unter den Achseln ansetzte. Er hatte die achtundneunzig Pfund von Liz dort am Rand der Straße aus Begeisterung mehrmals über die Schulter geworfen. Die Vögel hatten gesungen dazu, und Liz hatte geschrien: Vorsicht, meine Haare, meine Haare, und damit ihre Frisur gemeint. Ein toupiertes, hartes, blauschwarzes Nest.

Sie meinen die Sache mit diesem Ohnesorge, sagte Böwe, schlug die gekritzelte Frau auf dem Block um und kritzelte auf der nächsten Seite weiter. Erst mal malte er einen Rahmen aus Stacheldraht, als Fingerübung sozusagen. Oder, weil der Anruf aus der Frontstadt Berlin kam.

Nicht Ohnesorge, sagte der alte Kindermann, der Student hieß Ohnesorg. Ich habe noch in der vergangenen Nacht alles zu Papier gebracht. Hören Sie zu! Es raschelte am anderen Ende der Leitung, wie es aus dem Radio raschelt, wenn irgendeine Kindertante Weihnachtssterne vorbastelt.

Ich kam also, sagte der alte Kindermann im Ton eines Vorlesers, ich kam also am ersten Juni zu einem achttägigen Besuch nach Berlin. Ich hatte eine Lammhaxe mitgebracht, gespickt und eingelegt. Meine Tochter wollte heiraten. Freitag, 2. Juni 1967, ging ich zum Schöneberger Rathaus, um den Schah von Persien zu sehen, da ich bei den Festvorbereitungen nicht weiter nützlich sein konnte. Ich stand an der polizeilichen Absperrung, als zwei Autobusse vorfuhren, aus denen Demonstranten mit schahfreundlichen Plakaten und Fähnchen stiegen. Sofort reagierten andere junge Berliner und Studenten, die mit mir hinter der Absperrung standen, mit Sprechchören. Die Männer aus den Bussen, Jubelperser, sagte man mir, antworteten mit Hochrufen auf den Schah. Ich wollte gerade meinen Fotoapparat auspacken, da sah ich, wie einer der Schahanhänger mit einem Totschläger auf einen jungen Mann neben mir losging, der nichts getan, sondern nur etwas gerufen hatte. Ich stellte mich dazwischen. Tun Sie das Ding weg, hier wird nicht geschlagen, junger Mann!, sagte ich. Daraufhin kamen immer mehr Schläger mit Holzlatten auf mich zu. Hätte mich nicht jemand zu Boden gerissen, ich wäre verletzt worden. Die Angreifer schlugen mit ihren Latten so heftig zu, dass das Holz auf der polizeilichen Absperrung zersplitterte. Einen anderen jungen Mann, vermutlich Student, denn er trug einen roten Pullover, wollten sie über die Absperrung zerren. Wir hielten ihn zu mehreren fest, und zu meinem Erstaunen sah die Polizei, die hinter uns Aufstellung genommen hatte, tatenlos zu. Hören Sie noch zu, Böwe?

Ihre Tochter will heiraten?, fragte Böwe. Er erinnerte sich an ein Mädchen, fein und leicht wie eine Nähnadel, das mit sechzehn schon rauchte und immer Widerworte gab. Die kleine Kindermann hatte manchmal auf Jule aufgepasst, wenn Böwes abends ausgingen, und Jule hatte sie aus Gründen, die Böwe nicht kannte, Mandel genannt. Sie hatte einen trockenen, rissigen Mund und eine blasse Haut. Böwe hatte sie nicht besonders gemocht. Jule jedoch hatte beschlossen, eines Tages wie diese kleine Kindermann zu sein, und sie gestern Abend vor lauter liebender Begeisterung sogar schon in der Tagesschau gesehen.

Ich wusste gar nicht, dass Ihre Tochter heiratet, sagte Böwe, passt eigentlich gar nicht zu ihr.

Was meinen Sie sonst zu meinem Brief?, fragte Kindermann.

Das mit der Lammhaxe, das würde ich weglassen, sagte Böwe. Er hatte letzte Nacht mit seinem Fuß in der leeren Hälfte des Bettes herumgesucht und war dabei an eine vergessene, kalte Wärmflasche gestoßen. Die Nacht war ihm plötzlich zu dunkel gewesen. Im ersten Zimmer hinter der Etagentür, wo bei ihrem Einzug die drei Mülltonnen gestanden hatten, schlief Jule. Schon klar, hatte Böwe nach Jules Morddrohung vor Eva Königs Fernseher gesagt, schon klar, aber jetzt gehst du erst einmal ins Bett. Trotzdem war er selbst unruhig, beleidigt und irgendwie auch traurig, todtraurig schlafen gegangen und musste vielleicht deswegen mitten in der Nacht aufstehen und die Jalousie zur Straße hochziehen. Auf der Stromleitung, gespannt zwischen zwei Straßenlampen, hatte ein Vogel gesessen, eingebohrt in seine Träume.

Ich werde über die Lammhaxe noch einmal nachdenken, sagte der alte Herr Kindermann, aber den Rest lasse ich so und wende mich damit an den Regierenden Bürgermeister der Stadt Berlin und den Bundeskanzler und an meine CDU-Parteikollegen im Rat unserer Stadt, wenn Sie einverstanden sind, mein lieber Böwe. Ich will Ihre Zustimmung, Böwe. Ich bin Ihr politischer Ziehvater, und Sie sind, seitdem ich Sie für die Partei geworben habe, eine Zierde für unseren Verein, wie man so zu sagen pflegt. Aber ohne mich würden Sie heute noch mit Ihren Pfadfindern Fußball spielen. Und jetzt sind Sie dran, Böwe. Können Sie mein Schreiben politisch verantworten? Kann ich mein Protokoll so abschicken?

Mhm, machte Böwe und zeichnete. Gleich würde er sich anziehen und in die Stadt gehen. Er würde beim Büdchen, das auch sonntags geöffnet hatte, eine überregionale Zeitung kaufen.

Hatte der junge Mann neben Ihnen wirklich einen roten Pullover an?, fragte Böwe.

Ich schwöre, sagte der alte Kindermann, und er sah Ihnen sogar ähnlich, Böwe.

Ich habe aber keinen roten Pullover, sagte Böwe und merkte, er war geschmeichelt. Für Kindermann sah er wie ein Student aus.

Mandel hatte Jule manchmal mitgenommen, für Einsfünfzig in der Stunde. Seitdem Mandel die Stadt verlassen hatte, um in einer anderen zu studieren, verwilderten die Gärten jenseits der Bahngleise ohne Jule und Mandel.

Aber du kommst doch wieder?

An Weihnachten, hatte Mandel gesagt.

Bis zu den Gärten musste Jule an der Hand von Mandel gehen. Rote Berge, sagte Mandel zu den Halden des versiegten Eisenbergwerks, die zur Müllkippe verkamen. Auf dem Pfad, wo die Brennnesseln bauchhoch wuchsen und Haushaltsplunder, Plastik und Metall in einer Schmutzfarbe zusammengeschmolzen lagen, ließ Mandel Jules Hand los. Dann kam der alte Fußballplatz, wo aus der Stadt keiner mehr Fußball spielte. Mit Mandel atmeten die Nachmittage Abenteuer. Mandel traf sich mit Jungen, die mit ihren Motorrädern das Gelände zu einem Himmel aus rostbraunen Staubwolken machten. Sie hatten alle schwarze Haare, wohnten in den Baracken am Fuß der roten Berge und waren eingeweiht in die Geheimnisse des Lebens, bevor sie zur Schule gingen, wenn sie überhaupt zur Schule gingen. Die Jungen schubsten Mandel auf ein Sofa unter den Holunderbüschen, das jemand auf halbem Weg zur Müllkippe hier abgeladen hatte. Mit einem Kofferradio auf der Hüfte sagte der Hübscheste, Jule solle spielen gehen. Jule schaute Mandel an, und niemand sah sie dabei. Der Junge stellte das Radio ab und griff nach Mandels Brust, drückte zu, bis sie lachte. Dann fuhr er mit dem nackten Fuß zwischen ihren Schenkeln hoch, streifte den Rock mit. Sein großer Zehn klopfte an, und Mandels Herz fiel zwischen den Mädchenbeinen hindurch auf die rote Erde. Aber das sah nur Jule.

Geh spielen, sagte Mandel in dem Moment.

Hast du jetzt Angst?, fragte Jule und warf die Zöpfe nach hinten.

Ein leises Lachen von Mandel. Das war keine Angst. Der Junge fuhr sich mit der Hand durch die schwarzen Locken, wie es die

Männer in Bonanza taten, wenn sie vom Pferd sprangen. Er verlängerte die Bewegung und fuhr mit der gleichen Hand über Jules Knopfleiste, vorn am Kleid. Das war keine Angst.

Geh spielen, sagte Mandel wieder, und als sie Jule eine Stunde später im Gebüsch wieder auflas, war es unentschieden, wer von ihnen beiden verwilderter aussah. Zu Hause schrubbte Mandel mit Nagelbürste und kaltem Wasser Jule die rote Erde vom Leib. Danach war die Haut noch röter. Egal.

Mandel ließ die Jalousie über dem Tag, der noch hell war, herunterrasseln.

Nein, schrie Jule und setzte sich auf. Einen Moment stützte sich das große Mädchen auf den Bettrand von dem kleinen Mädchen und machte ein bisschen zärtliches Getue. Sie schob Jule die Haare hinter die Ohren und streichelte ihr die Nase. Jule liebte das und senkte den Kopf, wie ein Pony.

Mandel summte: Zähle die Mandeln, zähle, was bitter war und dich wach hielt, zähle mich dazu.

Noch mal, sagte Jule, die bisher im Bett nur Schafe gezählt hatte.

Zähle die Mandeln.

Jule zählte.

Celan, sagte Mandel, das ist von Celan. Bei siebenundzwanzig drückte sie Jule zurück ins Kopfkissen.

Celanlied, wiederholte Jule bei neunundzwanzig. Celan war für sie das erste Wort einer fremden Sprache, mit dem sie an diesem heißen Sommerabend eingeschlafen war.

***

Mädchen freuen sich immer über einen Vogel, sagte die Frau und griff in die Volière. Die Vögel warfen sich gegen die Gitterstäbe und gaben ein paar ängstliche Töne von sich. Bei der Zoohandlung hatte ein Polsterstuhl mit gelbem Kunstlederbezug die Ladentür offen gehalten. Böwe hatte mit seiner Sonntagszeitung das schattige Halbdunkel des Ladens betreten und die Frau im Nylonkittel hinter dem Tresen nach einem Wellensittich gefragt. Sie fütterte gerade bunte Fische, weil Tiere auch sonntags Hunger hatten, und hielt ihm den Vogel hin. Böwe sah das Herz des Vogels schlagen, als wollte es etwas sagen.

Den hier hat Ihre Frau vorbestellt, ist er nicht süß?

Finde ich nicht, sagte Böwe. Er sieht sogar jemandem unangenehm ähnlich.

Der Vogel sieht jemandem ähnlich?

Böwe nickte.

Wieso soll er eigentlich Rudi heißen, hatte er gefragt, als er im April diesen fremden Vogel in Jules Zimmer vorfand. Wieso ausgerechnet Rudi? Wegen dem Freund von Mandel, hatte Jule gesagt. Die hat einen Freund? Ja, und er spricht sogar im Radio und im Fernsehen, hatte Jule gesagt.

Böwe beugte sich über den Ladentisch zu der Frau.

Finden Sie nicht, dass alle Wellensittiche wie Rudi Dutschke aussehen und sich auch so anhören, wenn sie den Schnabel aufmachen?

Endlich hatte Böwe laut gesagt, wie unangenehm ihm die Politisierung von Jules dahergeflogenem Wellensittich damals gewesen war. Das hatte etwas Konspiratives gehabt und schloss ihn, Böwe, aus, so als gäbe es plötzlich einen anderen Mann im Haus. Dieser dämliche Vogel Rudi war von dessen langer Nase nur der Schatten gewesen.

Ich nehme den da, sagte Böwe und tippte mit der gerollten Zeitung auf einen Kanarienvogel mit orangefarbenem Bauch. Schon jetzt tat ihm das arme Tier leid. Spätestens Weihnachten würde es unter der Last seiner Verantwortung für Jule zusammenbrechen.

Er bezahlte und trat auf die Straße. Von irgendwoher kam Akkordeonmusik, und während er schneller ging, rutschte Rudi II im Pappkarton mit den Luftschlitzen verzweifelt hin und her.

Sie zogen Leo Böwe entgegen, ein fahrendes Volk in einer kurzen Karawane. Zirkus Böse. Bis eben noch hatte Jule allein am Rand des Sandkastens gesessen, unter dem Birnbaum, der seine Früchte im Herbst gleichmäßig auf Villa und Fabrik verteilte. Niemand redete heute auf der anderen Seite der Mauer, wo wochentags die Fabrikarbeiterinnen mit jeder Kippe die Erde zwischen den Stühlen fester traten. Wegen der Gespräche auf der anderen Seite wusste Jule, dass Kinder nach neun Monaten da rauskamen, wo sie auch reingekommen waren, und dass beide Vorgänge, aber vor allem der erste, Männer und Frauen so heftig beschäftigte wie Geldverdienen. Oder das Wetter. Es war Sonntag. Seit Freitag drei Uhr waren die Frauen fort, aber ihre letzten Bewegungen waren noch da, in der Spanne zwischen Stuhl und Stuhl. Es war still im Hof, und Jule ließ ihre Spucke aus Langeweile in den Sand tropfen. Dann malte sie mit dem Fuß Ellipsen.

Trauerweide!, sagte Rainer und stand plötzlich breitbeinig vor ihr. Scheißrainer, wollte sie antworten, sah aber, wie Rainers Vater kleine harte Birnen vom Rasen aufsammelte. Er hatte Trainingshose und Unterhemd an und ein Kartoffelmesser in der Hand.

Wie viel Achtel sind ein Viertel?, fragte Rainers Vater und schnitt eine Birne auf.

Wie viel Viertel sind ein Ganzes, Rainer? Rainer schwieg.

Wie viel Viertel sind eine halbe Birne? Rainer schwieg.

Vier!, sagte Jule. Die Sonne verschwand in dem Moment wieder hinter einer Wolke, und der Welt schien etwas zu fehlen. Bärbel, Ralf und das Akkordeon kamen durch den Keller in den Hof. Sie brachten eine modrige Kühle mit.

Was soll denn das werden? Bärbel zeigte auf die zerschnittenen Birnen am Boden.

Obstsalat, sagte Jule. Bärbel zog ihr schwarzes Turnhemd über dem runden Bauch so herunter, als zöge sie es hoch, und setzte diesen Blick von unten auf. Rainers Vater stieß das Kartoffelmesser in die Erde, holte eine Packung Zigaretten vorn aus seinem Unterhemd und ging.

Jules Blick fiel auf eine leere Wäscheleine, die zwischen Teppichklopfstange und Birnbaum hing. Während sie langsam die Zöpfe öffnete, sah sie sich auf der Wäscheleine seiltanzen, hoch über ein paar Wohnwagen, die im Kreis um ein Feuer aufgestellt waren, und wo Bärbel und Ralf Raviolidosen warm machten, aus denen Heinzi und Rainer mit den Augen schon aßen. Und da war der Fluss, an dem sie sich morgens und abends Füße und Hals waschen konnten, und da drüben am Horizont, da war das Storchennest auf dem kalten Schornstein in der Mitte eines Dorfes, wo die Bewohner gern auf sie warteten und trotzdem zur Sicherheit die Wäsche von der Leine nahmen. Und da, noch weiter von hier, waren Tiflis, Sewastopol, Wladiwostok und dieses mistige Nowgorod, oder so ähnlich, größere Städte, die so hießen, wie sie aussahen, und wo der Mond tief über krummen, dreckigen Straßen hing. Und da war das Messer. Und da war alles da.

Jule zeigte auf das Kartoffelmesser in der Erde.

Damit könnten wir einen Zirkus gründen, sagte sie. Sie warf die offenen Haare zurück. Ein langer, heller Vorhang, der ihr bis zum Hintern fiel. Sie hatte die Rollen verteilt.

Zwei Jungen, die ihr Kofferradio die stille Kaiserstraße entlangtrugen, blieben auf der anderen Seite stehen, als die Kinder aus dem Haus Nummer 29 kamen. Sie stießen sich in die Seite, zeigten auf die zwei schüchternen Mädchen, die zusammen in einem weiten Pullover steckten, dann auf Heinzi mit der Trommel, und sie lachten über Rainer, der einen leeren Vogelkäfig wie eine Monstranz an der Spitze der Karawane trug. Noch mehr lachten sie über Jule in ihrem albernen Rest von Unterrock und drehten ihr Radio lauter, wegen Bärbel mit dem Akkordeon vor dem Bauch, bis Bärbel sagte, ich glaube, ich kriege jetzt Nasenbluten, und zu spielen aufhörte. Das Akkordeon atmete seufzend aus, und alle blieben stehen. Ratlos, verlegen, verwaist, bis Jule die rechte Faust hob und schrie: Weiter! Wir sind eine Bande, los weiter. Alle gingen schneller danach, Richtung Marktplatz. Bärbels kleiner Bruder Ralf zog eine Puppe von der letzten Kirmes hinter sich her. Sie war nackt, und Ralf trug ihr schießbudengelbes Rüschenkleid, das am Rücken offen klaffte.

Der Markt lag in gleißender Sonne. Sie zogen auf die Mitte des Platzes. Ralf weinte auf einem Ton und sortierte seine gelben Rüschen vor dem Bauch. Rainer stellte den Vogelkäfig ab. Der leere Käfig war das geheime Kapital des Zirkus, war Halbmann und Hundemann, Schlangenfrau und Krokodilmann. Und wenn man genau hinsah, saß in dem Vogelkäfig auch noch Rudi I, in durchgeistigter Form. Eine alte Frau blieb, an das Schaufenster eines Hutgeschäfts gelehnt, ebenfalls stehen. Sie war die erste Zuschauerin.

Und los, sagte Jule leise. Heinzi trommelte. Bärbel lispelte ein paar Töne. Dann spielte sie auf dem Akkordeon einen Walzer und ging in die Hocke dabei, als müsste sie pinkeln. Sie hockte sich auf den Stapel Bretter neben dem Toilettenhäuschen, die vom letzten

Markttag noch hier lagen. Ralf weinte weiter, jetzt aber rhythmisch zur Musik, und die beiden schüchternen Mädchen, aneinander gestrickt in ihrem Pullover, fingen an sich zu drehen. Sie trudelten als Kreisel über den Marktplatz. Jule öffnete das Törchen vom Vogelkäfig und sagte zu Rainer: los, rein da. Sie sah in Rainers Augen, ein Paar schwarze Knöpfe, die aber für Knöpfe ziemlich ausgekocht waren. Er tippte sich an die Stirn und richtete mit einem Schulterruck seine Trainingsjacke. Er schob sich einen Kleiderbügel hinten in den Nackenausschnitt, und Jule begleitete die Aktion mit ein paar Gesten, als sei das alles nur ihre Idee. Rainer kletterte auf den Bretterstapel, auf dem Bärbel hockte, und hängte sich in der Regenrinne des Toilettenhäuschens ein. Er stieß die oberen Bretter mit dem Fuß vom Stapel und ließ seinen dicken kurzen Körper baumeln. Bärbel schrie und spielte dazu den gleichen Walzer noch einmal, Heinzi trommelte doppeltes Tempo. Rainer lachte auf alle herunter, auf Bärbel zärtlich, auf die anderen gemein, und am gemeinsten auf Jule. Immer mehr Leute blieben stehen, und drüben beim Kino am Kopf des Platzes überquerte auch Leo Böwe die Straße und kam näher. Er sah Jule im Unterrock von Liz eine Runde springen, oben war sie Flugzeug und unten legte sie jeden zweiten Schritt als Spagat in die Luft. Böwe kam näher.

Das ist tatsächlich die kleine Böwe, sagte eine Frau dicht neben ihm. Er ging auf Bärbel zu.

Du bist jetzt mal ruhig mit deiner Quetschkommode!, sagte er. Bärbel drehte sich um. Von hinten hatte sie in ihrem schwarzen Turnzeug trauriger ausgesehen als von vorn. Sie nahm die Hände aus den Seitenschlaufen des Akkordeons, und das Instrument atmete mit einem Seufzer aus. Sonntagmittag, ein großer, leerer Marktplatz in einer kleinen Stadt. Böwe ging an Bärbel vorbei und auf seine Tochter zu. Er sah die Straßenbahnschienen, die am

Marktplatz vorbei in eine leere Ferne führten, solange keine Bahn kam. Er ging weiter auf Jule zu, griff nach ihr, doch griff er ins Leere. Als er den Arm hob, glaubte Jule, sein Herz zu sehen. Ralf legte seinen Kopf mit den fusseligen Babyhaaren in den Nacken und lächelte den großen Mann an, der ein bisschen wie die Männer im Fernsehen aussah, die mit Hüten auf dem Kopf von Pferden sprangen und auf alles schossen, nur um zu treffen. Böwe ging weiter auf Jule zu. Noch immer stand die Sonne hoch, und noch immer lag am Kopf des Platzes das Kino Lichtburg sowie an der einen Längsseite das größte Kaufhaus der Stadt und an der anderen ein Hutgeschäft, ein Obstgeschäft und eine Sparkassenfiliale, und da der Wind von Osten kam, hörte man in der Ferne einen Schnellzug durchfahren. Bärbel zupfte am Beinausschnitt ihrer kurzen, schwarzen Turnhose und blinzelte in die Sonne. Quetschkommode?, sagte sie leise.

Ja, sagte Böwe, ohne sich nach ihr umzudrehen. Das Wort hatte er das letzte Mal vor elf Jahren benutzt, bei seiner Hochzeit. Oder hatte Liz das gesagt? Er wechselte den kleinen Pappkarton in der Hand von rechts nach links. Innen piepste kläglich der Vogel. Böwe ging rascher auf Jule zu. Sie wich aus. Er hob die Hand wieder, eine starke Männerhand, und gab ihr eine Ohrfeige. Ein fester Schlag ins Gesicht. Es klang wie der dumpfe Aufprall eines Vogels, der gegen ein Fenster fliegt. Jules linke Gesichtshälfte brannte. Aber sie fasste nicht hin. Sie sah zu ihrem Vater hoch. Die Sonne stand in Böwes Rücken, so konnte sie sein Gesicht nicht sehen. Aber sie merkte sich den Schatten, ging mehrere Schritte rückwärts, hob die Faust und ließ mit einem kleinen Ruck im Handgelenk den gekrümmten Zeigefinger vorschnellen und korrigierte gelassen die Linie zwischen ihrem Zeigefinger und den zwei Zornesfalten auf Böwes Stirn.

Eine Fliege setzte sich auf Jules gestreckten Zeigefinger, unter dem Gewicht ließ sie ihren Arm wieder sinken. Am folgenden Tag begann jener Krieg, den man den Sechs-Tage-Krieg nennen würde.

***

Mehr als ein Jahr verging. Es war der erste Montag nach den großen Ferien. Auf dem Weg zur Schule kehrte Jule nach wenigen Schritten um. An einem Baum hing ihr Vater. Am nächsten Baum hing ihr Vater. Ihr Vater hing an jedem Baum. Die ganze Straße hinunter, soweit sie sehen konnte, hingen seine Wahlplakate.

Jule lief nach Hause und setzte sich auf die Mülltonne in der Garage. Sie bewegte sich nicht von der Stelle. Gegen elf aß sie ihr erstes Pausenbrot, gegen halb zwei das zweite. An dem Apfel roch sie nur. Sie hörte die Post kommen, den Wagen mit Kartoffeln und Eiern und noch später den Lumpensammler mit der spitzen Flöte. Zwei oder drei Jungen liefen über die Straße, ihre Füße klatschten hart auf den Asphalt, und sie riefen Ho-Chi Minh dabei. Kurz darauf hörte sie den DKW von Bärbels Vater, der immer am Nachmittag gegen drei vor dem Garagentor ein letztes Mal spuckte, bevor der Motor ausging. Dann war es lange still. Sie nahm den Katechismus aus dem Tornister und malte die schwarz-weißen Bilder mit Buntstiften aus. Kurz nach vier steckte jemand von außen den Schlüssel ins Tor. Jule blieb auf den Mülltonnen sitzen, aber schaute weg. Vielleicht sah sie ja niemand, wenn sie niemanden sah. Als sie aber doch hinschaute, standen im grünen Rahmen des Garagentors zwei grüne Polizisten. Über die Schulter des kleineren konnte Jule das verweinte Gesicht ihrer Mutter sehen und darüber, halb verdeckt vom Nest der Haare, das Gesicht des Mannes, der auf jedem Plakat am Schulweg gewesen war.

Neunzehnhundertsiebenundsiebzig

Hi, how are you?, sagte der Schwarze, der in Karlsruhe einstieg. There will be some more dead, next month, maybe?

Yes, sagte Jule. Sie verstand nicht, was er meinte, und roch seinen Schweiß, als er den Mantel auszog.

You have to fight, if you don't want to sink!

Jule nickte Richtung Fenster. Der Zug hatte Verspätung, und auf dem Bahnsteig gingen zwei Männer in Springerstiefeln und mit MP auf und ab.

Are you on pills?, fragte der Schwarze.

Jule lachte und dachte an die blauen und grünen Dinger, die der Arzt ihr in den ersten Monaten gegeben hatte, weil sie immer umgefallen war. Mit vierzehn hatte Jule Böwe angefangen zu rauchen und mit sechzehn wieder aufgehört. Sie war schwanger.

Im Jahr zuvor hatten Nina und Jule im Kaufhof gearbeitet, einem weißen Betonwürfel mit Fenstern, schmal wie Schießscharten, der seit einigen Jahren behauptete, das Herz der Stadt zu sein. Ein Ferienjob, um Geld für den ersten Urlaub zu zweit und ohne Eltern zu verdienen. Sie wollten nach Frankreich, und das allein. In der zweiten Woche erkältete Jule sich in der tödlichen Klimazone beim Eingang, wo sie am Wühltisch Pullover-Sonderangebote in Synthetikrosa, Türkis und Grau verkaufte. Ihre Lippen wurden rau, die Haut grau und fettig, und am Nachmittag wurde sie in die Parfümerie versetzt, um Regale aufzufüllen.

Der Abteilungsleiter hob hart ihr Gesicht ins Licht.

Da müssen wir was machen, sagte er und winkte eine ältere Verkäuferin heran. Eine Frau von dreißig Jahren, eine Blume von einer Frau, mit einer künstlichen Margerite im Haar und eigentlich zu schade für dieses Geschäft. Die Frau hatte Jule in fünf Minuten geschminkt, abgepudert, die Wimpern getuscht, bis sie lang und hart waren wie Fliegenbeine. Ihr weißer Kittel roch nach Zitrone und war sehr kurz.

Schickenkirchen, sagte Nina, die mit einem Stapel Schallplatten vorbeikam, du siehst aus wie eine Schneekönigin, sagte sie, aber mit Verachtung in der Stimme. Nina ging in ihre Musikabteilung. Jule stand allein da, ganz in Weiß, und zwischen ihnen ein Berg und ein See. Sie putzte die Vergrößerungsspiegel, sortierte Malutensilien für Wimpern und Augenbrauen in Farbpaletten von hell nach dunkel und wieder zurück. Sie räumte gerade Watte in eins der unteren Regale ein, als sie den Satz hörte.

That happens, when you get older.

Zwei rothaarige Frauen unterhielten sich vor einem frisch geputzten Vergrößerungsspiegel. Es war das erste Mal, dass Jule jemanden wirklich Englisch sprechen hörte, nicht nur in der Schule, im Radio oder im Schulfunk, und als sie in die Hocke ging, um die beiden besser zu sehen, schob ihr eine behaarte Männerhand ein Kinderüberraschungsei vor die Nase. Jule schaute hoch. Vor ihr stand ein Mann, den sie noch nicht kannte. Es war kurz vor Ladenschluss.

Guten Abend, ich brauche Rasierklingen und einen Tipp. Er fuhr sich mit der Hand über das Kinn.

Ich, sagte Jule, ich darf nicht.

Was?

Mit Ihnen reden. Sie wurde rot.

Ach, wegen dem Ei, sagte er.

Im hellen Kaufhauslicht sah Jule die Narben in seinem Gesicht.

Kann ich Ihnen helfen?, fragte in dem Moment die ältere Verkäuferin in seinem Rücken.

Er drehte sich um, lächelte und drehte sich zu Jule zurück, das Lächeln für die andere noch im Gesicht.

Einen Moment noch, sagte er, beugte sich zu Jules Ohr und flüsterte.

Wo geht man in diesem Kaff morgen eigentlich hin, an einem Karfreitag?

Kino, flüsterte Jule zurück. Der Mann nickte zwei Mal, einmal für Jule und einmal für die ältere Verkäuferin, die stumm und zärtlich nach der Margerite in ihrem Haar griff. In der Plattenabteilung legte jemand einen Hit vom vergangenen Jahr auf: *Wish you were here*.

Sicher Nina.

Der war vom Film, sagte die ältere Verkäuferin. Ein Gong kündigte den Feierabend an, und sie nahm müde die Blume aus ihrem Haar.

Die drehen hier, sagte Nina, als sie mit Jule kurz vor sieben aus dem Hinterausgang des Kaufhofs kam. Sie hielten sich zwischen den Geschäften an den Händen, die Gesichter übermütig in eine Frühlingsluft gereckt, die nach Abgasen roch, nach staubigem Asphalt und nach warmen Häuserwänden. Obwohl es schon so warm war, trug Jule die alte Lederjacke von Böwe.

Der ist in dieser Talkshow mit Romy Schneider gewesen, weil er mal eine Bank überfallen hat, sagte Nina.

Und? Wie heißt der?

Nina versuchte eine ihrer kurzen Haarsträhnen mit den Fingern in den Mundwinkel zu ziehen. Dann kaute sie an den Haarspitzen.

Weiß ich nicht mehr, sagte sie, aber er hatte diese Narben im Gesicht, und Romy Schneider hatte ein Kopftuch um, ein schwarzes. Das hatte sie sehr fest gebunden, sodass ihr Gesicht ganz straff aussah.

Depressionen, sagte Jule, macht deine Mutter auch, wenn sie ihre Gedanken nicht zusammenhalten kann. Und die Narben?

Akne, sagte Nina, habe ich auch. Sie hob ihren Pony und zeigte Jule zwei Pickel auf der Stirn.

Aber Romy Schneider hat trotzdem zu ihm gesagt: Sie gefallen mir, Sie gefallen mir sehr. Oder?

Dir gefällt er ja auch, dieser Bankräuber. Triffst du dich mit ihm? Hat er dich engagiert?

Jule zog die Lederjacke aus. Darunter trug sie ein schwarzes Kleid mit dünnen Trägern. Mehr Unterrock als Kleid. Nach links ging es zum Bahnhof, geradeaus in die Stadt. Sie gingen geradeaus. An der Ecke zur Bahnhofstraße räkelte sich ein Akkordeon aus Rumänien in der Abendsonne. Der Mann mit den glänzenden schwarzen Haaren hatte eine Blechbüchse vor sich hingestellt, und auf dem Marktplatz war kein Markt. Die Menschen gingen langsam, denn die Stadt war klein. Vor dem Eiscafé Venezia blieben Jule und Nina stehen.

Vergiss nicht, über Geld zu reden, wenn du hingehst, sagte Nina.

Die sind alle vom Film, rief Helene aus dem Fenster, als Jule nach Hause kam. Sie hatte die Unterarme auf ein Kissen gelegt, so wie sie es immer machte, wenn sie mit Blick auf die stille Kaiserstraße ihr Leben betrachtete, als betrachte sie einen langweiligen Regentag. Am Bordstein standen mehrere geschlossene Lastwagen und machten die Straße enger. Ein Absperrband trennte Sternenbergvilla und Waschmaschinenfabrik vom Rest der Straße, und Scheinwerfer leuchteten die Kulisse aus, so hart, dass sich aus der vertrauten Umgebung kantig eine fremde Gegend schälte. Die Waschmaschinenfabrik stand seit zwei Jahren leer.

Was sind die? Jule kletterte über die Absperrung.

Vom Film, rief Helene mit einem Triumph in der Stimme, als habe man sie selbst soeben für den Film entdeckt.

Zwanzig Motorradscheinwerfer streiften in dem Moment die leerstehende Waschmaschinenfabrik, und die Fahrer trugen keine Sturzhelme, sondern Ledermützen mit Ohrenklappen. Der Mann mit den Narben im Gesicht war dabei. Jemand rief über Megaphon: Stopp! Die Männer hielten an, klappten die Ohrenklappen hoch und redeten deutlich zueinander. Sie redeten mehr mit den Köpfen als mit dem Mund. Wieder rief jemand: Stopp, und die Männer redeten anders danach. Mehr miteinander, fand Jule. Sie stiegen ab und gingen zu einem langen Tisch, an dem Getränke ausgeschenkt wurden. Zwischen ihrem ersten und zweiten Mal Reden hatten fast vierzig Jahre gelegen, in denen es tatsächlich den Krieg gab, dessen Anfang sie hier spielten.

An dem langen Tisch wurden Getränke ausgeschenkt, und während Jule hinübersah, hatte sie das Gefühl, die Wirklichkeit sei eine Kulisse mit zwei Gesichtern. Sie hatte einmal hinein- und einmal dahinter geschaut. Der Mann mit den Narben im Gesicht hob den Arm und winkte. Im Licht der Scheinwerfer sah sie seine kaputte Haut deutlich und nickte. Er winkte noch einmal und stieß dabei ein Glas um. Als Jule sich zum Haus Nummer 29 umdrehte, sah sie, hinter der Wohnzimmergardine stand Liz Böwe und griff sich ins Haar.

Der geht ja nicht in jeden Film, wenn er selber welche macht, sagte Nina.

Der Mann vom Film, der eigentlich Bankräuber war, stand natürlich nicht vorm Kino. Er stand auch nicht im Foyer hinter der Drehtür. Jule schaute enttäuscht und doch erleichtert in den Schaukasten mit den Ankündigungsfotos, und Nina kaufte Lakritz. Der Saal war fast leer. Der Film hatte bereits begonnen. Das Lied der Bernadette, passend zum Karfreitag. Über der Marienerscheinung vergaß Jule die Verabredung mit dem Mann. Zweimal wurden in einer kurzen Pause die Spulen gewechselt, und Nina sagte jedes Mal, Filmvorführerin sei auch ein schöner Beruf. Als sie aus dem Kino kamen, stand er draußen auf den Stufen zur Drehtür, wo die Jungen aus Italien und Kroatien abends immer auf das Nichts warteten, wenn für Jule und Nina die letzte Ballettstunde zu Ende war. Er zündete sich eine Zigarette an.

Na? Das Na griff Jule in den Bauch.

Kann ich auch eine haben?, fragte Nina und zeigte auf die Packung Gauloises.

Klar. Er hielt ihr die Packung hin.

Ich heiße Schef. In der anderen Hand hatte er einen Vertrag für Statisten.

Kann ich mal sehen, Schef?, sagte Nina.

Der ist aber nicht für dich, sagte er und gab ihr Feuer.

Aber ich regle das hier, sagte Nina und stieß den Rauch der Zigarette durch die Nase. Ich regle das, sie ist meine Freundin.

Als sie die erste Seite überflogen hatte, schaute sie auf und sah den langen Blick zwischen Jule und dem Mann.

Und was ist mit Geld?, fragte Nina.

Bei den Dreharbeiten am nächsten Tag strahlte Jule wie ein Star, während sie mit einem Plastikbecher knackte, in dem keine Cola mehr war. In hellem, schwingendem Rock sollte sie vor einer Reihe dunkler, armseliger Fabrikfenster hin und her gehen. Das Drehbuch verlangte eine Vorortschönheit, über die die Freundinnen lachen, wenn sie in ihrem schönsten Kleid die Straße, aus der sie kommt, für immer verlässt. Jule Böwe ging den kurzen Weg vor der Kamera ein Dutzend Mal, mit nackten Waden und dicken Socken in den schwarzen Stöckelschuhen. Jeder Gang war ein Sieg. Ihr Kindermut half ihr dabei.

Hast du gesehen?, sagte der Kameramann zum Schef, als sie die Aufnahmen auf dem Monitor kontrollierten. Hast du gesehen, sie sieht jemandem ähnlich. Schef sah sich die Aufnahmen von Jule noch einmal genauer an. Dann drehte er sich nach ihr um.

Ein bisschen so erotisch verheult wie Romy Schneider, oder?

Ein bisschen schon, sagte der Kameramann und sah auf die Straßenseite gegenüber. Hinter der Absperrung stand Nina.

Und da ist ihre kleine, eifersüchtige Freundin, sagte der Kameramann.

Nina stand außerhalb der Szene, schob die Hände in die Jeanstaschen und schaute sachlich zurück. Hoch über ihr sang eine Schwalbe im Flug.

Die wichtigen Dinge im Leben hatten sie immer geteilt. Sie hatten zusammen den ersten Minirock gesehen und auch, was darunter war, denn sie waren noch ziemlich klein. Das war 1966, und 1967 sah Jule ihren ersten Toten im Fernsehen. Wenn es Fernsehen war, dann war er nicht wirklich tot, sagte Nina, und sie stritten sich. Auf einer Studentendemonstration in Heidelberg, im Sommer '68, eingekeilt zwischen Liz und Leo Böwe, fällte Jule ihre erste Entscheidung fürs Leben. Als die Studenten auf der Straße zu schreien anfingen und untergehakt vorwärts stürmten, wollte Liz weg und Leo Böwe wollte hin. In dem Moment entschied sich Jule für die Leo-Variante und fackelte deswegen zusammen mit Nina am ersten

Weihnachtstag '68 mit einer Christbaumkerze das neue Puppenhaus ab. Es war aus Plastik, und sie hätte lieber eins aus Holz gehabt. Silvester trennten sie den perforierten Teil der Zeitschrift Eltern auf und lasen mühsam, was sie schon lesen konnten. »Dürfen uns unsere Kinder nackt sehen?« Lieber nicht, sagte Nina.

1969 aßen sie bei der ersten Mondlandung vor dem Fernseher Erdnüsse im Bungalow hinter der Tankstelle und 1970 nickten sie synchron in der Kaiserstraße 29 zum Kniefall von Brandt in Warschau. Jule nickte, weil Leo Böwe so wütend den Kopf schüttelte, und Nina, weil sie Jules Freundin war. Am gleichen Tag noch fing Nina an, drei Apfelsinen in die Luft zu werfen und zwei davon fallen zu lassen. Versuchen kann man's ja mal, sagte sie.

1971 lernten sie auf dem Gymnasium Deutschland in den Grenzen von 1937 kennen, weil alle anderen Karten ausgeliehen waren. Zweiundvierzig Kinder in einem weiß gekachelten Klassenzimmer, das früher die Schulküche war, das waren viel zu viele. 1972 ging Liz Böwe vor einem Plakat in die Knie. Es hing an einer Litfasssäule. Ensslin, Meinhof, Baader, Raspe. Und da ist Mandel, sagte Jule und zeigte mit einem Eishörnchen auf die dritte Reihe, zweite von links. Nina stand hinter ihr und aß auch Eis. Liz' heller, enger Rock rutschte hoch, und die Mädchen sahen ihre Mädchenknie in Nylonstrümpfen. Liz Böwe las über die Sonnenbrille hinweg: »Mordversuch, 10.000 DM Belohnung«. Weiter kam sie nicht. Ihre Handtasche rutschte von der Schulter und fiel auf das Kopfsteinpflaster, das am Fuß der Säule von der Hundepisse dunkler war. Ekelhaft, sagte Liz Böwe, und ihre Knie knackten, als sie sich aufrichtete. Ekelhaft, die sollte man alle erschießen, die Hunde.

Versuchen kann man's ja mal, sagten Jule und Nina im Chor und rannten weg.

1973 liefen sie an den autofreien Sonntagen Hand in Hand Rollschuh auf der B 7 bis hinunter zum Gaskessel beim Friedhof. Da waren die Baader-Meinhofs schon längst verhaftet und saßen, wie der Kanzler es sich gewünscht hatte, nicht in einem Hotel, sondern im Knast. Stammheim, flüsterten Jule und Nina. Warum sie das Wort flüsterten, wussten sie nicht. 1974 kamen die Lords am Gymnasium vorbeigefahren, in einem offenen Wagen. Die deutschen Rolling Stones, sagte Nina. Sie zielte mit einem Steinchen, um das sie ein Papier mit ihrer Adresse gewickelt hatte, auf den Kopf des Sängers. Versuchen kann man's ja mal, sagte Jule und warf ihren angebissenen Apfel hinterher. Danach aßen sie Rührei im Bungalow hinter der Tankstelle und starrten aus dem Küchenfenster, während es draußen langsam dunkel wurde über dem Garten, über der Hollywoodschaukel und dem dürren Zaun. Dahinter lag ein verwahrlostes Gelände, wo wuchs, was wollte. Da waren sie herumgeflogen, wenn es dunkel wurde. Ja, geflogen. Sie hatten die Hände in die Manteltaschen gesteckt, die Ellenbogen gehoben und mit den Stoffflügeln geschlagen, sie, zwei große Mäusebussarde über grauem Gras, vergessenem Müll und harter Erde. Ihre eigenen Schreie hatten sie höher in die Luft gehoben. Wann fing das an, dass dieses Glück aufhörte? Als es beobachtet wurde? Als sie selbst anfingen, es zu beobachten? An ihrer alten Schulbank erklärte Nina Jule lineare Gleichungen und den Satz des Pythagoras, während sie mit einer Haarnadel schöne Sätze in das Holz der Bank ritzten. 1975 war die Klassenfahrt nach Berlin und die Sache mit Mandels Ausbruch aus dem Gefängnis, über die sie leise berieten, während sich zu laut »Stairway to Heaven« auf dem Plattenspieler im Kinderzimmer drehte, in einer längst verkratzten Version. Mandel hatte sich noch einmal umgedreht, bevor sie mit den Genossen im Flugzeug verschwand. Mandel hatte sich sicher nach Jule umgedreht, beschlossen sie im Kinderzimmer. Jule und Nina schmiedeten Zukunftspläne wie ein verlobtes Paar. Sie wollten eine große Altbauwohnung in Berlin mit einem langen Tisch und zwölf Stühlen, wo eines Tages viele Leute essen würden. Versuchen kann man's ja mal, hatte Nina gesagt.

Jule versuchte auf dem Motorrad, die Hände vor dem Bauchnabel von Schef zu verschränken, und hatte plötzlich erstaunlich viel Mann in den Armen. Sie fuhren an der Tankstelle vorbei. Noch immer stand sie auf einem Rest von freiem Feld mit ihrem altmodischen Dach, das wie ein riesiger Keks aussah. Im letzten Jahr war sie gelb gestrichen worden, weil die Betreiberfirma gewechselt hatte.

Im Bungalow brannte das Licht in der Küche. Noch immer markierte eine Straßenbahnhaltestelle außer Betrieb die Grenze zur nächsten, größeren Stadt. Ein Bus fuhr jetzt hier, aber die Schienen waren geblieben. Sie führten in eine leere Ferne. Ninas Mutter stand bei den Tanksäulen. Ihre weißen Handschuhe, mit denen sie den Stutzen in das Taxi eines Stammkunden einführte, leuchteten bis zu ihnen herüber, als Nina und Jule mit Helmen auf dem Kopf auf den Rücksitzen der Motorräder vorbeifuhren. Ich schlafe heute bei Jule, hatte Nina zu ihren Eltern gesagt. Ich schlafe heute bei Nina, hatte Jule zu Hause gesagt.

Die Disco, Pfropfen in den Ohren von der Musik, ein Männerarm auf der Schulter, auf der Hüfte, der erste Kuss, in einem Hauseingang, der nach Keller roch. Die Welt ballte sich fremd zusammen, und Jule fühlte sich im Mund beleidigt durch die fremde Zunge. Sie biss zu. Schef lachte überrascht, dann ein zweites Mal, als er ihr über die Brust strich, schon gelangweilter. Jule sah, wie Nina einen Hauseingang weiter sich von diesem Kameramann küssen ließ, der eigentlich viel zu alt für sie war. Als sie zu Jule herübersah, sagte ihr Blick: Versuchen kann man's ja mal.

Die Straße ging steil bergan, und die Autos am Bordstein standen Stoßstange an Stoßstange. Schef hatte den Arm um ihre Schultern gelegt. Sie passte unter seine Achsel, gehörte aber da nicht hin. In ihrem Inneren hatte ein Gefühl des Gleitens begonnen, und sie ließ, was kommen sollte, geschehen. Sie hatte gelesen, wie das erste Mal sein sollte. Spätestens in einer halben Stunde würde sie zwischen seinen Ellenbogen liegen und darüber nachdenken müssen, was das wohl war zwischen Männern und Frauen, während er ihren Blick vermied oder vielleicht schon vergessen hatte, dass sie es war, die unter ihm lag. Vor dem Fenster würde diese Nacht vergehen, glatt und unmerklich. Ja, sie hatte gelesen, wie das erste Mal war, und sie war froh, bei diesem ersten Mal nicht allein zu sein. Vor ihr ging Nina. Sie sah die nackten Fesseln sauber und zart wie Knorpel zwischen Turnschuh und Jeansumschlag. Der Anblick hielt ihr die Welt zusammen.

Im ersten Hinterhof standen die Fahrräder, im zweiten die Mülltonnen. Dort brannte in der Parterrewohnung noch Licht, und ein dicker Mann saß auf einem braunen Cordsofa und starrte vor sich hin. In der Ferne quietschte eine letzte Schwebebahn. Sie gingen zu viert in den dritten Stock. Der Kameramann schloss eine abgestoßene Tür auf und sagte: Eine Frau ist das Wichtigste im Leben.

Am Kopfende des Flurs lag ein großes Zimmer, rechts davon die Küche und die dritte Tür daneben, hinter der Etagentür, ging wohl zu Bad und Klo. Der Kameramann klappte mit einem Ruck ein grünes, altes Sofa unter dem Fenster aus. Es stand im rechten Winkel zum Fußende eines ungemachten, breiten Bettes. Auf der Bettwäsche drehten sich braun, orange und mattgrün verwaschene Ellipsen ineinander. Zu Jules Überraschung zog Nina den Vorhang zu, als sei sie hier schon einmal gewesen. Nina, die Klassenbeste, die Verschlossene, die liebste Freundin. Schef zog Jule aufs Bett, und während sie noch über das Schwarz-Gelb des Vorhangs nachdachte, hielt sie unter den Handgriffen des Mannes die Luft an. Eine Haut, die kälter und älter war als ihre, der Geruch nach Kopfhaut, nach fremdem Kopfkissen und die Spuren von hässlichen Geschichten an der hellen Zimmerwand. Jemand musste mit nackten Füßen dort hinaufgelaufen sein. Sie lag auf der Seite. Er stieß ihren Kopf gegen die Wand. Ihr war kalt, sonst fühlte sie nichts. Und dieses Nicht-Gefühl war eine Information, auf die sie sich hätte verlassen sollen. Sie tat es nicht, wie immer bereit zu denken, es gibt alles, was es gibt, und auch das hier ist nur ein Spiel. Sie hielt still, ließ sich auf den Rücken ziehen und legte den Kopf in den Nacken, sodass sie den weißen Hintern des Kameramanns auf dem Sofa die wenigen Zentimeter vor und zurück rutschen sah, die etwas mit Liebe zwischen einem Mann und einer Frau zu tun haben sollten. Vor dem Sofa lag Ninas benutzter Tampon. Wann hatte sie den denn rausgenommen? Nina stöhnte leise und regelmäßig. Wo hatte sie das denn gelernt? Jule schloss die Augen, bäumte das Becken hoch, krallte ihre Hände in die Schultern des Mannes und versuchte, die Beine zu schließen.

Ich will nicht mehr.

Magst du mich nicht?

Ich mag dich lieber, wenn du nicht auf mir liegst.

Das Sofa quietschte. Schef stützte den Ellenbogen auf und schaute hin, während er mechanisch mit der anderen Hand über Jules Kopf strich.

Ich bin kein krankes Pferd, sagte sie.

Schnauze, Fury, sagte er.

Sie starrte an die Zimmerdecke. Jemand hatte den Stuck braun angemalt. Der Kameramann vielleicht, der jetzt stöhnte, das Gewicht seiner Lust noch einmal höher schob und innehielt, auf einem hohen, fast schmerzlichen Ton. Jule wischte sich das Auge. Sie weinte nicht. Sie dachte an zu Hause, an das Heimatfest. Während dieser einen Woche hing in den engen Straßen der Oberstadt weiße Wäsche auf Leinen, gespannt von Haus zu Haus, als seien wieder alte Zeiten und die Leute glücklicher.

Wenige Herzschläge später stand der Kameramann auf und ging. Er ging in die Küche, dann aus der Wohnung, dann war es still. Jule tat, als sei sie eingeschlafen. Sie atmete tief und konnte jetzt sogar das Braun vom Stuck an der Decke riechen.

Kaffee?, fragte Schef leise ins Dunkel hinein. Nina stand auf und verließ mit ihm das Zimmer. Jule zog die Füße zum Hintern und griff nach den Fersen, während ein Gefühl von Verlassenheit jene Einsamkeit in Jule lostrat, die sonst nur im All wohnt. Sie hielt sich an den eigenen Sehnen fest.

Sie lauschte. Aus der Küche kam ein seltsames Geräusch. Die Tür war einen Spalt geöffnet, und Geschirr klapperte. Es roch nach Schlafzimmer in der Küche, nach stehendem Gewässer, nach Eiweiß und Fisch und irgendetwas Innerem direkt unter der Oberfläche. Zuerst dachte Jule, die machen vielleicht einen Lärm beim Spülen, dann schaute sie richtig hin. Nina saß auf dem unteren Teil des Küchenschranks. Im oberen Teil zitterten Tassen und Teller hinter bleigefasstem Glas. Jule sah Ninas Knie, die stachen spitz in ihre Richtung. Sie sah Ninas nackte Füße am Ende der dünnen Hechtbeine, sie stemmten sich gegen Zierleisten an den unteren Schranktüren, und ein nackter Männerhintern zwischen den Beinen zog sich zusammen und entspannte sich wieder, eine große, gespaltene Faust, deren Rhythmus Tassen und Teller übernahmen. Weiß, weiß, weiß. Jule sah Ninas Kindergesicht, und das Kindergesicht schaute trotzig zurück. Ninas Augen über seinem blinden Rücken, Ninas Gesicht neben seinem Hinterkopf, trafen Jule ins Herz. Sie hatte begriffen.

Als sie am Sonntag früh nach Hause kam und den Kopf durch die Tür des Schlafzimmers steckte, lagen Liz und Leo Böwe auf dem Rücken und bis zum Kinn zugedeckt.

So früh? Ist was?, fragte Liz, habt ihr euch gestritten?

Nichts ist, sagte Jule, es regnet nur.

Sie war in ihr Zimmer gegangen, hatte das Bett aus der Schrankwand gelassen und sich zu dem Teddy gelegt, der mit dem Bettzeug auf der Matratze angeschnallt lag.

***

Wir sind live dabei gewesen, hatte Liz gesagt, als sie vom Mainzer Karneval zurückkam, wo sie auf Einladung eines Parteikollegen von Böwe gewesen waren. Jule war damals fünf und hatte bei Eva König und Helene geschlafen, während Liz und Leo die Nacht an langen Holztischen durchmachten, schunkelten und in Kameras johlten und gegen drei Uhr in der Frühe Suppe mit Würstchen aßen. Gegen halb fünf gingen sie durch die dunklen Straßen zum Bahnhof. Das war noch nie passiert. Sie beide waren noch nicht dreißig und hatten kein Gepäck dabei außer einem goldenen Luftballon für Jule. Das Leben hätte in dem Moment noch einmal neu beginnen können. Sie waren vom Freitag noch immer sehr bewegt, als sie am Samstagmorgen in ihrer kleinen Stadt aus dem Zug wie aus einem Traum stiegen, in ihren besten, aber nun verrauchten, zerdrückten Kleidern. Es war das einzige Mal, dass Liz eine Nacht durchgemacht hatte. In den Jahren darauf saß sie vor dem Fernseher allein, wenn Mainz wieder sang und lachte. Sie sang und lachte mit, laut und immer lauter, am einen Ende der großen Wohnung, die kein Nest, sondern ein Schlauch war. So ein Tag, so wunderschön wie heute, sang Liz mit den Mützen im Fernsehen und hielt plötzlich inne. Jule war aus ihrem Zimmer am anderen Ende der Wohnung gekommen, um sich zu beschweren.

Ich kann nicht schlafen, du kreischst so!

Jule schloss die Tür und Liz die Augen. So ein Tag, so wunderschön wie heute, und Liz sah eine schwarze, randlose Welt, darin ihre Augen, auf die ein Regen fiel, er fiel auf ein schwarzes Meer, auf einen Ozean, der die Unendlichkeit war. Die Unendlichkeit, die auf sie warten würde, wenn sie einmal tot wäre. Ein unendlich feiner Regen, der nicht mehr draußen war, wie der, der den ganzen Tag über gewesen war, sondern in ihr drinnen. Es gab niemanden, der sie sah. Niemanden, der sie rettete. Niemand wusste von ihr, so wie die Fische unter der Wasseroberfläche nicht wissen, dass es regnet.

Sie hatte den Fernseher leiser gestellt.

Böwe und Rosemarie hatten sich über Nobis kennen gelernt.

Sie hat Augen wie ein Schneehund, mein kleiner Böwe!

Böwe sah Rosemaries dunkles, kurzes Haar und die eckigen Schultern, die sie hochzog, wenn sie lachte. Er sah in ihre eishellen Augen und verliebte sich trotzdem, weil ihr Gesicht so schmal war, dass es ihm klein vorkam. Sie fuhr einen VW-Cabrio, mit dem man von ihrer Wohnung aus in einer Viertelstunde ins Zentrum von Baden-Baden kam. Ihr gehörte der Laden mit kleiner Wohnung dabei, wo Böwe und Nobis ihr Geschäft mit den Waschmaschinen aus zweiter Hand aufziehen wollten. Eigentlich wollten sie nur die alten Zeiten wieder aufziehen. Das Verlangen entstand wie immer ganz plötzlich und aus dem Nichts. Dieses Mal hatte der Name gereicht, um das Verlangen zu wecken. Rosemarie. Das Verlangen wurde von keinem konkreten Plan geleitet und würde wieder vergehen. Es würde gehen, wie es gekommen war, wenn er ihm keine Beachtung schenkte. Aber er schenkte ihm Beachtung. Mit dem Geräusch, das der Name Rosemarie machte, waren andere Frauen zurückgekommen. Als Erste die Frau mit dem Gesichtchen aus dem Speisewagen des Fernzugs, dann die Tote vom ersten November, die wahre Rosemarie, die er nur von Zeitungsbildern kannte, und als Letzte seine spatzenhafte Kinderverliebtheit aus dem Jahr '44. Eine Frau konnte eine andere verdecken.

Ist ja nicht immer drin, was draufsteht, hatte Nobis gesagt, aber da hatte sich Böwe schon verliebt. Sie war keine gebildete Frau, aber sie lebte allein, eine Tatsache, die Böwe schon wie Bildung vorkam. Rosemarie Schneider hatte sich erst in Nobis verliebt, weil der als Erster gekommen war. Dann in Böwe, weil er jünger war. Nobis war sehr erleichtert gewesen.

Sie können mich Rosi nennen, sagte sie nach wenigen Minuten zu Böwe. Rosemarie Schneider war neununddreißig.

Wenn eine alte Scheune brennt, sagte Nobis, dann gibt es kein Halten mehr. Viel Spaß!

Einen Gruß aus Baden-Baden an den Gatten, Frau Böwe, hatte der Herr am anderen Ende der Leitung zu Liz gesagt. Seinen Namen hatte sie nicht verstanden.

Wie hat es Ihnen beiden denn bei uns gefallen, am letzten Wochenende, Frau Böwe?

Sicher, Böwe hatte gesagt, er wolle in Süddeutschland mit einem ehemaligen Vertreter von Locke ein eigenes Geschäft aufziehen, einen Laden, in dem sie Waschmaschinen mit kleinen Mängeln günstiger verkaufen würden. Er hatte gesagt, das sei dann ein

Standbein mehr im Leben, man wisse nie, in welche Situation man noch komme.

Hallo, hallo, Frau Böwe?

Liz schwieg und schaute auf ihren Herd, wo sie das Essen vom Vortag für sich und Jule aufwärmte. Jule saß am Tisch und aß Quark. Sie aß den Nachtisch als Vorspeise.

Mit wem spreche ich?, fragte der Herr, schon unsicherer geworden. Spreche ich mit Frau Böwe?

Liz legte auf. Auf dem Tisch lag ein Buch mit einem albernen Titel: Endlich vierzig.

In einer Woche würde sie vierzig sein.

Wer war das?, fragte Jule.

Ess!, sagte Liz. Jule schob den Teller von sich und streckte die Arme auf dem Tisch aus.

Iss doch selber, hatte Jule gesagt.

***

Kommen Sie herein!

Es klingelte später am Abend noch einmal, und Jule war schneller bei der Tür als Leo Böwe. Sie begrüßte als Erste den schönen Gast. Die Einzige, die sofort etwas bemerkte, war Nina. Dass sie alles bemerkte, war ihre Form von Treue. Sie stand gleich hinter Jule, mit blauem Lidschatten über den blauen Augen.

Kommen Sie herein, sagte Jule noch einmal, aus Verlegenheit. Der März fühlte sich plötzlich an wie Mai. Der schöne Gast roch nach draußen, nach blauem Himmel, nach einem weichen, aber kalten Hellblau und einer Luft darin, die vom Regen der letzten Tage ganz sauber war. Brathähnchen und Benzin waren Jules Lieblingsgerüche. Jetzt hatte sie einen mehr.

Böwe und er schüttelten einander die Hand. Er war Böwes Gast, obwohl es der Geburtstag von Liz war. An Böwes vierzigstem Geburtstag war Ulrike Meinhof gerade ein paar Tage tot gewesen. Böwes Gäste hatten nur über Politik gesprochen und die Stimmung für ein richtiges Fest verdorben. Schon wieder die, hatte Böwe gedacht. An seinem einundvierzigsten Geburtstag lag er mit einer Magen-Darm-Grippe im Bett und beschloss, nachdem er trostlos vierzig und noch trostloser einundvierzig geworden war, Liz' Vierzigsten groß zu feiern. Zu ihrem Fest hatte er seine Gäste eingeladen.

Der schöne Gast redete mit Böwe und sah nur Jule dabei an. Er stellte sich zu den anderen Gästen und sagte etwas, aber lauter als die anderen, und plötzlich bekam der Abend eine Stimme, die Welt eine Mitte. Er zeigte mit dem Daumen nach oben, und dann mit dem Daumen nach unten. Platon, sagte er, als der Daumen oben stand, und Aristoteles, als er auf den Läufer im Flur zeigte. Man müsse sich entscheiden, ob man nach oben, zum Himmel strebe, wie Platon, oder nach unten, zur Erde, wie Aristoteles. Ob man für das Jenseits das Diesseits entbehren wolle oder jetzt für das Leben lebe. Der schöne Gast redete zu anderen Gästen, aber eigentlich sprach er zu Jule herüber.

Der da, der ist doch zu alt für dich, murmelte Nina auf dem Weg zur Garderobe in Jules Ohr, und außerdem bin ich eh nur wegen deiner Mutter gekommen! Sie riss ihren hellblauen Anorak vom Haken und verließ auf langen Beinen die Wohnung. Ein Gänseblümchen, wütend auf einem langen Stängel, fand Jule und ging in die Wohnung zurück. Das Fest war noch nicht zu Ende. Auf den niedrigen Tisch vor der dunklen Sitzgarnitur, noch immer genannt: der Cocktailtisch, hatte Liz kleinlaut immer mehr Untersetzer legen müssen, weil immer noch mehr Gäste kamen. Sie legte die von ihrer Verlobung 1955 zu denen von 1977 und lächelte dabei in das abwesende Gesicht von Böwe hinein. Er sah nicht mehr intelligent aus und sie nicht mehr glücklich. Zwischen wenigen Frauen saßen Männer, die nacheinander Reden hielten, mit angeklebten Haaren, dann die Bügelfalte glatt zogen, sich setzten und weiter Henkell trocken tranken. Die Asche ihrer Zigarren fiel unbeachtet zwischen ihren dicken Schenkeln auf den Teppich. Leo Böwe ging von Gast zu Gast, wie er schon immer von Tür zu Tür gegangen war. Ein Waschmaschinenvertreter.

He?, hatte Jule ihn eines Sonntagnachmittags gefragt, als sie zehn oder elf war und sich mit den Vögeln im Hof, die vor ihrem Kinderfernglas herumhüpften, gelangweilt hatte. Sie hatte sich umgedreht und das Fernglas auf ihn gerichtet.

Waschmaschinenvertreter, was vertrittst du denn?

Meine Meinung, hatte Böwe gesagt.

Und wozu?

Zu Waschmaschinen.

Waschmaschinen! Jule hatte sich lieber wieder den Vögeln im Hof zugewandt.

Wie heißt er?, fragte Liz am Ende des Abends, als sie und Leo Böwe ihre letzten Gäste fröhlicher und angestrengter verabschiedet hatten als die ersten. Als bellten sich Hunde aufgeregt an, hatte Jule in ihrem Zimmer hinter der Etagentür gedacht und eine Platte von den Stones aufgelegt, um Liz' Ruf nicht hören zu müssen: Komm! Los, spülen!

Jule starrte nicht wie sonst auf die Schrankwand ihres Mädchenzimmers, in der Bett und Schreibtisch ausklappbar waren. Hatte sie nichts ausgeklappt, war ihr Zimmer ein einziger langer, trostloser Schrank aus hellem Holz, an den sie manchmal vergeblich ein Streichholz hielt.

Wie heißt unser schöner Gast von eben noch?, fragte Liz in der Küche. Wie? Otto?

O Gott, Otto! Sie trug noch immer ihr teures, französisches Kleid, das sie einer Freundin abgekauft hatte. Es war ihr Lieblingskleid, obwohl sie sich nicht traute, den Mund aufzumachen, wenn sie es trug. Alle erwarten, dass ich Französisch spreche, mit dem Kleid und mit dem Etikett, sagte sie. Wie heißt mein Kleid noch mal?, fragte sie Böwe vor jedem Empfang. Yves St. Laurent, nuschelte sie durch die Nase dabei, ach so. Dass sie es second hand gekauft hatte, konnte sie erst recht nicht aussprechen. Aber sie setzte in teurem Dunkelblau und irgendwie verkleidet auf die einzige Karte, die sie hatte. Ihr Aussehen.

O Gott, Otto, was für ein Name!, sagte Liz. Ein Glas zerbrach ihr dabei im Spülwasser.

Was ist los?, fragte Böwe. Sie sah ihn an. Ihre grünen Augen waren zwei harte Steine. Sie war kühler zu ihm, seitdem letztes Wochenende ein Herr angerufen hatte.

Jule lag noch immer auf dem Boden in ihrem Zimmer, einen Anfall von Glück im Gesicht. Erst als es in der Wohnung ganz still geworden war, merkte sie, dass der Tonarm in der Auslaufrille knackte, seit langem schon.

Bringen Sie doch Ihre Frau mit, sagte Otto, als er sich kurz nach dem Geburtstag mit Böwe zum Essen verabredete. Liz aber hatte in der Woche nach Leo Böwes Geburtstag täglich Migräne und, was diesen Otto anging, die Stirn einer Ziege. Sie mochte ihn nicht. Der war die andere Kaste, einer mit musikalischer Früherziehung und grüner Lederschreibtischunterlage, einer, der sich nur in der Großstadt geborgen fühlte und auch in seiner Jugend sicher nie aus einer unabgewischten Rotweinflasche getrunken hatte, obwohl er so tat.

Einer, der bestimmt mit vielen Frauen, aber nie in einem Schlafsack geschlafen hatte. Seine große aufmerksame Unaufmerksamkeit machte Liz unsicher und wütend.

Dann bringen Sie doch Ihre Tochter mit, sagte Otto. Wie heißt sie noch gleich?

Sie saßen zu dritt in einem Wuppertaler Künstlerlokal.

Wir werden Menschen sein, wir werden es sein, oder die Welt wird dem Erdboden gleichgemacht, bei unserem Versuch, es zu sein, sagte Otto. Er zitierte Ulrike Meinhof. Die Studentenbewegung hatte er zuvor als historische Krankheit bezeichnet, obwohl er selbst in Berlin daran teilgenommen habe, sagte er. Beim Sturm auf das Springerhochhaus habe er sich hinter einem Baum versteckt, als die Polizei anrückte, hinter einer dünnen Birke, die seine bürgerliche Unbeholfenheit nur schlecht verborgen habe, damals.

Böwe nickte. Jule nicht, hörte angestrengter zu, als sie zugeben wollte, und schob eine letzte Kartoffelscheibe auf dem Teller hin und her.

Die größte Niederlage seiner Generation aber sei gewesen, sagte Otto, dass sie jedes Feld, auf dem sie gerade zurückwichen, als politisch bedeutungslos hingestellt und dafür auch noch griffige Floskeln gefunden habe. Die meisten von damals seien nur Kulturrabauken und stolz darauf gewesen, ein Jahr lang für die Normalbevölkerung wie Chinesen auszusehen.

Mach den Mund zu, sagte Böwe zu Jule und tat amüsiert. Jule sah ihn wütend an, und Otto redete weiter.

Die Welt sei für Frau Meinhof derart bedeutungslos im Vergleich zu ihrer Utopie vom Menschen geworden, dass sie sie dem Erdboden gleichmachen wollte.

Ulrike Meinhof ist tot, sagte Jule und dachte an Mandel.

Stimmt, sagte Otto langsam, jetzt wo Sie es sagen, Fräulein

Böwe, fällt es mir wieder auf. Sie ist tot. Und sie starb letzten Mai, an einem Tag, an dem wir uns noch nicht kannten.

Er sagte Fräulein Böwe und sah Jule in die Augen dabei, so, als sei sie genau um das eine Jahr hübscher geworden.

Jule sah zum Fenster. Die Scheibe war dunkel, und in dem Dunkel war ein helles Frauengesicht, das zurückschaute. Es war Mandels Gesicht. Tut mir leid, sagte es, dass dieser Pastor Albertz mit mir und fünf anderen Gefangenen in den Jemen fliegen musste. Ehrlich, tut mir leid, dass er an Maschinenpistolen vorbei zu uns geführt und dann allein gelassen wurde, sodass wir ihn rüde nach Waffen durchsuchen konnten. Tut mir jetzt auch leid, dass auf der Gangway des Flugzeugs ich in die Fernsehkamera lächelte mit meinem Gesicht, das klein und schrumpelig war wie ein Winterapfel. Zwei Jahre Knast, tut mir leid, da bleibt alles Hübsche in der Zelle und schließlich ist man dann so hässlich, dass man einen armen Pastor von Aden aus zwingt, »So ein Tag, so wunderschön wie heute« ins Telefon zu sagen, weil es die Losung für die Genossen und gleichzeitig komisch sein soll. War nicht komisch, tut mir leid. Aber so unkomisch wie der da, der jetzt dir gegenüber sitzt und sagt, wir hätten einmal all seine Sympathie gehabt, so unkomisch sind wir nie gewesen.

Was ist? So weit weg?, fragte Otto.

Es regnet draußen, und ich bin traurig, sagte Jule.

Hören Sie nicht auf sie, sagte Böwe, das ist ihre Art zu provozieren. In dem Moment klopfte ein Mann auf die Ecke ihres Tischs, wo Holz statt Tischtuch war.

Hallöchen, sagte er und sah Otto an. Hat jemand Lust, mit ins La Femme zu gehen?

Hinter ihm stand eine junge Frau. Mehr eine Pflanze als eine Frau. Sie hatte sehr schöne Zähne, und die Zähne waren wichtiger als das, was sie sagte. Es sah so aus, als spräche sie wegen der Zähne und als wüsste sie, dass ihr jede Boshaftigkeit wegen der vergnügten Zähne verziehen werden musste. Sie gab Jule die Hand und sagte einen Namen, den Jule gleich wieder vergaß.

Eine halbe Stunde später saßen sie zu viert im Auto, und Leo Böwe war allein nach Hause gefahren. Das namenlose Pärchen saß vorn, Jule und Otto hinten. Die Frau redete ununterbrochen von Berlin und hing mit einem gepflegten Gesicht zwischen den Kopfstützen. Immer, wenn der Scheinwerfer eines Autos hinter ihnen es streifte, blitzten die Zähne auf.

Sie sind also aus Berlin, sagte Jule dreimal höflich. Ach so, Berlin.

Als sie vor dem Club La Femme aus dem Wagen ausstiegen, hob ein Windstoß Ottos Krawatte an und wehte sie über seine Schulter. Jule musste lachen und wunderte sich dann über ihre eigene Blödheit. Er war viel älter als sie. Er war wenig älter als der Schef letztes Jahr. Er war kaum jünger als Leo Böwe.

Was sie mal werden wolle, hatte er im Auto noch gefragt.

Tänzerin.

Gut.

Unter dem Licht der Straßenlaterne sah sie die grauen Fäden in seinem Haar, die das Alter hineingelegt hatte. Er musterte ihre Bluse, aus der indischen Kollektion von C&A. Einen Moment lang starrten sie einander unter der roten Neonschrift La Femme an, beide von einer anderen Hälfte des Lebens, bis sie ihren Haarknoten am Hinterkopf fester zurrte und mit der Bewegung ihr Gesicht nach oben zog. Ihr glattes Ballettgesicht, Mundwinkel auswärts. Ein Mädchen, das über seinem Kopf den rechten Fuß und die linke Hand zueinander führen und dabei mit niedergeschlagenen Augen ruhig auf einem Bein stehend die Zeit durch den Raum gehen lassen konnte. Wie jung sie war, verschwand im Haarknoten.

Komm! Sie folgte.

Wie alt bist du denn?, fragte die Frau am Empfang des Clubs.

Achtzehn, sagte Otto und zog mit einem Griff die Klammer aus Jules Haarknoten, sodass ein überraschend langer Pferdeschwanz vom Scheitel bis zum Hintern fiel und nachschwang.

Aber, aber, sagte die Frau.

Sie ist achtzehn, Rebecca. Ottos Stimme hatte einen herrischen Ton. Das namenlose Pärchen lachte.

Otto nahm Rebeccas Hand, berührte das Gelenk kaum mit den Lippen, und als Rebecca sie unwillig zurückzog, sah Jule einen blauen Schein zwischen ihren Fingern. Sie hob den dicken, roten Vorhang am Eingang an und hielt ihn für ihre vier Gäste zurück.

Einen schönen Abend noch, sagte sie.

Das namenlose Pärchen lachte noch immer.

Ein Licht aus farbigem Rauch und darin fünf helle Inseln von Engelshaar, in regelmäßigem Abstand an der Bar aufgereiht. Sie drehten sich und wurden Gesichter, wurden sieben helle Perlen mit dunklen Markierungen an den Stellen für Augen und Mund. Die Markierungen verschoben sich kurz zu einem markierten Lächeln, und Jule sagte: Hier ist aber alles ziemlich schräg.

Mit fast jedem Satz versuchte Otto ihr zu sagen, sie kämen doch aus der gleichen Welt, sie und er, und dies hier sei nur ein Spaß oder ein kleiner frivoler Ausflug, bei dem er auf sie aufpassen würde. Er bestellte Champagner, und Jule spielte am Kübel herum. Zu viert saßen sie in einer Box, die sich mit einer Jalousie von der nächsten trennen ließ. Der Champagner schmeckte anders, als sie erwartet hatte. Jule trank. Sie hatte genug vom Anblick des namenlosen Pärchens, das auch trank. Sie kicherte, wie Mädchen kichern, wenn sie auf der letzten Sitzbank im Bus über Jungen sprechen. Von der Bar her roch es nach angebranntem Toast, und als Otto sich zu ihr beugte und mit dem Gesicht fast ihr Gesicht berührte, wich sie zurück.

Die Show, jetzt fängt die Show an, sagte er.

Haben Sie eine Zigarette, fragte sie.

Ein sehr hellhäutiges Mädchen machte Dehnübungen auf einem dunklen Fell, und Jule rauchte. Zum ersten Mal fiel ihr auf, wie oft auch sie beim Ballett-Training die Beine breit machte. Das Mädchen wälzte sich vom Rücken auf den Bauch, war wunderbar ausgedreht von den Hüften bis zu den kleinen Füßen in goldenen Riemchensandalen. Sie stemmte den Steiß in die Luft, ging auf Händen und Knien ins Hohlkreuz, ließ das Kreuz durchsacken, machte einen Katzenbuckel, verlängerte die Wellenbewegungen der Wirbelsäule bis in Nacken und Kopf hinauf. Bis das Haar durch die Luft peitschte. Immer wieder die Welle, immer wieder das Peitschen.

Schöner Hintern, sagte das namenlose Pärchen und lachte aus einem Mund. In der Box nebenan ging die Jalousie herunter.

Wir brauchen noch eine Flasche, sagte Otto.

Wir brauchen ein weißes Kleid, ein paar weiße Satinschuhe mit kleinem Absatz und einen Schleier, auch weiß, hatte Nobis der Verkäuferin gesagt. Es war der Tag nach der Vertreterweihnachtsfeier im Jahr '68 bei Böwes. Jule hatte zur Feier des Tages vor den Gästen getanzt. Die Vertreter kamen jedes Jahr zur Weihnachtsfeier. Als sie zwei war, zog Jule sich am Klavier hoch und sabberte beglückt beim Anblick der fremden Männer, im nächsten Jahr konnte sie laufen, fremdelte aber. Als sie fünf war, setzte sie sich zärtlich auf jeden

Schoß, um es im nächsten Jahr schreiend wieder abzulehnen. Im Jahr '67 stand sie hinter der Esszimmertür, mit Spielzeugpistole, und erschoss jeden, der hereinkam. Leugas fiel ihr zuliebe tatsächlich um und tat so, als müsse er sterben, während Nobis ihm einen Tannenzweig auf das Gesicht warf und sagte: Gehe hin in Frieden, aber geh! 1968 stellte Jule den Vertretern mit einer kleinen Rede den Genossen Rudi II in seinem Käfig vor, ließ ihn sogar fliegen, aber leider flog er an dem Abend auf den Ofen und verbrannte sich die Füße. Trotzdem tanzte sie danach. Es war kein richtiger Tanz, sondern eher ein tanzähnlicher Zustand. Keine Schrittfolge, die sie aus dem Kinderballett ihrer ungarischen Lehrerin mitgebracht hatte, sondern eine Art Trotztaumel, der sich sogar bei weihnachtlicher Musik in ihrem Körper ausbreitete, ein Zustand, der die Vertreter verblüffte, Böwe peinlich berührte und Liz Angst machte.

Du hast ja eine richtige Tanzkrankheit, hatte Heiland gesagt, als Jule sich schnaufend verbeugte.

Das war ja ein richtiger Veitstanz, meine Kleine, hatte Nobis gesagt und dabei Böwe angeschaut, wie um zu fragen: Werden Sie damit auch fertig?

Zum Scherz hatte Nobis, achtundvierzig, Jule, acht, am Ende des Abends einen Heiratsantrag gemacht. Am Morgen darauf lief eine eifrige Verkäuferin des teuren Bekleidungsgeschäfts am Markt vor Jule und Nobis her, in schmalem dunklem Rock und auf steilen Pumps.

Weiß, für die junge Dame hier. Nobis zeigte auf Jule.

Ach so, Erstkommunion, da haben wir nur noch Ware vom Frühjahr da.

Nein, nicht Erstkommunion, sagte Jule und warf die Zöpfe zurück, die kommt erst noch. Für meine Hochzeit.

Also ein Karnevalskostüm?

Nein, ein richtiges Brautkleid.

Und wen willst du heiraten?

Den da. Jule zeigte auf Nobis.

Deinen Papa?

Das ist nicht mein Vater, sagte Jule, wir sind verlobt.

Zeigen Sie uns doch erst mal die Schleier, sagte Nobis und zwinkerte der Verkäuferin zu, was die Sache nur noch schlimmer machte. Jule entschied sich für das Modell großzügige Gardine und schritt mit dem Ding auf dem Kopf zur Kasse.

Nicht einpacken, ich lasse das gleich auf!

Sie hatte nach Penatencreme dabei gerochen. Sie erinnerte sich. In den Jahren darauf hatte sie am Abend der Vertreterweihnachtsfeier immer bei Nina schlafen dürfen. Sie erinnerte sich und lächelte.

Was macht Ihnen denn so Spaß?, fragte Otto und legte seine Hand auf Jules Hand. Sie zog sie weg, und da lag Ottos Hand auf ihrem Knie. Jule sah auf den goldenen Streifen zwischen den Pobacken der Tänzerin, die sich noch immer auf dem Fell räkelte. Das namenlose Pärchen stand vom gemeinsamen Tisch auf und ging zum Tresen, um dort weiter zu lachen. Otto fasste in Jules Haar, strich ihr über den Kopf, und als er seine Hand zur Jalousie hob, sagte Jule, ihr sei heiß. Sie müsse an die Luft. Ihre Haare klemmte sie flüchtig zusammen und stand auf. Er legte eine Hand zwischen ihre Schulterblätter und schob sie auf den Notausgang zu. Draußen schrie eine Katze, und als die feuerfeste, schwere Tür zugeschlagen war, schien Otto erst einmal nicht zu wissen, was er mit ihr reden sollte. Sie war ihm wohl zu keck, sie war ihm wohl zu schüchtern. Sie hatte Lust, ihm mit ruhiger Hand eine Ohrfeige zu geben.

Er stand in ihrem Rücken. Wie dicht er hinter ihr war, merkte sie erst, als sie sich nach der Haarspange bückte, die ihr herunterfiel. Mülltonnengeruch stieg ihr in die Nase. Er stieß mit der Hüfte gegen ihren Hintern, so hart, dass sie fast gelacht hätte. Ältere Herren, so hatte sie gehört, hatten liebevolle Behandlung am nötigsten.

Backfisch, sagte er und zündete sich, an eine Mülltonne gelehnt eine Zigarette an. Ob sie wisse, was Backfisch heiße?

Mhm, machte sie.

Backfisch komme aus der englischen Anglersprache und bezeichne einen zu kleinen Fisch, den man sofort wieder zurück ins Wasser werfe, sagte er.

Nina und Jule waren noch Backfische gewesen und trotzdem im vergangenen Sommer in ihren ersten gemeinsamen Urlaub ohne Eltern gefahren. Mit dem Geld vom Kaufhof und dem Geld vom Film. Ans Meer. Jule hatte mit dem einen Drehtag mehr verdient als in den vier Wochen Aushilfe im Kaufhof. An der Atlantikküste brannten die Wälder, als sie mit dem Nachtzug nach Bordeaux fuhren. Das hatte Jules dramatischer Dauerstimmung entsprochen, in der sie seit Ostern steckte. Sie hatten einen gemeinsamen Sonnenschirm dabei, zwei Paar Gummistiefel, eine gemeinsame Kühltasche, in die sie nach der ersten Woche ihre Schmutzwäsche stopften, und ein gemeinsames Buch von John le Carré, aus dem sie einander vorlasen. Gingen sie nachts am Meer entlang, kam Jule der Strand vor wie eine Seele, die nie ausgesprochen worden war, und sie hielt sich selber für so eine. Die Wanderung bei Nacht war für Jule eine echte Seelenwanderung. Sie liefen zu zweit, aber kein schwarzes Wort davon sagte sie zwischen Welle und Welle zu Nina. Früher war das anders gewesen. Nina und Jule. Zusammen hatten sie gewusst, dass man nicht einfach glücklich ist, weil man jung oder ein Kind ist, und dass der Anspruch der Erwachsenen, doch gefälligst fröhlich zu sein, eine ziemliche Belastung war. Zusammen waren sie melancholisch gewesen, egal, wie bestürzt ihre Eltern darüber waren. Nicht, dass sie beide in der Hölle gelebt hätten, aber sie teilten ein erstes Wissen um jenen kalten, leeren und sehr zentralen Ort, den die anderen lieber umgingen. Dann hatte Nina sie für irgendeinen blöden Thrill auf irgendeiner Küchenanrichte allein gelassen. Früher waren sie ein Herz und eine Seele gewesen. Jetzt hatte sich das Herz von der Seele getrennt, und die Seele verachtete das hormongesteuerte Herz. Auch unter dem Licht der Peitschenlampen an der Strandpromenade sah ihre alte Kinderliebe nicht besser aus. Sie schwiegen einander an und aßen Eisbecher statt Abendbrot. Die kauften sie beim Supermarkt auf dem Nudistencamp. Eines Abends, als es regnete, schlenderte bei der Kühltruhe ein Mann im Skipullover an ihnen vorbei. Sein Geschlecht baumelte unter dem Pullover wie eine Innerei, die ihm aus dem Unterleib gefallen war. Jule starrte auf das Schwedenmuster des verfilzten Pullovers, roch die nasse Wolle, starrte auf das Geschlecht des Mannes und dann mit dem gleichen Ausdruck in Ninas Gesicht. In das Gesicht, das Nina später einmal haben würde. Es war voller Narben, und von keiner einzigen würde Jule mehr die Geschichte wissen. Als sie sich schließlich in die Kühltruhe bückte, um zwei Portionen Bananasplit herauszuholen, hatte Jule das Gefühl, sie bücke sich über sich selbst.

Das Licht einer Straßenlaterne fiel bis in den Hinterhof des Clubs La Femme und machte die Luft blau. Auf der anderen Seite der Mauer hielt ein Auto, ein VW Käfer. Jule konnte es hören. Otto küsste sie, aber schlecht, und aus dem Club wehte in Fetzen ein Stück von Miles Davis zu ihnen herüber. Die Sehnsucht des Saxophons lieh Jule sich als Gefühl aus. Sie drehte sich um, damit er sie in den Nacken küsse.

Jule? Mensch, hast du einen flachen Bauch.

Mir ist schlecht, dachte sie. Es war nur ein Reflex, dass sie den Bauch anspannte, um sich leicht zu machen, als er den Unterarm von hinten um sie legte. Sie kannte den Griff, gleich würde er sie heben und sie als kompakten Kometen um sich kreisen lassen, bevor er sie auf ein Ausatmen in der Musik wieder absetzen und sie mit den Fußspitzen zuerst den Boden berühren würde. Aber er roch nach Zigaretten, seine Hand war behaart, er roch nach After Shave, nicht nach Lakritz oder Apfelshampoo, wie die Mädchen aus dem Ballett in ihren Rollen als Junge. Das war kein Spaß, das war kein Sport, das war nicht Nina und auch kein gemeinsamer Pas de Deux. Das war, was sie nicht wollte.

Was willst du eigentlich?

Was Schönes erleben, sagte er und fasste ihren Nacken. Das Begehren demütigt auf unterschiedliche Weise. Zwischen ihm und ihr war eine Schicht Eis, papierdünn, aber da. Als er in sie eindrang, stellte sich ein Gefühl ein, aber keine Leidenschaft. Kein schöner Zug fuhr durch sie hindurch und nahm sie ein paar Augenblicke lang mit, bis hinter das Weiß der Augäpfel. Sie hatte nichts gespürt, was sie erregt hätte. Vielleicht war ihr Nervensystem zu einfach. Einfach wie bei einer Fliege.

Sie hatte ihn während der Schwangerschaft nicht wieder gesehen.

Sehr geehrte Frau Böwe, schrieb Otto an Liz kurz nach dem Abendessen zu dritt, bei dem Liz nicht dabei war. Ich schreibe dies, um Ihnen eine zwar verständliche, aber objektiv unbegründete Sorge zu nehmen. Schließlich habe ich nicht im Entferntesten die Absicht, mich für Ihre Tochter – wie Sie es auszudrücken pflegten – zu einer Gefahr zu entwickeln. Ich habe selbst eine Tochter, die kaum jünger ist als die Ihrige. Deshalb kann ich Ihnen nicht nur als Psychologe, sondern auch aus eigener Erfahrung den Rat geben, die Entscheidungsautonomie Ihres Kindes nicht einzuschränken. Tun Sie es trotzdem, werden Sie nur erreichen, dass sich Ihre Tochter innerlich immer weiter von Ihnen entfernt. Natürlich, Sie meinen es gut. Aber hier gilt das Wort von G. Benn: Das Gegenteil von gut ist gut gemeint. Ich hoffe sehr, dass Sie meinen Rat nicht als unfreundlich empfinden und verbleibe ...

Was soll das?, fragte Liz, was will er denn?

Böwe zuckte mit den Schultern: Ich wusste gar nicht, dass er Psychologe ist.

Und wer ist dieser G. Benn?

Weiß ich doch nicht, sagte Böwe, und ich muss jetzt los. Liz riss die Augen auf. Den Brief hielt sie noch immer auf Lesehöhe, als hätte sie ihn dort vergessen.

Habe ich etwas falsch gemacht?

Keine Antwort.

Versprich mir etwas, Leo.

Keine Antwort.

Versprich!

Um uns geht es hier aber gar nicht, Liz.

Doch! Versprich mir, sagte sie, das, ganz gleich, was passiert, du immer ehrlich zu mir bist. Es wäre entsetzlich, wenn wir ein Leben lang nebeneinander leben und uns anlügen würden. Wenn du enttäuscht bist, sag es. Wenn du mich eines Tages nicht mehr liebst, sag es, und wir gehen auseinander. Wenn du mich betrügst, muss ich es wissen. Ich werde nicht böse sein. Sag es mir.

Das ist eine komische Idee, sagte Böwe. Sie schaute ihn an, er sie nicht. Er war wieder schlanker geworden. Die Zeiten änderten sich. Und er? Es gab immer noch keine direkte Logik in seinen Entscheidungen, nur einen Weg aus Taktik und Instinkten, was manchmal zu Erfolgen geführt hatte, solange er jung gewesen war. Seine Gedanken hatten sich unaufhörlich mit anderen Gedanken zusammengeballt. Im Landtag hatte er gemerkt, dass jeder Lehrer mehr wusste als er, und er hatte angefangen, noch mehr zu bluffen. Er war ja schließlich noch jung. Er ging noch immer gern allein trinken, in fremden Städten und am liebsten in der Nacht von Freitag auf Samstag. Wenn er danach ins Freie trat und der Morgen feucht war und wohltuend dämmrig, wenn dann eine erste Bahn kam und jemand im Schlafanzug unter dem Mantel einen Hund ausführte, spürte er, wie jung der da war und er, Böwe, auch. Aber war er das noch? Er sah Liz an. Liz und er würden miteinander älter werden. Sie würden immer älter werden und dann alt. Schlimm daran war nicht, dass das Leben ihnen Dinge versprach, die es nie halten würde, schlimm war nur, dass es sie gab, diese Dinge, und dann mit einem Mal nicht mehr.

Schau mich an, sagte Liz.

Das ganze Unglück kam daher, dass sie ihn noch liebte, mit einer gewissen Verzweiflung, die sie nicht gerade begehrenswert machte. Sie hatten sich zu früh im Leben und rein zufällig getroffen, wie Kugeln beim Billardspielen. Die Stadt, aus der sie beide kamen, war einfach so klein. Da traf man sich sogar zweimal am Tag. Da passierte so etwas eben. Warum waren sie nicht längst, wie Billardkugeln, wieder auseinander gegangen?

Schau mich an!, sagte sie.

Ich verspreche es, sagte er und ging.

Ich glaube, das sind keine Blähungen, sagte Nina, als Jule im zweiten Monat schwanger war. Sie stand vom gelben Sofa auf und nahm Jule die Chipstüte vom Schoß.

Was denn sonst?

Ein Baby, sagte Nina.

Jule hatte sie entsetzt angestarrt.

Ich helf dir, hatte Nina gesagt.

Wie früher?

Ja, wie früher.

Trotzdem war hinter Jule ein alter Raum zusammengebrochen.

***

Die Feuerwehrkapelle spielte einen lauten Tusch. Trotzdem hörte jeder in der Schulaula das asthmatische Atmen des Bürgermeisters über Mikrofon, bevor er sagte, dieses Jahr 1977 sei ein schwieriges Jahr, er erinnere nur an den grässlichen Mord Anfang des Monats. Der Generalbundesanwalt ..., sagte der Bürgermeister und redete rasch weiter, denn er sah, dass die Feuerwehrkapelle zu einem nächsten Tusch ansetzte, weil sie den Generalbundesanwalt für einen anwesenden Ehrengast hielt.

Wir feiern trotzdem, sagte der Bürgermeister böse. Sein dicker Daumen glitt nervös über den Stichwortzettel. Wir feiern im schönen Monat Mai!

Liz Böwe saß am Rand der ersten Reihe. Böwes Stuhl neben ihr war leer, und sie hatte ihre rote Jacke über die Lehne gehängt. Die Stadt feierte ihren fünfhundertsten Geburtstag. Der Landrat war da, und der Landrat a. D., der Oberstadtdirektor, der Leiter der Musikschule, der Polizeipräsident, der Leiter des Heimatmuseums und der des Männergesangsvereins. Es gab Applaus bei jedem einzelnen Namen. Der Bürgermeister sah ein letztes Mal auf seinen Zettel.

Und wir begrüßen unseren Landtagsabgeordneten Leo Böwe, rief er. Seine siebzehnjährige Tochter Jule wird heute in der Einlage des Kinderballetts mittanzen.

Der Bürgermeister hob die Hände, um zu applaudieren. Er applaudierte allein in eine eisige Stille hinein, bis Liz sich neben dem leeren Stuhl langsam erhob, nach ihrer Jacke griff und sie fest drückte an der Stelle, wo Männer den untersten Knopf vom Jackett schließen, wenn sie offiziell werden.

Sie verbeugte sich in die Stille hinein.

Du bist doch noch gar nicht siebzehn, sagte Nina zu Jule in der Garderobe, die eigentlich ein Klassenzimmer war. Gleich würden sie auf die Bühne der Schulaula springen, Jule von links, Nina von rechts. Nina der Junge, Jule das Mädchen, Hacke-Spitze-Hacke-Spitze-Hacke-Spitze-eins-zwei-drei und im Rücken eine Diaprojektion. Tundra, Taiga, Sibirien, in jedem Fall aber Schnee auf Schnee. Jule und Nina würden gegengleich einhaken und eine mutige Mühle wirbeln vor diesem unwirklichen Weiß an der Wand. Sie würden zusammenhalten als Mühle. Sie hatten Wochen für diesen Auftritt geübt und ihre Mütter die Kostüme selbst genäht. Jule würde mit einem tapferen Lächeln die ersten Reihen absuchen, würde einen leeren Stuhl, darüber die rote Jacke und daneben das gereckte, kleine Gesicht ihrer Mutter sehen, bevor sie, Solistin für zweiunddreißig Takte, in roten Stiefeln sich so schnell drehen würde, dass der Rock flach wie ein Teller den Blick auf eine keusche, schwarze Unterhose freigab. Die will wohl etwas Besseres sein, sagten die anderen Mädchen in Jules Klasse. Nicht mehr in die Gaststätte Tackenberg, sondern in ein Studio mit richtigen Ballettstangen und ohne Biergeruch ging Jule nun vier Mal die Woche zum Ballettunterricht. Wenn sie tanzte, war die Welt eine flache, fügsame Scheibe und gehörte ihr. Jule übte mit Spitzenschuhen unter dem Schreibtisch, wenn sie ihre Hausaufgaben machte, sie klemmte die gestreckten Füße unter die Heizung, wo immer eine Heizung war, um den Spann zu dehnen. Sie sei immer eine halbe Sekunde langsamer als die anderen, hatte Böwe nach einem von Jules Auftritten einmal gesagt.

Das ist nicht langsam, hatte Liz geantwortet, das ist Ausdruck.

Was wackelst denn du so hin und her? Bist du nervös? Du schaukelst ja wie ein Elefant!, sagte Nina.

Elefanten tanzten in ihrer Grube einen monotonen Elefantentanz, genau so. Jule schaukelte auf ihrem Stuhl vor dem Spiegel, ohne dass der Stuhl sich bewegte. Elefanten schwangen auf ihren dicken Beinen vor und zurück, vor und zurück, genau so, und blieben ewig in der immergleichen Schrittfolge gefangen. Elefanten woben und woben, aber es trat kein Muster zutage, kein Teppich, kein Motiv. Jule schaukelte. Sie schaukelte, statt sich zu erinnern. Sie schaukelte, um sich zu entrümpeln. Man musste eben Elefant werden. Versuchen kann man's ja mal, oder, Nina?

Ninas und Jules geschminkte Augen trafen sich im Spiegel, und Jule hörte mit dem Schaukeln auf. In der Aula spielte die Feuerwehrkapelle eine Operettenmelodie. Jule zog die roten Stiefel an. Nina band die gepluderte Hose im Bund, passend zu Jules rotem, kurzem Rock. Jule knöpfte die weiße Bluse und hakte das schwarze Mieder darüber zu. Nina auch. Jule war übel. Oben herum sahen Nina und sie gleich aus, unten herum auch, wenn sie nicht verkleidet gewesen wären. Wieder trafen sich ihre Blicke im Spiegel.

Aber sie ist unten herum herzlicher als ich, dachte Jule, ich muss kotzen.

Sie schlug die Hand vor den Mund und stürzte zum Waschbecken. Eine fremde Mutter, die beim Kostümwechseln half, hielt ihr den Kopf, und zwei Mädchen im Pferdchenkostüm lehnten an der Schultafel und lachten wiehernd.

Im vierten Monat durchsuchte Jule den Kleiderschrank von Liz nach den weiten Klamotten von vor zehn Jahren, als Liz noch ziemlich jung und die A-Linie modern war. Sie schwatzte ihrem Vater zwei alte Pullover ab und trug die bis in den Juli hinein mit aufgekrempelten Ärmeln. Beim Schulschwimmen zog sie ein T-Shirt an, was die anderen Mädchen aus der Klasse lässig fanden und nachmachten. Nur die Lehrerin sah sie vom Beckenrand her misstrauisch an. Auch im fünften Monat noch ging sie weiter in den Sportunterricht und weiter auf Partys, aber immer in weiten Sachen. Sie kannte sich selbst nicht mehr, nur Hosen und Röcke blieben die, die sie waren, und bekamen am Bauch eine Bunderweiterung durch ein breites Gummi. Jule hatte nicht ein einziges Kleidungsstück aus der Abteilung Umstandsmoden. Ein Junge namens Uwe war in ihrer Parallelklasse. Er hatte mit zwölf einfach aufgehört zu wachsen und sich schließlich damit abgefunden, erst einen und dann zwei Köpfe kleiner zu sein als die anderen. Tanzen? Jule lachte, als er seine Hand bei einer Party auf ihre Hüfte legte, und sie sagte: Ja, gern. Sie tanzten. Uwe saß auf der Schulter eines Klassenkameraden, der kleiner als Jule war. Uwe schlang von oben die Arme um ihren Kopf. Sie tanzten eng, Jule und die zwei Jungen. Als sie sich zwischen zwei Liedern kurz voneinander lösten, sagte Uwe: Du, von hier oben sieht das aus, als seiest du schwanger. Vielleicht solltest du mal eine Kartoffeldiät machen.

***

17. Oktober. Jule kaufte sich am Bahnhofskiosk Baden-Baden nicht die Zeitung, in der auf der ersten Seite noch immer die Rede von einer in Mogadischu entführten Landshut-Maschine und von einem erschossenen Flugkapitän die Rede war. Sie kaufte drei Bananen und stand viel zu früh am Gleis. Ein dickes Mädchen mit einer dicken Reisetasche, allein. Der Wind trieb einen Pappbecher die Bahnsteigkante entlang. Die Menschen sahen ihm nach. Er blieb vor Jules Füßen liegen, und die Menschen sahen Jule an. War schon möglich, dachte sie, ohne aufzuschauen, dass eine wie Mandel unter den Entführern war, verschleiert oder vermummt, wer wollte das unterscheiden. Als ein Intercity auf dem kleinen Bahnhof durchfuhr, dachte sie in dessen Lärm hinein, dass Mandel vielleicht längst woanders war, weit weg von den alten Genossen, weit weg von Stammheim. Dass sie vielleicht angekommen war in einem unauffälligen Leben, in einer verschlafenen Stadt mit wenig Anschluss an die Welt, um dort an irgendeiner Ecke Bananen zu verkaufen, solange die Sonne schien und Bananen zum Verkauf auslagen.

Jule stieg in den Zug Rheingold, der letzte am Tag in Richtung Köln. Er hatte sieben Minuten Verspätung. Sie war im siebten Monat schwanger.

Böwe hatte sie vor einer Woche in Baden-Baden abgegeben. Das Taxi hatte er vor der Tür der Pension Aurelius warten lassen Seine letzten Versuche, mit Jule über ihre verbaute Zukunft, über gut situierte amerikanische Ehepaare und Adoption zu sprechen, hatte sie mit Schweigen beantwortet, und als sie nach Otto fragte, hatte er geschwiegen. Fünf Minuten später war er allein zum Bahnhof gefahren.

In dem winzigen Souterrainzimmer packte Jule ihre Koffer nicht aus. Sie stellte die Fersen mit dem Gesicht zueinander, drehte das

Radio lauter und zwang sich ins Plié, demi et grand. Sie sah, wie sie sich innen anfühlte, wenn sie tanzte. Sie spürte eine erschreckende Stärke, wenn sie tanzte. Sie spürte, jemand könnte sogar Angst vor ihr haben, wenn sie tanzend diesen anderen Raum aufriss, und das gefiel ihr. Für ein junges Mädchen ist sie aber ganz schön dick, sagten die übrigen Pensionsgäste zueinander so laut, dass Jule es hörte, als sie zum Abendbrot hinaufkam.

Das Haus klammerte sich auf der Hälfte des Berges an den Hang. Es war eine kleine Pension, acht Gästezimmer und in jedem ein Waschbecken. Geführt wurde sie von zwei unfreundlichen, ältlichen Schwestern, strengen Vegetarierinnen, die die Sonne anbeteten und ihren Gästen eine Atem- und Nerventherapie anboten. Jule sollte hier bis zur Geburt wohnen, überall zur Hand gehen und nebenbei ihr Kind bekommen, sodass es niemand merkte. Sie müsse auch sonntags arbeiten, sagten die beiden Schwestern. Jule staubte die Fensterbänke ab und ließ Plumeaus sich im Freien plustern. Von einem benachbarten Hang her blökten die Schafe. Vor dem Haus stand ein Kirschbaum, und als es klingelte, sah sie, dass der Milchmann eine Frau war. Jule räumte Aschenbecher und Lore-Romane aus der Toilette, schüttete heimlich benutztes Heilöl in den Gulli vor dem Haus, rührte den Hirsebrei, den es morgens, mittags und abends gab, wickelte hellblaue Gymnastikbänder zu Schnecken auf, fegte die Dachterrasse nach dem Sonnengebet, lächelte Herbstlaub an und lief an der weißen Reling auf dem Dach entlang, die aussah wie auf einem Überseeschiff. Sie harkte den Kies im Steingarten hinter dem Haus, stellte sieben Mausefallen auf und brachte am Mittag Kübel mit Essensresten für die Schweine hinüber zum größeren Sanatorium. Offiziell hieß ihr Versteck Haushaltsjahr.

Die Ungewissheit ihrer Lage beförderte Jules Apathie. Ihr war egal, ob man sie nur auf Zeit hierher geschickt hatte oder für immer. Ihr war eh alles egal, und vor allem, was in der Welt geschah.

Vor gut vier Wochen hatte das Fernsehen einen Mercedes 450 SEL gezeigt, dem eine Tür fehlte, und einen Konzern, dem ein ehemaliger Manager fehlte. Er war in Köln entführt worden. Auf die Fahrbahn hatte ein Paar plötzlich einen Kinderwagen geschoben, bei dessen Anblick der Fahrer des Arbeitgeberpräsidenten so scharf bremste, dass das Begleitfahrzeug der Polizei auffuhr. Fahrer und Polizeibeamte wurden mit gezielten Schüssen von fünf Schwerbewaffneten getötet und der Arbeitgeberpräsident in einem bereitstehenden VW-Bus abtransportiert, der mit hoher Geschwindigkeit verschwand. Ein Zeuge, der das Fluchtfahrzeug mit seinem Wagen verfolgte, verlor es im Kölner Feierabendverkehr bald aus den Augen.

Jule ging in ihr Zimmer. Sie legte sich aufs Bett und die Hände auf ihren Bauch. Wie es sich wohl anfühlte, jetzt mit jemandem zu schlafen?

Ich bin hier in einer Pension, sagte Jule zu Nina an ihrem ersten Abend. Die Telefonzelle lag gegenüber dem Eiscafé Capri.

Ich würde gern kommen, sagte Nina.

Warum?

Ich würde dir gern meine alte Schulbank vorbeibringen.

Warum?

Wegen dem Kind.

Du spinnst, sagte Jule, das geht doch erst mal nicht zur Schule. Sie warf noch ein Geldstück in den Apparat. Vor der Telefonzelle zingelten wenige Taxen das Blumenrondell beim Theater ein.

Frierst du?

Dass Nina ein Nachthemd anhatte, konnte Jule hören. Sie sah sie in der Küche des Bungalows telefonieren. Sie stellte sich die Tankstelle vor, die noch nicht geschlossen hatte um diese Zeit. Alles war so, wie Jule es verlassen hatte und wie sie es kannte. Alles war von außen betrachtet wie früher, und es war genau der richtige Moment, um zu reden.

Jule machte die Augen zu und öffnete den Mund.

Ich werde eines Tages mit dir darüber reden müssen, Nina.

Sie wollte sagen: Als ich durch den Flur lief, war es in der Küche plötzlich ganz still, aber ich habe nicht mehr zu euch hineingesehen. Nina, weißt du noch? Die Luft draußen vor dem Fenster war inzwischen bleich geworden, an jenem Morgen, und im Hof rief leise die Stimme einer alten Frau Hallo-Hallo. Weißt du das noch, Nina? Dann haben sich unsere Augen getroffen, ich habe als Erste weggeschaut, habe mich herumgedreht, mein Kleid aus dem anderen Zimmer geholt und die Jacke vergessen, bevor ich die Wohnung verließ. Der alte Mann, parterre, hatte einen schmutzigen Vorhang zum Hof vorgezogen, und als ich auf die Straße hinausging, konnte ich mir ihn und seinen stinkenden Schlaf auf dem Cordsofa besser vorstellen als ein freundliches Gespräch mit dir. Bei der Haltestelle hast du mich eingeholt, du hattest unsere beiden Jacken dabei, weißt du noch? Dein Lächeln hatte keine Temperatur. Wir sind in einen Bus gestiegen, den ich seitdem für eine Straßenbahn halte und für immer für eine Straßenbahn halten werde, obwohl zwischen unserer Stadt und dieser nächstgrößeren längst keine Straßenbahn mehr fährt. Ich werde eines Tages mit dir über die Straßenbahn reden müssen, und irgendwann dann doch über den Bus, Nina, oder?

Hallo, sagte Nina, worüber reden?

Jule sagte nichts. Ihr Blick fiel auf die Telefonzelle nebenan.

Wegen mutwilliger Zerstörung, las sie auf dem Schild, das über den Apparat gehängt worden war. Wegen mutwilliger Zerstörung außer Betrieb.

Zwischen den Liegestühlen auf der Terrasse, die ihre Stoffbespannung wie Bäuche im Wind nach außen wölbten, schlich eine Katze herum, eine Katze wie ein Gemütszustand. Auf einem Korbstuhl bei der Teppichstange lagen zwei Federballschläger, obwohl die Gäste der Pension Aurelius sich nicht mehr bewegten als nötig.

Maria Callas ist letzten Monat in Paris gestorben, wussten Sie das?, fragte die junge Frau, die im Nachbargarten Laub zusammenharkte. Sie trug eine Wollmütze.

Nein, sollte ich das wissen?

An dem Tag ist mein Sohn geboren.

Sie haben einen Sohn?

Ja, einen ganz kleinen. Er heißt Jan. Ich habe auch noch drei größere Kinder. Haben Sie die noch nicht gesehen?

Nein, sagte Jule und ging näher an den Zaun heran. Woran ist denn die Callas gestorben?

An Einsamkeit, sagte die junge Frau, das Herz ist ihr versiegt.

Sie lehnte ihre Harke gegen den Zaun und nahm die Wollmütze ab. Locken in kurzen Zöpfen waren hennarot gefärbt, der Pullover am Bund ausgeleiert und die Trainingshose zu kurz. Sie trug keine Socken in den roten Clogs und um das Fußgelenk ein Kettchen. Sie war vielleicht zehn Jahre älter als Jule, also auch noch ziemlich jung.

Sie sind neu, oder?

Ich bin am Samstag gekommen.

Wie lange bleiben Sie?

Ich weiß nicht, sagte Jule und faltete die Hände über ihrem dicken Bauch.

Würden Sie vielleicht heute Nachmittag auf den Kleinen kurz aufpassen?, fragte die junge Frau.

Auf wen?

Auf Jan. Ich muss mit den Großen zum Schwimmunterricht, und mein Mann ist nicht da.

Kann ich machen, sagte Jule. Kann ich schon mal üben, dachte sie dabei.

Sie stellte sich vor, nach der Geburt die Schule endgültig abzubrechen und Tänzerin zu werden. Vielleicht würde man sie ja ohne richtige Ausbildung nehmen. Auf jeden Fall würde sie versuchen, einen Vertrag mit Soloverpflichtung zu verlangen, wegen der höheren Gage, denn sie waren schließlich zu zweit, sie und das Kind. Sie würden erst einmal in einem einzigen großen Zimmer, am besten im obersten Stock eines alten Hauses, billig wohnen. Sie würden kein Bad haben. Sie selbst konnte schließlich im Theater duschen und das Kind in einer Wanne auf der Küchenspüle baden, falls sie eine Küche haben würde. Vielleicht würde es auch nur eine Kochplatte geben, um Gläschen mit Babynahrung und einzelne Portionen Nudeln auf den zwei Flammen zuzubereiten. An manchen Tagen würde sie das Kind im Kinderwagen Eva König übergeben, unter einem Sommerhimmel, der aber weder weiß noch blau war, sondern in Jules Vorstellung von der Zukunft eher wie durch Gaze gefiltert. Sie würde es schwer haben. Es würde nicht anders gehen.

Bringen Sie ihn nur rüber, Ihren Jan, sagte Jule zu der jungen Frau. Ich muss zwischen drei und fünf nicht arbeiten.

Sie arbeiten hier? Die junge Frau sah bei der Frage wieder auf Jules Bauch.

Ja, sagte Jule. Ich arbeite hier. Ich muss schließlich abnehmen.

Jan war ein ernstes Kind von vier oder fünf Monaten mit einem schmalen Gesicht und wütenden Fäusten, die in die Luft boxten, während er neben Jule auf dem Bett lag. Jule legte die Hand auf seinem Bauch und machte Tiergeräusche. Jan beruhigte sich und schlief ein, an ihren Bauch wie an ein dickes Kissen gedrückt. Jule lag wach und zählte die Sträuße auf der Blümchentapete, Säuglingsgeruch in der Nase. Ihr Bauch sah plötzlich schief aus, weil das Baby darin Arm oder Bein bewegt hatte. Da wusste sie, ihr Kind war ein Junge. Der Junge würde Fritzi heißen. Fritzi lag schief zwischen Jule und Jan.

Hast du jemanden kennen gelernt?, fragte Nina, als Jule sie aus der gleichen Telefonzelle wieder anrief. Es war der fünfte Tag in Baden-Baden.

Hast du?

Ja.

Wie heißt er denn?

Jan.

Und, wie ist er so?

Ach, sagte Jule. Die Lichter gegenüber im Theaterfoyer gingen aus, noch bevor die letzten Zuschauer auf der Treppe ihre Mäntel übergezogen hatten. Ein Lachen, das schon längst nicht mehr der Aufführung galt, drang bis zu ihr herüber. Sie würde morgen zurückfahren, mit dem letzten Zug, dann fiele ihr Verschwinden in der Pension nicht gleich auf. Sie würde gegen Mitternacht vor der Wohnung ihrer Eltern ankommen, keinen Schlüssel haben und klingeln. Liz im rosa Morgenmantel käme an die Tür und würde ihre Überraschung oder Freude nicht gleich zeigen.

Der Papi ist nicht da, würde sie sagen, er ist wieder in Süddeutschland.

Süddeutschland, schon klar, würde Jule noch an der Haustür antworten und sich gleich darauf in die Küche setzen, wo wie immer die rote Uhr über dem Tisch ihre hässlichen fünf Minuten vorgehen würde. Ja, sie würde trotzdem morgen zurückfahren, bevor Nina mit ihrer alten Schulbank kam. Bevor der Herbst kam. Bevor das Kind kam.

Are you afraid of animals?, fragte der Schwarze, der in Karlsruhe zugestiegen war. Er saß am Zugfenster ihr gegenüber.

Beim dem piept's wohl, dachte Jule, lächelte aber.

Do you remember first time being afraid? No? And still, you are afraid? Of yourself? Of me? Does it make you clever, to be afraid?

No.

Verkehr gehabt? Der Arzt hatte Jule angesehen, wie man ein überfahrenes Küken ansieht. Der Eingang zur Praxis war mit Efeu überwachsen, und für diese Tür war sie bisher zu jung gewesen. Von der Kirche gegenüber schlug es zwölf, als er ihr die himmelblauen und rosa Tabletten verschrieb, die sie niedlich fand und genauso unterschätzte wie die eigene Situation. Als sie das Rezept einlöste, gab ihr der Apotheker zum ersten Mal keine Bonbons mit. Vorbei. Ein gelbes Sofa knickte mit allen vier Füßen gleichzeitig zusammen, die Wege zum Spielplatz, zur Schule, zum Ballett waren verstopft mit Kinderwagen, mit Barrikaden aus Kinderwagen. Als Jule zu Liz sagte, sie sei schwanger, lief die fünf Minuten wie ein geköpftes Huhn in der Wohnung herum. Danach fütterte sie die Waschmaschine und meldete die Tochter beim Ballett ab. Wäre Leo Böwe unschuldig an der Sache gewesen, er hätte Jule an dem Abend nicht geschlagen. Da er aber nicht unschuldig war, hob er die Hand und gab ihr eine Ohrfeige. Ein fester Schlag auf die Wange, der klang wie der dumpfe Aufprall eines Vogels, der gegen das Fenster fliegt. Jule erinnerte sich. Was soll denn der Zirkus?, fragte Böwe, und von irgendwo her im Haus kam Akkordeonmusik.

Jule nickte dem Schwarzen auf dem Fensterplatz gegenüber zu. Er sagte, er sei aus New York, und erklärte ihr die Gründe für den Wechsel Beckenbauers von Bayern München zu Cosmos New York und überhaupt den Lauf der neuen Welt, obwohl sie gar nicht danach gefragt hatte. Plötzlich stand der Schaffner in der Abteiltür und drehte die Kette mit der Lochzange ums Handgelenk.

Lassen Sie mal das Mädchen in Ruhe!

Der Zug fuhr bereits langsamer und in Mannheim ein.

Okay, sagte der Schwarze und zog seinen Mantel an.

Viel Glück und viel Liebe, sagte er auf Deutsch zu Jule, bevor er ausstieg. Sie nickte. Für ihr Alter war sie tapfer. Für ihr Alter war sie der älteste Mensch, den sie kannte.

Jule legte den Kopf an das Zugfenster und die Hände auf den Leib und sah dem Schwarzen hinterher, wie er mit geradem Rücken den Bahnsteig entlangging, als trüge er in einem Korb auf dem Kopf das Zittern seines Lebens.

Jule öffnete das Zugfenster einen Spalt, und der Fahrtwind lärmte herein. Draußen floss schwarz der Rhein. Schiefe Weindörfer und die immer undeutlicher werdende Schraffur der Landschaft drängten sich bis fast an den Zug heran. Sie sah eine einzelne Burg auf einem steilen Felsen und darüber den Mond, der einen milchigen Hof hatte und noch nicht ganz rund war. In den Fenstern gingen mehr und mehr Lichter an. Der nächste Ort musste Koblenz sein. Zwischen Fluss und Gleisen lag eine schmale Straße, auf der eine Frau radelte. Die Beine steckten in weißen Strümpfen und stachen hell aus der anbrechenden Dunkelheit heraus. Der Zug überholte sie, und Jule sah sich nach ihr um. Die Radfahrerin strich sich mit einer Hand das Haar aus dem Gesicht und sah zu ihr herüber. Auch das Gesicht war weiß. Immer wenn es dunkel wurde, wurde Jule das Herz schwer. Abendweh nannte Leo Böwe diesen Zustand.

Sobald es dunkel wurde, kam es ihr so vor, als gäbe es sie schon nicht mehr, als gäbe es sie nur noch für die anderen.

Kurz vor Koblenz trennt sich der Zug vom Rhein. In wenigen Stunden würde sie Leo und Liz Böwe gegenüberstehen, die nicht mir ihr rechneten. Jule nahm ihre Reisetasche auf den Schoß und schaute hinein. Alles da, aber nichts zu trinken. Sie schloss den Reißverschluss, legte das Gesicht seitlich auf die Tasche, und als sie sicher war, das Muster vom Reißverschluss auf der linken Wange zu haben, stand sie auf und ging Richtung Speisewagen.

***

Als Leo Böwe Jule durch die Schwingtür des Speisewagens kommen sah, presste er die Zähne aufeinander und zog scharf die Luft ein. Rasch bückte er sich unter den Tisch, sah das Paar Frauenschuhe neben sich und das Paar schwarzer Männerschuhe gegenüber. Er drehte an der Heizung herum.

Ganz schlecht, dachte er, ganz schlecht, und blieb erst einmal mit dem Kopf unter dem Tisch. In dieser Körperhaltung erinnerte er sich. Genauso war es schon einmal gewesen. Damals hatte sein Chef Locke ihm den Sonderauftrag für Frankfurt erteilt, und er, Böwe, hatte auf der Suche nach einem heruntergefallenen Bleistift unter dessen Schreibtisch erst einmal in Ruhe darüber nachdenken müssen. Aber Jule war kein Sonderauftrag, den man sich überlegen konnte. Sie war das Unglück seiner besten Jahre. Was dachte sie sich wohl dabei? Wieso kam sie plötzlich als böse Überraschung mit ihrem dicken Bauch hier vorbeigeschoben? Warum blieb sie nicht, wo sie war? Saß sie etwa bereits oben am Tisch mit dabei, um ihm den Abend und das Abenteuer mit den kleinen Stiefeletten an seiner Seite zu verderben?

Mit rotem Kopf tauchte Böwe über der Tischkante wieder auf. Seine Augen waren müde.

Wieso bist du eigentlich hier?, fragte er ohne eine Begrüßung.

Jule fuhr verlegen mit einer Hand über das weiße Tischtuch.

Wieso bist du hier im Zug, he?

Weil ich eine Fahrkarte habe, sagte Jule und blieb breitbeinig im Durchgang stehen.

Das ist aber eine schöne Überraschung, das mit Ihrer Tochter hier, sagte der Mann, der Böwe gegenübersaß. Erst als er wieder auf Jules Bauch schaute, bemerkte Jule, dass Nobis Nobis war, dass er noch immer dieser Bulle in einem dunklen Anzug war, den sie als Kind gekannt hatte. Er saß breitbeinig und glatzköpfig im gelben Schein des Tischlämpchens, das neben ihm wie geschändet aussah.

Wie alt sind Sie jetzt, kleiner Böwe? Zweiundvierzig, richtig. So jung noch? Dann werden Sie aber früh Großvater. Nobis lächelte Jule an.

Setzen Sie sich doch, ich jedenfalls freue mich, Sie zu sehen.

Jule setzte sich neben ihn.

Ach, das passiert mir manchmal auch, sagte die Frau, die neben Böwe saß, und zeigte auf Jules Gesicht. Das Muster vom Reißverschluss war auf der Wange noch sichtbar.

Wissen Sie, ich bin auch schon oft unglücklich eingeschlafen und ganz vermatscht wieder aufgewacht, sagte sie.

Du kannst ruhig Du zu Jule sagen, sagte Böwe. Nobis sah wieder auf Jules Bauch, dann in ihre Augen.

Wo sind Sie denn eingestiegen, Jule?

In Baden-Baden.

Nobis sah Böwe an. Böwe zuckte die Schultern.

Und wo wollen Sie hin?

Jule zuckte ebenfalls mit den Schultern.

Na, na, sagte die Frau, Sie sind doch jung. Da weiß man doch, was man will.

Sie trug eine große sportliche Brille und war schlank wie ein Junge. Vielleicht turnt sie zu viel, dachte Jule. Trocken föhnte die Heizungsluft ihr ins Gesicht. Der Speisewagen war fast leer. Bei der Küchendurchreiche saß der Kellner und tippte auf seinem Taschenrechner herum.

Also gut, sagte Nobis und trank einen Schluck Bier. Übrigens, sagte er, kam es dann zur Klage, wegen vernachlässigter Totenfürsorge. Wenn es Sie jetzt noch interessiert, erzähle ich kurz zu Ende.

Er zog sein Jackett aus, denn die Heizung blies heftig, und er lockerte den Knoten seiner Krawatte.

Übrigens, das ist ..., sagte Böwe und zeigte auf die Frau neben sich.

Schneider mein Name, sagte die Frau, Rosemarie Schneider.

Rosemarie, so wie *die* Rosemarie, sagte Nobis und tätschelte ihre Hand.

Welche Rosemarie?

Über die wir sprachen, liebe Jule, als Sie kamen, sagte Nobis. Ich war gerade bei der Beschreibung von Rosemaries Kopfschwarte. Man hat sie vom Schädel entfernt, fuhr er fort mit großem Spaß an der eigenen Erzählung. Die harte Hirnhaut wird sich nach Abnahme der Schädeldecke zwar vorgewölbt haben, aber das Gehirn an sich wird auch bei unserer Rosemarie von normaler Größe gewesen sein, selbst wenn man annimmt, dass sie cleverer als die meisten Frauen war, und die Erste in Frankfurt, die eine Fußbodenheizung hatte. Die Frage, ob noch auf andere Weise mit Gewalt auf ihren Schädel eingewirkt worden war, konnte bei der Obduktion nicht beantwortet werden. Rosemarie war ja schon ziemlich vergammelt, als man sie fand. Nobis' Gesicht glänzte.

Und was hat man bei dieser Rosemarie da zwischen Schwarte und Schädel eigentlich gesucht?, fragte Jule.

Ihren Mörder, sagte Nobis.

Und diese Rosemarie hieß auch Rosemarie?

Ja, sagte die Frau gegenüber. Sie nahm ihre sportliche Brille ab und sah Böwe an. Sie hatte große, verregnete Augen.

Aber sie war ein ganz anderer Typ als ich, sagte sie, nicht wahr?

Kurz vor Weihnachten 1957 wurde der Kopf der ermordeten Rosemarie Nitribitt beschlagnahmt und der Kriminalpolizei Frankfurt zur Konservierung übergeben. Zwanzig Jahre später fuhr ein Beamter in Zivil aus dem Polizeipräsidium mit einem Tortenkarton nach Düsseldorf. In dem war der Kopf. Es hatte eine Klage wegen Vernachlässigung der Totenfürsorge gegeben, deswegen sollte der Kopf neben der dazugehörigen Leiche bestattet werden. Der Beamte klingelte am späten Nachmittag an einer Tür in Düsseldorf Nord. Eine Frau, die ihm nicht ganz nüchtern vorkam, öffnete. Er drückte ihr den Karton in die Hand und sagte, er habe hier den Schädel ihrer Tochter Rosemarie. Sein Amt sei angehalten worden, jenes Körperteil nicht länger in der Asservatenkammer des Präsidiums aus-, sondern der Mutter zuzustellen. Denn das Recht der Angehörigen auf Totenfürsorge bestehe fort, sagte der Beamte, selbst wenn es sich nicht um die ganze Leiche, sondern nur um einen Leichenteil handle, ja selbst wenn aus dem Leichenteil durch einen chemischen Prozess ein Skelettteil geworden sei, wie im Fall Ihrer Tochter, sagte der Beamte. Wat?, sagte die Frau aus Düsseldorf-Nord. Auch diese Einzelteile, beharrte der Beamte, müssten nachbestattet werden. Sie solle, bitte, den Kopf ihrer Tochter endlich begraben! Dat, sagte die

Frau aus Düsseldorf-Nord, gehe aber nun wirklich zu weit. Jetzt noch den Kopf von Rosi nach zwanzig Jahren in dem Grab einbuddeln, das sie soeben erst neu bepflanzt habe? Sie schlug dem Beamten die Tür vor der Nase zu. Er fuhr mit der Tortenschachtel nach Frankfurt zurück. Der Schädel wurde im Fundus der Asservatenkammer untergebracht, aber nicht mehr ausgestellt.

Was für eine Geschichte, sagte Jule.

Was für ein Herbst, sagte Rosemarie Schneider und schaute aus dem Fenster, obwohl sie da nichts sah.

Was für ein deutscher Herbst, sagte Nobis, und sagen Sie mal, mein kleiner Böwe, an dem Tag damals, an diesem ersten November 1957, als man die Nitribitt gefunden hat, da waren Sie doch auch in Frankfurt, oder?

Böwe spielte mit allen zehn Fingern nervös auf einer unsichtbaren Schreibmaschine herum.

Der Fernzug Rheingold, mit dem Böwe seit den fünfziger Jahren fuhr, hielt in Bonn mit seinen komfortablen blauen Wagen der ersten Klasse und dem roten Speisewagen in der Mitte, dessen Karte Böwe auswendig kannte. Sechs Beamte vom Bundesgrenzschutz stiegen in den Zug. Der jüngste hatte eine MP dabei.

Huch, sagte Rosemarie Schneider, als sie ihren Ausweis verlangten. Jule hatte sich die ganze Zeit über unwohl gefühlt, und merkte jetzt, dass sie entsetzliche Blähungen bekam. Sie rührte mit einem Strohhalm die Kohlensäure aus ihrem Mineralwasser. Rosemarie Schneider, der Männer in Uniform zu gefallen schienen, fing ein Gespräch an, an dem sich keiner richtig beteiligen wollte.

Ob Rosemarie Schneider wohl ein Lefax dabeihatte.

Enschuldigung, sagte Jule leise.

... und dann der Trick mit dem umgestürzten Kinderwagen,

sagte Rosemarie Schneider, griff nach Böwes Serviette und stieß gegen das Tischlämpchen am Fenster. Nobis stellte es wieder gerade hin.

... dass diese Leute vor nichts zurückschrecken, sagte sie und breitete die Serviette aus. Die erschießen den Fahrer, der hat zwei Kinder, die erschießen zwei Polizeibeamte, die fast noch Kinder sind, gestern haben sie den Kapitän dieses entführten Flugzeuges erschossen, der hat bestimmt auch Kinder, und das Baby in dem Kinderwagen, was ist eigentlich mit dem passiert, Herr Polizist, was ist mit dem passiert, frage ich Sie. Sie sah zu dem Beamten auf, der bei der Frage unsicher seinen Kollegen ansah. Der Kollege war vielleicht siebzehn oder achtzehn, und sein Zeigefinger zitterte am Abzug der MP, die er ohne sichtbaren Grund im Anschlag hatte.

In dem Kinderwagen war kein Baby drin, sagte Nobis, sondern eine Schildkröte. Er sah Rosi Schneider an und machte das Gesicht einer Schildkröte.

Man sollte wirklich die Todesstrafe wieder einführen, sagte Rosi Schneider.

Für wen, fragte Nobis, für mich?

Der Beamte mit der MP lachte, sein Kollege lachte mit, und Böwe schließlich auch, aber wie einer, der neben sich steht. Jule rutschte unruhig auf ihrem Platz hin und her. Die Blähungen wurden so stark, wie sie sie noch nie gehabt hatte.

Entschuldigung, sagte sie wieder.

Der Beamte warf einen kurzen Blick in den Ausweis von Rosi Schneider und gab ihn gleich zurück. Jules Ausweis kontrollierte er genauer.

Na, ich war Ihnen wohl zu alt, sagte Rosi Schneider, während der Beamte Jules Foto musterte, prüfend mit dem Daumen drüberfuhr und ihre Passnummer mit einer Liste verglich.

Den Trick mit dem Kinderwagen haben die von Rudi Dutschke, hörte Jule sich in dem Moment sagen. Sie redete, um nicht an die Blähungen zu denken. Dutschke hat beim Vietnamkongress in Berlin im Kinderwagen Sprengstoff transportiert, mit seinem eigenen Kind obendrauf zur Tarnung.

Wo hast du den Quatsch her?, sagte Böwe.

Von Mandel. Jule drückte die Hände fest unterhalb des Bauchs ineinander, und kurz bevor sie vor Schmerzen hätte schreien müssen, riss sie dem Beamten den Ausweis aus der Hand, murmelte wieder Entschuldigung und rannte Richtung erste Klasse. Dass der Kleine in seiner Uniform die Waffe auf sie richtete, konnte sie aus dem Augenwinkel sehen.

Sie drehte den Hahn auf und wusch sich das Gesicht. Das Wasser war lauwarm und roch nach hartgekochtem Ei. Jule setzte sich auf den geschlossenen Klodeckel und versuchte ihre Blähungen loszuwerden, ohne dass die da draußen auf dem Gang allzu viel davon mitbekamen. Sie klappte den Klodeckel hoch, versuchte es noch einmal und sah in den Spiegel an der Tür dabei. Auf dem Gang rannten immer mehr Leute hin und her, in schweren festen Schuhen, die bestimmt schwarz und geschnürt waren. Dann bremste der Zug plötzlich und heftig. Mehrere Frauen schrien, eine versuchte offenbar auszusteigen und wurde zurückgehalten. Dann trat ein schwerer Schuh gegen die Tür, sodass der Spiegel darin zitterte.

Aufmachen, Polizei.

Der Junge in ihrem Bauch trat zurück. Jule nickte. Schon klar. War schon klar, dass man einige Dinge klären musste, bevor man aufstand und hier durch die Klotür auf die andere Seite des Spiegels ging. Sie zog die Jeans mit der Bunderweiterung hoch. Der Spiegel zeigte keinerlei Interesse an ihr oder an ihrer Schwangerschaft oder an ihrem veränderten Gesicht. Alles ging an ihm vorüber, ohne eine Spur zu hinterlassen. Für den Spiegel, in den sie gesehen hatte, war sie nie in diesem Klo gewesen, wenn man ihn gefragt hätte.

Aufmachen! Aufmachen und rauskommen, mit erhobenen Händen, aber dalli-dalli!, sagte eine zweite Stimme, die älter war als die erste.

Aufmachen, oder wir schießen.

Jetzt muss ich schon sterben, dachte Jule, schießen die wohl auch auf Schwangere? Sie legte die Hände über die Lider und war plötzlich an einem Ort hinter den Augen, wo zwei Männer sie bei den Füßen packten, um sie in einen dunklen Fluss zu werfen, während ein dritter vom Ufer aus widerwärtige Geschosse von schwarzer Spucke auf sie abfeuerte. Sie fiel in Zeitlupe in den Fluss unter ihr, sodass sie noch sehen konnte, wie ein anderer Kopf sich schreiend über Wasser zu halten versuchte, bevor er unterging. Den kenne ich, dachte Jule, der sieht mir sogar ähnlich. Am Flussufer schleiften andere Männer einen angekohlten Leichnam entlang auf eine Tankstelle zu, wo eine Menschenmenge eine junge Frau umringte, die sich am Boden krümmte. Reihum sprang einer nach dem anderen wie zu einem Solo hervor, tänzelte sich ein und hüpfte der jungen Frau auf den Brustkorb, um zu testen, was sie aushielt. Das da drüben bin ich auch, dachte Jule, sah aber noch einmal genauer hin. Das da drüben war Nina, Hallo, Hallo, sagte Jule leise. Die Sonne war verschwunden, und der Welt schien plötzlich etwas zu fehlen. Hallo, sagte Nina, hilf mir doch mal endlich. Gleich, sagte Jule, und hörte auf, in den Fluss zu fallen. Sie stellte sich vom Kopf auf die Füße und schaute sich energisch um. Ihr Blick fiel auf einen brennenden Autoreifen, aus dem die blutenden Köpfe von Schef und dem Kameramann hervorschauten, denen die Ohren abgeschnitten waren und an denen sich drei Ungeheuer, Kröte, Mensch und Frau, mit verrenkten Körpern obszön zu schaffen machten. Die Umgebung der Tankstelle im Hintergrund war eine rotgelbe, glimmende Trümmerlandschaft. Bei der Stadtgrenze flammte das scharfe Flutlicht vom Sportplatz auf, links davon zog sich eine Hügellandschaft ins Bild hinein und wieder hinaus, Bäume, Sträucher, glückliche Wiesen. Kein Lebewesen war dort zu sehen. Das Paradies war menschenleer. Komm, wir laufen da rüber, sagte Jule zu Nina. Steh auf, wir müssen die Straßenbahn nehmen! Wir nehmen den Bus, sagte Nina und stand neben ihr.

Aufmachen! Die Klotür zitterte.

Jule legte die Hände fester auf die Augen, so fest, bis sie auf der Stirn von Fritzi in ihrem Bauch lagen.

Reg dich bloß nicht auf, sagte sie leise und schloss die Tür auf. Sie trat mit der Hand über den Augen in den Gang. Erst dann hob sie die Hände über den Kopf, starrte in den Lauf einer MP, der so schwarz war wie eine Tunnelöffnung.

Schon klar, murmelte sie, die Knarre löst die Starre.

Was hat sie gesagt?, fragte der ältere Beamte, der ihren Pass kontrolliert hatte und nun seine Klappe vom Visier als Erster hochschob. Er hatte sehr blaue Augen. Hinter den beiden Beamten stand Nobis und zwinkerte Jule zu, Nobis, nicht Böwe.

Jule ließ die erhobenen Hände auf ihren Bauch sinken.

Mensch, sagte der Beamte mit den blauen Augen, Mensch, das ist nicht die! Die ist nur schwanger! Der Kleine mit der MP ließ zitternd den Lauf sinken.

Gut, sagte Nobis, das war das, und nun, meine Herren, machen Sie es mal wie der große Krisenstab in Bonn. Arbeiten Sie kleinlaut weiter, aber anderswo.

Jules Kind kam wenige Stunden später zur Welt, im Marienhospital gegenüber dem Kolpinghaus, wo auch Jule geboren war. Sie wurde flach auf ein Bett gelegt, und erst als sie aufgefordert wurde, die Abstände zwischen den Schmerzattacken zu messen, wurde ihr klar, dass ihre Blähungen Wehen waren. Sie bekam Spritzen, aber das Kind ließ sich nicht halten. Jule wurde kurz nach Mitternacht in den Kreißsaal gebracht. Sie war die ganze Zeit bei Bewusstsein, und eine freundliche Hebamme zeigte ihr immer wieder die Größe der Muttermundöffnung anhand einer Schablone. Erst beim Dammschnitt griff Jule nach dem Lachgas.

Fritzi kam zwei Monate zu früh.

***

Früher, sagte Liz manchmal, früher, da waren die Kinder noch im Hof. Heinzi war tot. Er hatte einen Unfall gehabt. Rainer fuhr Gabelstapler beim Eisenwerk, war noch fetter, aber netter geworden und hatte oft Ausschlag am Mund. Er hatte Bärbel nicht geheiratet. Sie arbeitete seit dem Hauptschulabschluss im Baumarkt und ihr kleiner Bruder Ralf ging noch zur Schule, weinte weniger, sah aber trotzdem chronisch verheult aus. Die größere der beiden schüchternen Bandwirkertöchter machte eine Banklehre und schlief noch immer mit der kleineren in einem Bett. Alle Kinder spielten längst nicht mehr im Hof, auch Jule nicht.

Jule machte Abitur mit eins Komma neun und zusammen mit Nina den Führerschein, bei dem Jule fast durchgefallen wäre. Sie hatte an etwas anderes gedacht, als sie die Vorderreifen an der Ampel über die dicke, weiße Linie rollen ließ.

Entschuldigen Sie bitte, murmelte sie. Ihre Augen und die des Prüfers trafen sich im Innenspiegel. Als sie wenige Minuten später zur Fahrschule zurückkamen, stand Liz Böwe da. Es regnete, trotzdem schloss sie den Schirm, bevor sie an die Scheibe klopfte.

Und?, fragte sie stumm.

Jule schüttelte den Kopf und fing an zu weinen. Liz trat zwei Schritte zurück, sodass der Prüfer ihr hübsches Gesicht sehen konnte, und fing ebenfalls an zu weinen. Zwei weinende Frauen. Der Prüfer sah Liz zu lange an und schrieb BESTANDEN auf die letzte Zeile des Prüfungsbogens.

Neunzehnhundertneunundachtzig

Haben Sie Lust mit nach Sachsen zu kommen?

Es war kurz vor Weihnachten, als der Fraktionsvorsitzende Böwe die Frage stellte. Sie standen nebeneinander am Pissoir des neuen Landtags. Sachsen, das klang wie ein Spionageauftrag. Böwe lächelte und zog den Kopf ein, nicht nur um den Größenunterschied zwischen sich und dem kleinen Mann zu überbrücken.

Überlegen Sie nicht zu lange. Männer mit praktischen Erfahrungen sind da drüben gefragt, sagte der Vorsitzende.

Wollen Sie in Sachsen kandidieren?, fragte Böwe?

Schicker Anzug, den Sie da anhaben, Böwe, antwortete der Vorsitzende und verließ mit hartem Fersengang den Waschraum. Keine Antwort war auch eine Antwort.

Leo Böwe stützte sich mit einen Anfall von Glück im Gesicht am Rand eines Waschbeckens ab. Vier kleine Puppen tanzten übermütig in seinen Pupillen herum, als er sich im Spiegel in die Augen sah. Wir wollen mit!, sangen sie. Die vier Puppen hießen Leugas, Begale, Heiland und Nobis. Sogar Sommer war dabei. Wir wollen mit nach Sachsen, kleiner Böwe!, riefen die Vertreter im Chor. Das hatte etwas Bedrohliches und Ermutigendes zugleich. Der einzige Sommer, von dem Sie nicht enttäuscht sein werden, schlug Sommer als Wahlslogan vor. Nicht innovativ genug, sagte Nobis. Ist eh kein Platz für den alten Sommer im neuen Auto frei, sagte Leugas. Sommer schaute traurig und löste sich auf. Das war das!, sagte Leugas zufrieden, schaute die Lücke neben sich an und setzte sieghaft einen Fuß hinein. Übrigens, ich fahre! Er zog seine Handschuhe an. Dann wollen wir mal. Wir wollen durch jede Doppeltür mit Ihnen gehen, kleiner Böwe, und mit kühlem Blick in jeden überheizten Innenraum der DDR für Sie sehen. Wenn Sie Nein sagen, wissen Sie, was kommt, skandierten sie. Dann laufen wir erst richtig heiß. Wir werden Ihre Gang sein, kleiner Böwe. Es wird für uns alle das letzte große Abenteuer sein, kleiner Böwe, nehmen Sie uns mit. Wir haben den alten Humor dabei und die neuen Werbegeschenke. Schweizer Messer, Bananen mit Wahlkampfbanderolen, japanische Lampions, italienische Schuhe, Kaufverträge für Autos, Sonnenschirme mit Zigarettenwerbung, echte Jeansanzüge, Badezimmerkacheln, Coladosen, Negerküsse. Wir haben unser Lächeln von früher und die Ilse dabei. Sie erinnern sich: Ilse. Ilse, keiner willse, sang Leugas mit hoher Stimme. Aber jetzt stoßen wir sie ab, fielen die anderen wieder mit ein. Überlegen Sie, schnell. Wer schnell überlegt, kann befehlen, wer zögert, muss gehorchen. Wir werden den Verkauf unserer Waschmaschinen mit einer Wertediskussion verbinden. Es gibt keine Demokratie ohne Kapitalismus, werden wir sagen und die neuen Fotos von der alten Ilse auf den Tisch legen. Der Mensch kennt nur zwei Mittel, sich anzueignen, was ihm nicht gehört: Krieg und Handel. Krieg und Handel, kleiner Böwe, sind die Folge von Habgier, und Habgier, kleiner Böwe, ist die Folge einer uralten Furcht vor Hunger und Tod. Kaufen und Verkaufen sind nichts anderes als das Blaue nochmals in Grün, sind nichts anderes als Versuche, sich zu beruhigen. Davon werden wir auch diesen einsamen und verstörten kleinen Generalsekretär und seine übrigen Politbüromitglieder überzeugen, die nachts durch die leeren Gänge des ZK irren und Schritte hören. Bisher drehten sie sich um, und da war niemand. Aber plötzlich drehen sie sich um, und wir werden da sein, wir, die Schritte aus dem Westen, die alten Kumpel von Böwe. Böwe, Herr Generalsekretär, nicht Böse!, werden wir ihn verbessern müssen. Wir wollen mit, kleiner Böwe. Es wird Ihr zweiter Sonderauftrag sein, flüsterte Nobis, Ihr zweiter und letzter großer Sonderauftrag. Wir müssen mit, stimmten die anderen ein. Die Frauen in Sachsen sollen die schönsten in Deutschland sein.

Da muss ich erst mit meiner Frau drüber sprechen, sagte Böwe.

Seit wann denn das?, fragte Begale.

Mit welcher denn?, fragte Leugas.

Heiland schwieg und sah sehr jung dabei aus.

Böwe knöpfte im Waschraum sein Jackett zu, rollte die Schultern und ging langsam die Treppe zur Garderobe hinauf. Hatte er sich denn nicht ganz gut eingerichtet, in seiner stabilen Instabilität zwischen mehreren Frauen und Berufen? Warum dann Sachsen? Waren seine Mittel nicht zu alt, um noch einmal neu anzufangen?

Wie gesagt, ich werde mit meiner Frau darüber sprechen, sagte Böwe auf der Treppe und schüttelte Nobis ab, der ihm als Letzter noch im Nacken saß.

Was haben Sie eben über Ihre Frau gesagt, fragte die Garderobiere. Sie reichte ihm seinen Mantel.

Nichts, sagte Böwe.

Na, Sie sind mir aber plötzlich ein ganz Ernster.

Er kannte sie seit dem ersten Tag im Landtag.

Schöne Weihnachten, sagte die Garderobiere, ich bin nächste Woche in Kur, wegen der Bandscheibe.

Ebenso, gesegnete Weihnachten, sagte Böwe.

Er verließ den Glaspalast Richtung Hafen. Sein Mantel war neu und leicht. Auf dem Weg zum Auto kickte er ein Steinchen vor sich her und hatte plötzlich das Gefühl, es gäbe auch für ihn, den vierundfünfzigjährigen Landtagsabgeordneten Leo Böwe, die Möglichkeit eines ganz anderen Lebens. Auf der Rheinpromenade liefen sich die Jogger in der anbrechenden Dunkelheit den Tag vom Leib.

***

Sie haben den Kirschbaum gefällt, sagte Jule über den Zaun hinweg.

Suchen Sie ein Zimmer?, fragte die Alte.

Die Eingangstür zur Pension Aurelius stand halb offen. Die Alte polierte mit einem weißen Taschentuch das Messingschild. Von irgendwo her blökten noch immer Schafe, hart und trocken, und ihr Gepäck hatte Jule am Bahnhof gelassen.

Sie zögerte und dachte an die Lore-Romane auf dem Klo und die weiße Reling der Dachterrasse, die das Haus bei Sonnenuntergang zu einem Schiff ohne Meer machte.

Nein, ein Zimmer suche ich nicht, aber was ist denn mit dem Kirschbaum passiert?

Meine Schwester hat es nicht mehr geschafft, den Wagen daran vorbei in die Garage zu lenken, sagte die Alte. Sie hat ihn jedes Mal angefahren. Da haben wir ihn gefällt. Eine Woche später ist meine Schwester dann auch gestorben.

Die Alte kam näher an den Zaun heran.

Und sind die Zimmer noch immer so?, fragte Jule.

Wie? So?, fragte die Alte und roch wie früher langweilig und fad nach Hirsebrei. Sie sah auf Jules Bauch.

Wir haben hier alles so gelassen, aber Sie haben sich verändert. Die Alte steckte das Taschentuch in die Schürze.

Danke, sagte Jule. Zwei Frauen auf Heuschreckenbeinen trugen ihre Pelzmäntel den Hang hinauf und zogen dabei beleidigt die Mundwinkel herunter. Die Wintersonne schien durch ihr lila Haar bis auf die Kopfhaut.

Ist Ihr Leben jetzt interessant?, fragte die Alte.

Mhm, machte Jule und ging zum Nachbarhaus hinüber. Jans Mutter öffnete die Tür.

Ich habe Tanzen gelernt und vier Kinder groß werden sehen, hatte Jans Mutter auf der Einladungskarte zu ihrem 40. Geburtstag geschrieben. Ich habe Lippenstiftentzug geübt und noch immer keine ausreichende Rentenvorsorge organisiert. Ich habe vier Kotflügel kaputt gefahren, ich bin in den letzten Jahren immer mehr Wege allein gegangen. Ich habe Schaufenster leer geguckt, ich habe mir schließlich doch die Crème für die reifere Haut gekauft und angefangen, mich in Gelassenheit zu üben, bevor die Kinder mich zur Großmutter machen. Ich habe mal in Gorleben demonstriert und Pershings blockiert und seit neuestem frage ich mich, ob ich alt werde, weil ich Witze vergesse. Ich habe Menschen sterben sehen, trotzdem weiter Schuhe zum Schuster gebracht und gedacht: So ist das eben.

Das Haus, hatte Jans Mutter an den Rand der Karte geschrieben, steht noch immer neben der Pension Aurelius, und du kannst zum Fest ruhig jemanden mitbringen.

Ich bringe mein kaputtes Knie mit, schrieb Jule zurück. Jemand anderen habe ich im Moment nicht, und dieser Moment dauert schon ziemlich lange, wenn ich ehrlich bin.

Jans Mutter kaute Kaugummi, als sie Jule die Tür öffnete. Zugenommen hatte sie, und der Kopf saß näher an den Schultern als damals. Trotzdem sah sie nicht wie eine Matrone, sondern noch immer wie ein majestätisches Mädchen aus. Sie schob ihre Hände um Jules Taille und zog sie in ihr Leben hinein, so selbstverständlich wie damals. Jule schaute in die geöffnete Wohnung dabei.

Ein Junge saß im Zimmer am Ende des Flurs vor einem Klavier und spielte Unzusammenhängendes, aber mit Routine. Neben dem Klavier lag ein Fußball.

Das ist Jan, sagte Jans Mutter. Erinnerst du dich noch, da war er so? Sie zeigte mit den Händen die Länge eines Zwei-Kilo-Brotes. Wo hast du dein Gepäck?

Ein Mann kam aus einem anderen Zimmer, der wohl schon immer ins Haus gehört hatte, aber Jule damals nicht aufgefallen war.

Noch am Bahnhof.

Oh, sagte er, guten Tag, schön, dass Sie gekommen sind. Soll ich Ihr Gepäck abholen? Sie bleiben doch ein paar Tage?

Schon, sagte Jule, ich glaube schon. Ich habe ja jetzt Zeit.

Was ist denn mit deinem Knie?, fragte Jans Mutter.

Kreuzbandriss, sagte Jule.

In dem Moment stand Jan vom Klavier auf, schlug den Deckel zu, steckte die Hände in die Hosentaschen und fand einen Grund, zur Haustür zu gehen. Er kickte den Fußball vor sich her.

Die Seele wohnt im Knie, sagte er.

Wer sagt das?, fragte Jule.

Die Indianer, sagte Jan und sah Jule zum ersten Mal an, mit blauen Augen, die offen und verschlossen waren zugleich.

Er will mal Komponist werden, sagte seine Mutter.

Am Abend wurde ein italienisches Buffet geliefert, zu dem ein halbes Dutzend Freundinnen erschien, mit denen Jans Mutter einmal in die Mädchenschule zum Heiligen Grab gegangen war. Alle kamen ohne Mann, obwohl alle einmal mit gewesen waren. Sie überreichten gemeinsam einen Gutschein für ein Wochenende auf der Schönheitsfarm. Zwei jüngere Bekannte aus dem Sportstudio in Stretchkleidern schenkten einen schwarzen Body. Später kam noch ein schwuler Professor dazu, Romanistik, aber ohne Leerstuhl.

Honecker geht es nicht gut, sagte er gleich unter der Tür, wie um sich für sein spätes Kommen zu entschuldigen. Jans Mutter legte Miles Davis auf.

Fahrstuhl zum Schafott, sagte sie zu Jule, jetzt bin ich vierzig. Jetzt bin ich an der Reihe zu üben, alt zu werden, und das Saxophon von Miles Davis passt doch ganz gut zu einem Klagelied, oder?

Aber es ist ein schöner Geburtstag, sagte Jule.

Ich wäre lieber achtunddreißig geworden, sagte sie, und die Plattenhülle fiel herunter.

Du hast die Kinder, sagte Jule, du hast doch keine Zeit, älter zu werden oder traurig zu sein. Will Jan eigentlich wirklich Komponist werden? Jule hob die Plattenhülle auf.

Er hat es angekündigt.

Und wenn das nicht klappt?

Jan stand plötzlich dicht hinter Jule. Sein T-Shirt roch nach dem Weichspüler seiner Mutter.

Dann werde ich Schlagzeuger, sagte er. You know, rhythm is it. Er trommelte mit den flachen Händen auf der Rückenlehne eines Sessels herum und hatte das Gesicht, das er in zehn Jahren einmal haben würde. Das Gesicht seines Vaters.

Und wenn du nicht Schlagzeuger wirst?

Dann werde ich Profifußballer.

Die Tür zur Terrasse stand einen Spalt offen. Der Abend war kalt, doch Jan ging hinaus, und Jule folgte. Bei den Magnolien, die winterfest mit Plastikfolie abgedeckt waren, blieb sie stehen und sah in den Garten der Pension Aurelius hinüber. Hinter dem Fenster im Souterrain, wo sie damals gewohnt hatte, brannte Licht. Im Zimmer legte Jans Vater noch mal Miles Davis auf, und auf dem Geländer der Terrasse saß Jan, aber nicht allein. Ein zweiter Junge, so groß wie er, saß neben ihm. Er hielt einen dieser bunten Plastikschläuche in der Hand, die einen hohen und dann einen noch höheren Gesang machen, wenn man sie schnell und schneller durch die Luft sausen lässt. Jan nahm ihm den Schlauch aus der Hand und ließ ihn in Achterbewegungen die Stille des Gartens zerschneiden. Während seine Armschwünge kräftiger und die Töne heftiger wurden, ging Jule auf die Jungen zu. Sie hockten da wie zwei große, abweisende Vögel und beobachteten sie. Jan ließ den Heulschlauch sinken, und in die Stille hinein grüßte Jule unsicher den zweiten Jungen.

Tag, sagte sie.

Nacht dann, sagte der zu Jan und verschwand. Beide hatten sie lange Haare.

Jule zögerte, dann stemmte sie sich auf das Geländer, ließ aber eine Lücke zwischen Jan und sich, so als sollte noch jemand drittes Platz nehmen, der beiden von ihnen näher stand.

Wann wirst du eigentlich vierzig, fragte Jan, oder bist du gar nicht jünger als meine Mutter?

Der Heulschlauch hing zwischen seinen Beinen.

Seh ich wie vierzig aus?

Jan zuckte die Schultern.

Ist doch egal, in dem Alter, ob man dreißig oder vierzig oder fünfzig ist, sagte er.

Du meinst, ich habe nichts mehr vor im Leben?

Hast du?

Ja.

Und wann heiratest du? Du bist doch hübsch.

Danke, sagte sie, du auch.

Jan lachte und schlug mit der freien Hand auf das Geländer. Sie landete nah an Jules Bein.

Jule räusperte sich. Im erleuchteten Zimmer drüben sah sie Jans Mutter neben Jans Vater stehen.

Was ist? Jan ließ den Heulschlauch mit der freien Hand wieder durch die Luft sausen und veränderte geschickt den Ton. Mit der anderen Hand griff er auf dem Geländer nach und berührte Jules Bein.

Was machst du da eigentlich?

Ich komponiere, hörst du doch, sagte er. Hast du eigentlich schon Kinder?

Mir ist kalt, sagte Jule und ging hinein.

Im Zimmer hatten die Gäste angefangen zu tanzen. Der Professor für Romanistik führte eines der jungen Mädchen im Rechteck um die Cordgarnitur und hielt sie sich dabei elegant vom Leib. Jans Vater tanzte mit dem anderen Mädchen im Stretchkleid, aber enger, und die Frauen aus dem Heiligen Grab tanzten miteinander.

Bleib doch noch, tanzen kannst du doch mit dem Knie eh nicht, sagte Jans Mutter und stellte sich dicht hinter Jule.

Bleib doch für die Tage zwischen den Jahren. Du kannst mit uns Silvester feiern. Wir rufen im Kloster an, für vierzig Mark Vollpension wohnen da manchmal sogar erschöpfte Manager, die sich auch mal ohne Sauna erholen wollen. Außerdem bist du mit dem Bus in fünf Minuten bei uns.

Sie legte Jule einen Arm um die Taille.

Jule schaute durch die geöffnete Tür des Zimmers in den erleuchteten Flur. Da stand Jan, eine Zahnbürste im Mund, und zog sich sein T-Shirt über den Kopf, um ins Bad und dann ins Bett zu gehen.

Weißt du noch, wie damals alle sagten, du seiest ganz schön dick für ein junges Mädchen?, sagte Jans Mutter.

Stimmt, sagte Jule. Sie sah Jan an. Er hielt ihren Blick. Er ist zwölf, dachte Jule.

Als ich dich das erste Mal auf der Bühne gesehen habe, war der Babyspeck schon weg, sagte Jans Mutter.

Babyspeck, wiederholte Jule, stimmt. Das ist der Speck, den man kriegt, wenn man ein Baby kriegt.

Jans Mutter ließ ihren Arm von Jules Taille rutschen.

Ich war damals schwanger, sagte Jule.

Jan stand noch immer im Flur. Er lehnte sich mit der nackten Schulter an die Wand, so wie er es bei James Dean gesehen haben musste, und schrubbte in seinem Mund herum, ohne Jule aus den Augen zu lassen. Ihr Blick fiel auf seine Turnschuhe.

Und wo ist das Kind?, fragte Jans Mutter nach einer Pause.

Gute Frage, sagte Jule, wo ist das Kind?

Mein Gott, sagte Jans Mutter.

Ich finde mich zurecht, sagte Jule.

Sicher?

Bis vor kurzem war ich jedenfalls sicher.

Und jetzt?

Ich habe irgendwann nicht mehr daran gedacht, sagte Jule, aber seit einiger Zeit denkt es an mich. Für einen Moment sah sie ein straff gespanntes Tuch vor sich, in der Farbe des Wassers, das sich nicht bewegt.

Darf ich?, fragte Jans Vater, oder wollt ihr euch weiter so ernsthaft unterhalten? Er verbeugte sich knapp, und noch bevor Jule etwas sagen konnte, hob er sie hoch. Jule machte sich leicht, und Jans Vater tanzte mit ihr auf dem Arm Richtung Flur, wo Jan an der Wand lehnte und einen Fuß gegen die Tapete stemmte. Er strich sich die langen Haare aus dem Gesicht, und Jule ertappte sich, wie sie auf seinen Bauchnabel sah. Die Zahnbürste hatte Jan im Mund vergessen.

Samba, dachte Jule, als ihr Blick bis zu seinen Turnschuhen wanderte. Seine Turnschuhe heißen Samba, die hatte ich früher auch.

Personen unter 14 Jahren haben keinen Zutritt.

Jule war auf der Suche nach dem Klo bis zum Treppenaufgang gekommen, wo das Verbotsschild am Eingang zur Station hing. Eine Nonne fasste sie von hinten unter den Arm. Es war Vormittag.

Du musst sofort zurück ins Bett, meine Kleine. Die Nonne hieß Bernadette.

Ich bin aber schon siebzehn, sagte Jule. Das Taubenblau der Flurwände sah bei der spärlichen Beleuchtung wie Grau aus, und vor manchen Zimmern standen frisch bezogene, aber leere Betten.

Wenn du weiter hier herumläufst, verlierst du das Kind noch hier auf dem Flur, sagte die Nonne. Aus manchen Zimmern kam ein Schnarchen.

Bernadette, sagte Jule und verschluckte sich dabei, Bernadette heißt übrigens die Puppe, die ich nicht mag. Meine Lieblingspuppe ist blond und heißt Rosemarie. Scheußlicher Name, aber eine Idee von meinem Vater. Den kennen Sie bestimmt, den kennen alle hier in der Stadt. Ich werde übrigens mein Kind ganz anders nennen.

Ganz ruhig, sagte die Nonne, schob Jule ins Zimmer und machte Licht. Eine einzelne Birne an der Decke seufzte, wurde gelb, aber mit wenig Kraft. Es war der 18. Oktober 1977. Die Nonne drückte Jule auf das Bett und holte eilig ein Set mit Spritzen. Als sie die Nadel ansetzte, schaute Jule auf das Kreuz an der Wand. Die Raufasertapete war gelb wie ein alter Zahn und mit abwaschbarer Elefantenhaut überstrichen.

Hast du denn schon einen Namen?, fragte die Nonne, um vom Einstich abzulenken.

Fritzi, sagte Jule.

Und wenn es ein Mädchen wird?

Egal, sagte Jule, es wird sowieso kein Mädchen.

Fritzi kam wegen Aufregung zwei Monate zu früh. Am Ende jener Nacht, als sie vom Kreißsaal des Marienhospitals ins Zimmer zurückgeschoben wurde, sah Jule, wie Bernadette eilig ihr Bett überholte und auf zwei Männer zuging, in ihren groben, schwarzen Sandalen, die ein saugendes Geräusch machten auf dem grauen Linoleum des Krankenhausflurs. Die Männer kamen der Nonne langsam entgegen, drehten aber die Gesichter zur Wand, sobald sie Jule in dem Bett sahen. Sie schoben die Köpfe ineinander. Jule sah die Bewegung verschwommen, die Gesichter undeutlich. Keine Gesichter, sondern zwei Brote im Anzug, die versuchten, sich Feuer zu geben.

Wieso dürfen Brote hier rauchen?, dachte Jule.

Schwester, das ist doch verboten, was die da machen, krähte sie heiser und laut. Die rauchen!

Die Hilfsschwester, die am Fußende das Bett schob, lächelte dümmlich und tätschelte Jules Füße unter dem weißen Laken. Sie trug keinen Schleier.

Schwester, halt mal, halt mal, sagte Jule schon schwächer. Dann fielen ihr die Augen wieder zu, und sie hörte noch, wie das Geräusch ihres Bettes sich von ihr selbst entfernte, während es tiefer in den Flur hineingeschoben wurde. Kein Flur, ein Schlauch.

Du musst aufpassen, Schwester, murmelte sie, du musst aufpassen, dass ich mein Kind nicht hier auf dem Flur verliere.

Leo Böwe hätte alles getan, um die Geburt anderswo stattfinden zu lassen. Aber Fritzi war eine Frühgeburt. Er wurde vom Brutkasten verschluckt. Diesen Vorgang nannte Leo Böwe Adoption. Sprach er in den Jahren danach vom Schrecken jener Nacht, der ihn für den Rest seines Lebens bewegen würde, dann meinte Böwe den Tod der drei Terroristen in Stammheim. Diesen Vorgang wiederum nannte er Erpressung.

***

Liz goss Kaffee nach, aus einer rosa Kanne, die sie zur Verlobung bekommen hatte. Leo und sie hörten, wie die dünne Stimme eines jungen Mannes drüben in ihrem Wohnzimmer sagte: Herr …, was wird jetzt mit der Mauer geschehen?

Herr, wiederholte Liz leise, was wird geschehen? Sie blätterte in einem Modekatalog und strich eine Auswahl von Kleidern an, die alle schwarz waren.

Was machst du da?

Ich suche die Kollektion aus für die Boutique, sagte Liz.

Es ist schon spät, kam die Antwort drüben aus dem Wohnzimmer, es ist schon 19 Uhr.

Liz sah auf die Uhr über dem Küchentisch. Es war 18.01 Uhr und der Vorgang im Fernsehen dreiundzwanzig Stunden alt. Soeben hatte das arme ZK-Mitglied in einer x-ten Wiederholung die Brille wieder aufgesetzt und die handgeschriebenen Notizen seines neuen Generalsekretärs vorgelesen: Privatreisen ins Ausland seien ohne Antrag und Visum und ohne Angabe besonderer Anlässe ab sofort genehmigt. Liz zog unter dem Tisch die gesteppten Pantoffeln aus. Böwe nahm einen Schluck Kaffee und sah auf die noch unangeschnittene Teewurst auf dem Blumenteller.

Jetzt passiert Geschichte, sagte er, Geschichte, ein merkwürdiges Gefühl. Er sah aus dem Küchenfenster. Birnbaum und Sandkasten gab es noch. Die Fabrik war abgerissen. Sie war immer größer als die Firma Locke, aber keine Konkurrenz gewesen. Jetzt hatte sie mit den Waschmaschinen Konkurs gemacht, erst auf elektrische Jogurtbereiter umgestellt, und auch die Arbeiterinnen, die mittags auf dem Stück festgetretener Erde im Schatten des Birnbaums rauchten, waren bald weniger geworden. Dann hatte die Fabrik ganz geschlossen, stand leer und starrte mit hohlen Augen zu Böwes herüber. Böwe hatte die Nachbarschaft der alten Fabrik geschätzt, besonders nachdem sie außer Betrieb war. Die Stille der verwaisten Montagehallen hatte sich über die Straße gelegt und sie tiefer gemacht. Jetzt standen dort achtstöckige Sozialbauwohnungen im Rohbau. Rasen war eingesät und gleich niedergetrampelt worden. Bald würden dort Menschen mit großen, ungezogenen Hunden und noch ungezogeneren kleinen Kindern einziehen und auf ihren Balkonen bis spät in die Nacht hinein grillen und Bier trinken.

Herr Jäger, fragte eine Reporterstimme drüben im Wohnzimmer, Herr Jäger, Sie sind der Chef des Grenzübergangs Sonnenallee. Was ist in der letzten Nacht geschehen?

Liz knackte unter dem Küchentisch mit den Zehen, während Herr Jäger berichtete.

Ich habe gegen 23 Uhr gestern Nacht die Kontrollen einfach eingestellt, sagte er. Was ich gesehen habe, habe ich gesehen. Das hat mich mehr überzeugt als jeder Befehl. Ich habe mich an einen Trabbi gelehnt, eine Zigarette geraucht, und dann hat mich eine mir fremde Frau auf den Mund geküsst.

Wir werden eine Zeit der Unruhe erleben, sagte Böwe plötzlich ziemlich fröhlich.

Schon einmal hatte es für ihn, den braven Kolpingsohn und Pfarrjugendführer, die Möglichkeit eines ganz anderen Lebens gegeben, damals, als er mit den vier Vertretern in Baden-Baden aus Nobis' neuem Auto stieg. Damals hatte er sie genutzt, seiner Meinung nach. Und jetzt? Heiland hatte inzwischen seine sanfte Irin geheiratet. Begale war mit schönem grauem Haar und geradem Rücken in Pension gegangen und hatte seiner Frau zugesehen, wie sie sich am offenen Fenster ihrer Wohnung weiter sonnte, wie früher unter dem offenen Schiebedach seines Autos. Leugas war anfangs weiter allein nach Baden-Baden gefahren und hatte allein gesoffen. Dann war er zurück in seine Geburtsstadt Rheine gezogen und hatte mit seiner Schwester gelebt, bis er sich in einer Sonntagnacht mit seinem Auto um eine Birke gewickelt hatte. Nobis war Ende der siebziger Jahre mit 200 000 DM verschwunden, die er bei der Firma Locke unterschlagen hatte, trennte sich aus der Ferne von Frau und Kindern, von denen niemand in der Firma gewusst hatte, und zahlte kurz nach der Fernscheidung anonym und in kleinen Beträgen die Summe an Fritz und Franz Locke zurück.

Wir werden eine Zeit der Unruhe erleben!, wiederholte Böwe. Mit der Öffnung der Grenze in der vergangenen Nacht hatte sein innerer Zustand ein Außen gefunden, das stimmte. Auch er wollte weg. Erst mal von Liz. Heimlich nannte er Liz längst »Das Regime«, und manchmal auch »Das traurige Regime«.

Böwe fuhr jeden Morgen kurz in die Firma Locke, während Liz noch schlief. Nur die Kehrmaschine kam ihm auf dem Weg entgegen, oder ein erster Schneeschipper kratzte im Winter am Schlaf der Straße herum. Böwe erledigte rasch seine Büroarbeit und fuhr bereits gegen acht Uhr Richtung Autobahn. Er drehte, wenn er bei der Auffahrt beschleunigte, das Radio lauter. Er war 54. Seine Unruhe hielt er für eine lang andauernde Jugend, deshalb stand er seit Jahren um 4.45 Uhr auf, schlug sich, um sich für die Doppelbelastung zu wappnen, vor dem Badezimmerspiegel zwanzig Mal die Arme um den Leib, beugte zehnmal die Knie und versuchte jeden Morgen, mit den Fingerspitzen seine Fußspitzen zu berühren und dabei die Knie zu strecken. Er kam jeden Morgen ein Stück weiter, fand er.

In einer Querstraße zum Landtag, wo Böwe meistens einen Parkplatz fand, fand er auch einen neuen Bekannten. Die Jacke schief oder gar nicht geknöpft, eine erloschene Zigarette im Mundwinkel und sommers wie winters in Turnschuhen, kam der mit der Regelmäßigkeit eines Uhrwerks aus einem Büdchen, wenn Böwe gerade dort einparkte. Ein Penner, mit einem Becher Kaffee in der Hand. Sie fingen an, einander zu grüßen. Bald darauf zeigte Böwe den Landtagskollegen seinen Lieblingspenner, zeigte ihn vor wie das Bild von einem Freund. Als der Penner plötzlich verschwand, rief Böwe die Polizei an. An jenem Nachmittag berieten seine Parteikollegen in einer außerordentlichen Sitzung über den Bombenanschlag auf eine Diskothek in Westberlin. Böwe war nicht dabei, er gab gerade die Suchanzeige auf.

Als der Penner wenige Tage später wieder auftauchte, gab Böwe ihm einen Kaffee am Büdchen aus. Dann einen Asbach. Er selbst trank auch einen und fühlte sich ziemlich wohl dabei, wohler als zu Hause, wohler als mit Liz oder Rosemarie, wohler als mit gemeinsamen Gästen da oder dort. Er fürchtete sich vor Gästen. Im Spiegel hinter der Verkaufstheke las er, wie uneins er mit sich war. Allein sein zu wollen und zugleich in den Klauen einer unbestimmten Angst zu stecken, den Alltag ohne einen Menschen, den er gerade zu lieben meinte, schaffen zu müssen, das ging einfach nicht. Der Penner neben ihm schaute ebenfalls in den Spiegel.

Schicker Schlips, Alter, sagte er, trinken wir noch einen?

Böwe nickte.

Geh doch in Therapie, sagte der Penner, wenn du immer so traurig bist.

Böwe schüttelte den Kopf.

Kurz darauf war der Landtag ins Hafenviertel am Rhein umgezogen.

Wenige Tage vor Weihnachten fuhr Böwe mit seinem alten Audi 100 nach Sachsen. Er sagte seinem kleinen Parteivorsitzenden nichts davon, aber im Wagen redete er ständig mit Begale, Leugas, Heiland und Nobis, die sich erwartungsvoll auf der Rückbank drängten, wenn er in den Innenspiegel sah. Sah er ein zweites Mal hin, waren sie schon nicht mehr da. Auf der Autokarte orientierte er sich an Prag. In Prag war er schon mal gewesen, in Dresden noch nie.

Böwe kam spät in Dresden an. Fast rammte ihn die Straßenbahn, als er zum wiederholten Mal über die gleiche Kreuzung fuhr. Er ließ das Auto stehen und lief zu Fuß einige Straßen entlang, die viel dunkler waren als die Straßen daheim. Die Stimmung von Agentenfilmen des Kalten Krieges lag in der Luft. Er sah sich selbst die Straße entlanggehen und wusste plötzlich, was die Welt am Ende zusammenhielt. Es war immer noch seine Welt, sie war immer noch schwarz-weiß und warf dramatische Schatten auf das Gesicht ihres Hauptdarstellers Leo Böwe, während sie sich um ihn drehte. Er sah an den Fassaden hoch. *Haarfärber* stand auf einem Mauervorsprung im ersten Stock eines Eckhauses. Darunter waren Einschusslöcher aus dem letzten Krieg und unter den Einschusslöchern ein nackter Telefonkasten offen an der Hauswand. Die Mauer entblätterte sich in Schichten. Weg mit dem grauen Putz der letzten zwanzig Jahre, weg auch mit den Gipsflicken vom vergangenen Frühjahr und raus mit den Mauersteinen von 1900 vielleicht, die kalkweiß im Licht einer Peitschenlampe lagen. Wieder rumpelte die Straßenbahn vorbei. Böwe suchte in seiner Manteltasche nach Kleingeld, um Liz anzurufen. Als er nach dem Hörer greifen wollte, klingelte das Telefon, und er zog die Hand zurück. Es regnete nicht, trotzdem sah das Kopfsteinpflaster so dunkel aus, als sei es nass. Er legte den Kopf in den Nacken, er war schließlich nicht gemeint, und sah wieder am Haus hoch. Stand da an der zweiten Etage *Wohnkultur*? Die Fenster auf allen Stockwerken schauten schwarz zurück, weil die Scheiben fehlten. Wieder klingelte das Telefon. Böwe drehte sich auf dem Gehsteig um. Frauen mit sehr hellen, feinen Gesichtern liefen vorbei und sahen trotzdem entschlossener aus als die Frauen im Westen. Böwe musste an Eiscreme denken, die man auf offener Straße im Winter isst. In Moskau vielleicht, dachte er, obwohl er noch nie in Moskau gewesen war. Ein VW-Bus mit trüben, gelben Augen fuhr vorbei und spritzte die Strümpfe der Frauen nass. Wieder klingelte das Telefon. Böwe griff nach dem Hörer. Hoffentlich spricht da jemand Deutsch, dachte er noch, bevor er schüchtern Hallo sagte. Zur Antwort bekam er nur das Klappern einer mechanischen Schreibmaschine aus einem sehr leeren Raum.

Hier auch, sagte nach drei oder vier Herzschlägen eine junge Stimme am anderen Ende der Leitung.

Wie bitte?, sagte Böwe. Die Schreibmaschine klapperte.

Hier auch Hallo.

Böwe war sich mit einem Mal sicher, dass die Maschine in einem Polizeipräsidium klapperte oder in einem der letzten noch funktionierenden Büros der Stasi, obwohl die Staatssicherheit seit einer Woche aufgelöst war. Er sah eine Sekretärin mit Pelzmütze in einem unbeheizten Büro sitzen und Akten zerreißen. Mehrere Locher, Schreibtischlampen, Kaffeetassen standen zu ihren Füßen, und eine Halbwüchsige, sicher ihre Tochter, hockte am Boden und spielte Telefonieren, auf einer Leitung, die sicherlich schon tot war. Plötzlich fühlte Böwe ein Paar Augen auf sich gerichtet. Sie trafen ihn in den Nacken. Er drehte sich abrupt um, so schnell, dass sein Schatten auf dem Asphalt ihm kaum folgen konnte. Ein kleiner Mann stand auf der Straßenseite gegenüber, vor einer Reihe von Plattenbauten. Er war in Bronze gegossen und trug einen Hut.

Hallo, fragte die Stimme im Hörer ganz nah an seinem Ohr.

Falsch verbunden, sagte Böwe und legte auf. Barsch, fand er. Ein kleiner Junge im blauen Anorak lief vorbei und grinste blöd, mit einem Gesicht, das Böwe früher einmal gehabt hatte.

Leo Böwe wechselte die Straßenseite. Der Wind in Dresden blies kalt.

Sie müssen in die Sächsische Schweiz fahren, sagte der Barmann, nach Hrensko zum Beispiel, wenn Sie das Land wirklich kennen lernen wollen.

Hrensko, wiederholte Böwe.

Das ist ein Grenzort, sagte der Barmann. Eher was für Wanderer. Wandern Sie gern?

Nicht direkt, sagte Böwe. Wie komme ich denn dorthin?

Über die F 170, sagte der Barmann. In Tschechien heißt die Sächsische Schweiz übrigens Böhmische Schweiz, wussten Sie das? Er holte eine Serviette und zeichnete den Weg auf. Böwe bestellte noch einen Cognac, weil die Getränke im Forum Hotel sehr billig waren. Während der Barmann den Weg aufzeichnete, sprachen sie über das Fernsehen Ost und West. Robert Lembke und Eduard von Schnitzler hatten sich beide kurz vor dem Mauerfall von ihren Fernsehzuschauern verabschiedet. Schnitzlers *Schwarze Kamera* im Fernsehen der DDR und Lembkes Ratespiel *Was bin ich?* in der ARD waren im gleichen Jahr auf Sendung gegangen und achtundzwanzig Jahre nebeneinander hergelaufen. Lembke sagte beim Abschied: Ich wünsche Ihnen noch einen schönen Abend, meine Damen und Herren. Schnitzler sagte: Der Kampf gegen den unmenschlichen Kapitalismus geht weiter.

Das war das, sagte Böwe, und der Barmann lachte.

Die Bar lag im 30. Stock mit Blick über die Stadt. Böwe sah sich die Serviette an und zeichnete weiter mit dem Stift, den der Barmann hatte liegen lassen.

Sie fahren also Richtung Tschechische Grenze, sagte der Barmann und zeigte auf den Rand der Serviette und dann hinter sich, wo eine Batterie von Flaschen im Regal stand, alle in rotem Licht. Eine Frau setzte sich auf den Hocker neben Böwe, bestellte eine Wiese und bekam ein geschliffenes, flaches Glas mit einem giftgrünen Mix darin. Böwe hörte auf zu zeichnen und sah die Frau von der Seite an. Er legte den Finger an den Mund. Die Frau neben ihm und das Profil einer Frau auf der Serviette, das er neben die Wegbeschreibung gezeichnet hatte, sahen sich ähnlich. Alle Geschichten, dachte er, alle Geschichten gehörten irgendwie zusammen. Da seine Geschichten Frauengeschichten waren, gehörten auch alle Frauen irgendwie zusammen. Die Frauen, die er kannte, und die, die er nicht kannte. Sie mussten nur ein kleines Gesicht haben, ein Gesichtchen. Er erinnerte sich. An einem Freitagabend vor über dreißig Jahren war er im Frankfurter Hauptbahnhof im Kino gewesen und hatte sich zwei Filme hintereinander angeschaut. Danach war er essen gegangen. Im Bahnhofsrestaurant, erster Klasse. Er hatte Kalte Platte und ein Bier bestellt. Ein Brot von daheim hatte er noch in seinem Pfeffer-und-Salz-Köfferchen. Wenige Tische von ihm entfernt, aber genau in seine Blickrichtung setzte sich eine hübsche Person, die ihn unverschämt lange anschaute und sogar lächelte. Auch ihr Gesicht war sehr klein, im Verhältnis zu den auffällig groben Händen, und blond war sie, aber welche Frau war um diese Uhrzeit nicht blond? Böwe bemühte sich, nicht häufiger als nötig von seinem Teller aufzuschauen, und als die blonde Person mit einem herausfordernden Seitenblick an ihm vorbei zur Toilette ging, aber ihren hellen Pelz über der Stuhllehne hängen ließ, rief er rasch den Kellner, um zu bezahlen, während er noch kaute. Fluchtartig verließ er das Restaurant Richtung Kaiserstraße, aber mit dem Geruch eines schweren Parfüms in der Nase. Wenige Wochen später, als er das Bild des ermordeten Callgirls Rosemarie Nitribitt in der Zeitung gesehen hatte, hatte er bemerkt, dass sie diese Frau ohne weiteres hätte sein können.

Die Frau mit der grünen Wiese neben ihm sprach mit dem Barmann.

Wie war die Tournee?, fragte er.

Ich tanze an der Oper, antwortete sie, aber zu Böwe gewandt. Wir haben Gastspiele im Westen gehabt.

Ach so, sagte Böwe, meine Tochter ist auch Tänzerin. Plötzlich hatte er keine Lust mehr zu flirten.

Klassisch?, fragte die Frau.

Wie bitte?

Ich meine, tanzt sie klassisch?

Ja. Ziemlich klassisch, glaube ich. Nicht so moderne Gymnastik in Klamotten von Lagerfeld und Gucci, wie das jetzt üblich ist.

Wie heißt sie denn?, fragte die Frau.

Ach, sie ist nicht berühmt, sagte Böwe.

Ich auch nicht, sagte die Frau, wie heißt sie?

Jule, sagte Böwe. Er sah den Barmann an.

Hat sie Kinder?, fragte die Frau. Sind Sie schon Großvater?

Ich möchte bitte zahlen, sagte Böwe.

***

Jans Vater setzte Jule mit dem Gepäck bei der Pforte ab. Als die Tür sehr langsam zufiel, drehte sie sich um und lächelte ihn zärtlicher an, als sie gewollt hatte. Die Welt blieb draußen, und die Nonne an der Pforte sah sie aus dicken Brillengläsern freundlich an.

War das Ihr Verlobter?, fragte sie. Sie sind unser neuer Pensionsgast?

Es gab in diesem Trakt keine Gäste und nirgendwo einen Spiegel. Jules Zimmer war schlank, und der Linoleumfußboden so grün wie die Tannen im Garten hinter der Klausur. Es roch nach Lavendel. Als sie die Schublade des Nachttischs öffnete, roch es noch mehr nach Lavendel. Sie packte den Koffer aus, stellte Shampoo und Duschgel ins Bad auf dem Gang und öffnete im Zimmer das Fenster. Am Ende des Klostergartens wuchsen Tannen den Hang hinauf, die fast schwarz waren. Eine Nonne ging mit einem Kübel zu den Mülltonnen, die versteckt am hinteren Ende des Klostergartens standen. Sie hatte einen Tanz im Schritt, nach dem sich sogar der Hund auf den Stufen zur Küche umdrehte. Er nahm seinen Schwanz ins Maul. Jule holte ihre Haarbürste aus dem Waschbeutel, und als die Nonne über den Kiesweg zurück ins Haus gegangen war und nur noch von irgendxwo her ein Bach leise rauschte, warf sie die Haare nach vorn über das Gesicht und bürstete sie im offenen Fenster aus. Augen, Haare und Haut hatten im Sommer für kurze Zeit die gleiche Farbe bekommen, ein rundes Hellbraun, durch das man hindurchschauen konnte wie durch farbiges Glas, und jenseits des Glases lag ein goldener Raum. Bernstein. Früher war sie dunkler gewesen, aber mit der Zeit, der Ballettzeit, ausgebleicht. Das ging allen so. Alle lebten so. Von jenseits der Klostermauer kamen gedampft die Geräusche der Welt. Jemand, der sehr jung sein musste, trat da drüben bei heruntergelassenem Autofenster und zu lauter Techno-Musik auf das Gaspedal. Ein Kind weinte. Dann schlug eine Wagentür, und das Kind weinte leiser danach.

Am ersten Tag nach dem Sommer hatte Jule die Hand auf die Ballettstange gelegt und den helleren Streifen vom Uhrarmband gesehen. Dieser helle Streifen, das war Anzio, das war das Meer bei Rom. Sie war neunundzwanzig. Nein, noch hörte keiner auf, sie jung zu nennen, merkte sie in Italien. Ach, all diese Flirterei. Manchmal blieb ihr fast das Herz stehen, dann ging sie einfach weiter. Sieben, acht, zählte der Trainingsleiter. Er trug ein Handtuch um den Hals. Sie rundete den Arm, führte ihn zur Seite. Warum sich ab jetzt wieder einen Weg entlangdrehen, den man auch gehen konnte? Nur weil der schöne Sommer vorbei war?

Sie war vier Wochen allein verreist, einen Krimi im Gepäck, in dem der gewaltsame Tod eines Menschen an einer nächtlichen Kreuzung anderen Menschen das Leben erklärte. Jule roch Seite um Seite an einer Welt, in der sie sich glücklich fühlte, auch mit einem unglücklichen Ende. Sie schrieb an Nina. Lies das! Man kann auch auf eine Art traurig sein, dass es einen erleichtert. Sie hatte das Buch mitgeschickt.

Plié, sagte der Trainingsleiter, demi et grand, und Jule schickte ihr Hirn in die Hüfte, in die Knie, in die Füße. Das Herz hielt sie zurück. Was hatte auf der Mauer gegenüber dem Bahnhof von Anzio gestanden, am letzten Tag, als sie ihren letzten Café in der Sonne getrunken hatte und Minuten später schon in den Zug nach Rom steigen musste? *Ende des Sommers. Es beginnt die Zeit der Angst, wenn nicht der Depression: Die Schule.* Während sich ihre Oberschenkel im Takt der Klaviermusik zu einem Schmetterling auseinander bogen, sah Jule den alten Herrn Hoffmann am Klavier sitzen, sah seinen Nacken und die Haarbüschel in seinen Ohren, sah, dass die Vorhänge in den Ferien gewaschen worden und wieder gelb waren, und dann sah sie sich im Spiegel, drei oder vier Pfund schwerer als vor ihrem schönen Sommer. Ein Kollege würde am Ende des Trainings einen Pas de Deux der vergangenen Spielzeit mit ihr proben müssen und sie spürte schon seinen Blick auf ihre Hüften, spürte den trockenen, warmen Druck seiner Hände zwischen ihren Beinen, wie er sie hob:

Du bist fett geworden, Mädchen.

Selber Mädchen.

Andere Seite, bitte, sagte der Trainingsleiter. Jule drehte dem Spiegel den Rücken zu. Sie führte den linken Arm, sieben und acht, spürte die Luft konzentriert zu einem unsichtbaren Wattebausch zwischen Kinn und Hals und unter den Achseln. Ob Anmut ein chemisches Geheimnis hat? Du bist braun geworden, würde der Kollege gleich sagen, noch bevor er ihre vier Pfund mehr gegen sie in der Hand haben würde. Vielleicht würde er sie zum ersten Mal, seitdem sie sich kannten, fasziniert anschauen. Andere Seite, bitte, sagte der Trainingsleiter. Tendu en croix. Er macht die Kombination vor, noch immer mit dem Handtuch um den Hals. Trainingsleiter schwitzten nie. Tendu en croix. Er zählte die Bewegungen auf Französisch mit, und Jule fiel zum ersten Mal auf, dass sie die Befehle früh gelernt, deren Wortlaut nicht verstanden, aber alles immer lächelnd befolgt hatte. Dass das Französisch war und keine Erfindung der Ballettlehrerin aus der Gastwirtschaft Tackenberg oder eine Geheimsprache für Tänzer, was da an unverständlichen Worten durch den vermieften Hinterraum schwirrte, hatte Jule erst bemerkt, als sie Französisch in der Schule lernte. Jeté, sagte der Trainingsleiter, stand frei im Raum, hielt sich mit den Händen an den Enden seines Handtuchs fest und warf den rechten Fuß hoch. Er hielt im Winkel von 45 Grad inne, als sei dort ein Widerstand oder als hätte der Fuß auf dem Weg durch die Luft über etwas nachgedacht. Eine der Dielen quietschte bei jeder Bewegung wie ein altes Bett bei der Liebe. Jule musste lächeln. Trainingsleiter wackelten nie. Andere Seite, bitte, sagte er, und der alte Herr Hoffmann spielte den Auftakt. Sieben und acht, sagte der Trainingsleiter und schaute sich dabei im Spiegel an. Härte um den Mund, und härter noch der Nacken, und Jule dachte, der hat keinen Platz im Leben, und ich auch nicht. Der hat nur Haltung, sein sauberes Trainingszeug und die dicke Tasche dazu, hat zu Hause den Anrufbeantworter, auf dem nach der Vorstellung oder Abendprobe meistens keine Nachricht ist, hat eine Neonröhre über der Spüle und am Haken zwei gelbe Gummihandschuhe und daneben ein Fenster zum Hof, vor dem draußen immer ein Aschenbecher steht, wie bei mir, für die einzige Zigarette am Tag. Er hat einen Kühlschrank, zu dem er sich mit durchgedrückten Knien und geradem Rücken hinunterbückt, um aus Jogurt, Augenmaske, Kinderschokolade, Magermilch und zwei Piccolo die Kinderschokolade auszuwählen, um etwas Warmes zu essen. Andere Seite, sagte der Trainingsleiter. Wenn man nicht mehr bei der Sache ist, muss man gehen, dachte Jule in dem Moment ziemlich laut. Ronde de jambe par terre!, antwortete der Trainingsleiter lauter. Sie führte die Spitze ihres Fußes im Halbkreis über die Dielen, von denen sie jede einzelne gut kannte. Im Plié dann dem Boden noch näher, schaute sie sich das Holz genau an. Was stand da? Danach runzelten ihre durchgedrückten Knie die Stirn unter den dünnen Strümpfen. Was stand da? Die Nachricht wurde über die Kurve des Hohlkreuzes zu den Schulterblättern hinaufgeschickt. Was hatte da gestanden? Sie hatte von den Füßen aufwärts zu lesen begonnen, aber nicht gleich verstanden. Frappé!, sagte der Trainingsleiter, sieben und acht. Neun, zehn, zählte Jule weiter, elf, zwölf. Mit jedem gezielten Schlag der rechten Ferse gegen Schienbein und Wade links, mit jedem rhythmischen Tritt gegen sich selbst geriet ihr Leben mehr aus der Bahn. Sie drehte sich um. Developé, und langsames Elévé. Sie drehte sich wieder um, und als sie auf halber Spitze stand und langsam, langsam die Arme ein Stückchen höher als die Musik hob, sah sie den

Trainingsleiter von einem zum anderen längs der Stange gehen und mit einem kleinen, scharfen Messer allen die Ohren abschneiden, wohl, weil sie alle weder auf ihn noch auf die Musik richtig gehört hatten. Sie sah die blutenden Köpfe der Kollegen und dachte: Alle lebten so. Bitte umdrehen, Grand battement. In dem Moment flog ihr Bein, ohne dass sie es geschickt hatte. Es flog unanständig hoch, ein Bein von Geisterhand geführt, und es schlug ihr mit dem Knie ins Gesicht. Etwas in ihr riss. Der Schmerz war erst dumpf, schnellte dann fünf Oktaven höher und wurde sehr hell. Jule schrie auf. Der Schmerz fraß die Haltung.

Im Krankenhaus wurde Jule operiert. Kreuzbandriss. Als sie wieder aufwachte, lag auf dem Nachttisch ein Stück Knorpel, in ein Tempotaschentuch eingewickelt wie ein Milchzahn. Als sie hinfasste, merkte sie, es war kein Knorpel. Es war ein alter Kaugummi, den sie kurz vor der Operation selbst dort hingelegt hatte. Wenige Stunden nach der Operation hatte eine Schwester Jule im Schein der Nachtlampe bei Dehnübungen erwischt und sie fassungslos angeschrien.

An der Sakristeitür saßen zwei Nonnen in Rollstühlen, die jüngere von beiden so zusammengesackt, als sei ihre Kutte leer. Die Orgel spielte wilder und höher, als Jule es je gehört hatte. Sie spielt, als wolle sie den Himmel stürmen, und ein fremdes Glück, das nicht unbedingt sie meinen musste, prallte plötzlich bei Jule auf. »Herr, ich bin es«, sangen die achtzehn Frauen, während sie aus der Sakristeitür kamen. Sie sangen auf Lateinisch. Jule bewunderte die Choreografie der Nonnen, die so präzise auftraten, sich vorm Altar tief verbeugten, die langen Ärmel der Soutane synchron zurückwarfen und sich dann zu den Bänken drehten, um dort niederzuknien, in Wellen von vorn nach hinten. Gegen Ende der Messe traten sie wieder in Zweierreihen vor und drifteten vor der Monstranz immer zwei und zwei mit einer Vierteldrehung auseinander, eine nach links und eine nach rechts, wie kleine schwarze Autos mit weißen Verdecken auf einem großen Highway gen Himmel. Jule hätte bei der Choreografie gern mitgemacht. So genau und so gelassen wollte sie auch sein. Vielleicht war man das, wenn man bei jeder Bewegung an etwas anderes dachte, das größer war als man selbst.

Wie oft musste sie hinschauen, um zu verstehen? Das war nicht Kunst. Das war frei von Kunst. Das war Leben ohne Kunst.

Nur wer seine Tage hat, darf morgens bis halb sieben ausschlafen, hatte die Äbtissin zur Begrüßung gesagt. Was machen Sie eigentlich beruflich, Fräulein Böwe?

Warum?

Sie sehen müde aus.

Schon klar, und Jule hatte genickt. Sie dachte an schlecht gelüftete Garderoben und verschwitzte Trikots, an verschmierte Schminktische und ihre eigenen, senkrechten Stirnfalten im Spiegel darüber, wenn sie das alberne Lachen der Kollegen nach jeder Vorstellung auf dem Gang hörte, ein anschwellendes Hühnergeschrei. Sie dachte an die dicken Taschen, die sie anfangs von Vortanzen zu Vortanzen geschleppt hatte, an die kalten Theaterflure, wo sie sich mit Sicherheitsnadeln ein Lätzchen mit Nummer auf Rücken und Brust geheftet und schnell noch Wasser aus dem Hahn getrunken hatte, um dann, vom Nachtzug noch müde, bei der ersten langsamen Kombination zu wackeln und doch das Engagement zu bekommen. Langsamkeit war schon immer Jules Stärke gewesen. Langsam war eben zärtlicher als schnell. Sie sah sich als Elfe unter Vertrag zwischen anderen unerlösten Elfen, wie sie alle mit spitzen, leidenschaftslosen Gesichtern herumschwebten, unfähig, einen normalen Schritt zu tun. Lauter dünne, dekorative Fädchen, die jeden Weg drehend zurücklegten, den sie ebenso auch hätten geradeaus gehen können! Sie sah sich die Stadt und vom Ballett zum Tanztheater wechseln, um nun mit Alditüte auf dem Kopf über Badewannen und Särge zu springen oder als nackte Frau mit Axt und Spitzenschuhen durch Tapetenwände zu dringen. Ja, sie hatte die größeren Rollen und schließlich die ganz großen Rollen bekommen, wegen ihres speziellen Ausdrucks, und sie hatte irgendwann nicht mehr hacken müssen um ihren Platz in der Applausordnung. Ihren Platz im Leben hatte sie in einer Wohngemeinschaft gefunden, zusammen mit einem schwulen Tänzer, dessen Beine zu kurz waren für den Traum vom Prinzen. Er blieb ihr treuer Begleiter, auch in der Zeit, als sie abends nur noch an Ninas alter Schulbank saß und für das Studium und ihre Abschlussarbeit in Kulturwissenschaften schrieb. Aha, Kulturwissenschaften also, hatte Leo Böwe gesagt, das ist doch so was wie ein Puddingabitur für Mädchen, oder? Jule schrieb weiter. Denken, dachte sie dabei, ist auch eine schöne Sache. Der kurzbeinige Prinz stand hinter ihr am Herd, Abend für Abend, und kochte für sie beide. Ich bin deine Mama, hatte er dabei immer gesagt.

Noch immer spielte die Orgel wild, als ginge es darum, die Kirche zu leeren. Irgendwer da oben auf der Empore musste rücksichtslos seinen Oberkörper hin und her werfen und auf den Fußpedalen mit quietschenden Schuhen herumtanzen dabei. Vielleicht war es die Äbtissin selbst, die Register um Register zog, als wolle sie die Empore, die Kirche, die Stadt, die Welt und Jules Leben zum Einsturz bringen.

Plötzlich brach die Musik ab, und in der Stille unten im Kirchenschiff zitterte der Sturm nach, den die Musik entfesselt hatte. Die beiden kranken Schwestern im Rollstuhl hatten die ganze Zeit an der Sakristeitür gesessen wie kleine mumifizierte Vögel. Jetzt rollten sie in die Klausur zurück.

Jule legte den Kopf in den Nacken, und die Wirbel knackten. Alles Verschleiß. Sie legte die Hand auf ihr armes Knie, das bis vor kurzem noch mit Kunststoffspachtel umwickelt gewesen war. Das Material hatte sie an diese Netze erinnert, mit denen sie einmal die Rostlöcher ihres ersten VW Käfer bearbeitet hatte. Wie oft also musste man hinschauen, um zu verstehen?

Zweimal, dachte sie, das erste Mal und jetzt. Sie fasste einen Entschluss.

Es war stickig in der Telefonzelle. Als Jule die verschmierte Tür aufzog, erinnerte sie sich an die unsichtbare Wand aus aufgebrachter Luft und falscher Wärme im Eingang des Kaufhofs, an der die Frauen ihre Schirme ausschlugen, bevor sie zu den Wühltischen gingen. Nina und sie hatten damals Pullover in Pastellfarben ab Größe 42 verkauft. Diese Tage waren wie leere Kleiderbügel in Jules Kopf hängen geblieben. An einem nur baumelte ein Motorradhelm, und als sie genauer hinsah, bevor sie die Nummer wählte, lag in dem Helm ein Überraschungsei.

Sie wählte die Nummer auswendig. Die Sonne schien noch, aber sie ging gerade unter. Das Blumenrondell beim Theater gab es noch immer und in der Telefonzelle nebenan hatte vor zwölf Jahren ein Schild gehangen. *Wegen mutwilliger Zerstörung außer Betrieb.*

Am anderen Ende der Leitung klingelte das Telefon in einem Zimmer, das Jule gut kannte. Nina war in die Stadt und in dieses Kinderzimmer zurückgekommen, in dem sie als Mädchen mit den Barbiepuppen gespielt hatten. Es gab einen neuen Teppich mit abstrakten Strichen, und das gelbe Sofa war grün bezogen. Es gab kaum Bücher, dafür aber eine beeindruckende Anzahl von Platten und CDs. Nina hatte nach der Schule Goldschmiedin werden wollen, dann aber Soziologie studiert und nebenbei als Aktmodell in der Kunstakademie gearbeitet. Von dem Professor, der die Malklasse leitete, hatte sie den Sohn, von einem Soziologiestudenten die Tochter. Beide Kinder waren noch klein, als Nina zurück in den Bungalow hinter der Tankstelle zog und dort blieb. Ihr Vater war gestorben, und vier Mal die Woche zog Nina sein kariertes Männerhemd und die weißen Servicehandschuhe ihrer Mutter an und bediente an den Zapfsäulen.

Mensch, sagte Nina am anderen Ende der Leitung. Wo bist du denn?

In Baden-Baden.

Nina lachte. Das ist wohl eine Familienkrankheit. Du fährst zu oft nach Baden-Baden. Was machst du denn da?

Muss was klären, sagte Jule.

Bist du schwanger?, fragte Nina. Wenn du schwanger bist, dann komm doch her. Komm doch zurück, erst einmal.

Hilfe, dachte Jule. In diese Stadt zurückgehen, und dann auch noch an Weihnachten! Das Sanitätshaus Schröder war sicher schon seit November weihnachtlich gestimmt. Zwischen Brille und Toilettendeckel steckten wie in jedem Jahr künstliche Tannenzweige. Da hat das Klo den Weihnachtsbaum verschluckt, hatten Nina und Jule als Kinder gesagt. Der Weihnachtsmann, der zwischen den Klobürsten den Kopf im Rhythmus einer Standuhr schüttelte, war Jahre später noch in Jules Alpträumen aufgetreten.

Du kannst hier die Ballettschule übernehmen, sagte Nina. Unsere alte Lehrerin ist nämlich jetzt richtig alt, und mit dem Rheuma macht sie es nicht mehr lange.

Sie ist aber schon ziemlich weit mit ihrer Planung, dachte Jule und sagte: Ballettschule, das ist doch nicht dein Ernst.

Warum nicht?, fragte Nina. Wäre doch nett, dann gehen wir abends wieder zusammen weg, wie früher.

Ninas Abende in der kleinen Stadt mussten unerträglich lang sein, dachte Jule. Vielleicht hatte Nina zu viele Verhältnisse mit zu vielen Männern, die sie von früher kannte, saß zu oft in der Eisdiele Venezia gegenüber dem Mäuerchen. Bei der bloßen Erinnerung legte in Jule wieder das Nichts los, jenes Nichts, das sie einmal geteilt hatten, als Jule und Nina jung waren. Nina aber schien aus ihrer Hälfte des Nichts herausgewachsen zu sein wie aus Kinderschuhen. Sie war einfach in ihr altes Leben zurückgezogen und hatte frisch gestrichen. Über allem lag die Atmosphäre von Abwesenheit, von Mangel, von Leere, fand Jule, wenn sie zu Besuch war. Nina räumte unterdessen Spielzeug beiseite oder brachte die Kinder zu Bett. Sie sprach freundlich mit Jule. Sie hatte ein schmales Gesicht und einen großen, ein wenig wunden, ausgefransten Mund. Die Haare waren noch immer so fein wie die eines dünnen Pinsels. Sie schien wunschlos glücklich zu sein. Nina, dieses Mädchen, das Jule einmal geheiratet hätte, wenn es ein Mann gewesen wäre. Weißt du noch, Nina, hätte sie jetzt gern gesagt, hinter dem Friedhof, auf dem wir manchmal versucht haben, in die Grabkammern zu klettern, hat dieser Fußballplatz gelegen und jenseits des Fußballplatzes ein hohes, steiles Haus aus Beton mit langen schmutzigen Fenstern ohne Glas, eine Bauruine, die aus allen Löchern stank, und gleich hinter der Ruine faserte die Stadt endgültig in einer letzten Siedlung aus. Wir fanden die Siedlung mürrisch, weißt du noch, sind aber trotzdem hingefahren, meistens am Samstag und auf der Flucht vor unserer eigenen Stimmung, in die schon die Langeweile des Sonntags hineinschwappte. Wir sind bis zum Autobahnkreuz geradelt, haben uns auf der Brücke über der A1 aufgestellt. Selbstmörderbrücke, habe ich immer gesagt. Am Rand der Autobahn haben diese giftigen Blumen gestanden, die deine Mutter gern mochte und Wunderkerzen nannte. Wir haben den Autos gewinkt, die unter der Brücke, aber eigentlich unter unseren Röcken hindurchfuhren, und kreischend die gezählt, die zurückgewinkt haben. Auf dem Rückweg haben die Straßen der Siedlung nach Staub gerochen. Himmel und Erde sind über und unter uns hinweggefedert, wie wir so fuhren. Wir waren etwas schmutzig und ganz leicht, und zusammen hatten wir es wieder einmal geschafft, aus einem bedrückenden Nachmittag unseren eigenen, geglückten Ort zu machen. Aus den geöffneten Fenstern der Siedlung ist um die Zeit schon der Geruch nach Sonntagsbraten gekommen, und kleinere Kinder als wir haben auf der toten Straße gekickt. Damals haben wir uns noch nicht gegeneinander gehalten, so wie man ans Tageslicht beim Fenster tritt und Farben von Stoffen prüft. Das ist erst mit den Männern so gekommen.

Jule schaute durch die verschmierte Telefonzellenwand nach dem Himmel. So fern.

In der Telefonzelle nebenan stand ein Mann, und als er sich zu ihr umdrehte, war es Jans Vater.

Was ist, fragte Nina, bist du noch da? Lernst du gerade mal wieder jemanden kennen?

Alle Männer tragen so einen Ehering bei uns, sagte Jans Vater, als sie nebeneinander die Straße hinuntergingen.

Wo ist das, bei uns?

Im Konzern.

Und das nennst du »bei uns«?

So ist die Philosophie, sagte er.

Die Kastanien waren kahl, und die Wintersonne stand tief. Ein Türke, der im Laufen eine dünne Jacke vor seiner Brust zusammenhielt, erreichte knapp den Bus, der auf der anderen Straßenseite hielt. Solch einem Bus war Jule vor zwölf Jahren auch einmal schwerfällig hinterhergelaufen, als sie schwanger gewesen war. Sechs Mädchen, alle mit Mittelscheiteln, saßen jetzt dicht gedrängt auf der hinteren Bank, wo auch sie gesessen hatte, und schauten hinaus, mit Augen wie Fische im Aquarium. Jule schlug den Mantelkragen hoch. Im Bus hatte sie sich damals umgedreht. Die Straßenlaternen waren aufgeflackert, und ihr Licht hatte Jule deutlich von der Telefonzelle gegenüber dem Theater getrennt.

So ist die Philosophie im Theater auch, sagte sie. Wir sind alle eine große Familie.

Da scheinen sich deine und meine Welt nicht sehr voneinander zu unterscheiden, sagte Jans Vater.

Sie sah ihn an. Jule mochte Männer, manchmal nicht sofort, aber im Nachhinein fast alle. Sie hatte immer gern getanzt mit Männern, vor allem Pas de Deux. Es war ihr oft ein Ersatz für die Liebe gewesen. Sie war klein und leicht, und wenn die Impulse stimmten, ihr Kopf in der Hand eines Partners lag und der sie dann mit einem Ruck auf die Bahn schickte und sie seine Bewegung verlängerte, nur um dann wieder zu ihm zurückzukehren, weil die Musik zog, oder der Blick, dann war es das gewesen, was sie am Leben hielt. Dieses flüchtige, aber wilde Glück, wenn eine Hebung im gemeinsamen Atem mehr war als nur gelungen und im Raum etwas auslöste, eine Art Liebe, die unendlich viel leidenschaftlicher war, als wenn sie durch Verlangen entstanden wäre.

Wovor hast du eigentlich am meisten Angst?

Sie zögerte.

Vor den Beinen toter Vögel, sagte sie.

Komm, sagte er. Alleinsein schadet der Gesundheit.

Als er seinen Zimmerschlüssel auf den Bartresen legte, dachte sie, dass sie den riesigen Schlüssel für das Tor zum Klosterhof noch nie benutzt hatte. All die letzten Abende nicht. Sie war zu Hause geblieben, hatte an ihrem Fenster gesessen und wie der Hund den breiten Kiesweg hinaufgeschaut. Bis in den Wald, in die Dämmerung, in die Dunkelheit hinein. Im Sommer spielen wir im Klostergarten auch Federball, hatte die Äbtissin gesagt.

Ein Mädchen in einem weißen Kleid mit Stehkragen spülte Gläser hinter dem Tresen. Sie hatte nackte Arme.

Wir lassen uns scheiden sagte Jans Vater. Jule kaute Kaugummi.

Das Mädchen hinter dem Tresen drehte ihnen den Rücken zu und wischte die Flaschen im Regal ab. Ihr Kleid hatte einen tiefen Rückenausschnitt.

Ich geh dann mal, sagte Jule und kaute heftiger danach.

Schreiben Sie die Getränke aufs Zimmer, sagte Jans Vater, und schneller als Jule denken konnte, versank sie in einem weichen Teppich, der sie aus der Bar hinausführte, ohne dass sie Zeit gehabt hätte, ihren Mantel anzuziehen. Den trug Jans Vater und gab ihn einfach nicht her. Beim Fahrstuhl angekommen, drehte sie sich noch einmal um und sah die Schale mit Äpfeln an der Rezeption stehen.

Sie lief zurück und holte sich einen. Komm, sagte Jans Vater, und schob sie am Ellenbogen in den Fahrstuhl. Das alte Lied, dachte Jule, während er sich mit gespreizten Fingern durch die dichten dunklen Haare fuhr und der Fahrstuhl nach oben glitt. Im Bett würde er sich wahrscheinlich wie einer aus diesen französischen Filmen der sechziger Jahre benehmen. Jule freute sich darauf und ärgerte sich zugleich. Ihr fehlte die Fähigkeit, Nein zu sagen, wenn sie neugierig war.

Vierzehn waren es, wie in dem Lied: Abends wenn ich schlafen geh, vierzehn Englein um mich stehn. Zwei zu ihrem Haupte, das waren Schef und Otto. Zwei zu ihren Füßen, Dietrich, der Schlagzeuger, und Fritz, der Tänzer. Zwei zu ihrer Rechten, Marek, Sportlehrer und Philosoph, und der polnische Marek, Fotograf aus Kattowitz, für den sie den wortkargen, sportlichen Marek verlassen hatte. Dann zwei zu ihrer Linken, Josef, mit dem sie sieben Jahre zusammen gewesen war und den sie sechs davon betrogen hatte, und Clemens. Ab Clemens fehlten noch sechs, und wenn sie ehrlich war, eigentlich keiner. Aber das Lied ging weiter. Zweie, die sie deckten, Thomas, Schauspieler, und Christian, Dr. phil. und Taxifahrer. Zweie, die sie weckten, Markus, der Maler, der eigentlich Anstreicher war, und Robert, Statistiker für Sterbetabellen bei einer Lebensversicherung. Jetzt fehlten, laut Lied, noch zwei, zweie, die sie führen, vor des Himmel Türen. Clemens jedenfalls hatte immer doppelt gezählt.

Was freut dich denn so, Mädchen, fragte Jans Vater. Er schob sie auf den Gang hinaus und schloss das Zimmer auf. Aus dem Raum kam eine traurige Luft, als er sie hochhob und über die Schwelle trug.

Ich bin doch nicht krank, sagte sie.

Er setzte sich auf den Sekretär am Fenster, legte seine Armbanduhr ab und nahm sein Portemonnaie aus der Hosentasche. Als er es auf den Tisch warf, fiel eine Visitenkarte heraus.

Jule bückte sich. Darf ich?, fragte sie.

Klar, sagte er.

Sie nahm die Karte und las. EMD/M.

Was ist denn das?

Executive Management Development.

Ach so, sagte Jule. Übernachtest du öfter hier?

Sie nahm das Kaugummi aus dem Mund und drückte es in die Visitenkarte.

Er zog die Stirn kraus, dann lachte er.

Seid ihr alle so, beim Theater?

Wie? So?

Jans Vater kam näher, strich ihr über den Kopf, ging an ihr vorbei und legte sich auf das Bett, ohne sich auszuziehen.

So anders, so einsam, so unberechenbar und komisch, so anstrengend, unvorsichtig und kalt.

Ich bin nicht kalt, sagte Jule.

Er lächelte sie an, während er ein Kopfkissen unter einer Tagesdecke hervorzerrte und mit der anderen Hand per Fernbedienung den Fernseher beim Bett einschaltete. Der Bundeskanzler ging durch das Brandenburger Tor. Sie machte den Mund auf und gleich wieder zu. Jans Vater ist ein charmanter Mann, dachte Jule, aber mit der Zeit wird er immer grausamer werden.

Setz dich doch, sagte er und drehte sich auf die Seite, ohne ihre Reaktion abzuwarten. Nach wenigen Atemzügen schien er eingeschlafen zu sein. Jule setzte sich in einen Sessel und wusste nicht, was tun. Der Fernseher lief noch immer und zeigte den Anfang eines späten Films. Das Haus am Ende der Straße, lautete der Titel. Jule ging zum Bett und legte sich an den Rücken von Jans Vater. Sie schob die linke Hand um den fremden Körper und hatte plötzlich erstaunlich viel Mann im Arm. Vor dem Fenster des Hotelzimmers fuhr ein Motorrad vorbei. Jule schloss die Augen, und das Motorrad fuhr an einer Tankstelle mit altmodischem Dach vorbei, das wie ein riesiger Keks aussah. Dann fuhr es in eine leere Ferne, und es war wieder still im Zimmer.

Sie träumte: Sie bekommt ein Zimmer bei Nina. Das Bett steht zwischen Wand und Wand, in einer Nische unter dem Fenster. Nina näht rasch noch Vorhänge. Sie ist beim Film gelandet, beim Schwedischen. Da sie ihren Text immer vergisst, soll Jule einspringen. So steht Jule plötzlich an der schwedischen Küste mit einer Mütze mit Ohrenklappen auf dem Kopf und soll Nina spielen. Sie kann den Text nicht. Es liegt nicht an ihr, es liegt an der Sprache. Als sie vom Dreh zurückkommt, sind die Vorhänge in dem Zimmer vorgezogen und das Bett ist verschwunden. Wo es stand, ist die Nische ganz mit einem öligen, zähen, fast schwarzen Wasser angefüllt, das sehr tief sein muss. Darin ist das Bett ertrunken. Es liegt auf dem Grund des Wassers. Es liegt auf dem Grund des Wassers mit Nina darin. Jule rennt auf die Straße. Autos fahren schnell vorbei, aber niemand sitzt hinter dem Steuer. Eins aber hält an. Ein Behinderter aus Wolle und Stoff sitzt darin. Du könntest doch die Ballettschule hier übernehmen, sagt er und hat plötzlich das Gesicht ihrer Eltern. Abtreibung kommt gar nicht in Frage, sagt ihr Vater, und ihre Mutter nickt. Beamte in schwarzen Anzügen kommen aus dem Rathaus gegenüber der Kaiserstraße 29. Sie rauchen vor der Tür. Es ist sehr früh am Morgen, und sie haben die Nacht durchgearbeitet. Dann tragen sie ihre Schreibtische aus den Büros, auch Ninas alte Schulbank ist dabei. So eine Hitze, sagt Jules Mutter, so eine Hitze schmerzt, wenn jemand gestorben ist. Wer ist denn gestorben?, fragt Jule, wer ist denn in der Schulbank? Plötzlich fühlt sie sich leicht und gleichzeitig benommen. Etwas, das bisher auf ihr gelastet hat, löst sich ab und fällt hinein in den Himmel über ihr. Etwas, von dem sie beim Aufwachen einfach dachte, es sei ihre Jugend gewesen. Jemand musste den Fernseher ausgeschaltet haben, während sie schlief.

Lass doch den Hund raus, Inge, knurrte Jans Vater neben ihr im Traum und warf sein Kopfkissen aus dem Bett. Jule stand vorsichtig auf und sammelte im Dunkeln ihre Kleider ein. Dem Schatten an der Wand sah sie an, dass sie nackt war.

Es war der Bus, mit dem sie zum Kloster zurückfuhr, nicht die Straßenbahn. Als sie den Kopf gegen die Scheibe lehnte, merkte sie, dass sie anders müde war als sonst. Sie aß den Apfel, den sie von der Hotelrezeption mitgenommen hatte.

Am gleichen Vormittag noch gab sie zwei Telegramme auf, eins an ihren Intendanten und eins an das Betriebsbüro ihres Theaters. Sie bat um die sofortige Aufhebung ihres Vertrags im Ballettensemble. Sie schrieb: Mein Knie will nicht mehr. In Wirklichkeit wollte sie nicht mehr. Da sie die Knieverletzung zum Anlass nahm, würde man ihre Kündigung akzeptieren müssen.

Die Menschen, die vorbeigingen, sprachen vom Ende der DDR, dann vom Wetter. Auf der Straßenseite gegenüber der Post stand eine Bäuerin mit Handkarren und verkaufte Tannengestecke, flach wie Paradekissen, und dazu rote Grablichter aus dem Drogeriemarkt. Jule schaute in den Himmel. Die Sonne war über den Buckel des Mittags gewandert, und am Himmel flogen zwei Vögel einem Flugzeug hinterher. Ja, sie hatte um die sofortige Aufhebung ihres Vertrags gebeten, hatte eine weitere Knieoperation erwähnt, die nötig sei, und das ärztliche Attest angekündigt, das sie nachreichen würde.

Jemand tippte ihr auf die Schulter. Es war Jan mit umgedrehter Baseballmütze. Neben ihm stand ein Junge, der genauso aussah wie Jan. Jule steckte die Telegrammquittung in die Jackentaschen.

Das ist Julian, sagte Jan, der geht aufs Pädagogium. Das ist hier das Schulinternat für die Dummen und Reichen.

Für die Waisen mit Kreditkarte, Alter, sagte Julian und schlug Jan auf die Schulter, Kreditkarte eben, Alter, genau das, was du nicht hast.

Jan schlug zurück. Selber Alter!

Jule stand da, die Hände in den Taschen vergraben.

Und du so?, fragte Jan, was hast du jetzt noch so vor?

Sie fuhr mit den Fingerspitzen über den Karton einer Visitenkarte, in der ein Kaugummi klebte.

Executive Management Development, sagte sie.

Was?, fragte Jan.

Manager, sagte sie, ich werde Manager.

Jetzt?, fragte Jan.

Cool, sagte Julian und strahlte eine schöne Zuversicht aus, die ihn wahrscheinlich nicht so weit bringen würde, wie er hoffte.

Schon cool, sagte Jan. Das ist mein Vater auch, aber meinst du nicht, dass du jetzt zu alt dafür bist, noch eine Lehrstelle zu finden?

Wie alt bist du denn, hatte die Choreografin aus Wuppertal gefragt, als Jule an der Stange stand.

Achtzehn.

Sie war fünfzehn gewesen.

Und wie heißt du?

Jule Böwe. Die Strecke mit der Schwebebahn über der Wupper kannte Jule als Mädchen genau. Schornsteine und Kirchtürme überall. Einmal im Monat musste sie wegen der Zahnspange nach Wuppertal zum Kieferorthopäden. Von der Schwebebahn aus sah sie die Rückseite der Stadt, die von hinten besehen noch unwirtlicher war als bei den Häuserfassaden zur Straße. Im Winter lag Eismehl in den Hinterhöfen, und im Sommer gab es nur manchmal einen gepunkteten Ball auf einer Treppe oder zwischen Mülltonnen, der wie eine fröhliche Sommersprosse in einem niedergeschlagenen Gesicht aussah. An einem Freitag stieg sie zwei Stationen vor dem Kieferorthopäden aus der Schwebebahn und schlich sich beim Opernhaus in die Ballettgarderobe. Sie hatte nur ein Stück dort gesehen und beschlossen, zum nächsten Vortanzen zu gehen, weil an jenem Abend Kindheit Sterben und Lieben auf der Bühne mit dem Rücken zur Wand gestanden und verwundert der Darstellung ihres heimlichen Wesens zugeschaut hatten.

Du darfst für die Audition bleiben, Jule Böwe, und wenn du achtzehn bist, kommst du noch einmal wieder, einverstanden?, sagte die Choreografin.

Am Ende des Ballettsaals öffnete ein großer Spiegel das Fenster zu einem zweiten Raum, in dem es alles nicht und doch noch einmal gab. Jule sah, wie Jule da drüben rot wurde und wie neben der Choreografin ein großer, männlich aussehender Engel stand.

Als Jule achtzehn war, hatte sie Abitur, Führerschein, ein eigenes Zimmer in einer anderen Stadt mit der Schulbank von Nina darin und dem alten Rennrad von Böwe im Hausflur, um morgens zur staatlichen Ballettschule fahren zu können. Sie war nie wieder zum Vortanzen nach Wuppertal gegangen. Wegen des Engels. Der hätte sie sicher gefragt.

Wie alt bist du, Jule?

Wie alt warst du, als das Kind kam, Jule?

Wie alt ist Fritzi jetzt, Jule?

Der Engel hätte sie zur Rede gestellt. Du lügst noch immer, hätte er gesagt, und der eine Satz, den du nicht sagst, macht alle anderen Sätze verlogen.

Jule hatte sich eine Biografie ohne Kind zurechtgelegt.

Wer aber in Wuppertal unter den Augen des Engels tanzen wollte, der musste ihm Geständnisse machen, in diesem fensterlosen Probenraum unter der Schwebebahn, der früher ein Kino gewesen war. In der Lichtburg machten alle ihre Geständnisse über schlimmste Verletzungen der Seele, wenn auch nur mit Armen und Beinen, mit Händen und Füßen.

Ich will doch nicht vor andern mit den Armen weinen! Jule nahm sich vor, dichtzuhalten. Seitdem hielt sie vor sich selbst dicht.

Wie alt warst du, als das Kind kam?

Welches Kind?

Wie alt ist Fritzi?

Was für ein Fritzi?

Der Engel verlor seine Kontur mit der Zeit, wurde zum milchigen Fleck mal hier auf einem Spiegel, wurde zu einer blinden Verlegenheit mal dort in einem Gespräch. Wurde zu etwas Drittem in den Nächten zu zweit.

***

Trinken Sie noch einen, sagte der Wirt im Dorfkrug, vom Wodka bekommt man keinen Kopf. Das Dorf in der sächsischen Schweiz hieß Hrensko. Böwe hatte es tatsächlich gefunden, obwohl keine einzige Straßenbezeichnung ihn hingeführt hatte. Nach kurzem Zögern hatte er sich an einer Kreuzung gegen Hinterhermsdorf und Rosenthal entschieden und war mit seinem alten Audi in eine Richtung ohne Schild abgebogen.

Der Ort hatte nur 120 Einwohner, aber eine Kneipe. An dem runden Tisch beim Tresen saßen die Leute vom Wanderzirkus, deren Vorstellung Böwe gerade gesehen hatte. Das Zelt war unbeheizt gewesen, und am Eingang hatte er sich zwei Wolldecken geben lassen.

Ich bin ja nicht mehr der Jüngste.

Die Frau mit der Pelzmütze und der Stupsnase, die die Wolldecken verteilte, verstand ihn nicht.

Dobrze, sagte sie nur und strich den gelben Pony unter das borstige Fell ihrer Mütze zurück.

Die Nummern rührten Böwe: Dressierte, weiße Hunde, die durch Reifen sprangen, sekundiert von einer Ziege, die zählen konnte. Ein Seiltänzer balancierte barfuß auf Kopfhöhe des Zirkusdirektors und sprang am Ende des Seils in einen Teppich aus Glasscherben. Ein Jongleur ließ sorgfältig alles fallen und nannte sich deswegen Clown, und ein altes Pferd mit aschgrauer Blesse, das zwischen den Beinen der jungen Frau vom Eingang Walzer tanzte, ließ den Dreck vom Dorfanger bis in die dritte Zuschauerreihe fliegen, wo außer Böwe keiner saß.

An dem Abend war sein Leben, als hätte er es soeben in einem abenteuerlichen Buch gelesen. Er bestellte noch einen Wodka und dachte nicht an den Rückweg, der ihn über die nächtliche Landstraße Richtung Dresden führen würde. Dresden hatte ihm gefallen. Die Stadt war eine graue Schönheit, die erweckt werden musste. In seiner Vorstellung hatte er bereits mit Nobis darüber gesprochen.

Hat denn der Seiltänzer keine Angst, wenn er auf die Glasscherben springt, fragte Böwe den Wirt, der den dritten Wodka im Wasserglas brachte.

Der ist zu dumm, sehen Sie doch. Der Wirt beugte sich zu Böwe. Aber sprechen Sie ihn deswegen nicht an, sonst kommt er hinterher noch drauf.

Worauf?

Angst zu haben, sagte der Wirt. Als Böwe das Wirtshaus verließ, hatte er Mühe, sein Auto im Dunkeln zu finden. Wenige Kilometer hinter dem Dorf stand ein Mensch am Straßerand und winkte.

Straßenräuber, sagte Böwe laut zu sich, gab Gas und raste mit quietschenden Reifen vorbei.

Im Rückspiegel sah er, dass ein zweiter Mensch neben den ersten sprang und wenige Meter von den beiden entfernt mit schwachem Scheinwerferlicht ein Trabi stand.

Zwei Straßenräuber, dachte Böwe, und sogar mit Audi.

Ein Ast, der tief hing, schlug gegen die Windschutzscheibe. Böwe zuckte zurück, als habe der Ast ihn ins Gesicht getroffen. Nüchterner danach, sah er noch einmal hin. Der eine der beiden Männer hielt eine Leuchtkelle in der Hand. Böwe bremste und hielt am Straßenrand, hob die Hand vor den Mund und überprüfte seinen Atem. Er hatte eine Fahne, und er hatte Angst. Den Motor ließ er laufen.

Die beiden Volkspolizisten waren sehr jung und überprüften unsicher Führerschein, Fahrzeugschein und Personalausweis. Sie schauten in den Kofferraum und fanden Warndreieck und Abschleppseil, eine Wolldecke von Rosemarie und den Schirm von Liz und fragten erst ganz am Schluss, ob er etwas getrunken habe.

Nein.

Dann bauen Sie mal das Warndreieck auf.

Das ist doch nicht Ihr Ernst bei der Kälte, sagte Böwe.

Entweder Sie bauen das Warndreieck auf oder Sie blasen.

Nein, sagte Böwe, griff nach seinem Portemonnaie und tastete nach den Geldscheinen.

Vielleicht, sagte er, vielleicht überlegen Sie es sich noch mal, wenn ich Ihnen das hier zeige.

Er dachte an den Tatort im Fernsehen am Sonntagabend, und mit einer präzisen Bewegung aus dem Ellenbogen hielt er den beiden Volkspolizisten seinen Landtagsausweis hin.

Sie lasen mit Taschenlampe.

Ich werde im kommenden Sommer einer der Kandidaten für die freien Wahlen sein. Er stützte sich auf den Beifahrersitz, und die Straßenkarte von Sachsen knitterte unter seiner Faust.

Die beiden Beamten studierten das Foto, den Stempel, sie studierten Böwes Gesicht wie eine abstrakte Zeichnung. Der Ellenbogen des einen Polizisten sagte etwas zum Brustkorb des anderen. Der schaltete die Taschenlampe aus und sagte im Dunkeln: Weiterfahren.

Böwe fuhr. Er pfiff eine Melodie, die sie eben noch im Zirkus gespielt hatten. Der Text, erinnerte er sich, handelte von einem Haifisch, der Zähne im Gesicht trug, und von einem Mann namens Mackie, der ein Messer hatte, das man nicht sah. Von wem das Lied war, wusste er nicht mehr.

Die Straßenkarte von Sachsen lag noch immer auf dem Beifahrersitz, als er am nächsten Tag in Berlin ankam. Es war der 22. Dezember, der Tag, an dem die Mauer am Brandenburger Tor geöffnet wurde. Die letzten Jahrzehnte seines Lebens war Böwe sicher gewesen, dass er das nicht mehr erleben würde. Er parkte auf der Straße des 17. Juni und ging zu Fuß zum Brandenburger Tor. Im Gedränge verlor er seine Handschuhe. Niemand achtete auf ihn, obwohl er die Männer, die im Scheinwerferlicht durch das Tor gingen, persönlich kannte.

An der Spitze ging der Kanzler. Er hatte ihm bei einem Treffen der Partei vor einigen Jahren sogar zum Geburtstag gratuliert. Ein junger Mann mit Bierdose schubste Böwe und sagte, geh mal weg da, Alter, und Leo Böwe zog es plötzlich vor zu kapitulieren, am Ende dieses Kalten Krieges, der seine schönste Zeit gewesen war. Warum eigentlich Sachsen, jetzt noch und so spät in seinem Leben? Seine Mittel waren von gestern, und mit der verbleibenden Energie musste er haushalten. Eine halbe Stunde später stieg er eilig in seinen Audi. Als er seinen Mantel ausziehen wollte, legte sich eine unvermutete Müdigkeit auf seine Schultern und machte die Ellenbogen schwer. Für einen Moment spürte er die Angst vor dem Alter bis in den Nacken. Er drehte die Heizung auf die höchste Stufe und wollte nach Hause. Beim nächsten Kreisverkehr stand er im Stau und sah auf ein hässliches Berlin im Aufruhr. Weihnachten, offener Grenzverkehr und dazu noch der hysterische Feierabend fielen übereinander her. Er kurbelte das Fenster einen Spalt herunter. Die Luft draußen roch nach Eisen, was vielleicht eine besondere Verbindung aus Schnee und Abgasen, aus Natur und Großstadt war. Im Autoradio lief weihnachtliche Barockmusik, und Böwe, aufgekratzt und sentimental zugleich, erinnerte sich. Eigentlich mochte er Erinnerungen nicht, denn Erinnerungen erinnerten daran, dass es den Tod gab. Für sein Doppelleben brauchte er ein gutes Gedächtnis, aber keine Erinnerungen. Im Gegenteil, sie störten nur.

Während er sich im Stau Richtung Avus schob, benannte er, was sich an inneren Bildern aufdrängte, einfach um. Er stützte den Ellenbogen gegen die Autotür und nahm den Mittelfinger in den Mund. Klare Sache, das waren nur Fragen, die sein Leben in Überschriften teilten, keine Erinnerungen. Wo war er, als vor knapp sechs Wochen die Meldung von der vollständigen Öffnung der Grenze kam? Wo an dem Tag, an dem John F. Kennedy vor dem Rathaus Schöneberg rief, er sei ein Berliner? Und wo, als er ermordet wurde? Wo war er am Nachmittag der Schleyer-Entführung? Wo an jenem regnerischen Tag vor vielen, vielen Jahren, als Brandt mitten in Warschau auf die Knie fiel? Die Antwort fiel ihm nicht schwer. Er war jedes Mal mit einer Frau beschäftigt gewesen.

Er würde auch jetzt bei einer Frau bleiben und nicht nach Sachsen gehen. Die kalte Dezemberluft, die durch das geöffnete Wagenfenster kam, schnitt in sein Gesicht. Böwe sah zum ersten Mal das unverstellte Bild von sich. Er, der kleine Böwe, kam aus der kleinen Kaiserstraße, nicht aus der großen in Frankfurt, und seine Rosemarie unterschied sich von der wahren Rosemarie wie der Finke vom Falken. Trotzdem freute er sich darauf, wieder mit ihr auf dem Sofa zu sitzen. Sie würde sich nach dem Sport die weißen Füße eincremen, während er den Kopf zurücklegte und mit dem Geruch nach Fichtennadeln in der Nase einschlief. Rosemarie war keine schöne, aber eine ihm zugewandte Frau.

Böwe lehnte den Kopf ans Autofenster wie früher einmal an ein Fenster im Zug.

***

Eine Gestalt in einem dunkelblauen Kleid mit schmalen, weißen Streifen an Ärmelbund und Rocksaum kam Jule die Stufen herunter entgegen. Es war ein Mädchenkleid, und drin steckte Liz Böwe. Sie trug einen glatten Pagenkopf und hüpfte mehr, als dass sie ging. Mit den Fingern versuchte sie dem Haar die alte Fülle des toupierten Nests zu geben, das sie bis September noch getragen hatte. Ihrem neuen Job zuliebe hatte sie ihren Typ verändert. Nicht alle Kunden wollten von Soraya beraten werden. Du bist eine Puppe, kein Mensch, hatte Böwe einmal zu Liz gesagt und dabei übersehen, dass in Liz' Augen sich ein Wissen eingenistet hatte, um das sie nicht gebeten hatte.

Eines Tages hatte Liz beim Friseur Irene Abraham kennen gelernt. Sie war fünfzehn Jahre jünger als Liz. Mit ihr richtete sie die Boutique für Trauerbekleidung am Stadtrand ein. Da muss ich erst meinen Mann fragen, hätte Liz eigentlich sagen müssen. Sie ließ es zum ersten Mal in ihrem Leben sein. Sie sagte zu. Denn das von früher, das galt nicht mehr. Die Boutique lag hundert Meter vom Friedhof und zweihundert Meter von der Tankstelle mit dem Keksdach entfernt. Der Laden war eine ehemalige Metzgerei und hatte noch die weißen Kacheln an den Wänden. Vier Stufen führten zu einer Glastür aus den fünfziger Jahren mit schwarzem Bakelitgriff in Form einer gerollten Zeitung. Die beiden Frauen fingen mit einem kleinen Sortiment von dunkler Kleidung an, die aber nicht so traurig war, dass man sie nicht zu anderen, festlichen Anlässen hätte weiter tragen können. Das Schaufenster lag gegenüber dem Haupteingang des Friedhofs. Am ersten Tag brachte Liz ihre Kaffeemaschine von zu Hause mit und Irene Abraham einen Sektkübel. Ihr Geschäft eröffneten sie am 9. November 1989.

Jetzt war Ende Januar.

Das ist Irene Abraham, sagte Liz auf der Treppe zum Geschäft zu Jule. Sie ist eine echte Witwe, und das ist gut fürs Geschäft. Wie lange bleibst du?

Jule hatte noch den Türgriff in der Hand. Sie wusste, die Gründe zu bleiben würden sich nach einem Tag aufgebraucht haben. Sie sah ihre Mutter an. Ob sie noch immer Stunden zu früh fertig angezogen auf der Sofakante zu Hause saß, bis sie zur verabredeten Zeit abgeholt wurde? Ob sie noch immer am Küchentisch vor sich hin stierte und dabei gedankenlos das Innere aus einem bleichen Brötchen pulte, um das Loch mit Erdbeermarmelade auszustreichen und dann nichts zu essen? Hilfe, dachte Jule, hoffentlich werde ich nicht so. Dann muss ich wirklich die Ballettschule hier übernehmen und sonntags zum Friedhof gehen, weil ich irgendwann dort die meisten Leute kenne.

Auf dem Tisch stand der Sektkübel, nicht nur, weil Jule zu Besuch gekommen war, und Irene Abraham trug eine rote Bluse.

Für alte Kleider will sie auch eine Abteilung aufmachen, sagte Liz und sah Jule unsicher an. Sie fand alte Kleider abstoßend und Second hand konnte sie immer noch nicht aussprechen.

Wie findest du die Idee?

Jule stellte ihr Sektglas ab. Die echte Witwe Abraham mit der roten Bluse unter dem schwarzen Kostüm öffnete die nächste Flasche und warf dabei den Kopf zurück. Ihre Bluse sah obszön aus, wie aufgerissenes Fleisch. Eine Frau mit Pinscher blieb draußen vor dem Schaufenster stehen, überrascht von der ausgelassenen Stimmung in einem Geschäft für Trauerbekleidung. Dann zog sie den Pinscher fort. Sie wackelte mit dem Kopf und er mit dem Hintern, als sie eilig die Straße überquerten.

Na, die habt ihr als Kundin schon mal verloren, sagte Jule.

Beide Frauen liefen zur Tür. Liz bewegte sich dabei leicht und von der Taille aus, wie eines jener Straußeneier in den Combos der fünfziger Jahre. Von hinten sah Jule keinen Altersunterschied zwischen den Frauen. Ein Polizeiauto hielt vor dem Laden. Die Tür öffnete sich und blieb so, als würde ein dunkler Stall gelüftet.

Weißt du übrigens, dass bei uns eingebrochen worden ist?, sagte Liz, ohne sich nach Jule umzudrehen.

Die Diebe mussten über den Hof gekommen sein. Unter dem alten Birnbaum hatten auffällig viele abgebrochene Zweige gelegen. Auf die hatte Böwe die Polizei gleich hingewiesen. Sie mussten aus der Gegend der benachbarten Sozialbauwohnungen gekommen sein, nahm Böwe an, und die Tür zum Wintergarten so sauber geöffnet haben, als hätten sie einen Schlüssel gehabt. Liz war mit Irene Abraham zu einer Modenschau für die reife Frau gefahren. Sie blieben über Nacht fort. Auch Böwe war an dem Abend nicht nach Hause gekommen.

Das sind Zeiten. Ich war vor kurzem in Sachsen, sagte Böwe und stieß, während er redete, mit einer Holzstange ein Oberlicht zu, als wolle er nicht, dass jemand auf der Straße etwas mitbekam.

Wissen Sie, sagte er, die da drüben, die sind einfach noch nicht so weit.

Der Polizeibeamte nickte.

Sehen Sie hier, sagte Böwe und zeigte auf das alte, dünne Glas im Wintergarten, das unversehrt geblieben war. Das müssen Sie eigentlich nur anschauen, dann springt es schon. Er klopfte zart gegen die Scheibe und fing an zu erzählen, wie er sich den Vorgang vorstellte. Erzählen konnte er. Wohl erfand er hinzu, wie immer mit geliehener Pracht, aber er selbst glaubte, was er sagte.

Die Diebe hatten hinter der Etagentür zum Hausflur einen dicken Pflasterstein liegen lassen, mit dem sie Böwe den Kopf eingeschlagen hätten, falls er überraschend nach Hause gekommen wäre, so wenigstens äußerte Böwe seinen Verdacht der Polizei gegenüber. So erzählte er auch Liz die Geschichte, und die erzählte sie so Irene Abraham weiter.

Bettwäsche vor allem war gestohlen worden, dazu das Silberbesteck von Böwes Mutter mit Gabeln so groß wie Gartenharken sowie fünf oder sechs Bücher, unter anderem auch »Die geheimen Verführer«. Alle anderen Bücher waren noch da, auch die, in denen Liz und er Bargeld versteckt hatten. Tischdecken waren weg, jedoch nicht eine einzige, die Liz selber bestickt hatte, und als größten Verlust gab Böwe das Service mit den Paradiesvögeln an, das er besonders gemocht hatte. Es war gleich zwölfteilig verschwunden mit der Originalverpackung, die Liz im Besenschrank verstaut hatte.

Haben Sie keinen Verdacht?, fragte der Polizeibeamte. Wer wusste von der Originalpackung im Besenschrank?

Ich weiß es nicht, sagte Böwe und drehte an seinem Ehering, ich will ja niemanden verdächtigen.

Und Ihre Frau?

Die war an dem Abend auf einer Modenschau.

Was ist mit der Putzfrau?

Die ist zu Weihnachten nach Polen gefahren.

Sehen Sie, sagte der Polizist, ganz plötzlich ist sie nach Polen gefahren?

Aber Weihnachten ist doch nicht plötzlich, sagte Böwe.

Als Böwe seine Kartons mit dem Diebesgut in Rosemaries Eigentumswohnung brachte, sah die ihn so verliebt und so misstrauisch an wie immer und wie beim ersten Mal.

Ja, sagte Böwe, dann schauen wir mal. Er beugte sich über ihren Nacken, roch ihre Kopfhaut und auch, dass sie keine junge Frau mehr war. Schwungvoll hob er einen ersten Karton auf den Esszimmertisch. Rosemarie sah das Silberbesteck seiner Mutter missmutig an.

Kann man das in die Spülmaschine tun?

Er nickte, aber Zweifel kamen in ihm auf. Warum diese Eigentumswohnung mit Rosemarie so einrichten wie die Wohnung daheim mit Liz? Warum der gleiche Raumteiler im kurzen Flur, der keinen Teiler brauchte? Warum diese Affäre, die eigentlich eine zweite Ehe war? Nur, um einem Leben zu entkommen, das ihm zu kurz zu sein schien, wenn er es nicht doppelt, also als ein Doppelleben führte? Lebte er dadurch wirklich doppelt? Blieb nicht auch ein belegtes Brötchen nur *ein* belegtes Brötchen, selbst wenn man es auseinander klappte und es wie zwei aß?

Du hast ja eine richtige Aussteuer, rief Rosemarie Schneider dann doch erfreut, als er den letzten Karton in die zweite Etage trug. Er nickte, aber er hatte eine neue Steifheit in den Knien und im Rücken. Jede Bewegung war ihm plötzlich zu viel, denn sie führte zu nichts mehr.

Haben wir es nicht gemütlich?, rief Rosemarie am Abend in der aufgerüsteten Wohnung.

Er merkte, er mochte Liz noch immer. Er mochte, wie sie ihre

Zehennägel lackierte und sich weit zwischen ihren Schenkeln hinunterbeugte und dann ein wenig ordinär und krötenhaft auf dem Sofa saß, sodass man sah, wo sie herkam. Man sieht, wo du herkommst, wenn du so sitzt, sagte er dann mit belegter Stimme, und sie, die Hände über der Knopfleiste ihres Sommerkleides gefaltet, blinzelte ihn für einen Moment, der an früher erinnerte, so an, als sei er ihre Sonne.

Hast du es schon mal irgendwo so gemütlich gehabt?, fragte Rosemarie Schneider.

Böwe nickte.

Wie, fragte sie, was nun?

Gemütlich, wiederholte er brav.

Wer log, konnte sich nirgendwo ausruhen.

Die Versicherung übernahm den Schaden. Liz kaufte das Service mit den Paradiesvögeln nach. So hatte Böwe gleich an zwei Orten ein Paradies aus bemaltem Porzellan. Verständlich, dass er eine Art Todesangst bekam, die er aber nicht zuließ. Liz kaufte neue Bettwäsche mit Rosenmuster. Davon werde er depressiv, sagte Böwe. Liz sagte nichts. Sie stierte ein Loch in den Knoten seiner Krawatte.

Sie ließ an allen Fenstern und Türen eine Extrasicherung einbauen und brachte nach Absprache mit Eva König einen Aufkleber in den Ecken aller Fenster an: Achtung, aufmerksame Nachbarn, stand da gelb auf schwarz, damit die Einbrecher es auch im Dunkeln lesen konnten.

Mach doch eine Therapie, sagte Böwe zu Liz, mach bloß eine Therapie, oder nimm Glückspillen, wenn du mir jetzt seltsam wirst.

Am Abend zog sie die Bettwäsche mit dem Rosenmuster auf und stellte in zwei Glasrahmen Fotos auf. Eins von Böwe für ihren Nachttisch. Darauf sah er wie Glenn Gould aus, und eins von sich für seinen Nachttisch, auf dem war sie zwanzig und lief auf Nylonstrümpfen durch den Sand bei Scheveningen.

Hör auf, die Wohnung zu dekorieren, bis ich nicht mehr darin vorkomme, schrie Böwe gegen Mitternacht beim Anblick des frisch bezogenen Ehebetts und legte sich trotzdem hinein. Die Fotos hatte er gar nicht gesehen. Wieder sagte sie nichts, auch nicht, als er ihr kurz darauf ins Gesicht schnarchte. Fast hätte sie die Hand hinüber auf sein Kopfkissen geschoben, wie manchmal in den Nächten, in denen er sich für ihr schwarzes Haar interessiert hatte oder wenigstens für die Erinnerung an ihr schwarzes Haar. Zum ersten Mal sah sie in dieser Nacht, wie dick Böwe selbst im Dunkeln war, ja dass sein Gesicht auf eine ungute Art mit den Jahren immer glatter geworden war, so als sei er selbst zu oft und unachtsam mit der Hand darüber gefahren. Ist was passiert?, fragte Liz in Böwes verzweifelten, lärmenden Schlaf hinein und rückte ihm mit dem Gesicht näher.

Hätte er seine Augen geöffnet, er hätte im Dämmerlicht das Weiße in ihren Augen gesehen und dazu, wenn auch schwächer, die Kontur einer Sehnsucht, die Kontur eines Gesichtchens.

Ich sitze in einem hell erleuchteten Raum ganz nett zu fünft in einer Runde, erzählte Jule.

Liz schloss das Trauerbekleidungsgeschäft ab.

Ich habe eine Tastatur und einen Bildschirm vor der Nase und ein Vermittlungstelefon und keine Thermoskanne auf dem Tisch, keine Schokoriegel, höchstens ein Brillenetui. Zwischen den Sitzgruppen stehen Grünpflanzen, die nie blühen und auf deren Töpfen Grünpflanzen aufgemalt sind, die blühen. Die Kollegin neben mir war eigentlich einmal Psychologin in Ostberlin. Ihr Kind ruft ständig an und blockiert die Telefonleitung des Konzerns: Mama, das Lineal ist kaputt, oder die Kassette von Biene Maja finde ich nicht. Die Kollegin heißt Debbie Strauß. Wenn sie sich undeutlich meldet, fragen die meisten Anrufer nach: Wie bitte, Teppichhaus?, und legen gleich wieder auf.

Liz lachte.

Jules Vorstellung von einer Telefonzentrale war ein romantischer Traum in Schwarz-Weiß gewesen. Sie hatte sich in einem Hollywoodfilm der vierziger Jahre gesehen, ein Fräulein mehr zwischen lauter Fräuleins in weißen Blusen, schwarzen Röcken und kleinen hochhackigen, schwarzen Schuhen, die sie unter dem Tisch am Stuhlbein abstreiften, während sie oben Verbindungen stöpselten und dabei von Hochzeit träumten, ja, bei Arbeiten und Träumen streng auf die Kopfhörer achteten, damit sie ihnen nicht die Frisur zerdrückten, bevor sie unter der Haube waren.

Sie hatte gleich nach dem Jahreswechsel die Nummer auf der Visitenkarte von Jans Vater gewählt.

Können Sie Sprachen?, fragte er mit unverbindlicher Bürostimme und siezte sie.

Könnte sein, sagte sie.

Sie haben eine gute Telefonstimme, Jule, sagte er nach wenigen Minuten Gespräch, und wenn Ihre Stimme die Stimme des Konzerns für externe Anrufe darstellt, dann muss es ein guter Konzern sein. Kommen Sie in der nächsten Woche vorbei.

Der Trainer in der Telefonzentrale allerdings gab ihr wenig Chancen, weil Jule es am zweiten Tag nicht schaffte, eine Anruferin abzuwimmeln, die wissen wollte, wie der Optiker des obersten Konzernchefs heiße. Sie habe ihn gestern im Fernsehen gesehen, sagte die Anruferin, und wolle ihrem Mann das gleiche Brillenmodell kaufen.

Liz lachte wieder.

Jeden Tag, sagte Jule, gehe ich in der Werkshalle an einer langen Glasscheibe entlang, hinter der die betriebsinternen Doktoranden im Seminar sitzen. Von der anderen Seite des Fensters schauen die Lehrlinge in das Klassenzimmer hinein und feixen.

Klingt gut, der neue Job, sagte Liz. Was verdienst du denn jetzt?

Neunzehnhundertneunundneunzig

Am Flughafen öffnete ein Taxifahrer die Heckklappe für Jules Koffer ohne auszusteigen. Sie fuhren los, Jule kam von einer ihrer vielen Geschäftsreisen zurück. Es regnete, und der Herbst warf seine Blätter gegen die Scheiben. Berlin war ein schmutziger, grauer, alter Lappen. Jedes Mal, wenn sie in die Stadt zurückkam, dachte sie, was mache ich eigentlich hier. Sie wohnte seit drei Jahren in Berlin. Noch im Taxi rief Liz an.

Ich habe heute zum ersten Mal die Heizung angemacht, sagte sie, es ist ja auch Mitte Oktober.

In Mailand laufen die Menschen sogar an Weihnachten noch mit offenen Jacken herum, sagte Jule und notierte einen Termin, der nichts mit ihrer Mutter zu tun hatte.

Kommst du an Weihnachten?, fragte Liz.

Auch Böwe war noch immer unterwegs. Bevor er die Bahnhofshalle Heilbronn betrat, streckte er den Handrücken aus, als wolle er prüfen, ob es regnet. Ein sonnenwarmer, heiterer Oktobermorgen sickerte durch seine Finger. Er blickte auf zum Himmel und versuchte, so viel Erwartung festzuhalten, wie er konnte. Dann ließ er den Arm sinken. Er, der immer gern gereist war, konnte sich bei keiner Ankunft oder Abreise mehr ein Bild machen von dem, was ihn erwartete.

Sei nicht so bitter, sagte er zu sich.

Er war flexibel gewesen in einer Zeit, als es sonst noch keiner war. Er war so ein Rastloser geworden, der die eigene Unruhe mit dem nächsten Zug hinter sich lassen konnte. Anfangs wenigstens.

Doch unfähig, der Baum zu sein, der sich im Wind biegt, um danach in seine alte Form zurückzukehren, war er schließlich so windig wie der Wind selbst geworden. So unseriös, wie er es schon früh in seinem Leben von sich vermutet hatte.

Er kaufte seine Zeitung und suchte den Wartesaal im Bahnhof von Heilbronn.

Er ging an einer Bäckerei, einem Würstchenverkauf, einem Strumpfladen und einer Metzgerei vorbei, um am Ende der schmalen Einkaufsgasse in der Vergangenheit zu landen. Das hatte er in Heilbronn nicht erwartet. Solche Wartesäle hatte es auch in seiner Jugend gegeben. Salle des Pas perdus, Saal der verlorenen Schritte.

Eine Blumenbalustrade mit künstlichem Springbrunnen teilte den hohen Raum so, wie man es in den fünfziger Jahren gemocht hatte. Vorn saßen an schwarz marmorierten, runden Tischchen dunkelhaarige Männer aus der Türkei und rauchten. Der hintere Teil war Nichtraucher. Dort saß eine einzelne ältere Frau breitbeinig zwischen zwei Koffern. Böwe setzte sich an den Nachbartisch und schlug die Zeitung auf. Sein Blick fiel auf das Foto eines Mannes, der mit stechenden Augen aus dem Wirtschaftsteil zurückschaute.

Richard Elman hatte mit fünfzehn seine höhere Schule in Südengland frühzeitig verlassen. Wie ich, dachte Böwe. Elman war im Hafen von Manchester als Hilfsarbeiter gelandet. Dort lernte er, wie man aus Schrott wertvollen Rohstoff macht. 1967 zog er in ein noch dörfliches Hongkong, um von dort aus sein eigenes Geschäft aufzuziehen. Seine Maxime: Gewinne waren nicht nur fette Zahlen auf den rechten Seiten der Buchführung. Gewinne waren echte Werte, Pfründe, Schätze. Dieser Richard Elman erwarb physisch, was er physisch weiterverkaufte, Stahl, gerösteten Kaffee, Zucker, er transportierte mit eigenen oder gecharterten Schiffen und nannte seine Firma nach einem englischen Erfolgsroman: The Noble Group. Ja, seinen Stahl, seinen gerösteten Kaffee und Zucker gab es wirklich, auf wirklichen Schiffen, die mit echtem Sturm im Rücken über ein weites Meer fuhren. Elman war ein Patriarch, ein wirklicher Unternehmer mit romantischen Zügen, der am liebsten seine Tage auf See und im Nebel verbrachte. Seine Welt war katholisch. Wie meine auch, dachte Böwe. Er war jetzt vierundsechzig.

Böwe wischte heftig über den Tisch und stieß dabei im Wartesaal Heilbronn das Milchkännchen um. Die Kellnerin kam mit dem Lappen. Sie hatte ein blasses Gesicht aus dem Osten mitgebracht, aus Sachsen oder aus der Ukraine vielleicht.

Ich glaube, sagte Böwe zu ihr.

Ja, sagte die Kellnerin, was denn, bitte? Polen, entschied Böwe, sie kommt aus Polen, und er zeigte auf das Zeitungsbild von Elman.

Ich glaube, so einen Vater hätte ich auch gern gehabt, sagte er.

Aber der ist doch genauso alt wie Sie, sagte die Kellnerin nach einem Blick auf die Zeitung, haben Sie sonst noch einen Wunsch?

Ein Kännchen Kaffee, bitte, sagte Böwe.

Pott, sagte die Kellnerin, Kännchen haben wir nicht.

Böwe war auf der Durchreise, aber eine richtige Aufgabe hatte er nicht mehr. Er baute seine Ehrenämter aus, um eine lauernde Nutzlosigkeit herum. Er hielt Vorträge, frei und wütend, ohne Blatt und Brille. Im Ende lag der Anfang, merkte er. Er hatte in Hinterzimmern von Kneipen seine ersten politischen Reden gehalten, mit der Kompromisslosigkeit der Jugend. Jetzt redete er an den gleichen Orten, mit der Sturheit des Alters. Von innen fühlten sich Früher und Heute für ihn ähnlich aufregend an. Wenn er in den Versammlungsräumen aus dem Fenster sah, waren die Holzrahmen der Scheiben durch Plastik ersetzt, das alte Glas durch neues Thermopen. Aber auch er hatte sich verändert. Seine Lieblingsthese vertrat er offen, seitdem seine Landtagskarriere beendet war. Der Kapitalismus, sagte er laut und stützte seine Fäuste auf einen meistens klebrigen Tisch, liegt derzeit ebenso falsch wie einst der Kommunismus. Die menschliche Gesellschaft kann nicht funktionieren wie ein Großkonzern. Der Wettbewerb muss geordnet sein, und nur Dummköpfe können glauben, dass man auf Dauer die Solidarität einer Gesellschaft aufs Spiel setzen darf, ohne irgendwann dafür einen politischen Preis zahlen zu müssen. Sagte er. Die größte Veränderung in unserem Leben wird das Ende des Industriezeitalters sein, sagte er jedes Mal am Schluss seiner Rede, ob wir das wohl schaffen?

Dabei sah er regelmäßig das Gesicht seiner Tochter Jule vor sich. Wann hatten sie sich das letzte Mal gesehen? Genau erinnerte er sich nicht. Wie sah sie aus? Ende Dreißig, gepflegt, aber müde, und die Müdigkeit stand ihr gut. Aber auch daran erinnerte er sich nicht genau. Sie war seiner Ansicht nach eine Frau wie alle anderen, ein Wesen mit immer zwei Ansichten gleichzeitig. Auch Jule hatte schon früh mit Spielzeug und Zuneigung nach ihm geworfen. Ja, Böwe fühlte sich neuerdings als Opfer der Frauen. Er nickte Elmans Foto zu. Schon klar, Mr. Elman, Eltern und Kinder müssen sich nicht notwendigerweise mögen.

Was?, fragte die Kellnerin in sein abwesendes Lächeln hinein. Sie hatte dünnes, trauriges Haar, straff zurückgebunden, sodass es sich kaum von der Farbe ihrer Haut unterschied. Böwe warf die Zeitung auf den leeren Nachbarstuhl und nahm die rote Kladde aus der Aktentasche.

Noch einen Kaffee, bitte!

Der Oktober war eine stabile und anmutige Jahreszeit.

Candle-light Dinner?, hatte der neue Parteivorsitzende vor wenigen Wochen gefragt.

Er warf von der Tür aus den Werbeprospekt eines Romantikhotels auf Böwes Schreibtisch. Das Papier landete auf Böwes Schoß. Böwe sah Böwe, wie er auf dem Foto einer Frau zuprostete und ihr dabei tief in die Augen sah.

Arbeiten Sie nebenbei jetzt als Model, Böwe?

Böwe grinste.

Und wer ist die Frau neben Ihnen?

Ihre Sekretärin, Herr Parteivorsitzender, sehen Sie doch, sagte Böwe.

Sein Listenplatz war in dem Moment um sechsunddreißig Positionen nach unten gefallen, seine Landtagslaufbahn wäre damit bei der nächsten Wahl beendet.

Was sagt eigentlich Ihre Frau dazu?, fragte der Parteivorsitzende.

Die Frau auf dem Foto neben Böwe sah wie eine Liz Böwe vor zwanzig Jahren aus. Auch diese Frau hatte einen festen Platz in Böwes Leben, wie alle Frauen, die von ihm sorgfältig betrogen und damit fest in sein Lügennetz eingewoben wurden. Er selbst saß in der Mitte des Netzes und wurde immer dicker. Bei der einen Frau war er Nudelliebhaber, bei der nächsten wollte er Steaks, Liz kam mit keiner Speise in seinem Wunschplan mehr vor, seitdem er seine frühe Liebe zu Bratkartoffeln auf Rosi Schneider übertragen hatte. Rosi Schneider, seine Dauerverlobte, hatte er sich seit über zwanzig Jahren sichergestellt und von da aus hatte er weitergesucht. Solange die Gesundheit mitmachte.

Böwe, wie alt sind Sie denn jetzt?

Böwe schwieg und sah auf seine Schuhe.

Mensch, nehmen Sie sich doch zusammen!

Böwes Gesicht sah plötzlich trauriger und dicker aus als sonst.

Ich, sagte er leise.

Er war tatsächlich ein Auslaufmodell, das sagte ihm auch der Gesichtsausdruck des Parteivorsitzenden, als Böwe aufschaute. Er war mit seinen hemdsärmeligen Mitteln in den Landtag gekommen. Mit den Mitteln eines Waschmaschinenvertreters. Die, die jetzt kamen, hatten studiert, lauter intellektuelle Weicheier, ohne Praxisbezug, ohne die Glaubwürdigkeit, die man auf der Straße gewann, und ohne politischen Instinkt. Das waren nicht mehr Böwes Zeiten.

Ich glaube auch, sagte der Parteivorsitzende, dass sie kein schlechter Mensch sind, Böwe, sondern nur ein Verstrickter. Gehen Sie mal zum Therapeuten.

Am gleichen Tag noch ging Böwe in das neue Büdchen beim neuen Landtag. Er holte sich zum Kaffee einen Cognac, dachte an seinen Freund, den Penner, und als er zahlte, fiel sein Blick auf ein Schreibheft. Eine rote Kladde. Er kaufte sie, legte sie neben sich auf den Stehtisch und schaute in die Fensterscheibe. Da lag sie, leuchtend sichtbar, und er selbst daneben, ein Klumpen Luft.

Er schlug die Kladde auf und zeichnete ein Gesicht, das jemandem ähnlich sah.

Die Kladde hatte ihn wieder zum Zeichnen und zum ersten Mal in seinem Leben zum stummen Reden gebracht. Alte Seelenschätze heben, nannte er sein Schreiben. Beim Schreiben war er ehrlicher als im Leben, stellte er überrascht fest.

Jetzt zeichnete er eine Figur, die quer durch Heilbronns Bahnhof auf Böwes Pott Kaffee zustürmte. Böwe zog seinen alten Kollegen Begale aus der Versenkung, während wenige Schritte von ihm entfernt Züge fuhren, die Böwe, als er noch der kleine Böwe war, ein anderes Leben versprochen hatten, mit schönen Frauen im Speisewagen, die mit der Zeit nicht mehr nur Frauen waren, sondern Erinnerung, die er noch nicht zu Ende begriffen hatte. Als er mit den nervösen Füßen seines ehemaligen Vertreterkollegen Begale fertig war und ihnen noch ein paar eilige Striche hinter den Fersen verpasst hatte, rief über Lautsprecher eine Stimme den verspäteten IC nach Frankfurt aus.

Böwe warf abgezähltes Geld auf den Tisch, griff nach Mantel und Aktentasche und steckte im Fortgehen die Kladde hinein. Warum er das alles tat, wusste er nicht sogleich. Er wusste nur, es stimmte, weil es so plötzlich war. Mit langen Schritten rannte er zu Gleis 2, an einer Frau vorbei, die von hinten wie seine Tochter Jule aussah. Er überholte sie und drehte sich nicht um. Aus Versehen hatte er beim letzten Telefonat seine Tochter mit »Sie« angeredet, was er im Nachhinein richtig fand. Denn seine Tochter war ihm der Fremdeste von allen Menschen. Sie war die Schlimmste aller Frauen. Sie war ihm unheimlich und ließ sich auch durch angewandte Ironie nicht in eine normale, dumme Frau verwandeln. Im Gegenteil. Sie gab ihm das Gefühl, dumm zu sein, obwohl sie das Gesicht von Liz hatte, nicht seins. Liz war Böwes Meinung nach wirklich dumm. Jule hatte Liz' herzförmiges Gesicht geerbt und Böwes Mimik übernommen. Ihr Lächeln war wie seines, ein schiefer Selbstschutz. Böwe sprang ohne Fahrkarte in den Zug nach Frankfurt und kam sich sehr jung dabei vor.

Frankfurt, das waren die glücklicheren Tage gewesen.

***

Von der Sowjetunion lernen heißt Siegen lernen.

Der Mann, der zu dem Spruch über dem Schreibtisch gehörte, sollte Jules neuer Chef werden. Er schob eine Projektbeschreibung über den Schreibtisch und sah sie dabei an.

Chancengleichheit und Frauenförderung unter wirtschaftlichen Aspekten. Punkt 1. Ein höherer Frauenanteil trägt dazu dabei, sowohl Marktposition als auch Arbeitgeberattraktivität zu verbessern.

Finden Sie das auch?

Er lächelte. Jule gefiel ihm.

Was haben Sie bisher gemacht? Er fragte, während er ihren Lebenslauf vor sich liegen hatte.

Ich bin Anfang '90 in den Konzern nach Stuttgart gekommen.

Und jetzt würden Sie nach Berlin gehen, obwohl es hier im Winter so kalt ist?

Ja.

Während der anderthalb Jahre Telefonzentrale hatte Jule in einem Abendstudium ihren Mondscheinbetriebswirt gemacht, einen Abschluss für arbeitslose Geisteswissenschaftler. So hatte sich der Universitätsabschluss in Kulturwissenschaften also doch gelohnt. Internationale Konzerne schätzten Allgemeinbildung als Herzensbildung. Herzensbildung war nützlich bei der Kundenorientierung und konzernintern erhoffte man sich, dass diese Menschen das schmale Leben zwischen Büro, Flughafen und Hotel für alle Beteiligten reicher machen würden.

Der Vorlesungssaal damals in der Verwaltungsakadamie war im Sommer zu heiß und im Winter überheizt gewesen. Bleiche Stu denten unter Neonlicht aßen während der Vorlesung, trafen Verabredungen für den Abend, fürs Kino. Jule schrieb mit. Nischenstrategien und Kostenführungsstrategien, Premium-Strategien und Misch-Masch-Strategien. Sie lernte, dass man eine konsequente und in keinem Fall eine gemischte Strategie fahren sollte. Aber das hatte sie im Leben auch schon gelernt. Hier wurde es ihr nur noch einmal vorgerechnet. Sie lernte dynamische und statische Betrachtungsweisen und nahm zwischendurch doch ein Gummibärchen von ihrem türkischen Nachbarn an, weil er im Profil eine aufregende Nase und um die Hüften eine alte US-Fliegerjacke geknotet hatte.

Dax, sagte er, das ist übrigens kein Nagetier. Sie zeigte ihm einen Vogel.

Was hast du vorher gemacht? Getanzt?, fragte er, während vorn an der Tafel ein bärtiger Dozent mit Kreide herumkratzte. Eine Sehnsucht nach Abend war in den Augen ihres Nachbarn gewesen. Er hatte die Jacke um seine Hüften fester geknotet und angefangen, auf eine verschworene Art um sie zu werben, als hätten sie bereits miteinander geschlafen. Nebenbei hatte er ihr den Unterschied zwischen Substanzwert und Marktwert erklärt.

In den Wochen darauf hatte sie angefangen, für ihn immer blonder zu werden.

Bis vor kurzem, sagte Jule zu ihrem neuen Chef, war ich für den Konzern in Rom, um an italienischen Universitäten Nachwuchs zu rekrutieren.

Hat Ihnen das gefallen?

Rom, dachte sie: Habe noch nie so viele Männer beim Rauchen arbeiten sehen. Habe noch nie so viele Menschen auf der Straße essen sehen. Habe noch nie so viele schöne Frauen im Mittagslicht brüchig werden sehen. Habe noch nie so viele Mädchen in dunkelblauen Mänteln gesehen. Habe noch nie so viele Blicke gesehen. Habe mich noch nie so gesehen.

Hat mir sehr gefallen, Rom, sagte sie.

Kann ich mir gut vorstellen, sagte ihr zukünftiger Chef. Und davor, was haben Sie vor Rom gemacht?, fragte er.

Personalmarketing.

Stuttgart?

Ja, Stuttgart.

Hat Ihnen auch gefallen?

Ja.

Und trotzdem wollen Sie wechseln?

Sie lächelte, und er lächelte im gleichen Ton zurück. Beide wussten, es war nicht wichtig, nach dem Sinn einer Sache zu fragen, sondern nur nach ihrem Erfolg.

She's got the DNS, sagten amerikanische Kollegen über Jule. Tatsächlich war bei einem Meeting das Licht im Raum heller geworden, als sie ihn betrat. Eine Bühne zu betreten beherrschte sie und lieferte so ihren Vorgesetzten Grund dafür, sie nach oben zu schießen. Sie war eine Arbeitskraft mit Aura. Diese kleine Böwe, sagten sie, sie ist blond, schlank, sachlich, sie hat Herz und Verstand und eine überraschende Sicherheit in sozialen Dingen.

Und früher waren Sie also beim Theater? Als was denn?

Tänzerin, sagte Jule, und Sie, waren Sie schon einmal in der damaligen Sowjetunion?

Warum?

Darum, und sie zeigte auf den Spruch hinter seinem Schreibtisch. Meinen Sie das wirklich?

Fragen Sie das wirklich? Er sah auf die Uhr, und sie wusste, gleich würde er sie zum Essen einladen. Sie saß auf dem Stuhl vor ihm gerade wie ein Hund, Hals frei, Kinn leicht vorgeschoben, das Gesicht offen, die Beine nicht übereinander geschlagen, sondern das Gewicht gleichmäßig auf den Außenkanten beider Füße verteilt und längst einverstanden damit, dass jedes Gespräch mit einem Menschen, den man kennen lernte, ein Bewerbungsgespräch war. Auch im Privaten. Sie hatte, während sie redeten, nicht einmal nach unten geschaut, sondern ihren Blick – mehr Technik als Flirt – tief in seinen gebohrt. Sie wusste, was sie anrichtete, und wusste es auch wieder nicht, aber sie sah, dass es in dem anderen Menschen auf der anderen Seite des Schreibtischs genauso unbewohnt aussah wie in ihr selbst. Außerdem passten die Farben ihrer und seiner Augen zusammen, wie Farbe und Label ihrer Jacketts auch. Er hieß Johann und war fünfzehn Jahre älter als sie.

Ist Ihnen aufgefallen, dass der Grundriss unseres Gebäudes der gleiche ist wie der von Notre Dame?, hatte Johann schon privater gefragt, als er sie am Pförtner vorbei in eine schwache Märzsonne auf den Potsdamer Platz hinaus zum Mittagessen führte. Er sagte: unser Gebäude, und sie fühlte sich wohl neben diesem Mann und mit dieser Kathedrale im Rücken. Sie hatte sich endlich zugehörig gefühlt.

Wenige Wochen später, im Mai 1996, war sie nach Berlin gegangen und zu Johann nach Friedenau gezogen.

Johann war ein erfolgreicher Manager, er war nie traurig, er hatte nie eine weiße Angst um die Nase. Er konnte mit Anteilnahme reden, aber von Liebe und Hass schien er wie abgeschnitten. Er war nicht einsam, nicht unglücklich. Er war nicht dumm, sondern nur ein Mensch, der am liebsten von außen an seiner Lebensfassade heraufsah. So war auch seine Wohnung. Sarrazinstraße 10.

Über dem langen Esstisch hing eine Designerlampe namens Zettel'z. Ein Mobile aus weißen Karteikärtchen ersetzte den üblichen Lampenschirm. Einige Zettel waren beschriftet von der Firma mitgeliefert worden, auf anderen verwirklichten sich Besucher und Freunde. Die Lampe gehörte nur Johann. Alles in der Wohnung gehörte Johann. Jule war mit einigen Koffern und Ninas alter Schulbank eingezogen.

Was soll das?

Ich will hier arbeiten. Jule hatte ihr einziges Möbelstück an ein Fenster mit Blick auf eine Akazie geschoben.

So, sagte sie zu dem Tisch, hier stehst du gut. Hier hast du eine schöne Aussicht.

Hast du das vom Sperrmüll?, fragte Johann.

Nein, von früher.

Das kommt in den Keller.

Der bleibt, das ist mein Schreibtisch.

Das da? Johann starrte auf die Mädchenkritzeleien, die vor einem Vierteljahrhundert mit Haarnadel oder Zirkel ins Holz geritzt worden waren. Sehnsucht ist ein brennendes Hemd, stand in der Rille für den Griffel. Das hatte Nina so gemeint, damals, auch wenn sie es abgeschrieben hatte.

Johann und Jule wohnten im Vorderhaus, dritter Stock, ein Balkon zur Straße, einer zum Hof, Parkett, Stuck, fünf große Zimmer, das größte davon das Berliner Zimmer mit diesem überlangen Esstisch für zwölf Gäste nahe dem schmalen Fenster, durch das selbst im Hochsommer nicht genug Sonne fiel, um den Raum aus seinem ewigen Halbdunkel zu erlösen. Nachts fiel ein mattes, frierendes Licht vom Hinterhof auf Lampe und Tisch, wenn Jule barfuß zum Klo lief und die vertraute Wohnung sich in eine fremde Wohnung auf der Rückseite der Welt verwandelte.

Über den Vorrat von sechzig weißen Kerzen im Gemüsefach des Kühlschranks sah Liz bei ihrem ersten Berlinbesuch hinweg. Aber die Flasche Champagner in der Tür schaute sie sich genau an, während sie die mitgebrachte Marmelade auf drei leere Fächer verteilte. Eine Lage Erdbeer, eine Lage Kirsch, eine Lage Holundergelee. Beim Anblick der Gläser dachte Jule an den Birnbaum im Hof daheim. Liz war mit dem Flugzeug gekommen, nachdem sie drei Jahre lang gezögert hatte.

Was verdienst du jetzt?, fragte Liz.

Jule nannte eine Summe.

O Gott, das ist mehr, als der Papi verdient! Da ist er aber neidisch. Und dass du mir jetzt ja kein Kind mehr bekommst! Ein Kind, das kannst du im Moment nicht gebrauchen, und abgeben bei mir kommt auch nicht in Frage.

Ich weiß, sagte Jule. Ich weiß. Es gab ein Unglück, das man ertragen konnte. Das mit Männern. Es gab ein anderes Unglück, das man nicht ertragen konnte und bei dem man sein Hirn ausschalten musste. Das mit Kindern. Jule versuchte, Liz nicht anzuschauen, und wäre gern sofort in ihr altes Büro bis hinunter nach Stuttgart gefahren, um in dem Außenbezirk, wo die Hochhäuser anfingen, auf das Flutlicht beim Fußballplatz gegenüber zu starren und in der Ferne die S-Bahn fahren zu hören oder sich einen Schokoriegel nach dem anderen aus dem Bürokühlschrank zu nehmen, einen Trostriegel, bevor sie das Licht löschte und als Letzte auf dem Gang nach unten zum Pförtner ging, um den Schlüssel eines Testautos abzugeben, dann Schönen-Abend-noch zu sagen und den Abend wirklich schön zu finden, mit seiner von Arbeit erfüllten Einsamkeit.

Liz stellte den Champagner zurück und schloss die Tür des Kühlschranks, sacht, wie die Tür zu einem verbotenen Zimmer. Dann öffnete sie den Besteckkasten.

Alle Öffner vom Designer, muss das sein?

Jule antwortete nicht. Am nächsten Morgen putzte Liz die Berliner Doppelfenster. In der Küche fing sie an. Es war noch kühl, und in ihrer Haltung lag etwas Kindliches, wie sie mit besorgtem Mund die Fensterbank betrachtete und dabei den Lappen im Eimer auswrang. Ein Ring blitzte auf über dem Putzwasser, an der nassen, etwas rauen Hand mit den lackierten Fingernägeln. Der hatte die Ehe gesehen, die Fehlgeburten und diese ganze Hingabe an ein Leben, das nie ihres geworden war.

Warum nimmst du den Ring zum Putzen nicht ab, fragte Jule.

Liz ging mit dem Eimer ins Schlafzimmer, ohne zu antworten.

Rushdie, Mankell, Roth, Potter, The Economist und Wick Nasentropfen lagen neben dem Doppelbett, das aus ästhetischen Gründen nur 1,20 m breit war. Liz nahm die Bücher vom Boden und stellte sie der Größe nach ins Regal. In den neuen Mankell las sie kurz hinein, wusste aber, dass sie sich diese ausländischen Namen eh nicht merken konnte. Sie schüttelte die zwei Kopfkissen auf, legte sie zärtlich auf das nachtblaue Spannbetttuch zurück und gab dem weißen Kuscheltier am Kopfende einen Namen, indem sie es anlächelte.

Leo, riet Jule, als sie das Lächeln zufällig sah.

Nein, Omar, und jetzt erzähl mal von deiner Arbeit. Bist du beliebt, bist du müde? Hast du Hunger? Bist du glücklich?

Ihr habt wohl zu viel Geld?, fragte Liz am Abend, als Johann und Jule von der Arbeit kamen. Sie saß mit Jules Waschbeutel am Esszimmertisch und ordnete die Anti-Aging-Cremes neu. Jule hatte im letzten Jahr den Buchstaben K in der Gehaltsgruppierung verlassen und war nach E 4 aufgestiegen.

Richtig, sagte Johann, in die Tür gelehnt, wir haben zu viel Geld. Ich, zum Beispiel, hätte mit vierzig aufhören können zu arbeiten, wenn es nur darum ginge. Er öffnete die Flasche Champagner.

Liz stützte die Ellenbogen auf den überlangen Tisch, zählte die zwölf Designerstühle in den fahlen Küchenfarben der fünfziger Jahre noch einmal nach und sah plötzlich misstrauisch aus.

Habt ihr so viele Gäste?

Wir haben keine Zeit für Gäste, sagte Johann und schenkte ein Glas für Jule ein. Er selbst verschwand mit Laptop und Flasche im Schlafzimmer, im Bett. Liz stand vom Tisch auf. Den Waschbeutel ließ sie stehen und ging ins Wohnzimmer, wo sie ganz langsam eine Hand auf die Tastatur des Klaviers legte. Als es keinen Ton dazu sagte, setzte sie sich auf das hellere von zwei Sofas, aber nur auf die Kante. Jule setzte sich auf das andere und klemmte ihr Glas zwischen die Knie. Die beiden Sofas standen wie zwei Königskinder viereinhalb Meter voneinander entfernt. Zwischen ihnen lag ein dicker, teurer, sehr weißer Teppich. Liz und Jule Böwe sprachen laut über den Abgrund zwischen Sofa und Sofa hinweg.

Und Johann spielt also jetzt Klavier?

Ja.

Er nimmt also richtig Unterricht?

Ja.

In dem Alter noch.

Ja.

Warum trägt er eigentlich diese orangenen Hemden?

Die sind nicht orange, sondern lachsfarben. Sie schwiegen. Liz ging in die Küche und holte ein Trockentuch. Als sie zurückkam, zeigte sie auf die Schulbank am Fenster.

Ach, Nina, sagte sie. Sie legte das Trockentuch auf das Sofa. Erst dann setzte sie sich wieder, aber diesmal rutschte sie tief nach hinten und lehnte sich vorsichtig an.

Übrigens, es ist kalt in eurer Wohnung.

Dann mach die Heizung an.

Es liegt nicht an der Heizung, sagte Liz. Mir ist kalt, wenn ich euch miteinander sehe.

Das musst du gerade sagen, sagte Jule und ärgerte sich über das Trockentuch unter dem Hintern ihrer Mutter, ein Hintern, der sich sichtlich unwohl fühlte in der Wohnung der Tochter.

Jule war zu Johann gezogen und hatte seinen Lebensstil angenommen, ohne einen eigenen aufzugeben. Johann wusste, wie man

Hummer aß, wie der Mai '68 in Paris gewesen war, denn er hatte damals Volkswirtschaft und Ästhetik an der Sorbonne studiert. Er wusste, welche Kleider Jule tragen musste, um seine Träume zu verwirklichen. Mit Johann hatte Jule die Kaiserstraße 29 endgültig hinter sich gelassen und Welt nachgeholt. Aber so etwas verstand Liz nicht. Welt war nicht das, was für sie eine Rolle spielte zwischen Mann und Frau. Welt war für sie eine Gefahr für die Liebe.

Wie alt ist er eigentlich jetzt?, fragte Liz.

Immer schon fünfzehn Jahre älter als ich, daran hat sich nichts geändert, sagte Jule.

Wenn du vierzig bist, wird er zu alt sein für dich.

Ich werde nächstes Jahr vierzig.

Als Jule nach einer Woche mit Liz zum Flughafen fuhr, war sie auf der Hinfahrt erleichtert und auf der Rückfahrt traurig. Sie legte eine Hand auf den leeren Sitz im Wagen neben sich. Hatten beim Check-in nicht auffällig viele Männer graue Hemden und schwarze Krawatten getragen, als wären sie ebenfalls traurig, aber redeten sich damit heraus, dass das jetzt Mode sei?

In der Woche darauf trennte Jule sich von Johann.

Sie kam an dem Abend überraschend früh in die Sarrazinstraße zurück, von einem Meeting aus Rom. Es war ein harter Tag gewesen. Der Konzernvorsitzende hatte am Morgen eine dreiviertel Stunde zu lang gesprochen, und dazu noch in schlechtem Englisch. Die Chefs des amerikanischen Schwesterkonzerns kauten in der ersten Reihe Kaugummi, während die geladenen Aktionäre im Vorraum tütenweise Lachsbrötchen und Kugelschreiber einsteckten, die es umsonst gab. Am Nachmittag stellte Jule ihr Projekt vor. Das Blue World Manifest war der letzte Programmpunkt. Sie hörte sich reden und war mit den Gedanken schon in einer Bar um die Ecke.

Blau, hörte sie sich sagen, gestaltet eine Identität. Blau ist Sachlichkeit, Glück und einfach mehr als eine Farbe. Die Blue World ist das Konzept für morgen, Corporate Design dagegen ist Schnee von gestern. Der Applaus war freundlich. Sie rannte gleich danach ins Hotel, zog das Kostüm aus, wusch das Gesicht mit kaltem Wasser, öffnete die Haare, zog Turnschuhe, Jeans und ein orangefarbenes Trägerhemd an und ging in eine Bar gleich um die Ecke, um wenigstens für eine halbe Stunde noch richtig in Italien zu sein. Achtundzwanzig Grad im Schatten. Der Mann hinter dem Tresen erkannte sie wieder. Sie nickten sich zu. Wer dreimal die gleiche Bar betritt, hat ein Zuhause im Stehen, wenigstens in Italien, dachte sie. Sie stellte sich allein an die Bar und freute sich plötzlich auf zu Hause, aber korrigierte sich sogleich. Sie freute sich auf Johann, und damit er sich auch richtig freuen würde, kündigte sie ihre frühere Ankunft nicht an.

Die Laterne vor der Eingangstür Sarrazinstraße warf wenige Stunden später ein frierendes Licht auf das Trottoir. Den Rollkoffer ließ Jule ungeöffnet in der Diele stehen. Sie schlich in die Küche, ins Bad, ins Wohnzimmer, wo Licht brannte und mehrere CDs neben ihren Hüllen auf dem weißen Teppich lagen. Im Esszimmer brannte Zettel'z Lampe. Jeder Zettel eine Botschaft. Wenn dich die bösen Buben locken, dann bleib zu Haus und stopfe Socken, hatte Jules und Johanns Friseur bei einem Hausbesuch auf einen Zettel geschrieben. M'illumino d'immenso war eins ihrer Lieblingskärtchen, von der Herstellerfirma mitgeliefert. Sie selber hatte das Ende eines Gedichts von Else Lasker-Schüler aufgehängt: Ich bin dein Wegrand / die dich streift / stürzt ab. Liebe und tu, was du willst, hatte Johann auf einem Zettel neben ihrem seinen Augustinus zitiert.

Jule schaltete die Lampe aus und ging ins Schlafzimmer.

Johann lag auf dem zerwühlten Bett, die Schenkel gespreizt, wie eine Frau, und mit einem dunklen Fleck zwischen den Beinen, wo das Geschlecht war. Hatte er keines mehr? Jemand stand nackt am Fenster und rauchte hinaus. Jemand mit kurzem Haar und schmalem Nacken. Ein Mann, eine Frau? Einen Moment war sie unschlüssig, was schlimmer wäre. Oder ob es nicht egal wäre. Ob nicht sogar egal wäre, ob es stimmte, was sie sah, oder ob sie nur sah, was in den Wünschen stimmte. Im Zimmer herrschte ein dickes, trübes Licht, und die Nacht vor dem Fenster war dunkel und ohne ein Zeichen.

Als sie ins Bad ging, den Bademantel über Jeans und Trägerhemd anzog und mechanisch die Waschtasche auspackte, hörte sie, wie auf der anderen Seite der Wand ihr Nachbar den Duschvorhang vorzog und den Hahn aufdrehte. Sie schaute in den Badezimmerspiegel. Hübsch war sie. Sie hatte die Träume ihrer Eltern verwirklicht. Aber was für ein trauriger Ort war das da drüben im Spiegel eigentlich, mit was für einem traurigen, vor Müdigkeit ganz schiefen Gesicht darin?

Sie ging nah mit dem Gesicht an das Glas heran. Atemnebel legte sich auf die Sicht. Ich sollte noch einmal rübergehen und nachschauen, ob ich auch gesehen habe, was ich sah. Stattdessen öffnete sie das kleine Fenster neben der Dusche. Ein Fenster zum Hof. Sie wäre am liebsten hinausgesprungen und korrigierte sich zum zweiten Mal an dem Tag. Sie wäre hinausgesprungen, wenn sie Johann geliebt hätte. Aber dem war nicht so. Das mit Johann, das galt schon lange nicht mehr, es dauerte nur noch. Jule ging zurück ins Esszimmer und hielt ein Streichholz an den Augustinus-Zettel. Liebe, und tu was du willst! Den Spruch fackelte sie zum Abschied ab.

Die Nacht verbrachte sie im Hotel. Am nächsten Morgen packte sie den Inhalt ihres Kleiderschranks und machte zwei Telefonate.

Eins mit einer ehemaligen Kollegin vom Ballett, die nach Neuseeland gegangen war, eins mit dem Taxiruf, bei dem sie einen Kombi bestellte. Zusammen mit dem Fahrer schob sie die alte Schulbank von Nina hinein, lud in Kreuzberg wieder aus und trug alles allein die Treppe hinauf. Die verlassene Wohnung der ehemaligen Kollegin lag im dritten Stock.

Ich habe drei Schafe gekauft, hatte sie Jule auf einer Postkarte aus Neuseeland geschrieben. Wenn sie eine Herde werden, komme ich nie mehr wieder.

***

Das Dorf lag in der Pfalz. Der Sommer war gegangen, aber ein Teil seiner Wärme hatte er dem Oktober dagelassen. Es war ein wunderbares Wetter, von kleinen Wolken flankiert. Über den Himmel zog sich ein schwarzes Band, halb Schleier, halb grobkörniger Rauch. Es waren Vögel, die in Schleifen und Ellipsen sich sammelten oder auf den Stromdrähten sitzend bereits die Schnäbel Richtung Süden hielten. Ein Schwarm, der sich schon gefunden hatte, bog vorbei, und einzelne Vögel stürzten hinzu, schnitten eine Ecke aus der Luft und schlossen sich als kleiner Körper dem großen Körper an. In der Nacht hatte Jule von einem Mann geträumt, der Blumen in den Schnee pinkelte.

Sie überquerte die Dorfstraße, um in das Schaufenster eines Pfandleihers zu schauen. Zwei Telefone mit Anrufbeantwortern aus den späten Achtzigern sahen klebrig aus neben dem gestickten Bild vom Papst, der mit scharfem Blick über acht Paar Eheringe wachte, alle im Sonderangebot. Auf einer Schiefertafel, die den Weg versperrte, stand: Freitag Saumagen, obwohl Samstag war. Jule ging weiter die enge Straße hinauf, plötzlich ganz sicher, dass sie bei der nächsten Ecke in die fünfziger Jahre würde einbiegen können. Da hielt ein Taxi neben ihr.

Zum Herrenhaus, bitte, sagte sie.

Mit Johann hatte sie drei Jahre lang zusammengelebt.

Das ist bei uns um diese Zeit immer so, sagte der Taxifahrer und zeigte auf die Vögel am Himmel. Er hielt an einer stillen Kreuzung, mitten im Mittagslicht. Eine Frau schleppte eine Stellwand auf die Straße und stellte sie am Eingangstor zum Herrenhaus auf. Ihre Haare wippten in einer Rolle nach außen. Jule zahlte und stieg aus. Das Herrenhaus war seinem Nachbarn, einem Kloster, wie aus dem Gesicht geschnitten und musste sich mit seiner ganzen strengen Schönheit aus dem nahen Elsass hierher verirrt haben. Sie ging auf die Frau zu, die noch immer mit der Stellwand kämpfte. Während sie in der Tasche nach den Unterlagen suchte, hielt wenige Schritte von ihr entfernt ein alter Mercedes Diesel und streifte beim Einparken fast die hohe Mauer. Ein Wellensittich an einem geöffneten Fenster schrie staccato sein Lied auf einem Ton, bis der junge Mann hinter dem Steuer endlich den Motor abstellte. Die Fahrertür öffnete sich.

Die Turnschuhe erkannte Jule sofort.

»Die Töne eines Stücks, einer Musik müssen sich immer aufeinander beziehen lassen, sodass sich ein gemeinsamer Grundton annehmen lässt. Als Kinder hatten wir diese Schläuche, die Töne erzeugten, wenn man sie schwang. Schwang man sie schneller, sprang der Ton höher. Sinnlich, also konkret auf meine Sinfonie übertragen, heißt das: Hier hatte ich den Wunsch zu singen, aber der Gesang, also die Melodie, sollte das Ergebnis einer Beziehung, einer Liebesbeziehung von Grundton und Folgetönen sein. Sollte das Ergebnis einer schönen Anstrengung zweier sich überlagernder Gestalten sein, wie bei der Liebe, aus der eine dritte Gestalt entsteht. Das Neue. Der Gesang eben.«

Die Erklärung zu Technik und Musiktheorie, die wie eine Lebensphilosophie oder Liebestheorie klang, hatte Jule im Zug gelesen und dabei immer wieder aus dem Fenster geschaut. Schlimme, vergessene Gegend hier, dachte sie, überzogen mit tausend Nebenstrecken und ohne schnelle Anbindung an die nächstgrößere Stadt. Im Hintergrund lagen in reglosen Wellen die Weinberge. Im Vordergrund, dicht bei den Gleisen, sammelten sich frierende, hässliche, rauchende Jugendliche immer da, wo auch Glascontainer standen.

Der junge Komponist hatte nicht mit seinem Namen, sondern mit einem Logo unterschrieben. X-Music-Production. Eine Kollegin gab Jule die Unterlagen.

Das ist einer der Künstler aus dem Herrenhaus in der Pfalz. Wir überlegen, ob wir die private Einrichtung in Zukunft unterstützen.

Hat Herr X auch einen Namen, fragte Jule.

Die Kollegin zuckte mit den Schultern. Weiß ich nicht, auf jeden Fall ist er noch sehr jung, und du verstehst doch etwas von moderner Musik. Würdest du mich bei seinem Konzert vertreten?

Ich habe doch mit Kultursponsoring nichts zu tun.

Aber du kannst doch Noten lesen.

Ich glaube, die schreiben heute keine Noten mehr, hatte Jule gesagt.

***

Haben Sie denn niemanden, der Ihnen das abtippt?

Sie klappte die rote Kladde zu und gab sie Böwe zurück. Ihr Haar war blond mit einem Ton von Asche darin und ihr Gesicht war sehr klein.

Die Fahrt von Heilbronn nach Frankfurt hatte eine gute Stunde gedauert. Böwe hatte die ab- und ansteigenden Linien der Drähte oder Böschungen betrachtet, und die Dinge, die nah beim Gleis lagen, wie sie rasch nach hinten flitzten und entglitten, während fern am Horizont ein Haus oder ein Schornstein auftauchte und unerklärlich lange im Blickfeld blieb, wie eine schwere, hartnäckige Sorge, bis ihn, Böwe, die alte Wehmut des Zugfahrens befiel. Am Frankfurter Hauptbahnhof hatte er sich auf den Rücksitz eines Taxis fallen lassen und schwer geatmet. Erst als der Fahrer ihn fragend anschaute, hatte er sich selbst gefragt, wohin er denn eigentlich wollte.

Zur Buchmesse sicher, hatte der Fahrer gesagt, und geschmeichelt, dass man ihn für einen geistigen Menschen hielt, hatte Böwe genickt. Er schrieb ja tatsächlich.

So landete er, seine Kladde unter dem Arm, in einer Halle für Literatur, die in seinem Kopf »Die schöne Literatur« hieß. Während der letzten Wochen hatte er die rote Kladde voll geschrieben. All sein Kummer über den schlechten Listenplatz bei der nächsten Wahl stand darin, aber in einer verfremdeten Form. Böwe hatte schreibend aus sich einen anderen Böwe gemacht und war erstaunt darüber, wie sehr ihn das erleichterte. Böwe hatte als Ich des Erzählers einen etwas jüngeren Kollegen aus einer anderen Partei gewählt, der ihm sympathischer als sein eigenes Ich war, und er hatte gemerkt, mit der fremden Stimme im Kopf fiel ihm das Ehrlichsein leichter. Auch auf seine ersten Sätze war er stolz.

Ich schlenderte, hatte er geschrieben, damals in meiner Mittagspause immer längs dem Main, und es war einer dieser ersten richtig warmen Tage. Die Frauen hatten bloße Arme und an den Füßen flache, offene Schuhe. Die Mode stritt am Ende jener Jahre, die man heute die Fünfziger nennt, ob enger Gürtel auf gebauschtem, geblümtem Rock vom letzten oder die schmalen, einfarbigen Kleider aus Italien von diesem Jahr im Sommer das Rennen machen würden. Ich ging allein. Drei junge Frauen kamen mir entgegen. Drei junge Männer folgten. Die Frauen schauten zu Boden, als sie vorüber gingen. Eine lief über meinen Schatten. Ihr Rock sah aus wie ein halb geöffneter Schirm. Auch das war damals Mode. Die drei jungen Männer schauten mich durch die Gläser ihrer Sonnenbrillen an. Zwei trugen weißes Hemd mit schmalem, dunklem Schlips und einer, der in der Mitte, ein dunkles Hemd mit offenem Kragen. Als ich den Kopf zum Fluss wandte, lagerten rechts an der Uferböschung drei weitere junge Frauen, die erst den Mädchen und dann den Männern nachsahen, aber von beiden Gruppen nicht beachtet wurden. Eine Begegnung, die nicht stattgefunden hatte, dachte ich damals und fasste einen Entschluss. Ich wollte kein Zuschauer bleiben.

Das war seine erste Seite. Sie kam ihm so gelungen vor, als hätte ihm jemand beim Schreiben geholfen. Er hatte nicht gewusst, wie nah er bereits an der Erinnerung lebte. Sie hatte ihm den Text diktiert.

Jetzt war es Mitte Oktober '99, und seitdem er sich selbst als einen Scheiternden begriff, befiel ihn ein neues Lebensgefühl mehr und mehr. Schon klar, er machte alles falsch, aber das war Teil seiner Persönlichkeit. Noch immer sportlich, verstand er sich seit dem Tag, an dem der Parteivorsitzende ihm frech gekommen war, als ein Vorturner des Scheiterns. Leo Böwe ärgerte sich, dass er nicht schon früher darauf gekommen war, dass Lebensgeschichten, an deren Ende ein großartiges Scheitern stand, sich bestens verkaufen ließen. Denn sie waren tragisch und alltäglich zugleich. Verkaufen an sich lag ihm im Blut. Das war sein Talent, wie bei anderen Menschen die Musik oder das Tanzen.

Er schaute der Frau neben sich in die Augen.

Wärm sie dir an, dachte er und lächelte sein altes Vertreterlächeln. Falls du hier unverrichteter Dinge wieder gehen musst, muss es einen echten Grund geben. Billige Entschuldigungen kann ich von dir nicht akzeptieren, Böwe.

Aber sie hatte ihm seine rote Kladde bereits zurückgegeben.

Wir nehmen keine handgeschriebenen Manuskripte an, auch wenn es Memoiren sind.

Es sind Erzählungen, und ich habe sie auch noch in abgetippter Form zu Hause. Ich wollte Ihnen gern das Original zeigen.

Mir? Aber wir kennen uns doch gar nicht, sagte sie.

Sind Sie da sicher? Das hatte er schneller gesagt als gedacht. Aber ihr Gesicht erinnerte ihn tatsächlich an jene Zeit, als die Züge noch geseufzt hatten, wenn sie in den Bahnhöfen einfuhren. Ein ungewöhnlich kleines Gesicht dachte er, ein Gesichtchen, und in dem Moment stand die Frau abrupt auf, wie um ihn abzuschütteln. Sie musste ungefähr so alt sein wie er. Er sah die Altersflecken auf der dünnen, glänzenden Haut ihrer Handrücken und redete sich ein, es seien Sommersprossen.

Kariertes Papier, sagte die Frau, Sie haben tatsächlich auf kariertem Papier geschrieben. Das macht man doch nicht mehr.

Er stand vor ihr, den Kopf etwas gereckt über der harten, schiefen Linie seiner Schultern. Ein Sektempfang am Nachbarstand versetzte diesen Teil der Halle bereits in Feierabendstimmung. So nahm niemand Notiz von Böwe und der Frau. Von ihrem sinnlosen Voreinander-Stehen. Gut, sie war eine Fremde. Gut, er gehörte nicht hierher. Trotzdem hatte er zum ersten Mal seit langer Zeit das Gefühl dazuzugehören und nicht einsam zu sein.

Darf ich mal sehen?, sagte er, wechselte seine rote Kladde von links nach rechts, was aussah wie zwei Schritte nach vorn, auf die Frau zu. Sie wich mit einer Frage zur Seite aus. Hinter der Frau war ein ganzes Regal voll mit Büchern über die Liebe oder über die Vorstellung von der Liebe, hatte er an den Titeln gesehen. Sicher alles Bücher ohne die zehrende Tiefe von früher, als er jeden Monat im Buchclub für Liz die aktuellen Romane gekauft hatte.

Möchten Sie einen Kaffee?, fragte die Frau. Böwe sah auf die Uhr.

Wissen Sie was, sagte er und zeigte auf die Bücher, aber er schaute gar nicht richtig hin.

Sie sollten bei den Umschlägen mehr Rot verwenden, wissen Sie, ich war früher auch im Verkauf tätig. Es kaufen doch in der Hauptsache Frauen Bücher, oder? Frauen kaufen mit Vorliebe Artikel in roter Verpackung. Sie kaufen sogar ein Kleid, das sie gar nicht wollen, weil es rot ist.

Das war früher so, sagte die Frau und schob die Ärmel eines flauschigen, schwarzen Pullovers bis zu den Ellenbogen hoch. Die Zeiten haben sich geändert.

So, sagte Böwe, haben sie das? Habe ich da was nicht mitgekriegt?

Könnte schon sein, sagte die Frau und lächelte, und weil ihr Lächeln sehr schön war, machte er noch einen Versuch.

Würden Sie mit mir eine Bratwurst essen gehen?, fragte er.

Zu ihrer beider Erstaunen sagte die Frau ja.

Ja, die Zeiten ändern sich, aber das wusste ich schon im Mai 1987, sagte sie. während sie den Rest vom Senf mit Weißbrot auftunkte.

Was ist denn im Mai '87 passiert, fragte Böwe und überlegte, wo er im Mai '87 gewesen sein mochte.

An jenem Tag im Mai, sagte die Frau, an dem Sie vielleicht zu

Hause blieben, aber die Welt sich veränderte, war ich in Berlin, Pankow.

Ach? Böwe bemühte sich, vornehm zu sprechen, wohnten Sie dort? Pankow kannte er aus einem Lied im Radio, in dem jemand mit krächzender Stimme von einem Sonderzug sang.

Ich ging wie jeden Mittwochmittag Katzenfutter beim Metzger holen, und stellen Sie sich vor, sagte die Frau, die Straße ist vollkommen leer. Kein Auto kommt, keine Straßenbahn, kaum ein Mensch. Aber die Sonne scheint, und die Schwester vom Superintendenten hängt im Garten hinter der Dorfkirche Pankow weiße Bettlaken auf. Was ist denn los, frage ich sie. Sie weiß es auch nicht und hängt weiter ihre weißen Laken auf. Ich gehe in die Metzgerei. Dort weiß auch niemand etwas, und als ich mit der Tüte Katzenfutter herauskomme, steht in der Toreinfahrt nebenan ein Mädchen mit so einem Gesicht aus dem Westen und schaut die Straße Richtung Gästehaus hinunter. Das Anwesen gehört der Stasi. Sie bringen ihre internationalen Besucher dort unter. Eine Kolonne von schwarzen Limousinen mit verdunkelten Scheiben taucht auf und fährt zu schnell für normalen Stadtverkehr auf uns zu. Vielleicht aber kommt es mir auch nur so vor, weil die Straße leer ist. Ich sehe, dass nur bei einer der Limousinen die Fenster im Fond mit rosa Gardinen verhängt sind. Während ich noch denke, wieso denn rosa, hebt eine Hand die Gardine beiseite und eine zweite Hand winkt. Sie gehört zu einem freundlichen Lächeln und zu einem kahlen Kopf mit großem, braunem Tintenfleck über der Stirn. Ich reiße meine Tüte mit dem Katzenfutter hoch und höher und winke zurück.

Da ist er, da ist er, rufe ich. Dann, genauer: Das ist er, das ist er! Das Mädchen neben mir sieht mich kükenhaft an.

Die Frau schob ihren und Böwes Pappteller mit den Senfresten übereinander.

Dieses Mädchen sah mich genauso an wie Sie jetzt, sagte sie.

Wer war denn in der Limousine?, fragte Böwe.

Gorbatschow!

Dem haben Sie mit einer Tüte Katzenfutter gewunken?

Warum denn nicht? Sie lachte in Böwes Gesicht hinein. Die Kleine aus dem Westen staunte genauso. Sie sah überhaupt so aus wie Sie, und wenn ich es mir richtig überlege, habe ich Ihnen deshalb wohl auch die Geschichte erzählt, sagte die Frau. Haben Sie eine Tochter?

Nein, sagte Böwe, habe ich leider nicht.

Schade. Die Frau lächelte bekümmert, und er lächelte zärtlich zurück.

Wie heißen Sie?

Jenny.

Böwe lächelte. Ja, das konnte er noch immer, in ein neues Gesicht blicken, alles andere darüber vergessen und sich sagen: Jetzt werde ich glücklich sein.

***

Hallo, aber gehen Sie doch ruhig ins Haus, sagte die Frau mit der wippenden Außenrolle zu Jule und fuhr mit einem Staubtuch über die Stellwand. Der junge Mann, der aus dem Mercedes gestiegen war, kam auf sie zu.

Das ist unser Stipendiat für Komposition, sagte die Frau, die noch sehr jung war. Sie zeigte auf Jule. Und das hier ist die junge Frau aus Berlin, deren Firma deinen Aufenthalt hier bezahlt hat.

Du bist doch Jule Böwe, sagte Jan, ich habe dich gleich erkannt.

Ich habe nur deine Turnschuhe erkannt, sagte Jule. Du bist gewachsen.

Jans Augen lagen tief in den Höhlen und waren trotzdem strahlend blau. Von einem ganz anderen Blau als ihre. Von einem unkorrekten, verhängnisvollen Blau, dachte sie. Kein Johann-Blau. Mit diesem Blau betrog man sogar den Himmel. Jan musste siebzehn Jahre jünger sein als sie, daran hatte sich auch in den letzten siebzehn Jahren wenig geändert. Sie gaben einander die Hand. Seine war sicher und gewissenhaft. Eine Menge Dinge, die sie geglaubt hatte, hinter sich zu haben, lagen plötzlich wieder vor ihr. Als sie die Wärme der Innenfläche spürte, fing ihr Körper, der bis eben noch still gewesen war, zu phantasieren an.

Sie folgte Jan in den Innenhof, wo abgeblühter Oleander in Kübeln stand und drei oder vier Sitzecken an wackligen Tischen zum Bleiben aufforderten. An einem saßen Menschen in einem Streifen Oktobersonne. Sie tranken Weißwein und grunzten und schmatzten wie Tiere, die etwas von Wein verstehen.

Zum Schlagzeug ist es dann wohl nicht gekommen?, sagte Jule, als sie die Treppe zum Konzertsaal hinaufgingen.

Mir ist was dazwischen gekommen, sagte er und kam, immer zwei Stufen auf einmal nehmend, hinter ihr her.

Was denn?

Das Talent, sagte er ernst, habe ich mir nicht ausgesucht.

Wir werden sehen, sagte Jule, schärfer, als sie gewollt hatte. Jan blieb auf der Treppe stehen.

Ich weiß, sagte er, du bist hier die Jury. Früher warst du auch mal anders, oder?

Ein junger Mann mit einem schweren, östlichen Gesicht kam ihnen auf der Treppe entgegen. Er fasste Jan im Vorbeigehen am Arm. Zärtlich, so kam es Jule vor.

Kommt deine Mutter auch?, fragte sie.

Das Trio wäre gern ein Quartett geworden. Loops aus dem Computer ersetzten das vierte Instrument, Jan war blass, als er sich vor das Publikum stellte. Eine Ausrede sei es, sagte er, wenn der Künstler nicht wisse, was ihn zum Komponieren treibe. Wenn nicht verstanden werde, was er sagen wolle, dann habe er versagt. Konzerte der neuen Musik seien so unglücklich leer, nicht, weil die Leute die Musik nicht verstünden, sondern weil die Musik die Leute nicht verstehe.

Das Publikum klatschte, machte sich aber innerlich trotzdem auf ein Stück Musik gefasst, in dem das Cello ein Rechenschieber, das Klavier eine Tastatur zum Programmieren und die Geige eigentlich zu kalt zum Anfassen sein würde. Die Leute klemmten die Füße unter die Stühle und legten die untere Gesichtshälfte in fette Falten. Jule schaute zur Decke und verstand. Als sie noch getanzt hatte, war Musik das wichtigste Element ihrer Arbeit gewesen. Ohne Musik hatte sie nur selten einen Schritt gemacht. Aber jede Bewegung zielte am Ende auf Ruhe. Denn am Ende jeder Bewegung musste es doch etwas geben, das blieb.

Der Mann neben Jule schlief ein und wachte erst zum Applaus wieder auf, erhob sich, knöpfte den untersten Knopf eines teuren Jacketts zu und ging, noch immer applaudierend, auf Jan hinter dem Mischpult zu.

Haben Sie eine CD von dem Stück?, hörte Jule ihn fragen.

Nein, alle verkauft, sagte Jan. Aber Sie können eine neue Komposition von mir bekommen.

Sie sind doch aus diesem Konzern, oder? Und? Hängen bei Ihnen auch echte Mondrians und Matisses und Kandinskys auf dem Gang, wenn Sie morgens aus dem Lift kommen?

Der junge Mann mit dem schweren, östlichen Gesicht hatte sich gleich nach dem Konzert zwischen Jule und Jan gestellt. Um sie herum geriet bereits das moderne Moll von Jans Komposition in Vergessenheit. Die Musiker spielten jetzt noch einmal, in gleicher Besetzung, aber diesmal Jacques Brel und die Beatles, und die ersten Gäste fingen an, von der Hacke auf die Spitze zu wippen und mit den Fäusten ihre Hosentaschen auszubeulen, auf der Suche nach dem ersten Tanzschritt. Jule und Jan setzten sich. Der junge Mann holte sich einen Stuhl und setzte sich dazwischen.

Das ist András, sagte Jan, er schreibt gerade ein Theaterstück, über Parzival, der in seiner Version mit einer Ente im Arm auf die Bühne kommt und sagt: Ich bin an allem schuld.

András sah Jule nicht in die Augen, sondern auf ihren Haaransatz.

Was trinken Sie morgens im Büro?, fragte er, bevor Sie sich an den Schreibtisch setzen, eine Tasse Yogi-Tee oder Milchkaffee? Was trinken Sie denn so gegen elf? Und was für Leute arbeiten eigentlich so bei Ihnen?

Brauchen Sie das für Ihr Stück?, fragte Jule und schlug wohl in dem Moment die Beine übereinander. Jan lächelte ihr Knie an, während sie ein schematisches Bild entwarf, vom Konzern und von sich. Sie schob die Hände über ihr Knie, und Jan hörte auf zu lächeln.

Es gebe A-, B- und C-Player, wie in jedem Konzern, hörte sie sich sagen. Die A-Player seien leidenschaftlich, entschlossen, ergebnisorientiert, innovativ und könnten motivieren, sagte sie, die B-Player seien das Herz eines jeden Unternehmens, ohne sie gehe nichts, aber ihnen fehle etwas Entscheidendes zum A-Player. Entschlussfreude oder Führungskraft, und manche seien einfach zu ehrgeizig, um wirklich gut zu sein. Und die C-Player, die schöben ihre Arbeit vor sich her und raubten damit ihrer Umgebung die Energie.

Und Sie so, was machen Sie so in dem Alphabet?, fragte András, eine Hand auf Jans Arm gelegt.

Ich? Jule zögerte und versuchte, nicht auf Hand und Arm zu schauen. Wenn er sie nicht so anfeinden würde, dieser András, dachte sie, dann könnte sie sagen, Sie haben ja so Recht, junger Mann.

Die Wirklichkeit des Konzerns kam ihr schon seit langem wie ein Spiel vor. Wie eine Wirklichkeit, in der es, abgesehen von Kapitalwerten, nicht wirklich um etwas ging. In der Werkhalle bauten sie noch echte Karosserien aus Blech und machten ihren Mittagsschlaf auf echten Sitzen in halbfertigen Autos. In ihrer Etage aber gab es die Dinge als Symbol oder Tabelle oder als Strategie, bis es sie nur noch als reine Behauptung gab. Je höher Jule auf der Karriereleiter stieg, desto leerer waren ihre Hände. Doch kam ihr das bekannt vor. Auch Theater funktionierte nach diesem System. A präsentiert X, während S zuschaut. Um X darzustellen, nahm A ein bestimmtes Äußeres an und agierte auf eine bestimmte Weise in einem bestimmten Raum, der nur behauptet war, wie A selbst als Figur auch. Nur S, an den sich der ganze Spaß richtete, war noch echt.

Sind Sie nun ein A-Player oder nicht?, fragte András.

Ja, sie funktionierte überall, egal, wo man sie hinstellte, mit der altmodischen Disziplin und Hingabe einer ehemaligen Tänzerin, die immer tat, was man ihr sagte, und dazu lächelte. Sie hatte im Theater gelernt, ein Ich in der Öffentlichkeit zu präsentieren. Dieses lang erprobte Ich spielte jetzt glänzend seine Rolle im Konzern. Sie hatte nur das Fach gewechselt. Aus dem immer anderen Theaterkostüm war das immer gleiche blaue Geschäftskostümchen geworden, in dem sie wie eine Stewardess von Alitalia aussah, wie Johann gesagt hatte. Und sowohl als Theatermensch auf der Bühne als auch als Managerin im 14. Stock eines Konzernhochhauses konnte sie nur ahnen, was sie anrichtete. Aber was sie auch tat, sie tat es mit Disziplin. Noch immer sagte sie, wenn etwas nicht perfekt war: Ich mach das noch mal. Bis Schweiß ausbrach, der ihr früher sogar aus dem Haarknoten getropft war nach dem zwanzigsten Versuch, eine Sprungkombination fehlerfrei bis zum Ende durchzuhalten. Der Schweiß war jetzt ein anderer, unsichtbarer. Ein virtueller Schweiß, würde András sagen. Er war unangenehmer als der echte, weil man nie wusste, wo und wie man ihn abwischen sollte. Und wie es in einem aussah? Blut im Schuh ging niemanden etwas an.

Sie schwimmen also einfach mit, in diesem Haifischbecken?, sagte András in dem Moment.

Aber mit Charme, und sie lächelte ihn an. Er schaute verärgert weg. Kokette alte Kuh, sagte sein Hinterkopf.

András, sagte Jan, hat eigentlich praktische Philosophie studiert, aber die hat er noch nie angewendet. Aber vielleicht kommt das noch, das mit der Anwendbarkeit. András liest viel, aber auch das hilft nichts. Er bleibt ein D-Player, ein Dummkopf, der nicht dumm ist. Dafür kocht er aber ganz gut: Blumenkohl mit Schinkentoast, und er weiß immer, wo man Stoff herbekommt.

Ich koche auch Fisch, sagte András leise und ärgerlich, große Fische, wenn mein Vater mal welche von zu Hause mitbringt.

Dann stand er auf, stolperte und sagte am Ende der Bewegung leise: Ach du. Aber er verließ nicht den Raum. Niemand verließ den Raum.

Das Gästezimmer im Herrenhaus grenzte an den Konzertsaal. Die Zwischentür war mit einem schmalen, alten Holzbett verstellt. Jule stand am Fenster und sah auf die nächtliche Dorfstraße vor dem

Herrenhaus hinunter. Ihr Alitalia-Kostüm hing über der Stuhllehne. Sie sah ihre helle Haut an und kam sich vor wie ein bleiches Geschenk.

Woher kennt ihr euch eigentlich?, hatte András vor einer halben Stunde gefragt und keine Antwort bekommen. In der Einfahrt stand noch die Stellwand, angeleuchtet vom hässlichen Streulicht der Straßenlampe. Ob irgendwo auf der Welt vielleicht ein anderer Name auf einer ähnlichen Stellwand stand? Ob Fritzi wirklich Fritzi hieß und eine Mutter hatte, die Elisabeth hieß und ihm einen Kinderpass besorgt hatte, auf dem Fritzi, das Gesicht schmal und ziemlich sorgenvoll für ein Baby, in die Kamera schielte? Mein Junge mit Brille, hatte Jule noch lange nach der Geburt im Oktober '77 gedacht und dabei eine genaue Vorstellung von dem Kind gehabt, das sie nie gesehen hatte. Mein Baby schielt auf etwas, das es nie haben wird, nämlich mich! Vielleicht aber würde Fritzi nicht Fritzi heißen, sondern Lucas oder Miles? Ob in seiner Geburtsurkunde stand: Mutter unbekannt, oder ob diese Elisabeth sich in dieser Zeile hatte eintragen lassen? Fritzi war damals acht Wochen zu früh gekommen. Am Montag nach der Geburt hatte Jule wieder in der Schule neben Nina gesessen, letzte Reihe, Fensterplatz links. Sie hatte während des Unterrichts auf einen leeren Sportplatz geschaut. Eines Tages flog eine verirrte hellgrüne Geschenkschleife über die rote Asche der Laufbahn, und bei deren Anblick fing Jule an zu weinen. So war das also, ein eigenes Kind nicht zu haben? Die Frage konnte sie sich erst später stellen, nachdem sie die Antwort oft und stumm vor sich hingeweint hatte. Ja, so war das also, ein Kind nicht zu haben. An dem Abend, als Jule ohne Fritzi aus dem Krankenhaus kam, saß sie mit Liz am Küchentisch. Die Uhr an der Wand ging wie immer ihre hässlichen fünf Minuten vor, und sie redeten sehr lebhaft nicht über Fritzi. Willst du noch einen Tee? Ja, gern. Im

Wohnzimmer am anderen Ende des Flurs lief die Übertragung von der Schleyer-Beerdigung. Siebzehn Jahre waren seitdem vergangen. Morgen würde wieder ein Tross Vögel gen Süden fliegen, größere als heute, wie Krähen fast, lebhafter und gegen den Himmel alle schwarz. Die Bäume längs der Bahnstrecke durch die Pfalz würden fast kahl sein, nur die Hecken nicht, aber gelber als im Sommer. Der kleine Bahnhof hatte sie bei der Ankunft schon an die DDR erinnert. Hatte sich da nicht gegenüber dem Ausgang ein Stand mit Äpfeln und Wein auf dem verwaisten Parkplatz aufgebaut, mutig und gleich neben der Imbissbude? Ein dickliches Mädchen in Uniform, das zuständig für die Zugansagen war, hatte zusammen mit grün-weißen Spinnenpflanzen aus einem Fenster geschaut und den Mann auf Gleis 3 beobachtet, der energisch sprach, mit sich, den Knöpfen an seinem Mantel und mit seiner Brille. Und über der ganzen Szene war dieses wunderbare Wetter gewesen. Gestern war es so gewesen, also könnte es morgen auch so sein. Vielleicht halfen Erinnerungen, die nach vorn galten, dass die anderen, die auch nach Jahren nicht gnädig verschwanden, nicht mehr so wehtaten.

Jule setzte sich mit dem nackten Rücken zum Fenster und sah ihr blaues Kostüm über der Stuhllehne an. Schon klar, dass die Liebe zu einem Kind genauer sein konnte als die zu einem Mann. Das Gästebett knarrte, als sie sich setzte. Das Plumeau roch nach Mottenkugeln, und die Matratze war zu kurz. Sie legte sich auf die Seite, zog die Beine an und versuchte, sich wie ein Elefant in den Schlaf zu schaukeln.

Schläfst du schon?, fragte die Stimme eines jungen Mannes auf der anderen Seite der Durchgangstür, aus dem Konzertsaal.

Ja, sagte sie.

***

Den Wintergarten gab es noch, und auch das Gärtchen hinter der schlecht verkitteten, großen Glasscheibe und hinter dem Gärtchen die Fabrik mit den toten Fenstern am Wochenende. Böwe hatte einen schnellen Rundgang im unteren Stock gemacht, weil die Rezeption vom Hotel am Berg nicht besetzt war. In der Diele stand ein dicker Strauß Blumen, wahrscheinlich gab es noch immer jeden Freitag einen frischen. Heute war Samstag. Böwe rechnete nach, während er auf dem räudigen Perserteppich stand und auf seinen Zimmerschlüssel wartete. Es waren seit damals 42 Jahre vergangen. 42 mal 52 machte 2 184 Sträuße. Jeder für 10 Mark, das machte 21 840 Mark, also über zehntausend Euro. Dafür hätte der dicke ältere Herr, der in rotem Pullover und roten Hausschuhen neben dem Zeitungsständer saß, sich einen Kleinwagen kaufen können. Während Böwe seinen kleinen Rollkoffer die Treppe hinauftrug, schlug eine Wanduhr, aber niemand spielte Klavier. Er blieb auf dem ersten Absatz stehen und drehte sich noch einmal um. Der ältere Herr neben dem Zeitungsständer zog die Ärmel seines Pullovers über die Hände, boxte in die Luft, furzte und sah vorwurfsvoll Böwe an.

Guten Tag!, rief Böwe.

Zur Antwort streckte der ältere Herr die Zunge heraus, und an der Zunge erkannte Böwe ihn. Der ältere Herr war das Öhmchen.

Böwe stellte in der Nacht von Samstag auf Sonntag seine Schuhe vor die Zimmertür. Am Morgen waren sie noch immer ungeputzt. Böwe fragte nach dem Portier, der früher immer Klavier gespielt hatte.

Tot, sagte das Zimmermädchen, als Böwe in seine Zimmertür gelehnt und gegen den Lärm eines Staubsaugers den Namen Jimmy wiederholte.

Kein Jimmy mehr da, wiederholte das Zimmermädchen.

Aha, machte Böwe.

Keiner mehr da, der die Tasten des Flügels noch spät in der Nacht berührte, als meide er den Ton, keiner mehr da, der gegen Mitternacht fürs Frühstück eindeckte und Böwe, der erwartungsvoll beim Fenster zum Gärtchen saß, mit kalten Vogelaugen musterte, um sich dann doch dazuzusetzen und Bierflaschen bis zum Ende der Nacht zu einer braunen Glasmauer anwachsen zu lassen, wobei er sie wie ein Bauarbeiter an der Tischkante öffnete, aber wie ein Philosoph dazu sprach? Als das Zimmermädchen Böwes trauriges Gesicht sah, stellte es verlegen den Staubsauger ab. In die plötzliche Stille hinein hörte er zuerst das Öhmchen in Pantoffeln den Flur entlangkommen und dann seinen eigenen Magen knurren.

Do widzenia!, sagte das Öhmchen.

Jimmy ist tot?, fragte Böwe.

Faschist, sagte das Öhmchen.

Wer?

Jimmy.

Und Sie?

Ich? Kommunist!

Seit wann denn das?

Seit meiner Verlobung, sagte da das Öhmchen und bohrte einen dicken Zeigefinger in das glänzende schwarze Haar des Zimmermädchens.

Meine Verlobte, sagte er, sie spricht kein Deutsch, ist aus Russland. Sie weiß aber, wie man erwachsen wird. Ihre Großmutter in Perm hat es ihr beigebracht.

Dann kann Sie Ihnen ja vielleicht behilflich sein, Herr Ohm, sagte Böwe und ging zum Frühstück.

Die Marmelade war abgepackt, doch die Butter noch immer zu Rosetten geformt. Sonntags war er früher nie hier gewesen. Böwe schnitt ein aufgebackenes Brötchen auf, legte das Messer auf die Serviette und schlug seine rote Kladde auf. Einen Moment schaute er zärtlich die Telefonnummer im Deckel an. Sie arbeitete in einem Berliner Verlag, im Archiv, und er hatte ihre Nummer. 0-3-0. Die beiden Nullen malte Böwe zu zwei großen Augen mit ovalen Pupillen und langen Wimpern aus und versuchte aus der Drei eine fein gebogene Nase zu machen, was ihm nicht gelang. Trotzdem erkannte er, was er sehen wollte. Jenny und das Wort baltisch blond, auf das er gestern nicht gekommen war, zauberten ihm einen schönen Frauenkopf auf das Papier. Er legte den Finger an den Mund. Da kam von der Küche her ein seltsames Geräusch. War der Portier, der Klavier spielte, nicht doch noch da? Alle Geschichten, dachte Böwe in dem Moment wieder, alle Geschichten gehörten irgendwie zusammen.

Es regnete, als Böwe am hoteleigenen Parkplatz vorbeilief. Dort war damals Jimmy mit Besen um den rauchblauen Mercedes von Fritz und Franz Locke herumgestrichen und hatte die Hand aufgehalten, bevor die letzte Tür zuschlug: Für mich war noch nichts dabei! Auf dem Parkplatz stand jetzt ein Container. Böwe atmete schwer und blieb stehen. Seit wann wachte er mitten in der Nacht auf und hatte ganz trockene, tödlich trockene Hände? Er steckte sie in die Manteltaschen und rannte mit hochgezogenen Schultern den Berg vom Hotel am Berg hinunter. Eigentlich wollte er nur nach Hause, aber er wusste die Richtung nicht mehr.

Weinen Sie etwa?, fragte eine Frau mit Schirm, die Böwe beinahe umgerissen hätte.

Böwe ging zu Fuß Richtung Eschersheimer Tor, zur Wohnung der Nitribitt. Kurz stand er vor ihrer Tür, knöpfte seinen Mantel zu und knöpfte ihn gleich darauf wieder auf, als er schräg gegenüber die Tangerine Bar betrat. Eine Bar, die auch am Sonntagmorgen geöffnet hatte. Die Kellnerin hatte hübsche Sommersprossen, deswegen setzte Böwe sich gleich an den Tresen.

Er beugte sich zu ihr hinüber und fragte leise etwas.

Die Nitribitt, seufzte die Kellnerin zur Antwort und schob langsam ihren Oberkörper über den Tresen, die war wie Madonna, wie Madonna.

Böwe stellte noch leiser eine zweite Frage.

Ich mach mich doch nicht lächerlich, die ist doch längst tot! Diesmal wich die Kellnerin zurück und fing an, ein gespültes Glas noch einmal zu spülen.

Sie können sich gar nicht lächerlich machen, wenn ich bei Ihnen bin, sagte Böwe. Gehen Sie doch bitte mit mir rüber, nur um mir die Klingel zur Wohnung zu zeigen.

Die Klingel von der Nitribitt, sagte die Kellnerin, die gibt es doch gar nicht mehr. Mein Freund Harald wohnt jetzt da, und der lässt Sie bestimmt nicht rein.

Nein, der kleine Harald lässt niemanden mehr rein, seitdem er im letzten Stadium HIV-positiv ist, sagte ein Mann am Fenstertisch und lachte. Sind Sie von der Presse?

Eine halbe Stunde später verließ Böwe die Bar mit einer Telefonnummer in der Tasche.

Früher war mein Bekannter Streifenbulle, hatte der Mann am Fenstertisch gesagt und die Nummer aufgeschrieben. Früher hat der am Wochenende die Verkehrstoten von der Landstraße gekratzt. Jetzt arbeitet er im Archiv, in der Asservatenkammer, Sie verstehen?

Wo auch die Schädel sind?

Richtig, sagte der Mann am Fenstertisch.

Als Böwe an der Ampel gegenüber der Wohnung warten musste und auf das Schild »Detektei Tudor« unten im Haus der Nitribitt starrte, stellte sich ein Mädchen dicht neben ihn. Ein bleiches, blondes Ding auf hohen, rosa Schuhen und in einem Minikleid wie aus Geschenkpapier. Ihre nackten Arme und Beine stellte das Mädchen trotz der Kälte in einem unwirklichen Weiß aus. Es war Sonntag, der 18. Oktober, 11.57 Uhr, zeigte die Digitaluhr über der Detektei an. Bevor Leo Böwe sich anlässlich des Datums genauer hätte erinnern müssen, dachte er rasch etwas anderes. Das ist Nitribitts Enkelin, dachte er mit einem Seitenblick auf das Minimädchen neben ihm. Sie brauchte jemanden, der sie beschützt.

***

Ja, sagte Jule. Es hatte geklopft. Jan stand im Zimmer, in einem altmodischen blauen Trainingsanzug und mit einer Tasse Kaffee in der Hand, beides zusammen ein blau-weißes Arrangement, das unschlüssig im Türrahmen stehen blieb. Das Morgenlicht nähte sich in den Saum von Jules Kostümrock. Sonntagmorgen. Bei jedem vorbeifahrenden Auto schrie der Wellensittich auf die pfälzische Dorfstraße hinaus, aus dem niedrigen Bauernhaus gegenüber, das irgendein ehrgeiziger Mensch mit Eternitplatten verkleidet hatte, als Eternitplatten noch modern waren.

Wie viel Uhr ist es?

Halb sieben, du wolltest doch früh weg.

Und du, warum bist du so früh auf.

Wegen der sieben Tibeter.

Du turnst morgens?

Ja.

In deinem Alter?

Ja. Du nicht, in deinem Alter? Jan setzte sich auf ihr Bett. Es gab nach, und während sie den Kaffee trank, strich er ihr über den Kopf, was ihr komisch vorkam, weil sie die Ältere war. Er wartete, bis sie ausgetrunken hatte, dann stellte er die Tasse weg und hob das Plumeau.

Ich, sagte sie.

Sehe ich, sagte er und legte sich neben sie. Sie war nackt.

Seine Augen warm, seine Haut unerreichbar. Verstohlen sah sie ihre Hände an, und weil sie ihr neben seinen nicht gefielen, versteckte sie sie in seinem Haar. Das sah wie Liebe aus, war aber Scham. Hey, sagte er leise, und ihr Fuß zuckte knapp und scharf, wie der eines Tieres im Schlaf. Er drehte sie auf die Seite, mit dem Gesicht zur Wand, legte sich hinter sie, klemmte ihre Taille in den Schraubstock seines Unterarmes, drückte sein Gesicht gegen ihren Rücken und seufzte, als hätte er etwas Wichtiges vergessen. Dann strich er ihr von hinten über das Haar, als hätte sie geseufzt, und sie erinnerte sich. Jan, das ernste Kind, nur wenige Wochen alt, und sie, siebzehn. Sie legte ihre Hand auf seinen Bauch und machte Tiergeräusche, bis er beruhigt einschlief, an ihren Bauch wie an ein dickes Kissen gedrückt. Während er schlief, hatte sie, mit Säuglingsgeruch in der Nase, die Sträuße auf der Blümchentapete neben dem Bett gezählt.

Was machst du da?, fragte Jule. Jan zappelte unter der Bettdecke herum.

Ziehst du dir etwa die Hose aus?

Sie hob den Arm, griff an sich vorbei nach hinten und in seinen Nacken. Der fühlte sich vertraut an.

Deswegen bin ich also bis Sonntag geblieben, sagte sie.

Du bist geblieben, weil es draußen regnet, sagte er zärtlich, und jetzt halt den Mund.

Ihr Hintern und seine Hüften gerieten zuerst in einem falschen Rhythmus aneinander, sie kamen ins Stocken, hielten inne, und sie griff wieder mit einer zärtlichen, nervösen Hand hinter sich und fasste in sein Gesicht. Damit kannst du zum Zirkus gehen, sagte in dem Moment ein Mädchen, das auf einer ausgestorbenen Straße plötzlich neben ihr stand, wie aus der flirrenden Hitze über dem Asphalt gestiegen. Es hatte Jules Gesicht und bis in die Kniekehlen ihr langes Haar, und ein Junge, der vor einer Fabrik, die längst abgerissen war, einen dieser Heulschläuche durch die mittagsheiße Luft schwang, fragte: Wo gibt es denn hier einen Zirkus? Das Mädchen lachte und schob den Träger eines windweiten Rests von Unterrock zurück auf die Schulter. Ich bin einer, siehst du das denn nicht.

Jule ging ins Hohlkreuz, bis sie und Jan besser ineinander passten. Sie zitterte. Das kannte sie, so meldeten sich Fasern von Muskeln, die lange nicht benutzt worden waren, zurück. Sie hatte schon lange mit keinem Mann mehr geschlafen. Manchmal, wenn Männer in ihre Wohnung in Friedenau gekommen waren, um die Heizung zu reparieren, hatte sie angefangen zu flirten und sich selber dabei zugeschaut, wie sie sich in das Aussehen der Männer verliebte, in ihre breiten, freundlichen Gesichter, in ein Paar schwere, eingefettete Schuhe oder in einen Namen vom Balkan. Sie stellte sich vor, wie sie ihre Transporter lenkten und dabei Witze machten, für den Beifahrer, der gerade Kaffee trank, und alle hatten sie kräftige Hände und gelbe Finger vom Nikotin. Wie das wohl war, so einen Mann abends aus der Dusche kommen zu sehen, mit ihm um sechs warm zu Abend zu essen, um zehn das Licht zu löschen, sich zu umarmen und fast jedes Mal zu lieben, nur wegen eines langen Tages Ende, um dann um fünf wieder aufzustehen, manchmal den

Sonntag mit Verwandten oder Besuchern im nahen Wald oder auf dem Friedhof zu verbringen, aber nie die Stadt zu verlassen? Sie glaubte zu wissen, wie diese Männer waren, aber sie wusste nicht, wie sie war, die Frau, die für diese Männer wusch, kochte und zu Hause blieb. So war dann alles gekommen. Johann, das viele Geld und das viele Alleinsein, das teure Essen, um sich zu beruhigen, oder zu trösten, oder zu belohnen, die edlen Klamotten, um sich öffentlich zu verstecken, und zu joggen bei jeder Gelegenheit, in der sie nicht anders weglaufen konnte. Sie zitterte heftiger, und auf der Wand vor ihrem Gesicht erschien ein Streif blasser Sonne. Dahinein stemmte sie ihre Hände, als er ihre Hüfte fester fasste. Sie passte ihre Bewegung dem Klang seines Atems an und lief in seinen Händen. Nein, sie leuchtete. Als er schließlich doch über ihr lag und sich von ihr wegbäumte, sagte sie »Liebster«, ohne dass er es hätte hören können. Es war in einem Anfall von biologischem Entzücken, dass sie »Liebster« gesagt hatte. Weil er so jung war, und sie war es schon lange nicht mehr. Kurz bevor sie in einem reinen Erstaunen darüber, wie unbewohnt es in ihr aussah, versank, hörte sie auf der anderen Seite der Durchgangstür, dass im Konzertsaal jemand Stühle ineinander stapelte.

Jan lag auf dem Rücken neben ihr. Kein Millimeter überflüssiger, ausgeleierter Gesichtshaut, wie bei Johann, wo längst Altersfell überlappte an der Grenze zwischen Wange und Ohr.

Gib mir deine Adresse, sagte Jan und drehte das Gesicht zu ihr.

Warum?

Ich will dir schreiben.

Warum?

Bist du nicht verliebt, in mich?, fragte er.

Nein.

Macht nichts, sagte Jan. Aber ich in dich.

Jule stand auf und zog sich an.

Hast du jemanden kennen gelernt? Wie heißt er denn?, hatte Nina damals gefragt.

Jan, hatte Jule in der Telefonzelle in Baden-Baden gesagt.

Und, wie ist er so?, hatte Nina gefragt.

Was sie damals geantwortet hatte, daran konnte Jule sich nicht erinnern, in dem Moment jetzt, in dem sie Nina gern von Jan erzählt hätte. Eine Liebesgeschichte?

Nein.

Sie würde Jan nicht wieder sehen. Sie würde ihr Leben nicht ändern.

Als sie am Sonntagmittag in den Regionalzug nach Karlsruhe stieg, stand zwischen Gleis 2 und 3 das Mädchen in der Uniform von gestern und hob die Kelle. Es stand in einer Pfütze und merkte es nicht.

Was so eine attraktive junge Dame fortgeschrittenen Alters an einem Sonntag allein in Karlsruhe machte, wollte der fette Mann im Zug wissen.

Wie schön Sie lächeln, sagte er, und wie schön Ihre Zähne sind. Alle echt? Also, ich kann Ihnen sagen, ich habe schon was durchgemacht, ich war noch viel dicker, damals in der Zeit, als ich aus der Spedition flog und dann auch noch Mama starb, und dann der Bruder meiner Schwägerin im gleichen Jahr. So etwas hält doch kein Mensch aus, und ich hatte auch prompt einen Zusammenbruch und war prompt in der Psychiatrie, und wissen Sie, was ich da gemacht habe?

Nein, sagte Jule und sah aus dem Zugfenster.

Gedichte geschrieben habe ich da!, sagte der fette Mann. Na, Sie mögen doch bestimmt Gedichte, oder? Sehen Sie. Er zog ein dickes Portemonnaie aus der Tasche und holte zwischen den Geldscheinen fünf karierte Zettel heraus. Dann las er ihr vor, irgendwas von Frohsinn und Vertrauen in das Gute, das kommen würde. Jede dritte Gedichtzeile endete mit einem Befehlston. Zähl die heitren Stunden nur ..., oder Zähl nicht die Bäume, zähl nur die Zwischenräume ..., und jedes Mal hob er seinen fetten Zeigefinger vor Jules Nase und vor der Welt hinter dem schmutzigen Fenster eines schmutzigen Regionalzugs. Jule sah an dem Zeigefinger vorbei hinaus. Der Sonntagmittag hatte ein graues Kleid an, das er sich nicht ausziehen ließ.

Das Dichten hat mir wirklich geholfen, sagte der fette Mann. Im Bahnhof Karlsruhe blieb er schnaufend an ihrer Seite – auf der Treppe zur Unterführung, auf dem Weg zum Ausgang und beim Einkauf im Backshop auch, wo Jule drei Butterbrezeln zum Preis für zwei als Proviant für die Strecke nach Berlin kaufte. Da er ihre dicke Tasche nicht tragen durfte, trug er feierlich die Brezeltüte.

Die Lautsprecherdurchsage kam, als sie, die Köpfe im Nacken, nebeneinander standen und die Abfahrtszeiten der Anschlusszüge studierten. Jules Zug hatte eine halbe Stunde Verspätung.

Herr Leo Böwe, Herr Leo Böwe, ankommend aus Heilbronn, wird gebeten, sich beim Service Point zu melden, Herr Leo Böwe, bitte. Sie werden erwartet!

Jule sah den fetten Mann neben sich stehen und war plötzlich froh. 160 Kilo, eine offene Windjacke, darunter ein Hemd in einem Rosa, das alle anderen Farben drumherum vergessen ließ, und auf dem rosa Hemd die rosa Plakette: Iss noch ein bisschen! Dieser fette Mann war einer, hinter dem Jule sich verstecken konnte.

Wollen Sie mit mir noch einen Kaffee trinken?, fragte sie ihn, mit einem Anfall von Herzlichkeit in der Stimme, sodass er verlegen husten musste.

Aber gern!

Sie lotste ihn in Richtung Service Point. Und während er weiter erzählte, von seinen drei Autohäusern, zwei in Gießen und eins in Plauen, wagte sich Jule im Schatten seiner Unbefangenheit ganz in die Nähe des Service Point.

Damals, als ich noch bei der Spedition gearbeitet habe, sagte der fette Mann, da hat doch eines Morgens ein zweiter Schreibtisch neben meinem gestanden. Was machst du denn hier, habe ich zu dem fremden Schreibtisch gesagt, hier ist doch kein Platz für dich, und habe ihn einfach vor die Tür geschoben. In dem Moment ist so ein Schnösel von sechsundzwanzig Jahren ins Büro getreten und hat gefragt, was das soll, das mit dem Schreibtisch. Es war mein neuer Chef, und sagen Sie mal, fragte der fette Mann, hören Sie eigentlich noch zu?

Ja, sagte Jule und starrte auf den schmalen Rücken einer weiblichen Person am Service Point. Die Frau drehte sich langsam um und blieb im Profil stehen. Sie trug eine weiße Hose und kam Jule bekannt vor.

Mittags um zwölf hatte ich dann meine Kündigung, sagte der fette Mann. Gedankenlos sah er ebenfalls auf die Frau, auf ihre weiße Hose, dann auf die sportliche Brille, dann sah er durch sie einfach hindurch. Sie war offenbar nicht sein Typ. Jule fasste den fetten Mann am Ellenbogen und ging noch näher heran. Er brummte und folgte verzückt dem Druck ihrer Hand. Die Frau spielte nervös mit den Henkeln ihrer Handtasche. Das hatte etwas Hilfloses, trotzdem ging eine seltsame, wenn auch prüde Kraft von ihr aus. Die Anzeigentafel ratterte weiter. Jules Zug rückte auf. Die Frau drehte sich zu der Schalterbeamtin am Service Point.

Können Sie den Ruf, bitte, bitte, den Ruf noch mal durchsagen?

Der fette Mann wäre sicher lieber in ein Café außerhalb des Bahnhofs gegangen, aber Jule schob ihn in der Halle auf einen McDonald's zu, wenige Schritte vom Service Point entfernt. Der fette Mann sah sie enttäuscht an, setzte sich aber auf einen der silbernen Gartenstühle. Sie schwieg.

Soll ich den Kaffee holen?, fragte er.

Nein, ich geh gleich. Moment noch, sagte sie und schwieg weiter. Ihr Schweigen nahm er als Aufforderung. Er erzählte ihr von der Hochzeit, die er für seine Tochter ausrichten wollte, für 200 Gäste und 30 000 Euro. Die Gästeliste hatte er sogar dabei und las ihr eine Auswahl von Namen vor, die weder Jule noch den beiden Türken am Nachbartisch etwas sagten.

Wieder kam die Durchsage. Herr Böwe bitte, Herr Böwe, kommen Sie bitte zum Service Point. Sie werden erwartet.

Der Papi ist verschwunden.

Nein!

Doch.

Nein!

Doch, sag ich doch. Er hat bestimmt einen Unfall gehabt, und ich rufe jetzt die Krankenhäuser an, hatte Liz gesagt.

Lass es, sagte Jule in Berlin.

Schon klar, du kannst deinen Vater nicht leiden.

Schon klar, sagte Jule müde. Nachdem Liz vor einigen Monaten von dem Kontoauszug eines ihr unbekannten Kreditinstituts in Karlsruhe mit einer ihr unbekannten weiblichen Kontoinhaberin erzählt hatte, war Jule die Sache tatsächlich klar. Den Auszug hatte Liz auf dem Weg zur Reinigung in Böwes Manteltasche gefunden und samt Umschlag zerrissen. Die Tatsache, dass es ihn gab, steckte sie zwischen Magen und Darm weg und stierte ganze Nachmittage lang in den Hof, auf den alten Birnbaum, und gab schließlich das Trauerbekleidungsgeschäft aus gesundheitlichen Gründen auf. Sie wartete.

Warte doch noch, sagte Jule in jener Nacht am Telefon.

Ich will nicht mehr warten, sagte Liz. Sie legte auf, rief danach alle Krankenhäuser in der Umgebung an und zum Schluss die Polizei.

Das Verschwinden eines erwachsenen Menschen ist keine Straftat, sagte der Beamte beim Notruf und aß hörbar Chips. Ein Erwachsener kann seinen Aufenthalt verändern, ohne seine Angehörigen davon zu informieren.

Aber warum verschwinden dann Leute?, fragte Liz ziemlich aggressiv.

Leute verschwinden, wenn sie nicht wissen, wohin sie gehören.

Hallo, hallo, hallo? Der fette Mann wedelte mit der Hand vor Jules abwesendem Blick herum. Haben Sie auch eine Tochter?

Nein, aber eine Mutter, sagte Jule.

Sehr originell, sagte der fette Mann, und wo leben Sie eigentlich?

Berlin.

Finden Sie mich zu dick?

Jule lächelte.

Sie sind doch in Berlin bestimmt Lehrerin! Na, jetzt ziehen Sie mal nicht die Augenbrauen so zusammen, das gibt Falten.

Während er weiter erzählte von seinen Plänen und Postkarten dazu hervorzauberte, auf denen vier Frauen mit tiefen Dekolletés sich auf vier Kleinwagen räkelten, beobachtete Jule die Frau am Service Point weiter beim Warten. Wer liebt, wartet. So war das.

Die vier, sagte der fette Mann, die habe ich bei der Eröffnung von

Foto Porst in Gießen gesehen und gleich für die Eröffnung meines nächsten Autohauses in Mettmann engagiert. Ich habe die ganze Zeit vorn an der Bühne gestanden, weil die Mädels so eine richtig erotische Ausstrahlung hatten, bis meine Frau mich von da weggeholt hat.

Ja, sagte Jule und lächelte.

Plötzlich stand er auf, schob ihr die Brezeltüte zu, ohne sie dabei anzusehen und eilte schwankend und mit kleinen Schritten auf eine Frau beim Ausgang zu, die ebenfalls eine weiße Hose trug, aber in einer ganz anderen Größe als die Frau am Service Point.

Jule ging zu ihrem Bahnsteig.

***

Der Beamte räumte die Fotos zurück in eine Mappe. Er trug im Archiv des Polizeipräsidiums Uniform und Waffe, was Böwe seltsam fand. Bei dem letzten Bild, auf dem die Nitribitt hingegossen auf einem Biedermeiersofa zu schlafen schien, sagte Böwe: Darf ich noch mal?

Die rechte Wange hatte sie in ein Brokatkissen gedrückt. Bis zu den Knöcheln lag sie unter einem durchsichtigen Nebel, der wohl ein Nachthemd war. Wieder fielen Böwe die großen Hände im Vergleich zu dem kleinen Gesicht auf, und über dem Sofa das Bild, das er kannte. Die roten Pferde. Die hatten als Werbegeschenk eines Buchclubs auch über dem Sofa von Liz und ihm gehangen.

Sie waren schön gewesen, jene ersten Jahre in der Kaiserstraße, als die Straßenbahn noch alle Menschen nach Hause fuhr. Böwe drehte das Foto herum.

3/9/36-65 35-35.

Was sind das für Ziffern?, fragte er.

Wofür brauchen Sie das eigentlich alles, fragte der Beamte.

Ich recherchiere, sagte Böwe und zog wieder so professionell, wie er es in Fernsehfilmen gesehen hatte, den abgelaufenen Ausweis für das Parkhaus des Landtags aus der Brusttasche. Es war Montag, kurz nach neun. Böwe war das Wochenende über im Hotel am Berg geblieben. Er hatte Rosemarie angerufen, etwas spät, zugegeben. Sie hatte am Telefon geweint, gesagt, sie habe am Bahnhof auf ihn gewartet und die Leute hätten schon komisch geschaut, als sie ihn immer wieder ausrufen ließ und er nicht kam. Er hatte ihr nicht erklären mögen, dass es um eine andere Frau ging, aber um eine, die tot war.

Lass die Leute, mein Mädchen, ich bin am Montagabend wieder da.

Der Beamte war hinausgegangen und kam mit einem Karton zurück.

Ich habe Ihnen Kopien von den Verhören gemacht, sagte er.

Böwes Blick blieb an einer fett gedruckten Zeile hängen.

... jene durch den Tod benachteiligte Rosemarie Nitribitt, geboren am 1.2.1933 in Düsseldorf, wohnhaft gewesen in Frankfurt/Main, wurde am 29.10.57 gegen 15.30 Uhr in ihrem Wohnzimmer von einem Unbekannten erwürgt. Böwe öffnete den Mund. Ich kenne den Unbekannten, wollte er sagen. Ich habe ihn am Tag nach dem Mord getroffen. Er hat kleine, fette Hände und raucht Zigaretten, die nach Nelke riechen. Er hat mich am Tag nach dem Mord auf der Kaiserstraße angesprochen, und die Leiche war noch nicht einmal entdeckt, wollte Böwe sagen. Ich bekenne mich schuldig, wollte er sagen, den Namen Nitribitt nicht gekannt und nicht sofort die Polizei benachrichtigt zu haben. Ich habe Nitribitt für einen Schreibmaschinentyp gehalten, aber trotzdem sofort die Straßenseite gewechselt. Das hätte ich wegen einer Schreibmaschine nicht tun müssen. Warum habe ich es dann getan? Sagen Sie es mir, Herr. Ich mache meine Aussage, und Sie erklären mir, warum ich sie mache.

Was wollten Sie sagen?, fragte der Beamte. Böwe schloss den Mund. Dann die Lider. Dahinter war ein später Nachmittag, herrlich, und ganz wie in einem Roman. Die Ufer eines Flusses, unschuldig – für ihn, wie aus einer anderen Zeit. Es fehlte nur noch ein fremder Vertreter, auf einem dürren Klepper thronend, zwischen zwei Birken, da drüben, an Land, an das Böwe bald gehen würde, am Ende der Reise.

Wissen Sie was, sagte Böwe plötzlich zu dem Beamten, das einzige Mittel, das Leben zu ertragen, ist, es schön zu finden. Merken Sie sich das, mein Herr. Und jetzt lassen Sie mich bitte den Schädel sehen.

Welchen?

Ihren Schädel. Den von der Nitribitt.

Das geht nicht, sagte der Beamte, Sie würden auch nicht mehr viel sehen.

Ist er in keinem guten Zustand?, fragte Böwe. Ich meine, liegt er in Spiritus? Ist er schon halb verwest?

Nein, sagte der Beamte, der Schädel ist für die polizeiliche Aufbewahrung einem künstlichen Konservierungsprozess unterzogen worden, sagte er. Wir haben Haare, Haut, Fleisch, Schwarte und die Innereien abgelöst. Es ist nur noch ein nackter Schädel.

Nackt also, sagte Böwe tonlos.

Der Beamte sah auf die Uhr.

In einer plötzlichen Eingebung fing Böwe an, die Ziffern auf der Rückseite des letzten Nitribitt-Fotos in seine rote Kladde zu notieren, um die Aufmerksamkeit des Beamten zu fesseln.

Sagen Sie bloß, Sie können damit etwas anfangen.

Ich glaube schon, sagte Böwe und täuschte im Ton Sachkenntnis vor. Sie etwa nicht?

Wir rätseln bis heute, was die Ziffern bedeuten, sagte der Beamte und ging zur Tür. Kommen Sie mal mit. Aber schauen Sie nicht so genau hin. Wir renovieren gerade.

Ein Plakat aus den siebziger Jahren hing als Teil einer Ausstellung im Flur, unter rahmenlosem Glas.

Terroristenfahndung? Sie erinnern sich? Der Beamte zeigte auf die Fotos mit den Personenbeschreibungen.

Das waren noch Zeiten, in den Siebzigern, sagte er, während Böwe mit zusammengekniffenen Augen und ohne Brille den Namen einer weiblichen Person zweite Reihe, dritte von links zu entziffern versuchte.

Das sind unsere lieben Terroristen. Wir werden uns noch einmal nach denen zurücksehnen, wenn sich einmal der internationale Terrorismus durchsetzt.

Böwe nickte. Diese Person da auf dem Plakat war doch die Tochter von Kindermann, aber Jule hatte sie immer anders genannt. Er erinnerte sich nicht mehr. Er hatte dafür jetzt auch keine Zeit. Der Beamte schloss eine feuerfeste Tür auf und ließ ihm den Vortritt.

Sie mögen auch Rot? Der Beamte zeigte auf Böwes rote Kladde. Die Nitribitt hat ja rote Ledersitze in ihrem Auto gehabt. Ein Auto wie ein Orgasmus, wenn ich das mal so sagen darf.

Beide lachten sie ein Männerlachen.

So kam es, dass Böwe, fünf Minuten, bevor er wieder allein auf der stark befahrenen Straße stand, im Ausstellungskeller für Lehrmittel, der gerade renoviert wurde, einen Totenschädel besichtigte, der für ihn eine Reliquie war. Egal, ob es der Schädel der Nitribitt war oder nicht. Er sah nicht, was er sah, sondern was er war. Er sah sich, einen Sterblichen, und plötzlich der schwarzen Narkose so nahe, dass er nach fünf oder sechs Herzschlägen die Anstreicherfolie über die Vitrine zurückgleiten und sich von dem Beamten zum Aufzug bringen ließ.

Als Böwe bei der Metrostation Präsidium eine Tüte Erdnüsse kaufte, nervös aufriss und zur Beruhigung eine ganze Hand voll davon in den Mund warf, fiel es ihm wieder ein. Mandel hatte das Mädchen auf dem Plakat geheißen. Wenigstens hatte Jule sie so genannt.

Sie habe einem beim Verkehr sogar den Kopf gestreichelt, hatten manche der Vorgeladenen gesagt. Sie sei eine sehr sinnliche Person gewesen, auch wenn sich nicht immer das Vergnügen eingestellt habe, das sie erwartet hätten, hatten andere gesagt. Sie habe einem manchmal zu heftig auf dem Rücken herumgewühlt, hatte ein siebzehnjähriger Fensterputzer hinzugefügt, der angab, mit ihr sogar Mundverkehr gehabt zu haben. Aber alle diese Männer hatten in den Kneipen auf der Kaiserstraße verkehrt, im Bambi, beim Dicken Franz, im Dortmunder Eck und im Paradiso, wo auch die Nitribitt immer hingegangen war.

Böwe saß bei einem Kännchen Kaffee hinter den beschlagenen Scheiben einer Konditorei, wo der Teppichboden muffig roch. Er las die Aussage der Mutter, wohnhaft in Düsseldorf/Kaiserswerth, noch einmal: Ich habe ab und zu einen Brief von der Rosemarie bekommen. Ich habe aber die Post nicht aufgehoben, weil ich ja nicht mit ihrem baldigen Tod rechnen konnte.

Die Bedienung stellte Böwe ein Stück Kuchen hin. Fünf trockene Aprikosen vom Sommer, in einen grau-weißen Teig gedrückt. Ja, gedrückt, dachte er und öffnete seinen obersten Hemdknopf unter dem Schlips. Er hatte soeben sein Herz im Mund geschmeckt. Ja, es hatte ihn für den Rest seines Lebens reicher gemacht, diese Sehnsucht auf den Schatten eines Liebestraums einzuschränken, auf einen blassen, bebenden Zwischenraum aus Licht, der nur manchmal sichtbar wurde zwischen den Lamellen einer Jalousie, wenn der Mond hindurchbrach.

Er las in den Akten weiter.

Sie hatte überall freimütig zugegeben, eine Nutte der oberen Zehntausend zu sein und einen Kreis von Verehrern in Bad Godesberg zu haben. Diese empfing sie auf dem Sofa. Das Bett war für die Freier, mit denen sie nicht für Geld verkehrte, sondern nur eines verlangte: Sie sollten nicht gleich gehen. Sie sollten bis zum Morgen bleiben. Sie versprach, ihnen Butterbrote zu schmieren. Doch schmierte sie die am Morgen für sich und den weißen Pudel allein.

Böwe las nicht weiter. Er sah die Nitribitt gegen drei Uhr in der Früh in einem teuren Herrenschlafanzug hinter einem jungen Mann herlaufen, bis zum Aufzug. Hinter ihr lief der Pudel her und bellte besorgt. Sie weinte. Der Aufzug fuhr nach unten, und sie blieb oben zurück. Als sie den Kopf nach rechts drehte, stand Böwe mit seinen Überlegungen am Fahrstuhl neben ihr. Sie gefiel ihm, so verheult im Profil, und gleich darauf so frech frontal.

Wo kommen Sie denn her?

Ja, sie gefiel ihm, sehr sogar. Hochmütige dreiundzwanzig und verwaiste dreizehn zugleich, war sie zwar nicht schön, aber imstande, jeden Mann sofort davon zu überzeugen, dass sie es war.

Jetzt erkenne ich Sie, sagte sie. Sie sind der junge Mann, der damals die Straßenseite gewechselt hat, als von meinem Tod die Rede war, oder? Drei Tage später hat die Polizei ein Schamhaar in meinem Bett gefunden, kleiner Böwe, das von dem Mörder hätte sein können, oder von einem Pudel. Noch am gleichen Tag fingen sie an, verdächtige Pudelhalter zu befragen: Herr Mayer, sagten sie zu meinem Fensterputzer, besitzen Sie einen großen, schwarzen Pudel? Antwort: Meine Mutter besitzt einen mittelgroßen, braunen Pudel. Man kann diesen Pudel in der Nacht auch als schwarz ansehen. Die Nitribitt schielte ein wenig, während sie erzählte und Böwe dabei unverwandt ansah. Vermissen Sie seit damals ein Schamhaar, kleiner Böwe?, fragte sie. Ihr Atem duftete nach Nelke. In ihrem Rücken stand die Tür zum Appartement einen Spalt offen. Jene Wohnung, wusste er plötzlich, war seit langem ein Ort seiner inneren Geographie. Eines Tages würde er über die Schwelle gehen und eintreten, in die dortige Kälte.

Haben Sie noch einen Wunsch?, fragte die Bedienung des Cafés und versteckte ihre beiden Hände unter einem weißen Schürzchen dabei, das nicht größer war als eine Spitzenserviette.

Was hast du lieber, die Sonne oder den Mond?, fragte die Nitribitt dicht an seinem Ohr in dem Moment.

Ich weiß nicht, und du?

Den Mond.

Warum?

Weil er näher ist, und man kann ihn ansehen.

Haben Sie noch einen Wunsch?, fragte die Bedienung zum zweiten Mal und nahm ihm Kuchenteller, das Kännchen Kaffee aus den glücklicheren Tagen und die Tasse weg.

Rätsel blieben.

Als er gegen Mittag des folgenden Tages die Wohnung in Karlsruhe aufschloss, war Rosemarie bei der Gymnastik. Er kochte sich einen Kaffee, legte die Füße in Socken auf den niedrigen Tisch und las den Sportteil der Zeitung. Den kleinen Rollkoffer ließ er aus strategischen Gründen unausgepackt im Flur stehen. Darüber würde sich Rosemarie Schneider letzten Endes mehr ärgern als über die Tatsache, dass er zwei Tage zu spät kam. Kurz vor zwölf, als er sicher sein konnte, Liz war einkaufen in der Stadt, und zu Hause lief nur der Anrufbeantworter, rief er mit der belegten Stimme, die er immer in solchen Momenten hatte, in der Kaiserstraße daheim an. Er müsse das Wochenende um einen weiteren Tag verlängern. Sie seien noch einmal in Klausur gegangen, mit einem kleineren Kreis von Parteikollegen. Die Pforte des Gästehauses sei leider nicht besetzt, deshalb könne sie ihn dort nicht anrufen.

Bis morgen dann!, sagte er hastig. Ein Schlüssel drehte sich in der Etagentür, und er legte auf.

***

Was man in der ersten Nacht an einem neuen Ort träumt, das geht in Erfüllung, hatte die ehemalige Kollegin vom Ballett am Telefon gesagt. Trotzdem kannst du meine Wohnung erst einmal haben.

Jule hatte in der Kreuzberger Wohnung von einem Mord geträumt. Er liegt im Bett. Sie legt sich mit Wolldecke auf dem Fußboden daneben, aber spricht nicht mit ihm. Als er immer wieder fragt, ob sie noch da sei, legt Jule Böwe die Hand auf den Mund von Leo Böwe, bleibt aber am Boden liegen. Er bekommt keine Luft mehr. Am nächsten Morgen ist er tot.

Am Morgen ging sie nicht in die vernachlässigte Küche, sondern ins Café gegenüber, um zu frühstücken. Sie würde im kommenden Jahr vierzig sein, und die Absätze ihrer Pumps machten ziemlich Lärm auf den Holzbohlen, als sie zum Tresen ging, um zu bestellen. Alle waren jünger als sie, und keiner sah aus, als würde er bei einem Konzern arbeiten. Seit wann eigentlich hatte sie die Uhr im Gesicht? Obwohl sie seit drei Sommern die gleichen Kleider trug, hatten sie im letzten Sommer weniger Männer auf der Straße angeschaut als zuvor. So schnell ging das, und die, die schauten, waren so alt wie sie oder älter und hatten oft einen schrecklichen Bart.

Jule blieb in Kreuzberg wohnen und bedankte sich dafür bei den drei Schafen der Kollegin, die sich offensichtlich rasch vermehrten.

Jan sah sie Anfang November in einem Hamburger Hotel wieder. Sie war wegen des Konzerns und er wegen eines Konzerts in der Stadt. Sie nahmen ein Doppelzimmer. Dass ihr dieser Junge so gut gefiel, lag das an diesen Schultern, die breit waren und ganz ruhig blieben, auch wenn er schnell ging? In einer riesigen Badewanne griff er nach ihren Füßen und zog sie unter Wasser. Kirche und Theater hatten Worte dafür. Sie nannten es Taufe oder Katharsis. Als Jule zum ersten Mal wieder aus dem Badewasser auftauchte, war sie sieben und vom Zirkus, beim zweiten Mal war sie siebzehn und ein vernachlässigtes, verzweifeltes Ding zwischen Mädchen und Frau. Beim dritten Mal war sie erwachsen. Eine kleine Schauminsel floss ihr den Hals hinunter. Die nassen Haare standen ihr gut, wusste sie. Sie strahlte Jan an. Du hast übrigens 99 Punkte bei mir, sagte er, jetzt muss ich nur noch wissen, ob du auch kochen kannst. Als Jule am Morgen das Zimmer, Jan und einen angebissenen Apfel auf dem Bett verließ, warf er ihr das Kopfkissen hinterher.

Übrigens, ich suche ein Zimmer in Berlin, sagte er.

Silvester sahen sie sich in Berlin wieder. Jule war im dritten Monat schwanger.

Fußnebel schwebte über dem glitzernden, vereisten Asphalt, als Jan und sie vor Mitternacht ihre Kreuzberger Wohnung verließen.

Wie alt war sie denn?, fragte Jan.

Ende fünfzig vielleicht, sagte Jule. Sie zog ihre blau-weiß gestreifte Wollmütze tiefer über die Ohren und erzählte weiter.

... und völlig aufgelöst hat sie Gorbatschow gebrüllt, auf dieser leeren Straße in Pankow. Ich muss immer an diese Frau denken, wenn ich an unsere DDR-Tournee damals denke. Sie trug eine flauschige Jacke über dem Arm, die viel zu warm war für die Jahreszeit, und sie war so eine richtige Frau aus dem Osten, weißt du, so eine Hübsche, aber mit dieser gewissen, sozialistischen Unfreundlichkeit, die sie sich von den typischen Sowjetfrauen abgeschaut haben muss. Mich hat sie gar nicht richtig wahrgenommen, obwohl wir mit den Limousinen allein waren auf der Straße.

Wie hast du denn damals ausgesehen?

Wie ein grauer Schwan mit Pflastern an den Füßen, sagte sie.

Jan nahm seinen Arm von Jules Schulter und schob ihn fest um ihre Taille.

Nicht rutschen, sagte er und prüfte den vereisten Asphalt mit der Schuhspitze. Nicht rutschen, ihr zwei.

***

Statt der Nonnen gab es Faxanschluss im Marienhospital, als Liz Böwe gegen Ende des Jahres starb. Fast wäre sie nebenher und ganz allein gegangen, wenn nicht plötzlich Leo Böwe doch im Zimmer gestanden hätte. Es war neun Uhr am Morgen. Er kam vorbei, weil er so früh am Tag nicht mit dem Tod rechnete. Er rechnete eigentlich überhaupt nicht mit Tod.

Wer sind Sie?, sagte Liz und stierte Böwe an. Woher kennen wir uns denn?

Böwe wurde verlegen und fing an, einen Witz zu erzählen.

Ein Obdachloser, sagte er, der findet eine Tasche mit einer Spiegelscherbe drin. Er schaut rein und ruft: Oh, eine Leiche! Liz drehte sehr langsam das Gesicht zur Wand, aber er erzählte weiter.

Sofort eilt der Obdachlose zur Polizei und übergibt die Tasche einem Polizist; der schaut rein und stöhnt: Scheiße, es ist einer von uns! Am Abend nimmt er die Tasche mit nach Hause, weil er mit dem Rapport anfangen will. Die Tochter kommt nach Hause, schaut in die Tasche und ruft: Mutter, schau, Vater hat eine Geliebte! Die Mutter kommt und schaut in die Tasche und meint: Aber hässlich ist sie!

Und, fragte Böwe nach einer Pause, niemand lacht? Kein Ton war im Zimmer. Liz sah zur Wand. Er beugte sich über sie, fasste sie sanft am Kinn und drehte ihr Gesicht zu sich. Die Augen standen fast senkrecht übereinander, die Züge, alle, zerschnitten, verschoben, zerbrochen ohne Sturz. Zwei, drei Atemzüge noch, und ihr Gesicht wurde Landschaft, genauer, die sparsame Zeichnung einer Landschaft. In der Landschaft verschwand sie.

Nicht sterben, flüsterte Böwe, nicht sterben, wenn ich dabei bin.

Durch die angelehnte Tür hörte er eine der Krankenschwestern, die immer lächelten, am Telefon sprechen. Sie verabredete sich für den Abend, fürs Kino. Als sie später Liz für den Sarg fertig machte, zog sie ihr den Scheitel auf der falschen Seite.

Böwe nahm die kleine Reisetasche mit Liz' Wäsche und roch das Parfum. Nuss und Pferd. Als er Jule im Berliner Büro anrief, sagte eine Mitarbeiterin, sie sei für eine Woche auf Geschäftsreise in Amerika. Das war Böwe sehr recht. Er setzte nur seinen Namen unter die Todesanzeige und rief erst in Amerika an, als es für Jule zu knapp wurde, noch rechtzeitig zur Beerdigung zu kommen.

Liz war immer da gewesen, wenn er weg gewesen war. Sie hatte gewartet. Sie hatte den langen Schmerz dem kurzen vorgezogen. Sie war geblieben. Ihr Warten war seine Sicherheit im Leben gewesen. Jetzt war Liz weg, und er war allein. Abends fuhr er manchmal mit dem Auto herum, fuhr, bis er fast keinen Sprit mehr hatte und aus Gewohnheit vor der alten Tankstelle hielt, die noch immer das geschwungene Dach hatte, aber längst keine Tankstelle mehr war. Kein Dach, ein Keks, hatte Liz immer gesagt. Die Besitzerin war irgendwann in eine andere Stadt gezogen. Böwe erinnerte sich an dieses Mädchen von der Tankstelle, ein blasses, verschlossenes Ding mit langen dünnen Beinen, wie ein Wattvogel. Mädchen und Tankstelle gab es nicht mehr. Eine Nachlassverwertung, organisiert von Arbeitslosen, verkaufte in Kiosk und Bungalow das Zeug aus Haushaltsauflösungen. Auch Sitzgarnitur und Fernsehapparat von Eva König hatten vor zwei Jahren im Fenster gestanden, nachdem sie gestorben war. Den Fernseher hatten sie nach wenigen Wochen auf dem Gehsteig wieder ausgesetzt mit einem Zettel dran: Zu verschenken. Seitdem Liz tot war, kam Böwe abends immer häufiger in die Kaiserstraße zurück. Wenn er im Haus Nummer 29 verschwand, richtete sich die alte Fabrik in seinem Rücken wieder auf wie niedergetrampeltes Gras.

***

Zwei alte Menschen mit Gesichtern wie müde Hunde waren beim Surfen im Internetcafé einer Hamburger Seniorenanlage abgebildet. Die Zukunft, las Böwe am Silvestermorgen in einer liegen gelassenen Zeitung im Zug, würde auch den Alten intelligente Häuser und Bodyfirming-Studios bringen, die ausgeleierte Leiber mit schmerzfreien Nädelchen und Kribbeltherapie in einen Traumkörper zurückverwandeln könnten. Böwe blätterte um. Alle, so berichteten die Kurzmeldungen im Regionalteil, waren aufgeregt wegen des Millenniums. Ich nicht, murmelte Böwe und las trotzdem die

Einzelheiten. Ein Olympia-Skispringer hatte sich vorgenommen, fünfzehn Sekunden vor Mitternacht zu einem Sprung ins neue Jahrtausend von der Schanze in Garmisch-Partenkirchen abzuheben und danach seine Frau auf einer Gala zu treffen. Ein Konzernchef, der auch Jules Chef war, machte aus seiner Silvesternacht ein Geheimnis, wohingegen ein berühmter Schlagersänger in seinem Haus am Fuß der Schwarzwalds auf die Pauke hauen wollte, bis morgens früh. Nur einige junge Aktionskünstler im Bayrischen Wald hatten vor, ab 22 Uhr zu schlafen und sich unter dem Motto »Millenniums-Penner« mit Schlafsack im Schaufenster einer ehemaligen Metzgerei auszustellen. Das hatte Böwe gefallen.

Rosemarie und er gingen ebenfalls gegen dreiundzwanzig Uhr zu Bett, obwohl es ihr erstes gemeinsames Silvester war. Sie kippten das Schlafzimmerfenster, küssten einander wie Geschwister und schliefen Hand in Hand ein. Als in den Straßen die ersten Böller krachten, drehte Rosemarie sich zu ihm um, seufzte und schnarchte danach weiter in sein Gesicht hinein. Gegen fünf Uhr in der Frühe tauchte Liz in Böwes Traum auf. Sie hing in diesem heftigen Sturm, der am zweiten Weihnachtstag gewütet hatte, an seinem Arm und schwankte wie eine große, schwarze Einkaufstasche dabei. Schnitt. Sie winkte von irgendwo her, wo sie einmal gemeinsam und einmal sogar miteinander glücklich gewesen waren. Sie trug immer den gleichen engen, gerippten Pullover dabei. Die Kulisse war der Schwarzwald. Schnitt. Sie nickte ihm zu, aus dem seligen Vergessen der Toten heraus, und zerkrümelte in einer nachdenklichen Hand einen Keks dazu. Nimm zwei, stand auf der Packung. Schnitt. Böwe wachte auf, kurz bevor der Wecker auf seinem Nachttisch in Karlsruhe ging, und er empfand es als eine Niederlage, dass er von Liz fast zärtlich geträumt hatte.

Hast du gesehen? Jule zeigte auf die Frau mit dem Akkordeon und schob ihre Hand in Jans Hand. Sie trägt die gleiche Wollmütze wie ich, auch so eine blau-weiß gestreifte.

Es war kurz vor Mitternacht. Die Brücke sah alt aus, war aber aus Beton. Weidendammer Brücke, am ehemaligen Grenzübergang Friedrichstraße. Sie trug die Autos, die Straßenbahn, Menschen mit und ohne Fahrrad. Sie trug die Akkordeonspielerin mit Instrument und Schemel, sie trug Jule und Jan und alle anderen, die sich auf ihr an den Händen hielten. Jule sah ins Wasser. Laternenfische spiegelten sich in der Spree und fransten an den Rändern aus, als sie die Pupillen auf Unschärfe stellte.

Diese Akkordeonspielerin ist immer hier, sagte Jan, sie ist aus Rimavská Sobota, Slowakei. Ich habe sie mal gefragt, wie sie das macht, dass sie rund um die Uhr spielt. Sie müsste eigentlich einen Zwilling haben, oder jemanden, der mit Mütze aussieht wie sie.

Findest du sie hübsch?

Sie ist genauso hübsch wie du. Sie könnte deine Tochter sein, und abends, nach der Vorstellung, spielt sie da drüben, sagte Jan. Beide schauten sie zum Theater hinüber.

Auf dem Dach drehte sich als Logo ein leuchtend roter Kreis gegen den dunklen Himmel. Genau so ein Kreis mit dem Symbol des Konzerns darin drehte sich am Potsdamer Platz.

Jule legte die Hände auf das schmiedeeiserne Brückengeländer und drückte die Ellenbogen durch. Wieder schaute sie ins Wasser. Was war schwieriger, im Theater vierzig zu werden oder in dem Job, den sie jetzt machte? Wo träumte man des Nachts, dass jemand sagte: Frau Böwe, ich habe mit der Leitung gesprochen, und am nächsten Morgen sagte tatsächlich ein frisch geduschter Vorgesetzter auf dem Gang: Ich habe mit der Geschäftsleitung gesprochen, Frau Böwe, kommen Sie doch bitte mal in mein Büro. Ich habe Ihre

Arbeit in den letzten Wochen intensiv verfolgt, und das Ergebnis scheint es mir wert, auch im verantwortlichen Kreis erörtert zu werden? Jule stierte auf das Grau des Flusses unter ihr, der die Silvesterfröhlichkeit an seiner kalten Oberfläche zurückwies. Sie stierte wie Liz, um sich von einer Entscheidung treffen zu lassen. Um es kurz zu machen, sagt jetzt der Vorgesetzte in ihrem Kopf, Sie stellen immer noch die falschen Fragen, Frau Böwe. Sie fragen bei jeder Entscheidung, was für einen Sinn macht das, und nicht, was für einen Erfolg bringt es! Sie sorgen damit für Unruhe. Jule sah sich nicken und noch immer vor dem Schreibtisch des Vorgesetzten stehen. Schon klar, sie zählte gern Probleme auf, Probleme, die längst aktenkundig waren, und schaffte damit auf eine arrogante Art neue, bis sie selbst das größte war. Ja, sie verlor jeden Humor und die Leichtigkeit im Umgang mit Kollegen, sogar auf Betriebssommerfesten zum Beispiel, wenn einer, der eigentlich Fahrer war, schwäbisch mit ihr flirtete, und nach 22 Uhr den Arm um ihre Hüfte legte: Einparken ist auch eine Gefühlssache, Frau Böwe. Schon klar, der Kollege Fahrer färbte sich die Haare und trug eine traurige Windjacke von Tchibo. Haben Sie ein Problem mit Männern, junge Frau? Hatte sie. Männer, hatte Liz immer gesagt, die muss man für dich backen, damit sie dir gefallen. Schon klar, dachte Jule, Frauen aber auch? Wie gern hätte sie doch eine andere Sekretärin gehabt, und nicht die, die seit einem Jahr in ihrem Vorzimmer saß, eine Mutter von fünf Kindern und jederzeit mit dem sechsten schwanger, obwohl sie rauchte und viel Kaffee am Teetisch direkt auf dem Gang zu ihrem Büro trank, dabei lachte, gluckste und am Freitagmorgen mit Federboa im Büro auftrat, weil sie am Abend mit dem Kegelclub tanzen ging. Den roten Mohair-Pullover ihrer Sekretärin hasste Jule, wegen der ballspielenden Bärchen auf den Brüsten, und weil ihn diese Frau vier Tage hintereinander anzog, um darin im eigenen Körpergeruch zu schmoren und noch fruchtbarer davon zu werden, während bei ihr, der Chefin, alles Hübsche längst weg und für immer im Büro gelassen worden war. Schon klar, Chefin schlich allein nach Feierabend zum Drehkreuz 10, Tor 3 und hielt den Blick dabei auf die Pfützen gesenkt. Wenn das mal nicht selbstgefällige Schwermut war! Seien Sie doch ehrlich, hörte sie den Vorgesetzen in ihrem Kopf sagen, Sie hassen die Mitarbeiter auf Ihrer Etage und auch die Arbeiter in der Werkhalle, die in den halb fertigen Autos die Mittagspausen verschlafen mit einem angebissenen Brot von daheim auf dem Schoß. Sie hassen diese Männer im Blaumann für die Brote und die Familien dazu, und auch, weil diese Arbeiter nur aufwachen, wenn eine junge, parfümierte Sekretärin vorbeigeht, die nicht bald gefeuert wird. Wie Sie, Frau Böwe. Wissen Sie auch, warum die nicht, aber Sie? Richtig, weil die noch nicht vierzig ist. Die glaubt nämlich noch an was. Glauben Sie eigentlich noch an was? An Gott? Ach? Ihnen, sagte der Vorgesetzte, ist doch nur kalt, in Ihrer hoch aufgeschossenen Existenz ohne Wurzel, in der Sie nur Wurzeln simulieren, bürgerliche Werte wie Kultur und Geborgenheit, und dafür mit Geld zahlen. Wollten Sie nicht neulich einen Flügel kaufen, als Ihr Johann noch da war, und schöne Bilder, und eine Hausangestellte sogar, die Ihrer Luxuswohnung in der Sarrazinstraße ein richtiges Herz ausleihen sollte, indem sie morgens in der Küche ein wenig mit dem Geschirr klappert, wie man das aus trostreichen Romanen kennt? Trotz aller privaten Verkommenheit, die ich bei Ihrem Vater, Herrn Leo Böwe, erkenne, Frau Böwe, wird mir doch warm ums Herz, wenn ich ihn sehe. Dem fehlt die Liebe nicht. Und Sie, Frau Böwe, oder soll ich jetzt besser Fräulein Böwe zu Ihnen sagen, wollen rasch noch eine Familie, bevor das Alleinsein Ihrer Gesundheit schadet. Sie wollen schnell noch alles haben, bevor es für alles zu spät ist.

Jule?

Jule nahm ihre Wollmütze vom Kopf, und der Wind auf der Weidendammer Brücke griff ihr kalt ins Haar.

Küss mich, sagte Jan, es ist zwölf.

Sie standen zwischen vielen fremden Paaren, die sich auf der Brücke an den Händen hielten und sich auch küssten, als das letzte Jahr und das Jahrtausend gingen. Sie fühlte sich zu alt, um noch etwas Neues anzufangen, und zu jung, um bei dem Neuen nicht dabei zu sein. Jan stand auf der Brücke neben ihr. Sie schaute ihn von ihrer Hälfte des Lebens an. Er schaute zurück von seiner, aber merkte den Abstand nicht. Für ihn hätte nicht einmal ein kleiner Vogel in die Lücke zwischen ihnen beiden gepasst, so nah wie sie standen.

Später, in einer Kneipe an der Kastanienallee, wo sie zwischen lauter Theaterleuten tanzten, merkte Jule, sie hatte auf der Brücke ihre Wollmütze mit den blauen und weißen Streifen verloren.

Rosemarie winkte am Bahnsteig 2. Sie hätte doch ohne Schwierigkeiten herausbekommen, wohin er wirklich fuhr, als er sich von ihr am frühen Morgen des ersten Januar verabschiedete und in den Zug nach Frankfurt stieg. Sie hätte nur sein Ticket anschauen müssen, das bis Berlin ging. Sie tat es nicht. Sie winkte dem Zug hinterher, obwohl sich die Fenster nicht öffnen ließen, während Böwe bereits den Sitz zurückstellte, über ihre Gutgläubigkeit nachdachte und es sich dabei bequem machte. Wenn der Zug fort ist, dachte er, wird sie einen Moment auf der Treppe zur Unterführung zögern und dann doch keine Brezeln mit nach Hause nehmen, sondern die Konditorei dem Bahnhof gegenüber betreten, um allein an einem Ort zu frühstücken, wo wir schon oft gemeinsam gefrühstückt haben. Sie wird den Kopf an die Rosentapete lehnen, Croissant und

Milchkaffee bestellen und zum ersten Mal über den Namen des Cafés nachdenken. Café Sinn.

Böwe führte sie, aber sie kannte sich hier aus.

Ist dir kalt? Jenny schüttelte den Kopf, und Böwe führte sie weiter am Ellenbogen über die Oranienburger Straße. Er hatte sich vor acht Stunden für immer von Rosemarie verabschiedet.

Sie gingen an der Synagoge mit der goldenen Kuppel vorbei, die er erst schön fand, als Jenny ihn darauf aufmerksam machte. Sie trug eine russische Fellmütze ohne Stern, einen engen Rock und eine kurze Felljacke, aber derbe Schuhe, aus denen unanständig fleischfarben ihre Beine wuchsen. Mädchenbeine, hatte Böwe gedacht, als sie vor einer Stunde am Bahnhof Zoo auf ihn zugekommen war.

Geglücktes Neues Jahr!, hatte sie gesagt, als sei das Jahr schon vorbei.

Jenny Thomas wohnte seit August 1961 in Pankow und arbeitete in einem Berliner Verlag, der früher der größte in der ehemaligen DDR war. Ich kenne Sie, hätte Böwe auf der Frankfurter Buchmesse am liebsten zu ihr gesagt und seine rote Kladde dazu in die Luft geworfen, mit einem Ruf, den man vom Zirkus kennt. Sie sind die Frau aus dem Zug! Ich kenne Sie, weil ich Sie wiedererkenne!

Aber er hatte sie nie gefragt, ob sie sich an den Spätherbst 1957 erinnern könne. Ob sie da einmal in einem Speisewagen den Rhein Richtung Frankfurt entlanggefahren sei? Ob sie sich an den Tod des Callgirls Rosemarie Nitribitt in jenem Spätherbst erinnern könne? Er ahnte ihre Antwort voraus: Ich kann mich an nichts dergleichen erinnern. Mir reicht, was jetzt passiert.

Die Frauen aus dem Osten waren eben anders als die aus dem

Westen. Trotzdem gab es eine Ähnlichkeit zwischen Liz und Jenny. Er konnte bei beiden das Gesicht mit einer Hand verdecken.

Was hast du gemacht, gestern?, fragte Jenny.

Geschlafen, sagte er, und da war ich nicht der Einzige. Als er die Geschichte von den Millenniums-Pennern in dem Schaufenster im Bayrischen Wald erzählte, lachte sie vorsichtig, als hätte er noch nicht die ganze Geschichte erzählt. Ihr Ellenbogen zuckte in seiner Hand, und er nahm die Hand fort. Vorhin am Bahnhof Zoo hatte er sich vorgestellt, nach Berlin zu ziehen und seine Tage, wenn er auf sie wartete, mit einer Dauerkarte im Zoo zu verbringen, zwischen lauter alten Damen, die nach dem Zweiten Weltkrieg das erste neugeborene Nilpferd Bulette und das erste Babylama Schrippe genannt hatten. Er hatte sich vorgestellt, mit dieser Jenny Junggeselle und zugleich nur ihr zugewandt zu sein, wenn er abends Paté und Käse für sie in ihre kleine Wohnung brachte, bevor sie vom Verlag nach Hause kam. Er könnte sie trösten, wenn winters draußen Schnee an den Scheiben hing und sie deswegen an das Alter dachte, oder er könnte mit ihr im Frühling, wenn es noch früh dunkelte, an einem der Berliner Kanäle entlangschlendern und reden. Sie würden getrennt wohnen und zusammen leben. Aber jetzt hatte er unvermutet Vorsicht und Misstrauen wie elektrisch bis in ihren Ellenbogen hinein gespürt und deswegen gleich losgelassen. Sie war ganz anders geladen als die Frauen, die er kannte. Neben ihr kam er sich wie eine langweilige Steckdose hinter dem Sofa vor.

Sie bogen in die Friedrichstraße ein. Im Schaufenster einer Bank las er im Vorübergehen die Notierung. Der DAX hatte gestern, am 31.12.1999, mit 6958 Punkten seinen Jahreshöchststand erreicht. Die Straße lag voll mit den leeren Hülsen von der Silvesterknallerei.

Et voilà, die Weidendammer Brücke, sagte Jenny. Sie wechselte manchmal die Sprachen, so ungezwungen, als suche sie Kekse auf einem Tablett aus. Genauso ungezwungen würde sie ihn, nah an ihrem geschäftigen Leben, in einen Käfig setzen und das Schild daran für Besucher und Freunde sauber beschriften.

Leo Böwe (64), streunender Fuchshahn.

An der kleinen Konditorei da drüben, gegenüber der S-Bahn Friedrichstraße, sagte Jenny, da warteten früher, als die Mauer noch stand, ziemlich viele Frauen kurz vor Mitternacht an der Grenze. Sie trugen auch bei Schnee hochhackige Schuhe, um schön zu sein. Sie warteten gegenüber dem Tränenpalast, dass ihre Liebhaber kurz in den Westen und gleich wieder zurückreisten. Einmal habe ich sogar einen türkischen Mann gesehen, der trug seinen Schlafanzug unter dem Mantel.

Böwe nickte. Ob Jenny damals auch dort gewartet hatte, traute er sich nicht zu fragen.

Und da ist die Brücke, sagte sie.

Sie gingen an der Akkordeonspielerin vorbei, und Böwe suchte nach Kleingeld in seinen Manteltaschen. Er fand keins, wollte stattdessen einen Schein in den Hut vor ihren Füßen legen und hielt in der Hocke inne. Der Hut war kein Hut. Böwe sah überrascht die junge Frau mit dem Akkordeon an. Sie war keine gewöhnliche Akkordeonspielerin. Sie sah jemandem ähnlich, und er hatte plötzlich Streifen vor den Augen. Schon wieder der Kreislauf? Mit dem Alter kam wenig mehr als das Alter. Er sah, noch mit gebeugten Knien, an den Straßenbahnschienen der Friedrichstraße entlang, die in eine leere Ferne führte und erinnerte sich, als er sich ins Gesicht fasste. Ja, ja, ich habe in den letzten Jahren tatsächlich zugenommen, dachte er. Wovon? Wohl von allem. Dann lachte er und richtete sich wieder auf, zeigte auf die Wollmütze, die die Akkordeonspielerin auf dem Kopf trug, und dann auf die Wollmütze, die vor ihren Füßen lag. Beide blau-weiß gestreift. Die hat sie wohl im Doppelpack gekauft, wollte er gerade zu Jenny sagen, da platzte in seinem Kopf ein Schuss und machte den Schädel bis zur Decke zu einem schalltoten Raum. Die deutsche Polizei schießt nicht auf Deutsche, hörte er eine Stimme am anderen Ende einer Zeitröhre mit starkem Echo sagen. Wieder fasste Böwe sich ins Gesicht. Wer hat denn da mit polizeilicher Gewalt das Fleisch von meinen Knochen gelöst?, wollte er sagen. Ich seh ja aus wie ein Totenschädel unter Glas. Wer hat mich denn hier so ausgestellt? Aber auch die Lippen fehlten bereits, und alles, was er noch sagen wollte, erstarrte im ewigen Lächeln des nackten Schädels. Hilfe, sagte Böwe hilflos und hob die Hände. Hilfe! Da stand er, die Hände über dem Kopf, und sah in Jennys hilfloses Gesicht, das immer kleiner und kleiner wurde, bis es das Gesicht einer Fliege war. Und wieso hatte diese kleine Fliege jetzt einen schmuddeligen, gestreiften Kinderbademantel an und behauptete, er sei ein Papi. Das war er doch schon lange nicht mehr. Böwe starrte die Fliege an. Sie war doch viel zu klein, um ernsthaft auf ihn zu schießen, und es war auch nur eine gefühlte Waffe, mit der sie da fuchtelte und fuchtelte und fuchtelte, bis er endlich fiel. Er fiel tief, tiefer als auf den Asphalt der Brücke, tiefer als bis auf den Grund der Spree und weit über den Mittelpunkt der Erde hinaus. Es tut mir leid, flüsterte er dem Tagesschaumann von damals in der Eile noch zu. Entschuldigen Sie, aber ich sterbe gerade.

Als er die Augen wieder öffnete, beugte sich erst Jenny und dann die Akkordeonspielerin in sein Blickfeld. Jenny legte zärtlich die Hand auf seine flackernden Augen, und die Akkordeonspielerin nahm die Wollmütze ab, bei deren Anblick er den Satz deutlich gehört hatte: Papi, wenn ich groß bin, erschieß ich dich auch!

Ernst?, fragte sie mit Akzent. So viel? Sie hielt ihm seinen Geldschein vor die Nase.

Der Wind auf der Brücke griff ihr kalt ins Haar.

***

Jule musste immer häufiger zum Pinkeln aufs Klo und hatte trotzdem Anfang März 2000 ein Vorstellungsgespräch, Luftlinie achthundert Meter von ihrem alten Arbeitsplatz entfernt.

Draußen war ein grisseliges Wetter, von Winter keine richtige Spur mehr. Auf den kahlen Bäumen an der Spree saßen die Krähen aus Nowosibirsk, die früher auf dem Potsdamer Platz gesessen hatten. Aber da standen jetzt eine Spielbank, ein Kinopalast, mehrere Kneipen und Kaufhäuser und das höchste Gebäude ihres Konzerns. Für Vögel war kein Platz mehr.

Überall inszenieren sie nun Onkel Wanja, sagte der Intendant zu Jule und schloss sein Bürofenster.

Ja.

Auch bei uns.

Ja, ich weiß.

Warum wollen Sie zurück zum Theater?

Ach. Jule setzte das Lächeln einer Schauspielerin auf. Es ist immer noch schön, sagte sie, der Last eines Zuhauses zu entkommen, wenn man ins Theater geht. Da hat man auch eine Familie, und mit der Arbeit dort, selbst wenn sie oft eine in sich selbst leerlaufende Betriebsamkeit ist, ist man nie allein, vor allem am Sonntag nicht, wo man schrecklich allein sein kann, oder?

Ja, sagte der Intendant, aber nicht, dass Sie mir hier einen romantischen Ton in die Geschäftsführung bringen.

Noch mit dickem Bauch bekam sie die Jobzusage als kaufmännische Geschäftsführerin und künstlerische Betriebsdirektorin. Sie bringe die Spannbreite eines großen Vogels mit, sagte der Intendant, als er sie den Kollegen vorstellte, jene seltene Fähigkeit eben, sich im Haus und außer Haus gleichermaßen souverän und erfahren zu bewegen. Sie sei eine ästhetisch wie ökonomisch kompetente Person und habe etwas, worauf es außerhalb von Theaterkreisen vor allem ankomme, nämlich Verhandlungs- und Abschlussstärke, analytische und organisatorische Fähigkeiten und ein professionelles Auftreten.

Jule schaute einmal, während er sprach, aus dem Fenster, Richtung Weidendammer Brücke. Am Theater vorbei floss die Spree. Das konnte sie von hier aus nicht sehen, aber sie wusste es. Über dem Theater teilte ein Baukran die Luft zwischen sich und dem Grau darüber, zu dem die Menschen manchmal Wetter sagen und manchmal Himmel. Auch das konnte sie von hier aus nicht sehen. Es war auch nicht mehr sicher, ob sich in der Silvesternacht der Kreis samt Konzernsymbol tatsächlich vom Potsdamer Platz gelöst, rotierend Richtung Friedrichstraße beschleunigt und sich dann in schönem Ritardando auf Höhe der Spree dem Theaterkreis genähert hatte, um sich schließlich mit einer gewissen verlogenen Verträumtheit seitlich in ihn hineinzudrehen und dabei etwas von feindlicher Übernahme zu flüstern, während dem Theaterkreis vor Schreck kurz die Antriebswelle stehen blieb und er so der Vereinigung willenlos zusehen musste. Schnitt. Schnitt. Schnitt. Jule nahm den Blick vom Fenster zurück auf das Gesicht des Intendanten, der noch immer redete.

Würde man sehen, ob sich das machen ließ, zu einer alten Liebe mit neuen Erfahrungen zurückzukehren, dachte sie.

Im Juni kam das Kind zur Welt. Friederike, kurz Fritzi genannt. Jule benachrichtigte ihren Vater Leo Böwe, und der schrieb nach zwei Wochen eine Postkarte aus Spanien zurück:

Liebe Jule, bin auf dem Jakobsweg nach Santiago di Compostela (Pilgerfahrt!). War dringend nötig. Keine Sorge, bin in bester Begleitung, und alles Gute für dich und das Kind. Hat es auch einen Vater? Dein Vater.

Jules neue Arbeit begann acht Wochen nach der Geburt, im August, mit der neuen Spielzeit.

Fritzi wurde ein Theaterkind, wuchs mit Garderobieren, Ankleiderinnen, Pförtnern und in den Sologarderoben der älteren Schauspielerinnen auf. Jan ging im August mit einem Jahresstipendium für junge Komponisten nach Rom. Auch von dort kam eine Karte.

Nachdenken mit Sonne ist besser als Nachdenken ohne Sonne.

Mit Kind ist besser als ohne Kind, schrieb sie zurück.

Fritzi sah aus wie Jan. Ihre Familie kam Jule vollzählig vor, im Moment wenigstens.

Später

Die Hitze stand am Abend noch in den Straßen, eine Hitze, die man sah. Es war Sonntag, kurz vor sechs. Nicht ein Auto fuhr, nur die Straßenbahn glitt vorbei, halb Glas, halb himmelblau. Auf dem leeren Parkplatz eines Bürogebäudes aus den siebziger Jahren kehrte ein kleiner grauhaariger Mann, angezogen wie ein Kellner mit einem weißen Hemd und schwarzen Hosen, zwischen den weißen Parkstreifen Laub. Jule nahm einen Schluck aus ihrer Wasserflasche, bevor sie nach dem Weg fragte. Die Frau, die zu dem grauhaarigen Mann gehörte, zog ihr Kopftuch tiefer in die Stirn und sammelte weiter mit einem Greifer Kippen auf. Jule sah dem Mann ins Gesicht. Sicher hatte er in seiner Heimat alte Obstbäume und Tiere, von denen man sich nicht gern trennt, oder wenigstens einen Hund und eine Bank vor dem Haus. Er beschrieb ihr den Weg und sah in die Sonne dabei. Als Jule weiterging, hatte sie mitten in Frankfurt den Geruch von Kindern in der Nase, die im See geschwommen sind.

Sie ging in die Kneipe gegenüber dem Haus Nummer 36, setzte sich auf den Hocker am Tresen und ließ die Zehensandalen leise auf den Boden fallen. Tangerine. Café und Nachtbar. Alle schauten sie an, aber nur kurz. Dann spielten die fünf an dem Fenster zur Straße schweigend ihr Yam-Yam weiter, während die Frau hinter dem Tresen sich nach der Spülmaschine bückte und Gläser ausräumte. Die Sommersprossen ließen sie fröhlicher aussehen.

Kennen Sie eigentlich Rosemarie Nitribitt noch? Sagt Ihnen der Name was?, fragte Jule.

Klar, die hat da drüben gewohnt.

Vom Fenstertisch her sagte jemand mitten im Spiel: Scheiße. Die Frau kam um den Tresen herum.

Mein Freund Harald wohnt jetzt in der Wohnung.

Java, ein Pils, sagte eine Männerstimme vom Fenstertisch her. Nein, zwei Pils und eine Cola, sagte eine zweite Männerstimme.

Sie ging zurück auf ihre Seite des Tresens, zapfte die Biere und bückte sich mit durchgedrückten Knien und geradem Rücken nach einer Cola im Kühlschrank. Was hatte sie wohl einmal vorgehabt, an dem Tag, an dem sie aus der Schule gekommen war?

Du bist aber keine Journalistin, sagte Java.

Stimmt, woher weißt du das?

Für eine Pressetante bist du falsch angezogen, außerdem läufst du wie eine Ente.

Sie zog die Augenbrauen hoch. Sie hatte eine Menge Make-up aufgetragen, aber an den richtigen Stellen, wenigstens für dieses Licht. Ihre Wimpern waren lang und schwarz wie Fliegenbeine. Ihre Haare auch. Sie sah nicht eigentlich hart aus, aber so, als hätte sie sämtliche Fragen und Antworten im Leben schon gehört.

Okay, sagte sie, ich heiße übrigens Java, Java mit »J«. Sie stellte Biere und Cola auf ein Tablett, das sie vorher sorgfältig abgewischt hatte, steckte die Geldbörse in die Gesäßtasche ihrer weißen Caprihosen und sagte über die Schulter hinweg: Komm, wir gehen gleich mal rüber. Jule sah den String eines Tangas durch den dünnen Hosenstoff, als sie ihr folgte.

Ich hätte die Wohnung auch gern genommen, sagte Java, damals, als sie vor drei Jahren frei wurde, aber sie war zu teuer für mich. Sie zeichnete mit dem Fenster den Grundriss in die Luft:

Wenn du reinkommst, gehen rechts Schlafzimmer, Klo, Bad und

Küche ab, und am Ende vom Flur hast du dann ein Zimmer, so groß wie zweieinhalb, in der Ecke die separate Schlafnische und über die ganze Länge zur Straße hin einen riesigen Balkon. Das ist schon edel. Sie wischte sich im Gehen mit dem linken Handrücken durch die Achseln. Dann roch sie an der Hand und ging auf der Fahrbahn weiter, weil noch immer kein Auto kam.

Feiner Mensch, der Harald, sagte sie, er hat die Wohnung dann genommen.

Und die Nitribitt, fragte Jule, wieso kennst du die, du warst doch nicht einmal geboren, als sie gestorben ist?

Du doch auch nicht, Mensch, du bist aber ulkig, sagte Java.

Java drückte auf eins von sechsunddreißig Klingelschildern, auf dem kein Name stand, und kontrollierte gleichzeitig die Anzahl ihrer restlichen Zigaretten in der Packung. Sie klingelte nochmals. Kein Türsummer. Jule zählte die übrigen unbeschrifteten Klingeln. Es waren drei. Neonlicht im Eingang brannte über ihnen den Tag herunter, und Java sagte, sie hätte auch mal gern was mit Kunst gemacht, während sie erst Jule ansah und dann ein paar Schritte zurück auf den Bürgersteig trat, den Kopf in den Nacken legte und lächelnd nach oben schaute. Jule stellte sich neben sie und sah ebenfalls nach oben. Eine alte Frau im ersten Stock aß am geöffneten Fenster Aprikosen.

Würden Sie bitte mal aufdrücken?, fragte Java. Wir wollen zu Harald.

Es dauerte, dann summte es. Dann ein eiserner Fußabtreter, ein langer, grauer, kühler Flur, der führte in eine andere Zeit. Sie traten von der Hitze in den Schatten. Jule legte die Hand auf die Wand: echter Marmor. Vier mal vier Briefkästen im Quadrat, und mittig darüber, in Gold, die Ziffer 36, dann ein Metallabfalleimer für Werbung, dann fünf graue, glänzende Stufen. Nach wenigen Schritten den Marmorflur entlang waren sie am Fahrstuhl. Jule hielt Java die Tür auf, und ein Licht, das ihr alt vorkam, fiel aus der Kabine in den Flur.

Ich fahre nie Fahrstuhl, sagte Java und nahm die Treppe. Jule ging hinein, ließ die Tür zufallen, lehnte sich an eine der verspiegelten Wände, während Javas Schritte von Absatz zu Absatz leiser, aber nicht langsamer wurden. Baujahr 1955, stand unter den Tasten für die vier Etagen. Hier waren die Menschen noch mit Milchflaschen unter dem Arm nach oben gefahren.

Harald, ich bin's, sagte Java mit dem Mund an der geschlossenen Tür.

Ein magerer Mann öffnete, in teuren dunkelblauen Trainingshosen, weißem, gebügeltem Hemd, mit einer Wollmütze auf dem Kopf und in den Augen eine farblose Erregung.

Hallo Java, sagte Harald, und wer ist die da? Seine Zähne standen so schief, dass er wie ein Kind sprach. In seinem Rücken sah Jule einen fast leeren Flur, keinen Hundekorb, aber einen Stapel flacher Lieferkartons vom Pizza-Service.

Lass uns mal rein, Harald, sagte Java, das ist doch die Wohnung von der Nitribitt.

Das ist nicht die Wohnung, sagte Harald. Er seufzte.

Für einen Moment zog die Hoffnungslosigkeit, die er ausstrahlte, Jule an.

Scheiße, sagte Java. Kann ich mal auf dein Klo?

An der Tür im vierten Stock stand kein Name. Java drückte die Klingel und drehte sich zu Jule um.

Aber jetzt redest du.

Dann sah sie auf die Uhr und sagte: Ich muss mal wieder.

Schon klar, sagte Jule, ich melde mich.

Was sie von ihrem Vater wusste? Leo Böwe war gerade acht gewesen und hatte sich nach einem Bombenangriff zwischen den Häusern am Feuerwehrteich herumgetrieben. Irgendwo da hatte der tote Soldat gelegen, in schönen schwarzen Stiefeln. Leo hatte sie ihm ausgezogen und war mit ihnen fortgerannt. Er hatte nicht gewusst, dass man sogar im Laufen weinen konnte. Das letzte Mal gesehen hatte Jule ihn in Düsseldorf, vor einem Jahr, sehr früh am Morgen. Sie hatte in eine erste Straßenbahn einsteigen wollen. Da hatte sie ihn gesehen, aber er sie nicht. Er saß auf einem Einzelsitz, ganz hinten in der Bahn. Der Kopf lehnte an der Scheibe. Das Morgenlicht fiel gnadenlos auf sein Nachtgesicht. Er schlief. Sie war nicht zu ihm gegangen. Sie hatte ihm nicht das Gefühl geben wollen, sie habe ihn im Schlaf beschaut.

Es gab Menschen ohne Namen am Klingelschild, berühmte Leute, die sich verbargen, oder es gab die, die etwas zu verbergen hatten. Es gab die, die eh keiner besuchen kam. Für Jule war Leo Böwe schon längst verschwunden, hinter so einem leeren Klingelschild, in einem kleinen Leben, aber in einer großen Stadt und ohne Frau. Ohne Frau, da war sie sich eigentlich sicher. Denn Liebesaffären mit all ihrer Energie und Hoffnung stellten sich nicht unbegrenzt ein. Leo Böwe hatte eines Tages mit seinem Doppelleben aufgehört, wie andere aufhören, Tennis zu spielen. Ja, jeder wurde vom Alter überrascht, und der Frost kam immer über Nacht.

Das Persönlichste, was Jule von ihm wusste, war Leo Böwes Leidenschaft für Rosemarie Nitribitt.

Sie zog einen Block aus ihrem Rucksack und schrieb die Nachricht, mit dem Rücken an die verschlossene Tür gelehnt.

Sehr geehrter Herr, es geht um Ihre Vormieterin. Leider sind Sie jetzt nicht daheim, aber rufen Sie mich doch an. Ich würde Sie gern noch einmal besuchen.

In dem Moment surrte der Fahrstuhl, hielt im vierten Stock, und ein Mann mit Hut und Mantel kam auf Jule zu. In jeder Hand trug er eine schlappe Plastiktüte. Ein altes, brüchiges Wesen aus einer ganz anderen Zeit, das den Hut abnahm und mit bloßem Schädel Ähnlichkeit mit einem Orchesterdiener im fünfzigsten Dienstjahr bekam. Trotz der Hitze war sein dünner Mantel bis oben zugeknöpft.

Ich bin eine Bekannte vom kleinen Harald aus dem dritten Stock, sagte Jule rasch.

Ich ziehe aber noch nicht aus, Fräulein, sagte der Herr und schloss seine Tür auf.

Jule blieb auf der Schwelle stehen: Wie Rosemarie Nitribitt wohl jetzt aussehen würde? Eine Frau über siebzig, mit Falten um den Mund und dazu mit all den anderen Spuren ihrer Vergangenheit, in der sie sich nicht geschont hat? Und wie ihre Wohnung aussehen würde?

Es roch nach alten Teppichen und schmutziger Bettwäsche. Die Wohnung sah nicht unordentlich, sondern überwuchert aus. Auf dem Tisch lagen die Reste von mehreren Frühstücken zusammen mit Kreuzworträtseln und Hühneraugenpflastern, benutzten und unbenutzten. Die Bilder an den Wänden dienten gleichzeitig als Kleiderhaken, und durch die doppelte oder dreifache Schicht zerschlissener Vorhänge drang weder Luft noch der Lärm der Straße. Das ehemalige Appartement der Nitribitt war eine großzügige Grabkammer.

Leider kann ich Ihnen keinen Platz anbieten, sagte der Herr und hielt sich an einem Plattenspieler im Sideboard fest. Ein Plattenspieler Typ Schneewittchensarg, Marke Braun, mit integriertem Radio. Das Gehäuse bestand aus naturbleichem Ahorn und war mit einem Plexiglasdeckel, der keine der Funktionen verbarg, formschön zu verschließen.

Danksagung

Bedanken möchte mich bei allen, die mir bei der Arbeit an dem Buch geholfen haben. Dank also an Barbara Binder-Fröhlich, Elmar Böckenhoff, Lilo Ingelath, Mark Möbius, Katrin Pazda, Hans Wetzel und vor allem an Susanne Feldmann.

Ebenso danke ich dem Deutschen Literaturfonds, dem Herrenhaus Edenkoben und der Zuger Kulturstiftung Landis & Gyr für die Unterstützung bei der Arbeit an diesem Buch.

Judith Kuckart

Lesen Sie von der selben Autorin!

JUDITH KUCKART
LENAS LIEBE
Roman. 303 Seiten, gebunden, 2002

Lena ist Schauspielerin gewesen, bis sie nach dem Tod ihrer Mutter zurück in die Kleinstadt geht, als sei sie in der Hälfte des Lebens schon am Ende. Sie trifft ihren früheren Geliebten Ludwig wieder, der Priester war, bis er »die Wirklichkeit der Wahrheit vorzog«.
Ein Roman über das Fehlen von Trost und die Ungewissheit von Liebe: »Immer diese Sehnsucht nach Momenten, die nie geschehen sind.«

»Ein Roman, der nachhallt, weil er völlig unaufdringlich die großen Sinnfragen stellt.« **Brigitte**

JUDITH KUCKART
DIE AUTORENWITWE
Erzählungen. 172 Seiten, gebunden, 2003

Sechs Menschen beginnen, »ihr Leben zu betrachten, wie man einen langen Regentag betrachtet, die Ellenbogen auf dem Fensterbrett«. Da ist die Frau mit dem großen Hund, die statt ihres Schriftstellergatten eine Stadtschreiberstelle in der ostdeutschen Provinz antritt und ihre eigene Leere findet. Da ist der Lehrer, der nach dem Tod seiner Frau eine Schülerin trifft, die ihm nicht mehr aus dem Kopf geht. Da ist die Frau, die für andere Leute Blumen gießt und auf erschreckende Geheimnisse stößt.
Geschichten in der beharrlichen Ratlosigkeit, die Judith Kuckarts Erzählen ausmacht: In Sätzen, die unter die Haut gehen, unternimmt sie Erkundungsfahrten in die menschliche Seele.

JUDITH KUCKART
DER BIBLIOTHEKAR
Roman. 223 Seiten, gebunden, Neuausgabe 2004

Die Geschichte einer besessenen Liebe bis zum Tod: Hans-Ullrich Kolbe ist Bibliothekar jenseits der fünfzig. Jahrzehntelang hat er sich in seiner Bücherwelt vergraben, er riecht schon »aus dem Mund nach Büchern«. Nun will er sein Leben ändern, zieht durch Nachtclubs und stößt auf Jelena, die so alt ist wie seine Tochter. Die erdbeerblonde Stripteasetänzerin merkt, dass mit achtundzwanzig auch ihre Laufbahn bald zu Ende gehen wird. Die beiden finden einander – eine amour fou aus Gegensätzen. Wie sie bis zur Obsession einander verfallen und doch auch zu zweit einsam bleiben, das schildert Judith Kuckart mit seltener Intensität und Wahrhaftigkeit: Das Kunststück einer unmöglichen Liebe.

»Wer noch immer klagt über das Unvermögen deutscher Dichter, erotische Literatur zustande zu bekommen – Judith Kuckart wird ihn trösten.« Die Welt

JUDITH KUCKART
DORFSCHÖNHEIT
Erzählung. Etwa 96 Seiten, gebunden, 2006

»Keine Liebe, nur eine Liebesgeschichte, vielleicht nur eine Geschichte«: Als Friederike Clemens kennen lernt, ist sie in dem Alter, in dem man zum ersten Mal das Alter bemerkt. Clemens ist ein Mann, der den Frauen gefällt – ihr auch. Dass er fünfzehn Jahre jünger ist als sie, stört sie beide nicht. Aber Clemens macht Friederikes Bindung an einen älteren Schriftsteller zu schaffen – dabei macht er selbst gerade eine neue Bekanntschaft.
Mit Geschick und Eleganz führt Judith Kuckart vier Personen über Kreuz: »Dorfschönheit« ist Judith Kuckarts Parabel über die Möglichkeit und Unmöglichkeit von Liebe.

»Eine perfekte kleine Novelle.« Süddeutsche Zeitung